KB187597

공황장애의 이해와 치료

도서출판 청연

공황장애의 이해와 치료

초판 1쇄 인쇄 | 2012년 4월 17일
초판 1쇄 발행 | 2012년 4월 21일

지 은 이 | 조홍건
기　　획 | 두레미디어
펴 낸 곳 | 도서출판 청연
출판등록 | 제 18-75호

주　소 | 서울시 금천구 독산동 967번지 2층
전　화 | (02)851-8643
팩　스 | (02)851-8644

가격과 바코드는 뒤표지에 있습니다.

이메일 | chungyoun@naver.com

공황장애의 이해와 치료

조홍건 한의학박사

도서출판 청연

머 리 말

현대인은 스트레스의 홍수 속에서 살고 있다고 해도 과언이 아닐 정도로 고달프다. 고도로 발달된 산업사회의 분업화·전문화 현상에서 파생되는 인간관계의 단절, 날로 가중되는 생존경쟁, 입시경쟁, 취업경쟁 등이 끊임없이 우리를 괴롭히고 있는 것이다.

이런 자극적인 상황에 오랫동안 또는 반복적으로 노출되면 스트레스가 만성화되어 정서적(情緖的)으로 불안(不安)과 갈등(葛藤)이 일어나고 자율신경계의 지속적인 긴장이 초래되어 결국은 몸과 마음에 병이 나게 된다. 여기에 해당되는 대표적인 노이로제가 바로 불안장애(anxiety disorder)인 것이다.

흔히 20세기를 불안의 시대라고 한다. 이 말은 현대인이 끊임없는 개인적 문제와 사회적 문제에 직면하여 정신적인 측면에서 많은 욕구불만과 갈등 속에 생활하지 않으면 안 되는 것을 의미하는 것이다. 불안(anxiety)이란 앞으로 임박한 또는 예상되는 불행에 대해 광범위하게 느끼는 불쾌하고 막연한 두려움을 뜻한다. 불안한 감정은 공포(恐怖)의 정서와 밀접하게 관련되어 있다. 사실상 두 정서를 명확히 구분하기란 매우 어렵다. 유일한 차이점으로 통상 공포란 외부에 두려움을 야기하는 대상이 있을 경우를 말한다. 현재 아무런 물건이나 사람이 없는데도 불구하고 만약에 전쟁이 일어나지 않을까 하는 두려움은 불안이다.

심리학자 롤로 메이(Rollo May)도 불안을 '이 시대의 가장 절박한 문제들 중의 하나'로 손꼽았다. 불안의 역사는 인간 존재의 역사만큼 오래되었지만 현대생활이 복잡해지고 급속도로 변화함에 따라 불안의 존재는 우리에게 더 부각되었으며 또 그 영향력이 증가되어 왔다.

특히 현대인이 많이 겪는 불안장애 중 가장 격렬하고도 극심한 불안장애라고 할 수 있는 것이 공황장애(恐慌障碍)라는 병이다.

공황장애가 병으로 인식되기 시작한 것은 불과 20여년 전이다. 이 증상을 가진 환자가 우리나라에는 대략 150만~250만명 이상 있을 것으로 추정되며 최근 날로 증가추세에 있다. 한의학에서는 오래전부터 '심담담대동증(心澹澹大動證)'이 있었는데, 이를 공황장애와 같은 개념으로 이해하면 된다.

심담담대동증은 정충증(怔忡症:불안증)과 경계증(驚悸症:공포증)이 극도로 심한 상태를 말한다.

공황장애(panic disorder)는 극심한 불안과 공포가 예고 없이 온몸을 뒤덮듯 나타나는 것이 특징이다. 운전 중이나 회의도중 또는 비행기를 타고 가는 중에 바로 그 자리에서 쓰러질 것 같고 미칠 것 같으며 죽을 것만 같은 불안이 느닷없이 갑자기 나타난다. 임상학적으로 그 불안의 강도는 사형집행 직전의 사형수가 경험하는 불안감의 서너 배가 된다고 알려져 있다.

공황장애에 시달리는 사람들이 느끼는 공포심의 근원은 불안이 엄습하는 그 순간 내 몸과 정신이 나의 컨트롤 밖에 있다는 느낌, 즉 자기통제력을 상실했다는 느낌에서 기인한다. 그것이 불안을 공포로까지 심화시킨다. 바로 그렇다. 인간은 누구나 자신이 통제할 수 없는 상황에 처하게 되는 것에 대해 거의 본능적인 공포와 불안감을 갖는다.

가장 걸리지 말았으면 하는 병으로 사람들이 치매나 중풍을 꼽는 것도 비슷한 이유다. 자신의 정신과 몸을 자신이 통제하지 못하는 그런 상황을, 사람들은 죽음보다 더 끔찍하게 피하고 싶어하는 것이다. 그러나 다각화된 고도의 정보사회 속에서 살아가는 우리 현대인은 불행히도 자기결정권이나 자기통제력을 갖기가 말처럼 쉽지 않다.

이와같은 공황장애의 약물치료에 있어 서양의학에서는 주로 항불안제나 항우울제를 처방한다. 이는 약효가 절대적이고 즉각적이어서 속효성은 있으나 습관성과 위장 및 간기능에 부담을 주는 부작용이 있어 장기간 사용하는 데는 곤란한 점이 없지 않다.

한방치료(漢方治療)를 원하는 대부분의 공황장애 환자들이 이미 이런 종류의 양방치료(洋方治療)를 받은 경험을 가지고 있다. 그런 환자들은 이미 약에 대한 의존도가 높아져서 약을 복용하면 편하나 복용치 않으면 다시 괴로워 못 견디겠다고 호소하기도 하며, 환자에 따라서는 머리가 무겁고 청명치 못하여 주의집중이 안되고 탈력감이 있으며 졸음이 자꾸 오는 등의 부작용을 경험하기도 한다. 이러한 부작용과 습관성을 우려하여 요즘은 한방치료를 청하는 사람이 늘고 있는 추세에 있다.

우리들 모두가 추구하고 갈망하는 정신적·육체적으로 쾌락한 삶을 실현하려면 노이로제나 공황장애의 근원적 문제인 感情스트레스에 어떻게 대처하며, 또 이를 어떻게 해소시켜 나가야 하는가를 정확히 알아야 한다.

따라서 본서에서는 일반인들도 이해하기 쉽게 난해한 용어와 복잡한 접근을 가급적 배제하고 양방과 한방에서 바라보는 공황장애(恐慌障碍)가 무엇이며 또 어떻게 치료하며 그리고 어떻게 대처해 나가야 하는 가에 대해 전반적으로 기술하였다.

공황장애의 정확한 치료를 위하여 사회과학적인 해결방안도 많겠으나 여기서는 주로 한의학적인 사고와 근원적인 치료방법을 시도하였다.

이 방법은 인체에 전혀 자극과 피해를 주지 않고 자연스럽게 치유되는 천연약물을 폭넓게 응용한 것이다. 또한 이 방법은 치료뿐 아니라 생리적 기능을 더욱 활성화시키므로 삶에 용기와 의욕을 가지고 살도록 유도해 줄 것이다.

이상으로 한의학적인 측면에서 다양하게 서술하였으나, 본디 천학비재(淺學菲才)하여 미흡한 점이 많으리라고 본다. 그러나 이 한 책으로 끝나는 것이 아니라 앞으로 더욱 유용한 내용으로 다듬고 보완해 나아갈 것을 저자 스스로 다짐하고 있으니 이와 같은 뜻을 양해하시어 강호제현(江湖諸賢)의 끊임없는 질정(叱正)이 있으시기를 바라마지 않으며, 또한 이 책이 공황장애의 치료를 위한 독자의 궁금증에 확실한 답을 들려 줄 수 있고 한의학을 전공하거나 관심이 있는 분에게 다소나마 도움이 된다면 이에 더 바랄 것이 없겠다.

2012년 새아침에

한의학박사 조 홍 건(옛날한의원 원장)

목 차

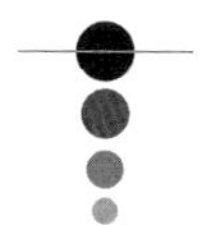

머리말··4
제1장 공황장애 들어가며··11
제2장 공황발작과 공황장애란··13
제3장 공황장애의 한의학적 개념··17
제4장 공황장애와 심담담대동증··20
제5장 공황장애의 원인··22
제6장 공황장애의 원인[양방]··32
제7장 공경(恐驚)에 따른 病證과 病理··38
제8장 오장(五臟)과 공황장애··46
제9장 공황발작의 증상··47
제10장 공황장애의 증상··56
제11장 공황장애의 합병증··59
제12장 공황장애의 한의학적인 변증··66
제13장 공황장애의 증상발생 진행과정··70
제14장 공황장애의 증상빈도··75

목 차

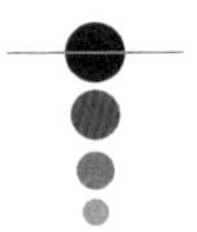

제15장 공황장애의 임상유형··80
제16장 공황장애의 치험 예··88
제17장 공황장애의 상담 예··92
제18장 공황장애의 사례분석··108
제19장 공황장애와 관련된 통계··112
제20장 공황장애의 진단··116
제21장 공황장애의 진단[양방]··117
제22장 공황장애의 감별진단··120
제23장 공황장애의 감별진단[양방]··124
제24장 공황장애의 경과 및 예후··128
제25장 공황장애의 예방 및 극복··129
제26장 공황장애의 치료··141
제27장 심리 치료법의 실제··203
제28장 공황장애의 치료[양방]··294
제29장 공황장애의 치료후기··302

제1장 공황장애에 들어가며

그 증상이 처음 나타난 것은 윤미가 스물세 살, 대학 졸업반 때였습니다. 그 때까지는 모든 것이 순조로웠습니다. 밝고, 명랑한 성격에 건강했고, 졸업 후에는 외국으로 유학할 생각도 하고 있었습니다.

그 해 가을, 윤미는 친구와 학교 근처 식당에 앉아 있었습니다. 주문한 식사를 기다리며 이런저런 얘기를 주고받는데 갑자기 머리가 어지럽고 가슴이 뛰면서 온몸에 힘이 쪽 빠지는 느낌이 들었습니다. 정신이 아득해지고 주위가 꿈결처럼 갑자기 낯선 곳으로 느껴지는 것이었습니다.

걱정하는 친구에게 별 일 아니라고 말하고 자리에서 일어났을 때 손이 떨리고 다리는 마치 고무로 변한 것처럼 후들거렸습니다. 간신히 화장실로 가서 찬물로 얼굴을 씻고 바닥에 쪼그리고 앉아 정신을 가다듬으려 애를 썼습니다. 오 분쯤 지났을까? 다행히 증상이 조금씩 가라앉기 시작했습니다. 하지만 조금 전 일어난 그 이상한 현상 때문에 윤미의 마음은 아직도 떨리고 있었습니다. 그 후 그와 비슷한 증상은 그 후 몇 주일에 한 번씩 잊을만하면 나타나곤 하였습니다. 그렇게 두 달쯤 지나 그 해 11월 5일은 윤미에게 잊을 수 없는 날이 되었습니다. 졸업시험 때문에 늦게까지 도서관에서 공부를 한 후 버스를 타고 집으로 돌아가던 중이었습니다. 시내는 복잡했고 차 안은 만원이었습니다.

버스가 남산 1호 터널을 지날 때 갑자기 숨이 답답해지는 느낌이 었습니다. 공기가 희박해진 것 같이 누가 목을 조르는 것 같이 숨이 막히는 것이었습니다. 거의 동시에 가슴이 마구 뛰기 시작했고 온몸에 힘이 빠지고 식은땀이 흐르며 눈앞이 캄캄해졌습니다. 정신을 잃고 그대로 기절해 버릴 것 같았습니다. 무언가 끔찍한 일이 벌어지고 있다는 공포감과 여기서 빨리 벗어나야 한다는 생각뿐이었습니다.

자제력을 잃어 비명을 지르고, 달리는 버스에서 뛰어내리거나, 숨이 막혀 죽는 게 아닐까 하는 두려움과 함께 무섭고 고통스런 모든 증상들이 마치 화산이 폭발하듯 터져 나오는 것이었습니다. 이러다 곧 죽는 것이 아닐까 하는 생각마저 들었습니다. 다음 정거장까지 시간이 영원처럼 길게만 느껴졌습니다.[1)]

위에 소개된 사례는 전형적인 공황장애(恐慌障碍)의 예이다. 위에서 볼 수 있듯 공황장애란 '죽을 것 같은' 매우 극심한 공포감이 갑작스럽게 느껴지고 그 순간에 식은땀이 흐르며 가슴이 두근거리고 머리 뒤끝이 다 서는 것 같은 신체반응을 경험하는 것을 말한다.[2)]

한의에서는 '죽을 것 같은' 증세와 같은 뜻으로 심도욕궐(心跳欲厥), 공구자실((恐懼自失), 공구욕사(恐懼欲死), 단기욕절부득식(短氣欲絶不得息) 등으로 표현하였다.

공황장애는 스트레스가 극심한 현대인들에게 누구에게나 발생할 수 있는 증상으로 점점 증가하고 있는 추세이다.

한의학에서는 심신의학이라 하여 마음과 신체를 분리해서 생각하지 않는다. 마음, 감정의 상태가 신체에 영향을 주기도 하고 신체의 상태가 감정에 영향을 주기도 한다. 과연 한의학에서는 공황장애를 어떻게 바라보고 어떻게 치료해야 할 것인가 ?

이하에서 공황장애의 개념, 발병원인, 증상 및 진단 등 공황장애에 관한 모든 것과 치료에 대해 알아보고 공황장애에 대한 한의학적인 접근을 해 보도록 하자.

---

1) 한국업존에서 발행된 소책자의 내용을 발췌 http://www.ipanic.org/first.html

2) 현대 심리학의 이해 p539

제2장 공황발작과 공황장애란

무서운 공포와 불안증상이 갑자기 밀려오는 현상을 공황발작(恐慌發作)이라고 한다. 아무런 유발인자나 어떤 심리적인 갈등의 배경 없이 예측을 할 수 없는 상황에서 갑자기 심한 불안 증상이 엄습하고 그 증상이 수분 내에 없어지는데, 이 같은 공황발작이 되풀이해서 일어나는 병이 공황장애이다.

공황이란 한자 그대로 恐慌, 즉 공포에 당황하는 것을 의미한다. 공황(panic)이란 말의 어원은 그리스신화에 나온다. 동굴 속에 있다가 갑자기 뛰쳐나와 지나가는 사람들을 놀라게 했다는 목신 혹은 목동의 신이었던 Pan에서 비롯되었다. 곧 무슨 일이 생길 것 같은 아주 심한 불안상태를 말한다. 죽거나, 미치거나, 혹은 자제력을 잃을 것 같은 공포감이 동반될 수 있다. 공황이 갑자기 일어나는 공황발작(panic attack)은 공황장애(panic disorder)의 핵심증상이고 임소공포증(臨所恐怖症)의 공포대상이기도 하다.[3]

이를테면, 집의 거실에 앉아 텔레비전을 보고 있다가 갑자기 심장이 뛰고 숨이 막힐 듯하면서 어지러움과 식은땀을 흘리고 손발이 차지며 마비될 것 같은 감각을 느낀다. 동시에 무슨 응급상황이 신체 내에 일어나고 있는 것 같아 심장이 곧 멎어서 죽든지 아니면 뇌졸중으로 쓰러질 것만 같고 도저히 그냥 있을 수 없는 불안과 공포에 사로잡혀 즉시 구급자를 불러 응급실로 달려가게 만든다. 그리고 병원에서 모든 검사를 해보았는데 아무런 이상이 없더라는 것이 공황발작을 겪은 사람들이 공통적으로 호소하는 내용이다.

공황장애는 특별한 유발요인 없이 자연발생적으로 반복되는 공

3) 권학수 공황장애 클리닉 http://panic24.com/index1.htm

황발작을 주 증상으로 하는 것과, 또다시 이 공황발작이 생길까 두려워하는 예기불안(豫期不安:anticipatory anxiety)을 특징으로 하는 정신과적 질환이다. 공황발작은 심리적 불안과 신체적 증상으로 나타난다. 교감신경계통의 과잉활동으로 호흡곤란, 심계항진, 흉통, 현기증, 현실감각상실, 발한(發汗) 그리고 졸도와 같은 신체적 증상이 발생한다. 다른 한편 부교감신경계통의 과잉활동으로 욕지기, 빈뇨, 시각장애 그리고 심신쇠약 등과 같은 신체적 현상도 나타난다. 어떤 경우를 막론하고 발작 후에는 환자는 심한 피로에 지친 상태에서 여러 시간 동안 꼼짝하지 못하고 심한 불안에 싸여 크게 실망하는 기색이 눈에 띄게 발생한다. 공황발작은 5~20분간 지속되며 1시간 이상 지속되는 경우는 드물다.[4)]

공황발작은 일반적으로 수분정도로 짧지만 환자에게는 큰 고통이 된다. 공황장애 환자는 숨이 막히고 어지럽고 땀이 나고 떨리고 가슴이 뛰는 등 생리적 증상의 경고 이외에 곧 사망할 것 같은 절박감을 느낀다. 대부분의 공황장애 환자들은 탈출하기 힘들거나 극도로 당황되는 장소 혹은 상황에 사로 잡혀 있다는 불안감, 즉 광장공포(廣場恐怖)를 가지고 있다.[5)]

공황장애는 예기치 못한 공황발작이 반복적으로 일어나는 장애로 발작이 없는 중간 시기에는 그런 일이 또 생기지 않을까 하는 예기불안(anticipatory anxiety)이 있다. 즉 공황발작이 다시 일어나는 것에 대한 계속적인 걱정과 더불어 공황발작의 결과에 대한 근심(예: 심장마비가 오지 않을까. 미치지 않을까 하는 걱정)을 나타내며 부적응적인 행동변화(예: 심장마비가 두려워서 일체의 운동을 중지하거나 직장을 그만두거나 또는 응급실이 있는 대형병원 옆으로 이사하는 것)를 수반하게 된다. 이어서 환자는 흔히 심장병이 아닌

4) 심리학의 원리 p321

5) 역동정신의학 제 3판 p277~278

가 하는 등 건강염려증이 생기고 발작이 일어났던 장소, 상황과 유사한 장소나 상황을 피하려는 회피행동(回避行動:avoidant behavior)을 보인다. 또는 외출을 피하고 혼자 있기를 두려워하고 외출할 때는 누구와 꼭 동행을 하려하는 등 광장공포증이 생긴다. 이처럼 공황장애는 광장공포증(廣場恐怖症:임소공포증이라고도 함)과 연관성이 높아서 광장공포증이 있는 공황장애와 그렇지 않은 공황장애로 구분되고 있다.6)

DSM-Ⅳ에서는 공황장애가 광장공포증을 수반하느냐 수반하지 않느냐에 따라 달리 진단된다. 광장공포증(agoraphobia: 그리스 말인 agora에서 유래된 말로 시장바닥을 의미한다)은 공공장소의 한 가운에 놓여져서 도망 갈 수도, 도움을 청할 수도 없게 되어 무기력하게 되는 것에 대한 일련의 두려움을 말한다. 장보기, 군중, 여행 등에 대한 두려움이 자주 나타난다.

광장 공포증을 지닌 다수의 환자들은 집을 떠날 수가 없으며, 만일 떠난다 하더라도 엄청난 고통이 따른다. 공황장애 환자들은 통상적으로 공황발작이 일어나게 되면 위험해질 수 있거나 당혹감을 줄 수 있는 상황을 회피하는 것이 보통이다. 만약 (공황발작에 대한) 회피행동이 생활 전반에 걸쳐 널리 퍼져있다면, 광장공포증을 지닌 공황장애가 초래된다.[광장 공포증만 진단을 내릴만한 정도의, 공황장애가 없는 상태에서 발생하면 그 사람은 통상 공황증상을 겪기는 해도 최고조의 발작은 경험하지 않는다].7)

공황장애가 병으로 인식되기 시작한 것은 불과 20여년 전이며 이 증상을 가진 환자가 우리나라에는 대략 150~250만명 이상 있을 것으로 추정되며 최근 날로 증가추세에 있다.

공황장애란 용어자체가 현대사회를 살아가는 현대인에게 생긴

6) 현대이상심리학 p177

7) 이상심리학 p86

현대인의 병이므로 이전 시대를 살았던 선조들에게서 그러한 병의 양상과 정의를 구하는 것은 약간의 무리가 따르는 것이 사실이다. 그렇다고 구시대에는 그러한 병이 없었던 것은 아니다.

한의학에서는 오래전부터 '심담담대동증(心澹澹大動證)'이 있었는데, 이를 공황장애와 같은 개념으로 이해하면 된다. 심담담대동증은 정충증(怔忡症:불안증)과 경계증(驚悸症:공포증)이 극도로 심한 상태를 말한다.

제3장 공황장애의 한의학적 개념

공황장애란 공황발작이 반복되어 나타나는 경우를 말한다. 그렇다면 공황발작이란 무엇인가? 공황발작은 무서운 공포와 불안증상이 갑자기 밀려오는 현상을 뜻하는데, 공황발작이 오면 ①숨이 가쁘고 ②심장이 마구 뛰고 ③어지러워 졸도할 것 같고 ④식은땀이 나고 ⑤가슴이 답답하고 아프며 ⑥토할 것 같고 ⑦전혀 딴 세상에 온 것 같고 ⑧손발은 물론 온몸이 떨리고 ⑨손발이 마비되는 것 같고 ⑩질식할 것 같고 ⑪얼굴이 달아오르며 ⑫죽을 것 같은 공포감이 엄습하고 ⑬자제력을 잃어 미칠 것 같은 따위의 주요증상이 나타난다.[8)]

공황장애를 글자대로 풀이하면 공포감에 당황하는 증상이다. 마치 어린 새가 둥우리 밖으로 나와서 새로운 환경에 무섭고 당황해 하는 것처럼 그런 증상이 우리 몸에 일어나는 것을 가리키는 말이다.

그렇다면 공황발작이 일어나면 모두 공황장애를 가지고 있는 것인가? 그렇지는 않다. 정상적인 사람도 생명이 위독한 상황이나, 급박한 환경변화에서는 공황발작을 일으킬 수도 있다. 실제로 위험상황에 빠졌을 때 우리 몸의 자율신경계를 통해 나타나는 정상적인 반응으로 볼 수 있는 것이다. 또한 정신분열병에서 환각과 망상 때문에 공황발작이 일어날 수 있는데 이런 경우는 공황장애라고 하지 않는다.[9)][10)]

공황장애라는 것은 아무런 유발인자나 어떤 심리적인 갈등의 배경 없이 예측을 할 수 없는 상황에서 일어난다고 서양의학에서는 말하나, 한의학에서는 그렇게 보지 않는다.

---

8) 공황발작의 증상- 매경인터넷용어사전

9) 이정균, 정신의학, 일조각, p298

10) 대한신경정신의학회, 신경정신과학, 하나의학사, p417

공황장애의 궁극적인 원인은 심장기능의 허약, 즉 심허(心虛)에서 비롯되는 것으로 본다. 한의학에서는 '神形一體'의 神形不可分離의 원칙을 세우고 있어 마음과 신체를 분리해서 생각하지 않는다. 마음, 감정의 상태가 신체에 영향을 주기도 하고 신체의 상태가 감정에 영향을 주기도 한다고 보는 것이다.

실제 공황장애 환자를 사진법(四診法)에 따르면 어떤 심리적인 갈등으로 울화가 심장에 쌓여 심장의 기능이 허약해진데다, 그 후 과로나 칠정손상 등의 계기가 있어 갑자기 공황의 증상이 나타났다고 하는 것을 적지 않게 관찰할 수 있다.

공황장애도 화병처럼 주로 마음에서부터 기인하기는 하지만, 여기에 사회환경적인 요인이나 체질적인 요인, 특히 소질적(素質的)인 요인 - 유전도 중요한 구실을 한다.

그러나 공황장애의 원인은 그리 단순한 것만은 아니며, 어느 한 가지 요인만 가지고 발병한다기보다는 체질적인 요인과 정신적인 요인, 즉 심인(心因), 환경적인 요인 및 발병 시 건강상태 등이 모두 상호작용하고 가중(加重)될 때 비로소 발병한다고 보는 것이 옳을 것이다.

공황발작의 증상으로 보아 한방에서는 경계증(驚悸症), 정충증(怔忡症)에 해당되지만 죽을 것 같고 미칠 것 같고 쓰러질 것 같은 느낌, 즉 심도욕궐(心跳欲厥)의 증세가 심하게 나타나는 것이 공황장애의 핵심증상임을 감안하면 심담담대동증(心澹澹大動症)이 공황장애에 해당될 것이다.

왜냐하면 정충증에서도 심도욕궐의 증세가 나타나지만, 정충증이 낫지 않아 오래 지속되면 심담담대동증이 되므로 심도욕궐의 증세 또한 가장 두드러지게 나타나기 때문이다.

다시 말해 불안증과 공포증이 극도로 심한 상태를 공황장애로 여길 수 있는데, 한방에서는 불안증을 정충증으로, 공포증을 경계증으로,

공황장애를 심담담대동증으로 보는 것이다.

박현순이 우리나라 사람들의 공황발작의 증상 빈도를 조사한 결과에 따르면, 가슴이 두근거리는 증상이 제일 많았다. 경공감정(驚恐感情)의 직접 표현이라고 볼 수 있는 '죽을 것 같다'보다는 불안 공포의 주관적 감정표현으로서의 '가슴이 두근거린다' '어지럽고 현기증이 난다' '숨이 가쁘다'가 더 높은 발생빈도를 보이고 있음은 공황장애의 특징적인 양상과 관계가 있는 것으로 사료된다. 이는 공황장애 환자들도 화병(火病) 환자처럼 자신의 심리적인 갈등을 직접 표현하지 않고 신체적인 증상으로 대신하려는 경향을 보여주는 것이다.

불안이라고 하는 불쾌기분은 막연한 두려움이다. 그러므로 항상 사소한 일에도 마음이 쓰이며 두려움을 갖게 된다. 이 때는 흔히 '가슴이 답답하다(胸悶)'든지 '가슴이 두근거린다(怔忡)' 등의 신체적 증상을 수반하며, 이러한 고통은 흔히 발작적으로 심하게 오는 수가 있다. 이런 때 실제적으로 심장에 병변이 있는 것은 아니나, 환자는 금방이라도 심장마비가 되어 죽는 것이 아닌가 하고 더욱 불안해하며 공포에 빠진다. 공황발작 시 가슴이 두근거리는 것이 보통 때와는 달리 파도가 출렁거리듯이 심하게 뛴다하여 심담담대동(心澹澹大動)이라 표현한 것이다.

이렇듯 한의학에서는 감정의 상태가 오장에 영향을 미쳐 신체적으로 나타나는 증세를 그대로 표현했기 때문에 용어에서도 알 수 있듯이 심담담대동증(心澹澹大動症)으로 쓴 것이다.

제4장 공황장애와 심담담대동증

心悸란 가슴이 두근거리면서 불안해하는 것을 말하며, 심할 때는 스스로 억제할 수 없는 일종의 불안장애(anxiety disorder)이다. 이는 주기적으로 반복되면서 칠정손상(七情損傷) 혹은 과로가 누적될 때마다 발작한다.

본 병의 임상표현은 일정치 않아, 어떤 경우는 심계를 자각하나 맥상(脈象)은 정상이고, 어떤 경우는 심계가 있고 또 맥삭(脈數)하거나 촉맥(促脈)·결맥(結脈)과 대맥(代脈)이 나타난다. 증상으로는 정충·심도불안(心跳不安)·경계·상기(上氣)·흉민·흉통·두통·항강(項强)·현훈·단기(短氣)·오심·구토가 나타나고, 때에 따라 면색창백·출랭한(出冷汗)·사지무력·불면·건망 등이 나타나기도 하며, 심하면 혼도(昏倒)하는 등 그 정황이 비교적 복잡하다.

심계는 경계와 정충, 심담담대동의 세 가지로 분류된다. 경계는 경공·분노 등의 외부요인으로 일어나고, 증상이 비교적 가벼우며 발작시간도 짧다. 반면 정충은 체허(體虛)·혈휴(血虧)·양쇠(陽衰) 등의 내부요인으로 형성되고, 외부 자극이 없는데도 심도불안하며, 조금만 피로해도 발생되고 신체상황이 나빠지며, 증상이 비교적 중하며 발작시간이 길다.

심담담대동은 수파(水波)가 요동하는 것을 말하며, 정충보다 심한 상태이다. 이는 칠정내상(七情內傷)이나 심혈(心血), 심양(心陽), 심음(心陰)이 부족할 때 혹은 수음(水飮), 어혈(瘀血), 담화(痰火), 울화(鬱火) 등이 가슴이나 명치 밑에 몰렸을 때 생긴다. 얼굴이 창백하고 손발이 차며 식은땀이 나고 가슴이 심하게 두근거리며 숨쉬기가 힘들고 정신을 잃고 쓰러질 것 같은 증상이 나타난다. 반약 담화(痰火)가 心에 있을 때는 가슴이 심하게 두근거려 안절부절 못하고 잠을 잘 자지 못하며 얼굴이 붉어지고 눈이 충혈되며 입안이 마르고 혀가 붉어지며 누런 기름때 같은 설태(舌苔)가 끼고 맥이 활삭(滑數)한 증상이 나타난다. ≪동의보감≫에서도≪의학강목≫의 말을 인용하여 "심담담동은 담에 따른 것으로, 놀란 일도 없는데 가슴이 저절로 뛰는 것이다. 놀라고 무서워할 때도 心中澹澹을 표현하는데 이는 몹시 놀라서 심장 역시 뛰는 것이다(心澹澹動者, 因痰動也, 謂不怕驚而心自動也.驚恐亦曰心中澹澹, 謂怕驚而心亦動也)"라고 하였다. 전형적인 공황발작에서 볼 수 있다.

이와 같이 경계와 정충, 심담담대동은 병인과 병정의 측면에서 구별되지만 이들의 관계는 매우 밀접하다. 경계를 앓은 지 오래 되어도 낫지 않으면 발전하여 정충이 된다. 또한 정충이 심해 오랫동안 낫지 않으면 심담담대동이 된다. 그리고 정충 환자는 흔히 외부의 자극을 받으면 심계가 가중된다. 이와 같은 이유로 임상에서는 경계와 정충, 심담담대동을 통칭해서 心悸(불안장애)라 한다.

심계란 병도 마음속에 응어리진 갈등, 즉 울화(鬱火)에 따라 신체적 · 정신적 증상을 나타내는 일종의 화병이므로 공황장애 또한 화병의 범주 안에 들어간다.

제5장 공황장애의 원인

공황장애가 어떤 원인으로 생기는지 아직 정확히 밝혀지지는 않았다. 그러나 공황장애의 가장 중요한 발병 원인은 心虛해서 오는 신체적인 데 있다는 주장에 많은 학자들이 의견을 같이하고 있다. 한의학에서 心이라고 일컬어지고 있는 장부는 원래 뇌와 심장을 포괄하는 일련의 기관을 일컫는 것이며 심장만을 지칭하는 것은 아니다.

양방에서는 우리 몸의 중추신경계, 즉 뇌의 어떤 생화학적 기능장애 때문에 이 병이 생기는 것이라고 이야기한다. 어떤 학자들은 위험을 탐색하는 대뇌기능이 지나치게 항진되어 온다고 주장하고 또 다른 학자들은 우리의 생명을 위험으로부터 보호해주는 정보기능이 너무 예민해진 탓이라고 주장한다.

현재로서 공황장애는 생물학적인 요인, 유전적인 요인, 신체적인 요인(체질적인 요인), 환경적인 요인 및 정신적인 요인 등 여러 가지 복합적인 원인으로부터 발병하는 것으로 알려지고 있다.

1. 생물학적 요인

담음(痰飮)이라 하여 비생리적인 체액이 체내에 일정기간 저류되어 있을 때 담미심규(痰迷心竅)로 오기도 하고, 또 몹시 血虛한 상태일 때 나타나기도 한다.

공황장애의 주요 병증의 원인을 원전에서 살펴보면, "驚悸者, 有時而作, 有血虛者, 有痰者, ……"라 하였으며, 건망증에서도 "由心脾血少者, ……" 라 하여, 담과 혈허를 그 원인 중의 하나로 들고 있다.

이천은 ≪의학입문≫에서 "부녀자의 월경 · 붕루가 과다하거나, 오로가 위로 치솟아 말의 앞뒤가 맞지 않고 神志가 맑지 못한 경우는 혈이 부족하여 神이 손상된 것이다(婦人月水崩漏過多, 或産後惡露上衝, 而言語錯亂, 神志不守者, 此血虛神耗也)"라고 하였고, ≪소문·조경론≫에서는 "血이 有餘하면 화를 잘 내고, 부족하면 쉬 두려워한다. …… 血이 陰分에서 偏盛하고 氣가 陽分에서 偏盛하므로 잘 놀라거나 발광한다(血有餘則怒, 不足則恐. …… 血幷於陰, 氣幷於陽, 故爲驚狂)"고 하였는데, 이들은 혈허에 따라 불안장애가 초래됨을 의미하는 것이다.

2. 유전적 요인

모든 환자들이 다 유전적인 영향 하에 있는 것은 아니다. 즉, 부모가 공황장애가 있는 경우 자녀가 공황장애에 걸릴 가능성이 일반인보다는 다소 높지만, 부모는 공황장애가 없었어도 본인의 세대에서 처음으로 공황장애에 걸리는 환자들도 많이 보게 된다.

3. 정신적 요인

한의학은 심신의학으로 대부분 칠정상에 따라 오는 것이 많다. 공황장애의 서양의학적 원인에서도 대부분이 과도한 스트레스로 오는 경우가 많았다. 특히 공황장애의 뜻에서도 언급 하였듯이 恐과 驚의 정서와 밀접한 관계가 있다.

공과 경은 비슷하지만 차이는 있다. 알면서도 무서워하며 두려워하는 것을 공(恐)이라 한다. 예컨대 밤 12시에 공동묘지를 가려고 하면 미리 생각만 해도 겁나고 두려워지는 경우를 말한다.

그에 비해 경이란 몰랐다가 갑자기 돌발적인 일이 발생하여 두려워하는 것이다. 이를테면 자기도 모르고 있는 사이에 갑자기 누가 탁 친다든지, 뒤에서 크게 소리를 지르게 되면 깜짝 놀라면서 두려워하게 된다.

(1) 恐

공포심은 정신이 극도로 긴장되어 겁을 내고 있는 심리상태이다. 이 원인은 대개 외계의 자극으로 일어나는 것이 대부분이지만, 腎氣가 부족하다든지 血氣가 부족하다든지 정신이 불안정한 사람이 걸리기가 쉽다. "腎은 志를 藏하고 心은 神을 藏한다"고 하는 데서 血이 부족하면 志가 부족하고 志가 부족하면 두려워하기 쉽게 됨을 알 수 있다(靈樞:본신편, 素問:조경론). 또 거꾸로, 恐의 정서가 腎을 손상시키는 경우도 있다. 이것은 외계의 자극이 지나치게 강해서 공포심이 일어나고, 그 때문에 내장기가 손상당하기 때문이다(素問:옥기진장론).

恐情은 본래 腎에 속하는 것이지만 또한 恐情은 心을 상한다고 하였으며, 神이 상하면 역시 恐情이 떠나지 않는다고 하였다. 또한 血이 부족해도 恐情을 느끼고 肝虛해도 恐情이 떠나지 않으니, 肝氣가 부족하면 恐情이 자주 일어난다고 본다.

그리고 공구(恐懼)하면 神志가 놀라 흩어져서 수습을 할 수 없게 된다. 神不收는 神이 恐懼의 情으로 수습을 못해 산실(散失)되어 있는 상태를 말한다. 이를테면 갑자기 위협을 받아 공포를 느끼게 되면 정신이상(精神異常)이나 공황장애, 유정, 음위, 야뇨증, 설사 등의 증상을 나타내는 사람을 임상에서 흔히 보게 된다.

(2) 驚

뜻하지 않게 어떤 국면에 부딪쳐 정신에 극도의 긴장이 일어나는 것을 驚이라고 한다. 예컨대 갑자기 커다란 놀라운 소리를 듣거나 상상도 할 수 없던 일에 부딪치거나 하는 경우로, 恐과는 자연히 구별된다. 驚을 받으면 神氣가 혼란되고 감정이 불안정해진다(素問:거통론).

경악(警愕)의 情이 발하면 心은 의지할 곳을 잃기 때문에 神이 흩어져 한 곳에 귀착하지 못하니 이는 心神이 산실되기 때문이다. 이를테면 갑자기 놀라는 경우, 심장은 두근거리고 신경이 정착할 곳이 없으며 의심이나 걱정 또는 불안과 같은 기가 흐트러지는 상태가 된다. 크게 놀랐는데도 그것이 멈춰지지 않으면 정신의 통제가 이루어지지 않아 치매증상을 나타내거나 쓰러질 때도 있다.

위에서 볼 수 있듯이 공황장애의 증상들은 공포감에 놀라고 그런 공포감을 다시 느끼지는 않을까 늘 불안해하는 예기불안을 동반하고 있다. 이것은 한의학에서 말하는 칠정 중 恐, 驚에 따른 손상과 증상이 같다. 특히 두려움으로 기가 아래로 꺼지게 되는데 공황장애가 오래되면 극도의 공포감으로 아무것도 하지 못하는 것은 恐則氣下와 밀접한 연관이 있다.

4. 체질적 요인

한의학에서 불안장애의 궁극적인 원인은 심장기능의 허약에서 비롯되는 것으로 본다. 심약하거나 소심하다는 것은 바로 이러한 경우를 두고 하는 말이다. 한의학의 최고 원전인 《素問》에 보면 "심(心)을 군주지관(君主之官)이라고 하고 심장이 제 기능을 다하지 못할 경우 오장육부가 위태롭게 되고 돌아가는 길이 막혀서 잘 통하지 못하면 형체가 몹시 상하게 된다"고 하였다.

심장을 우리가 생각하는 것처럼 단순히 혈액을 순환시키고 신체를 구성하는 하나의 장기에 그치는 것이 아니라 마음과 사고를 주관하고 담당하는 장기로 보는 것이다.

생각을 지나치게 많이 하고 사소한 일에 너무 집착하면 심장에 熱이 생기는데 이 熱이 제대로 발산되지 못하고 울체될 경우 火가 발생, 心의 기능이 허약해져 항상 불안하고 초조하며 마음이 편치 않게 되면서 일상생활에도 지장을 초래하는 각종 불안장애가 나타나는 것이다.

심담담대동증의 형성은 경공요심(驚恐擾心=심담기허), 심혈부족(心血不足=심비양허), 음허화왕(陰虛火旺=심신불교), 심양부족(心陽不足), 수음릉심(水飮凌心), 심혈어조(心血瘀阻) 등의 근본적 원인과 관계가 있다. 또한 심장에 이상이 생기면 타 장기에 영향을 미쳐 내부 장기의 부조화가 체질에 따라 달리 나타나는데, 이중 간울화화(肝鬱化火), 간기울결(肝氣鬱結), 위중불화(胃中不和) 등도 원인이 될 수 있다.

여러 임상유형중 심담기허(心膽氣虛)와 심비양허(心脾兩虛)형이 가장 많은 것으로 알려지고 있다.

(1) 경공요심

심계불안이 나타나는 환자는 평소에 심허담겁(心虛膽怯: 가슴이 허전한 감을 느끼면서 무서움을 잘 타는 증상)하다. 왜냐하면 갑자기 외부의 경공(驚恐)자극을 받아 心神이 요란(擾亂)되면 요동불녕(搖動不寧)하고 자제할 수 없어 심계가 발생하기 때문이다. 이후에는 病情이 점점 가중되어 조금만 놀라면 심계불안해진다.

심허담겁의 요인 외에 뇌노(惱怒)가 과도하여 간을 상하고 공구(恐懼)가 너무 지나쳐 신(腎)을 상하므로써, 肝이 손상되어 氣가 상역(上逆)하고, 腎이 손상되어 精이 저장되지 못하며, 신음(腎陰)이 부족하고 肝火가 上逆하여 心神을 간요(干擾)하면 경계(驚悸)가 발생한다. 그리고 평소 담열내복(痰熱內伏)이 있고 뇌노기역(惱怒氣逆)하여 肝氣와 담열이 교결하여 心神을 요범(擾犯)하면 공황장애를 조성한다.

▣ 심담기허

심담기허는 장부상관이론의 하나로 心氣와 膽氣의 부족을 의미한다. 한의학에서 心은 혈액순환과 정신 · 사유 활동을 주관하는 장기로 인식하고 있다. 膽 또한 정신 · 의식 활동의 부분적 기능을 수행한다고 본다. 그래서 결단하는 것을 주관하는 장기로 사람들의 대담성, 용감성 등 정신활동을 담과 결부시켜 보았다.

(2) 심혈부족

심혈부족이 나타나는 환자는 그 원인의 다수가 오랜 병으로 신체가 허약해져 心의 기혈이 부족하게 되어 心을 기르지 못한 것이거나, 혹은 失血이 과다하여 心을 기르지 못했기 때문이다. 또한 사려가 과도하고 노권(勞倦)하여 心脾를 손상시키면 心血을 상할 뿐만 아니라 비위화생(脾胃化生)의 원(源)에도 영향을 미쳐 점차 기혈이 부족해져 심장을 양(養)하지 못함으로써 공황발작이 일어나게 된다.

▣ 심비양허[11]

情志의 손상은 심장과 관련되지 않는 것이 없다. 사려과도하면 먼저 心神이 손상되고, 심혈도 소모되어 심혈허가 발생한다. 思는 五志 중 비와 관계되며, 동시에 심장에서 동하고 脾에서 응하는 것으로 생각이 많으면 기가 응결되고 비기가 응결되면 운화(運化)에 지장이 초래되어 이에 따라 기혈의 화생(化生)이 부족해져서, 결국 비허에 따른 기혈부족증이 나타난다.

사려가 지나치면 비의 운화에 장애가 생겨 비가 기혈을 제대로 화생하지 못하면 심혈허를 일으킨다. 심과 비의 병변은 서로 원인과 결과가 되기 때문에 이런 환자들은 비허로 식사량이 줄면서 변이 묽어지고

---

11) http://www.ncbi.nlm.nih.gov/ NIMH, Facts about Panic Disorder(1999)

심이 혈의 영양을 받지 못하며, 동시에 기혈부족으로 얼굴색이 누렇게 변하거나 기력이 없어진다. 사려과도가 공황장애의 파국화(破局化: catastrophisizing)에 해당된다고 볼 수 있다.

(3) 음허화왕

음허화왕이 나타나는 환자는 그 원인이 대개 구병허로(久病虛勞)이지만, 어떤 것은 방로(房勞)가 과도하거나, 혹은 자주 유정(遺精)하거나, 평소에 신음(腎陰)이 부족하기 때문이다. 음허하면 陽을 제재하지 못하므로 수액이 휴손(虧損)되면 제화(濟火)하지 못하게 되어 虛火를 망동시켜 心神을 상요(上擾)하면 공황장애를 일으킨다.

▣ 심신불교(心腎不交)12)

정상적인 상황에서는 心火가 하부의 腎水를 온양(溫養)하여 신수가 넘치지 않게 하고, 신수가 상부의 심화를 온양하여 심화가 항성하지 않게 하지만, 房勞過度로 신음(腎陰)이 소모되면 심화를 적셔주지 못해 심화가 홀로 상염(上炎)하니 신과의 관계가 끊어지고, 과도한 정신활동으로 심양(心陽)이 편성(偏盛)되면 하부의 신수를 훼손시켜 심화가 상부에서 치성(熾盛)하는 수화부제(水火不濟)의 병변이 형성된다.

(4) 심양부족

체질요인 중에 심양부족이 나타나는 환자는 대개 큰 병이나 오랜 병 뒤에 나타나며, 비양(脾陽) 또는 신양(腎陽)이 허약하여 心陽의 부족을 초래하고 심맥이 온양(溫養)되지 못함으로써 공황발작이 발생한다.

12) 한의학대사전편찬위원회, 한의학대사전, 정담, p956

(5) 수음릉심

수음(水飮)이 내정(內停)하여 心을 범함으로써 일어나는 공황장애는 그 근원이 비신부족(脾腎不足)에 있다. 腎陽이 허하여 化氣行水할 수 없고 脾陽이 허하여 水濕을 운화하지 못하면 水濕이 안에 停聚하고 담음(痰陰)으로 변하여 心神을 요란(擾亂)하므로 본증(本證)이 일어난다.

(6) 심혈어조

어혈조락(瘀血阻絡)이 나타나는 공황장애는 그 원인이, 평소에 체질이 약하고 심양이 부진하여 혈맥의 정상적인 운행이 이루어지게 고동(鼓動)할 수 없으므로 심맥비조(心脈痺阻)를 초래하고 心神이 실양(失養)되어 본증이 발생하는 것 외에 풍한습비증을 앓은지 오래 되어도 낫지 않고 맥비(脈痺)가 심비(心痺)를 형성하여 심맥비조(心脈痺阻)하고 기혈불창(氣血不暢)함으로써 心神이 실양되어 공황장애가 발생하는 것도 적지 않게 볼 수 있다.

(7) 간울화화(肝鬱化火)

번민 또는 분노로 간의 소설(疏泄)기능이 실조되고 간울이 계속되어 화화(化火)하거나, 음식부절(飮食不節)로 습열(濕熱)이 일어나서 습열이 간담(肝膽)에 울체되어 화화하면, 화열(火熱)이 신명(神明)을 요란시켜 心神不安을 초래하고 이에 따라 공황장애가 발생한다.

(8) 간기울결(肝氣鬱結)

장부상관이론의 하나인 간기울결은 임상적으로 아주 흔히 볼 수 있다. 과로나 정신적인 스트레스가 지속되면 우리 몸에서 간기가 엉기어 울체된다. 이를 전문용어로 간기울결(肝氣鬱結)이라고 한다. 간의 기운이 정체되다 보면 크게 세 가지 문제가 생긴다. 첫째는 소화기의 문제요, 둘째는 간과 관련된 경락의 문제요, 셋째는 가슴· 어깨· 머리 등 인체의 상부에 관련된 문제다.

우선, 간장의 기운이 항진되면 소화기의 기능이 억제된다. 간의 정체된 기운이 위장에 영향을 미치면 속쓰림 · 메스꺼움 · 구역감 · 복부의 통증 · 딸꾹질이 나타날 수 있다. 대장에 영향을 미치면 아랫배가 아프면서 설사 또는 변비가 나타나거나, 혹은 변을 보아도 시원하지가 못하다.

간기울결에 따른 두 번째 문제는 간 경락, 즉 족궐음간경에 생기는 질병이다. 기가 운행하는 통로를 경락이라고 하는데, 간 경락은 엄지 발가락에서 시작하여 다리의 내측을 따라 올라와 생식기를 감싸고 돌며 아랫배를 지나 위를 끼고 올라와 간으로 들어간다. 즉 간의 기운은 생식기와 이어져 있어서, 간의 기가 정체되어 있다보면 여성의 경우는 자궁기능에 영향을 미친다. 이에 따라 생리통, 생리불순, 난소낭종 등이 생길 수 있다. 남성의 경우 음낭습진이 생기거나, 발기부전이 나타날 수 있다. 또 간의 경락이 지나가는 옆구리 부위를 주먹으로 두드려보면 옆구리가 울리면서 아프고, 신경을 많이 쓰면 때때로 옆구리가 뻐근한 것을 느낄 수 있다.

마지막으로, 간의 기운이 정체된 것이 오래되면 울화(鬱火)로 변한다. 울화로 변하면 화기(火氣)가 심장에 부담을 주어 가슴이 답답하고 신경이 예민해지며 불안, 초조, 깜짝 깜짝 잘 놀라는 증상이 나타난다. 숙면을 취하지 못하고 꿈을 많이 꾸거나 뒷목이 뻣뻣하고 어깨가 뭉치기 쉽고 두통이 심하게 나타나기도 한다.

(9) 위중불화(胃中不和)

명치부위가 막힌 것 같고 속이 메스꺼우며 대변을 보고 싶고 은은히 배가 아픈 증세가 있을라하면 공황증상이 갑자기 나타난다고 하는 것을 임상에서 종종 볼 수 있다.

≪동의보감≫에서도 "위불화즉와불안(胃不和則臥不安)"이라고 하였다. 소화불량이 되어 심하비증이나 포만증이 있으면 가슴이 답답하고 괴로워 편히 눕지 못하고 잠을 못 이루면서 공황이 오는 것을 뜻하는 말이다.

이럴 때는 대개 만성위염(慢性胃炎)이나 위하수증(胃下垂症), 과민성대장증후군을 갖고 있는 환자일 경우에 많다.

제6장 공황장애의 원인 [양방]

유전, 다른 생물학적 요인, 스트레스, 정상적인 신체반응에 대해 지나치게 민감한 생각 등은 모두 공황장애를 유발하는데 역할을 한다고 여겨진다. 그 밖에 다른 요인들은 알려지지 않았으며 이는 과학적 연구의 중요한 주제이다.13)

아래의 요소들은 서로 상호 작용하여 공황장애를 일으키는데 복합적으로 작용한다고 생각된다.

1. 생물학적 요인

공황장애의 생물학적 근거에 대한 연구 결과는 다양하다. 또한 공황장애의 증상이 뇌의 구조와 기능 이상을 초래한다고 하는 연구도 있다. 공황장애 환자에게 생물학적 자극제를 투여하여 공황발작을 유발하는 분야에서 많은 연구들이 이루어지고 있다.

관여하는 주요 신경전달물질로는 norepinephrine, serotonin, GAVA가 알려져 있다. 생물학적 연구 자료를 종합하면 ① 주로 locus ceruleus의 noradrenergic neuron과 median raphe nucleus의 serotonergic neuron, ② 예기불안의 발생에 관계된다고 여겨지는 변연계, ③ 공포회피에 관여된다고 여겨지는 prefrontal cortex에 집중되어 있다.

(1) 공황유발물질

공황유발물질이란 대부분의 공황장애 환자에서 공황발작이 유발되나 이 병력이 없는 사람에게서는 단지 소수에서만 발작유발되는 물질

13) http://www.ncbi.nlm.nih.gov

이다. 소위 호흡계 공황유발 물질이란 호흡자극으로 산-염기 평형을 기울게 하는 것들로써 이러한 물질로는 5~35%의 탄산가스 sodium lactate, bicarbonate 등을 포함한다. 신경화학적 공황유발물질들은 주로 중추신경계의 noradrenergic, serotonergic, GAVA receptor에 직접 작용하여 1차적 효과가 나타나는 것 같다.

(2) 뇌영상

뇌자기 공명영상(MRI)과 같은 뇌의 구조적 영상조사 결과 공황장애 환자들의 뇌는 측두엽, 특히 해마에 병리적 소견이 있음을 시사한다. 양자방출단층촬영과 같은 기능적 뇌영상조사에서 대뇌혈류조절장애가 시사되었다. 불안장애나 공황장애는 대뇌혈관을 협착시키고 이에 따라 어지러움과 같은 중추신경계 증상과 과호흡과 같은 말초 신경계 증상을 일으킨다.[14)]

2. 유전적 요인

공황장애의 유전 가능성에 관한 연구 결과들을 보면 유전적인 소인이 있을 가능성이 시사된다. 공황장애를 가진 사람의 직계 가족이 공황장애에 걸릴 가능성은 22%로 정상인의 직계 가족이 공황장애에 걸릴 가능성(2%)보다 열배 이상 높은 것으로 나와 있다. 또한, 일란성 쌍생아 중 어느 한쪽이 공황장애일 경우 다른 쪽도 공황장애에 걸릴 가능성은 31%이다. 반면에 이란성 쌍생아의 경우 어느 한 사람이 공황장애일 경우 다른 한쪽이 공황장애에 걸릴 확률은 거의 없는 것으로 나타났다.[15)]

14) 박현순, 공황장애, 학지사, p84

15) 박현순(2000), 공황장애, 학지사, p84
공황장애에 관한 모든 것 http://my.netian.com/~for3/everything.htm

하지만, 이 결과가 반드시 공황장애의 유전을 의미하는 것은 아니다. 왜냐하면 공황장애의 유전 가능성 때문인지 아니면 환경 탓인지 혹은 둘 다 원이 되는지는 아직 알 수 없기 때문이다. 특히 가족 중에 공황장애를 가지고 있는 사람이 있어서 늘 불안해하는 것을 보고 자란 사람이면 작은 일에도 쉽게 불안해질 수 있다.

3. 심리사회적 요인

(1) 정신분석이론

정신분석이론에 따르면, 공황발작은 공황을 유발하는 무의식적 충동에 대한 방어가 실패하였기 때문에 생긴다고 한다. 평소 소아기에 부모의 상실이나 불안, 분리불안의 경험을 중요하게 여긴다. 억압·전치·회피·상징화와 같은 방어기전이 동원된다.

어린아이 때의 외상적인 분리경험은 발달기 아이의 신경계에 영향을 끼쳐 성인이 되어서도 불안에 대해 민감하게 만든다. 정신역동을 잘 조사해 보면 공황발작을 유발하는 명백한 심리적 요인이 있다.

대조군에 비해 불안, 상실과 같은 인생사의 스트레스가 더 많다. 연구결과 공황장애환자는 17세 이전에 부모의 이별과 부모 사망과 밀접하게 연관되어 있음이 밝혀졌다. 공황발작의 원인은 심리적 스트레스가 신경 생리학적 변화를 일으켜, 스트레스로부터 과민하게 유발되는 신경생리학적 작용과 관계되어 있다고 알려져 있다.

(2) 행동이론

행동이론에서 불안은 부모의 행동을 모방하거나 고전적 조건화 과정으로부터 학습된 행동이라고 정한다. 고전적 조건화에서는 중립적인 자극(예:버스탑승)과 함께 나타난 고통스러운 경험(즉, 공황발작)을 겪은 후 그 중립적 자극을 회피하게 된다고 설명한다.

인지적으로는 사소한 신체증상(예: 심계항진)을 지각하는 것과 완전한 공황발작이 생성되는 것 사이에 연관이 있다고 가정한다. 즉 사람들은 심장이 경우에 따라 빨리 뛸 수 있다고 여기지만 공황장애 환자는 이 증상을 지나치게 과장 해석하여 파국적인 사고로 바로 연결시킴으로써 불안이 극도에 달하게 된다.16)

(3) 인지적 모델

인지적 모델에서는 공황발작의 과정에서 사고 내용의 발전에만 주목하지 않고, 환자들이 느끼는 여러 가지 육체적인 지각에 관심을 둔다. 그래서 공황장애 환자들은 자신이 느끼는 신체감각이나 증상을 지나치게 과장해서 해석하고, 소위 파국화의 사고가 개입되어 갑자기 불안이 크게 발전된다고 본다. 이는 누구나 운동을 하다가 심장의 박동이 빨라지는 것을 감지하면서 흉통을 느끼면, 자신이 심장마비를 일으키고 있는 것이 아닌지 우려하는 것과 같다. 공황장애를 경험했던 환자는 정상인에 비해 이렇게 잘못 해석하는 경향이 현저하게 크다. 인지적 모델에서 강조하는 것은 바로 이 잘못된 해석이고, 공황발작의 불안과 범불안장애의 불안은 근본적으로 양적인 차이가 있을 뿐이라고 보고 있다.

4. 스트레스

공황 발작 전에는 두 가지 흔한 스트레스가 발생할 수 있다. 먼저, 대인관계 스트레스로, 결혼이나 중요한 사람과의 갈등 같은 사건에서 발생한다. 다음은 신체적 스트레스이다. 심장 마비나 뇌졸중, 약에 따른 알레르기 반응, 지나친 음주에 따른 숙취, 마약 같은 사건으로 유발

16) 신경정신과학 p416~417

된다. 이런 사건들이 모두 예민한 사람들에게는 공황발작을 일으킬 수 있다.

5. 의학적 상태

특정한 의학적 상태가 공황발작을 유발할 수 있다. 또 그것을 조절하면 공황 발작을 없앨 수 있다. 이런 의학적 상태에는 갑상선 기능항진증(과다 활성화된 갑상선)과 크롬친화성세포종(pheochromocytoma, 갈색세포종이라고도 함 : 부신수질에 발생하는 종양으로 매우 드물게 발생)이 있다. 암페타민의 과다한 사용이나 커피(하루 10잔 이상) 같은 다른 의학적 문제들도 있다.

암페타민은 매우 강력한 중추신경흥분제로서 기관지천식, 비만증, 우울증, 파킨슨씨병, 간질, 수면발작 등 치료에 사용되어 왔다. 암페타민은 소량 사용시 식욕감퇴, 호흡 및 심박동수 증가, 혈압상승, 동공확대와 같은 증상이 나타나며, 다량 사용시에는 발열, 두통, 발한, 현기증 등이, 매우 많은 양을 사용할 때에는 안면홍조나 안면창백, 진전, 운동실조, 심혈관계 이상을 나타낸다.

그러나 이들 의학적 문제는 공황장애와는 다르다. 공황발작이 이들 의학적 문제로 발생한 것인지, 실제 공황장애에 따른 것인지를 구분하기 위해서는 의사의 철저한 진단을 받는 것이 좋다.[17]

한의학에서는 恐慌障碍를 정신적인 스트레스, 즉 울화(鬱火)에 따라 신체적, 정신적 증상을 나타내는 일종의 화병(火病)으로 본다.

따라서 심리사회적인 요인으로는 정신적인 과로나 충격으로 울화가 내부 장기에 쌓여 오는 경우가 대부분이며, 이에 따라 각각의 개체는 어려움을 겪고 괴로워한다고 본다. 또한, 생물학적 요인으로는 담

17) 공황닷컴 http://www.gongwhang.com

음(痰飮)이라 하여 비생리적인 체액이 체내에 일정기간 저류되었을 때 생기기도 하며 혈허(血虛)한 상태일 때 나타나기도 한다고 보고 있다.

제7장 공경(恐驚)에 따른 병증과 병리

七情이란, 사람이 사물에 대해 느끼는 일곱 가지의 감정변화를 가리킨다. ≪예기 · 예운(禮記 · 禮運)≫에서는 "무엇을 일러 사람의 정이라 하는가 하면 기뻐하고, 노여워하고, 슬퍼하고, 두려워하고, 사랑하고, 미워하고, 탐내는 것으로 이 일곱 가지는 배우지 않고도 잘 할 수 있는 것이다(何謂人情 喜怒哀懼愛惡欲 七者不學而能)"라고 하여 情志활동이 사람의 본능임을 명확히 설명하였다.

한의학에서의 칠정의 내용은 ≪예기 · 예운≫과 약간 다르게 喜 · 怒 · 憂 · 思 · 悲 · 恐 · 驚을 말한다. 하지만 사람의 情志활동이 오장의 생리활동 변화에서 오는 것으로 본 것은 마찬가지이다. 그러므로 ≪소문 · 음양응상대론(素問 · 陰陽應象大論)≫에서 "사람에게는 오장이 있어서 오기로 화하고, 이 오기가 喜 · 怒 · 悲 · 憂 · 恐을 생한다(人有五臟化五氣, 以生喜怒悲憂恐)"고 한 것이다.

칠정은 인체가 객관적인 사물의 자극에 대해 일으키는 情志 방면의 반응이다. 일반적인 상황 하에서 정상적인 생리활동에 속하면 결코 질병을 일으키지 않으므로 七情의 활동 역시 발병 요인이 될 수 없다. 그러나 갑작스럽고 극렬하거나, 정서 자극이 오랫동안 지속되면 인체의 氣機가 문란해지고 기혈 · 음양의 실조를 일으켜 발병한다. 예컨대 ≪三因極一病證方論 · 三因論≫에서 "칠정은 사람이면 누구나 갖는 본성으로, 칠정이 동하면 먼저 장부의 울결이 발생한다(七情, 人之常性, 動之, 則先自臟腑鬱發)"는 내용이다. 칠정이 병을 일으키면 병이 내부에서 발생하므로 칠정은 내상질병의 주요 발병 요인이 된다.

따라서 칠정과 장부기혈(臟腑氣血)은 밀접한 관계가 있다고 할 수 있다. 생리적 情志 변화는 장부의 정기(精氣)를 물질적 기초로 하는데,

이는 인체가 외계 사물의 자극에 대하여 일으키는 반응이다. 예를 들면 어떤 일은 사람을 기쁘게 하고, 어떤 일은 분노케 하며, 어떤 일은 슬프게 하고, 어떤 일은 두렵고 불안하게 하며, 어떤 일은 고민에 빠지게 한다. 좋지 않은 정서 자극은 장부기혈의 정상적 생리활동에 영향을 미치고, 또한 장부기혈의 생리활동에 이상이 발생하면 유해한 정서 변화를 일으킨다.

칠정 중 공황장애와 밀접한 연관이 있는 것은 驚과 恐의 정서이다. 경공의 情志이상이 각기 신체에 미치는 영향을 한의학 최고의 원전인 ≪황제내경≫을 중심으로 찾아보면 다음과 같다.

1. 腎在志爲恐(腎의 志는 恐이다)

恐은 사람이 사물을 두려워하는 정신상태이다. 恐과 驚은 비슷하다. 단 驚은 자기도 모르는 사이에 돌발적인 일이 발생하여 놀라는 것이고, 恐은 알고 있는 상태로 속칭 '담겁(膽怯)'이라 한다. 驚恐은 인체의 생리활동에 대해 좋지 않은 자극이 발생하여 야기되는 질병으로, 心·肝·膽·胃와도 관련이 있다. 즉, ≪증치준승·잡병(證治準繩·雜病)≫에서 "장부가 두려움을 받는 것에 네 가지가 있다. 첫째는 신장이요, 둘째는 간담이요, 셋째는 위장이요, 넷째는 심장이다(臟腑恐有四: 一曰腎, 二曰肝膽, 三曰胃, 四曰心)라고 하였고, ≪雜病源流犀燭·驚悸悲恐喜怒憂思源流≫에서는 "두려움이 지나친 것은 心腎肝胃에 병이 있는 것이다(恐者, 心腎肝胃病也)"라고 하였다. 恐과 氣血의 관계에 대해서 ≪소문·사시자역종론≫에서는 "(여름철에 피부에 침을 꽂으면) 혈기가 내부에서 쇠약해져 사람이 잘 놀라게 된다(血氣內却, 令人善恐)"고 하였다.

2. 恐傷腎

과도한 두려움으로 腎의 정기가 손상됨을 말한다. 腎은 精을 저장하는데, ≪소문 · 거통론≫에서 "두려움이 지나치면 精이 상부로 운행하지 못한다(恐則氣却)"고 하였고,≪靈樞 · 本神≫에서는 "두려움이 해소되지 않으면 精이 손상되는데, 精이 손상되면 뼈마디가 쑤시고 연약해지며 온몸이 차지고 정액이 저절로 흘러나온다(恐懼而不解則傷精, 精傷則骨痠痿厥, 精時自下)"고 하였다.

3. 恐則氣下(두려워하면 氣가 가라앉는다)

이는 지나친 두려움으로 腎氣가 약해져 氣가 하부로 빠져나감을 가리킨다. 임상에서는 二便失禁이 나타난다. 두려움이 해소되지 않으면 精이 손상되어 뼈마디가 쑤시고 사지가 늘어지고 차가워지며 遺精 등의 증상이 발생한다.

4. 驚則氣亂(놀라면 氣가 逆亂한다)

驚則心無所倚, 神無所歸, 慮無所定, 故氣亂矣. ≪素問 · 擧痛論≫

이는 갑작스럽게 놀라 마음[心氣]이 의지할 곳이 없고 神이 귀속될 곳이 없으며 두려움으로 의지가 흐트러져 안정되지 못하여 허둥대며 어쩔 줄 몰라 하는 것을 가리킨다.

5. 怵惕思慮則傷神, 神傷則恐懼流淫而不止. ≪靈樞·本神≫

두렵고[怵], 놀라고[惕], 생각[思]과 근심[慮]이 많으면 神을 상하게 되며, 神이 상하면 心이 虛해지고, 腎이 心을 누른다[相侮]. 腎의 志는 恐이므로 불안한 情志[恐懼]가 풀리지 않고, 또 精을 상하게 되어 精을 자주 自流하게 된다.

즉 神이 상하면 心이 겁약해지고, 心이 약하면 불안한 情志[恐懼]가 계속된다. 이와 같은 두려운 마음[恐懼]은 腎을 상하여 精을 固藏하지 못하고 精이 수시로 自流[精時自下]하게 된다. 이는 心腎不交로 精을 수섭(收攝)하지 못하기 때문이다.

6. 心怵惕思慮則傷神, 神傷則恐懼自失, 破䐃脫肉, 毛悴色夭, 死於冬.≪靈樞·本神≫

사려는 脾의 情이고, 心은 神을 저장한다. 만약 心이 출척사려(怵惕思慮)하면 심장의 神을 상하게 되고, 神이 상하면 주지하지 못하므로 恐懼自失[두려움이 자신의 능력으로 통제되지 않음]하게 된다. 이와 같이 心虛(怯)해지면 脾도 약해지기 때문에[火不生土] 脾가 주관하는 기육(肌肉)이 수척해지고 피모(皮毛)가 초췌해진다. 心之色은 적색인데 그 색이 밝지 못하고 黑赤色을 띠게 된다. 겨울철에 죽는다고 한 것은, 水克火[火畏水]하기 때문이다.

7. 驚傷膽者, 神無所歸, 慮無所定, 說物不意而迫. ≪世醫得效方≫

경악으로 膽을 상하게 되면, 神은 돌아갈 곳이 없어지고 慮는 定處를 잃게 되므로, 모든 말이나 사물이 불의에 닥치는 격이 되어 항상 작은 일에도 잘 놀라고 두려움과 불안함이 가시지 않게 된다.

8. 恐傷腎者, 上焦氣閉不行, 下焦回還不散, 猶豫不決, 嘔逆惡心. ≪世醫得效方≫

恐情이 腎을 상하면 精이 손상되므로, 腎氣의 승강이 不交하게 된다. 이렇게 되면 상초(上焦)는 폐색되고 하초(下焦)의 氣는 상승하지 못하여 흩어지지 않게 된다. 따라서 '恐則氣下"라고 하는 것이다.

恐情은 원래 腎의 情인데, 血不足이나 肝虛로도 恐情이 일어난다. "유예불결(猶豫不決)"이란 간담이 허하여 우유부단해지고 결단력이 부족해지는 것을 말한다. 또한 간이 허하면 木克土의 조화가 이루어지지 않기 때문에 脾가 승(勝)하여 구역 · 오심(嘔逆 · 惡心)이 있게 된다.

9. 恐懼而不解則傷精, 精傷則骨痠痿厥, 精時自下. ≪靈樞·本神≫

恐懼의 情이 不解하면 精을 상하게 한다. 精이 상하면 사지의 骨이 痠痛하든가, 사지가 위약(痿弱) 무력해지며 궐랭해진다. 정액이 수시로 유설(遺泄)되는 것은 장기가 상하여 藏精하지 못하기 때문이다.

10. 恐懼者, 神蕩憚而不收. ≪靈樞·本神≫

[주] 恐懼則神志驚散, 故蕩憚而不收. 神爲恐懼而散失也. ≪類經≫

恐懼의 情이 일어나면 정신이 산란하여 수습이 되지 않는다.

11. 恐本屬腎, 而有曰恐懼則傷心者, 神傷則恐也 ; 有曰血不足則恐, 有曰肝虛則恐者, 以肝爲將軍之官, 肝氣不足則怯而恐也; 有曰恐則脾氣乘矣, 以腎虛而脾勝之也, 有曰胃爲氣逆爲噦爲恐者, 以陽明土勝, 亦傷腎也; 是心腎肝脾胃 五臟皆主於恐, 而恐則氣下也. ≪類經≫

恐情은 본래 腎에 속하는 것이지만 또한 恐情은 心을 상한다고도 하였으며, 神이 상하면 역시 恐情이 떠나지 않는다고도 하였다.

血이 부족하면 恐情을 느끼며, 간이 허해도 恐情이 떠나지 않는다. 간은 將軍之官으로서 투쟁과 용감, 발동을 주관하는 기관이므로, 肝氣가 부족하게 되면 恐情이 자주 일어나게 된다.

또한 恐情이 떠나지 않으면 脾氣가 승(乘)하여 腎이 허해지며, 胃氣는 逆上하여 얼기(噦氣[呃逆, 딸꾹질])가 있으면서 恐情이 떠나지 않게 되는데, 이는 모두 陽明인 土가 勝하여 傷腎하였기 때문이다.

이와 같이 心 · 腎 · 肝 · 脾 · 胃 오장이 모두 恐情으로 병이 생기며, 恐情이 발하면 氣는 下하게 된다.

12. 恐懼者, 神蕩憚而不收. ≪靈樞·本神≫

恐懼하면 神志가 驚散하여 수습할 수 없게 된다. '神不收"란 神이 恐懼의 情으로 수습하지 못해 산실되어 있는 상태를 말한다.

13. 有病爲驚者, 曰東方色青, 入通於肝, 其病發驚駭. 以肝應東方風木, 風主震動而連乎膽也; 有曰陽明

所謂甚則厥, 聞木音則惕然而驚者, 肝邪乘胃也; 有曰驚則心無所倚, 神無所歸者, 心神散失也. 此肝膽胃心四藏皆病於驚, 而氣爲之亂也. ≪類經≫

동방과 청색은 간과 상통하며, 간에 병이 발생하면 경해(驚駭)의 情이 자주 일어난다. 왜냐하면 간은 東方風木과 상응하고 風은 진동을 상징하는데, 靜을 깨는 경악의 情志는 風木의 요동하는 모양과 같기 때문이다. 그리고 간과 담은 표리의 관계가 있으므로 담이 병들어도 자주 駭하게 된다.

陽明經에 병이 심해져도, 厥證이 오면서 작은 소리에도 잘 놀라게 되는데, 이는 肝氣가 胃에 乘하여 胃氣가 허약해진 탓이다.

또 경악의 情이 일어나면 心은 의지할 곳을 잃기 때문에 神이 흩어져 한 곳에 귀착하지 못하는데, 이는 心神이 산실되기 때문이다.

이렇게 볼 때 肝 · 膽 · 胃 · 心 네 곳의 臟이 모두 驚駭의 情으로 병을 얻으며, 또는 이 네 곳의 臟이 허약해지면 驚駭의 情이 자주 일어나게 된다고 할 수 있다.

14. 恐則精却, 却則上焦閉, 閉則氣還, 還則下焦脹, 故氣不行矣. ≪素問·擧痛論≫

恐懼의 情은 腎을 상하므로 精을 상하게 되어 精이 퇴각하게 된다. 精이 물러나면 腎氣의 승강이 안 되고, 水火의 相交가 이루어지지 않게 되어 上焦는 폐색된다. 따라서 腎氣는 상승하지 못하고 下焦로 돌아와 머물게 되니 下焦가 창만(脹滿)하게 된다. 따라서 '恐則氣不行"이라고 하였다. (張志聰의 註를 참고로 소개하면 다음과 같다. "氣는 水中의 生陽이다. 腎은 水臟으로서 精을 저장함을 주관하며 '生氣之源'이다. 恐이 腎을 상하게 하므로, 精氣가 퇴각하여 상승할 수 없게 된다. 膻中은 '氣之海'로서 위로 肺에서 나와 호흡을 맡고 있지만,

그 근원은 下焦에서 나오므로, 精氣가 퇴각하면 上焦가 막히고, 上焦가 막히면 生升하는 氣가 아래로 돌아가서 下焦가 脹滿하게 된다. 이렇게 上下의 氣가 서로 교통하지 않으므로 '氣不行'이라고 하는 것이다.")

제8장 오장과 공황장애

恐은 腎을 상한다고 했다. 자주 두려워하게 되면 기가 내려가 하초에 있는 腎이 상하고 이에 더욱 자주 두려워하게 되고, 선천적이거나 후천적인 다른 요인으로 腎이 약할 경우에도 자주 두려워하게 된다. 공황장애에서 자주 두려움을 느끼는 것은 신과 많은 연관이 있겠다.

恐은 원래 腎에 속하지만 七情은 모두 心이 주관하므로 心과도 연관된다. 공황장애에서 驚悸, 怔忡, 上氣, 흉민(胸悶), 胸痛, 심도욕궐(心跳欲厥) 등을 느끼는 것은 심의 허약한 것과 관련된다. 또한 간신동원(肝腎同源)으로 肝과 腎은 같이 하초에 음혈의 근원이다. 간은 장군지관(將軍之官)으로 용감함과 진취력을 주관하는 장으로, 간이 허약하면 무기력, 무욕하게 되고 자주 두려워한다.

폐와 비 또한 공황장애와 연관이 된다. 예를 들어 水飮이 흉중이나 중초에 머물러 있어 심에 영향을 주는 경우는 肺, 脾를 같이 치료한다. 하지만 腎, 心, 肝보다는 연관성이 적다고 하겠다.

제9장 공황발작의 증상

공황발작의 증상의 특징은, 예기치 않던 중에 아무런 특별한 자극이 없이 갑자기 일어난다는 사실과, 그 발작이 보통 길어야 10분 정도로 짧다는 것과, 몇 가지 특수한 증상이 있다는 점이다.

다음은 공황발작의 대표적인 증상들이다.

1. 가슴이 심하게 두근거리거나 심장박동이 빨라짐
   - 驚悸, 怔忡 或 頻脈
2. 땀을 흘림 - 汗症(自汗, 手足汗, 頭汗, 心汗)
3. 손, 발 혹은 몸이 떨림 - 手足振顫 或 身瞤動
4. 호흡이 가빠지거나 숨이 막히는 느낌
   - 短氣悸乏(呼吸困難), 短氣欲絶不得息
5. 흉통 또는 흉부 압박감 - 胸痛 或 胸悶
6. 질식할 것 같은 느낌(목이 눌리거나 졸리는 감각) - 窒息感
7. 메스꺼움 또는 복부 불편감 - 惡心嘔吐 或 腹部不便感
8. 자제력을 잃거나 미칠 것 같은 두려움 - 恐懼自失, 心跳欲厥
9. 비현실감 또는 이인증 - 非現實感 或 離人感
10. 죽을 것 같은 두려움 - 恐懼欲死
11. 오한 또는 열감을 느낌 - 惡寒 或 上氣
12. 어지럽고 쓰러질 것 같은 느낌
    (어지러움, 불안정감, 머리 멍함 또는 졸도)
    - 頭重脚輕(眩暈, 頭眩, 目眩, 頭重, 頭痛 或 卒倒)
13. 감각이상(손발이 저리거나 마비되는 느낌)
    - 感覺異常(手足痺 或 手足痲痺感)

공황발작이 있을 때의 경험을 인지적 측면에서 종합하면 다음과 같다.

1. 공황발작의 심리증상

(1) 첫 번 발작시에는 너무나 갑작스러운 일이고 환자가 전에 한 번도 그런 경험을 해본 일이 없기 때문에 그 긴박성과 기이한 경험을 말로 표현하지 못한다. 전에 발작을 경험한 사람의 경우 이 때 느끼는 공포와 불안이 평상시 느끼는 불안과는 전적으로 질이 다르다는 점을 강조한다. 마치 잠자다가 악몽에 빠진 상황 같아서 신체적인 감각들이 변질되어 각종 신체반응을 예민하게 경험하며 외부세계에 대한 감각도 변질되어 이상하게 느껴진다. 즉, 늘 보고 느꼈던 현실감이 잠시 없어지고 비현실적이고 어지러움을 느끼는 이상한 머릿속 감각을 체험한다. 몸에서 기운이 갑자기 빠지는 것도 같고, 또 사지의 감각이 둔해지면서 마비가 오는 것도 같으며 실제로 손발이 떨리기도 하고 무언가 큰 신체 변화가 더 올 것만 같이 생각된다.

(2) 환자를 가장 놀라게 만드는 것은 자기 자신이 가지고 있는 '조정'이 소실되어 신체적으로나 정신적으로 어떤 파국이 온다는 느낌이다. 보통 때 우리는 의식하지 않는 중에 자동적으로 자기 조정을 유지하고 사는데 이 같은 조정권은 의식적으로 무엇을 조정하려는 노력이 아니고, 자연스럽게 잡혀져 있는 균형의 상태를 말한다. 그런데 이 조정이 공황발작시에 무너지는 것 같이 느껴지니 이것을 회복하려고 필사적인 노력을 하게 된다. 정신을 차리려고 애를 쓰고 스스로 진정하려고 노력도 하며 마치 정신을 잃을 것 같은 느낌을 이겨보려고 노력한다. 무엇인가 자기 자신에게 도움이 되는 이성적인 내용을 생각하면서 평정을 찾으려 하나 전혀 긍정적인 내용이 생각나지 않고 계속 공포가 악화되니 자기가 처한 상황에서 빨리 '빠져나

가'거나 그렇지 않으면 신속히 '구원을 받아야 한다'는 생각만이 지배한다. 그래서 대부분의 경우 구급차를 부르든지 그 외 방법으로 급히 병원 응급실로 달려가게 된다.

(3) 발작 시에 환자가 갖는 지배적인 생각은 '곧 심장마비로 죽는다' '뇌의 혈관이 터져 의식을 잃는다' '곧 사지에 마비가 올 것이다' '이러다가 정신을 잃어 실신할 것이다' '정신을 잃어가는 것이 분명하다' '온 피가 머리로 가니까 고혈압으로 뇌의 혈관이 터질 것이다' '이래서 사람이 미치는 것이다' '산산조각이 나는 것이다' 등이다. 이와 같은 생각들은 두 가지로 분석되는데, 그 하나는 자기가 현재 죽어가고 있다는 생각이고, 또 하나는 의식이나 정신을 잃어가고 있다는 내용이다. 이와 같은 생각들이 공포감을 더 한층 심화시킨다는 것은 분명한 일이다.

(4) 발작은 처음 한 두 번은 정도가 경하고 그 발작 자체가 무엇인지 잘 몰라서 공포와 불안을 느끼지 못하는 경우도 있지만, 이것은 예외 상황이고 대부분의 경우 발작은 말로 형언할 수 없는 공포와 불안을 안겨준다. 공포가 심해서 공포감인지조차도 잘 알지 못할 정도이고 이를 구체적으로 불안이라는 사실을 인정한다. 이 공포와 불안의 특징은 도저히 자기가 조정할 수 없는 감정이라는 것을 처음부터 알고 있는 절망감이 동반된다는 점이다. 무엇인가 큰 위험에 부딪혀 공포에 압도되어 있는데 이 위험이 자동적으로 물러가거나 자기가 거기에서 빠져나오지 않는 한 공포는 영원히 지속될 것 같은 확고한 전제가 있다. 어떤 때는 이와 같은 공포 반응이 실제로 위험이 있어서가 아니라 하나의 '가짜 경고 반응'이라고 알고 있는데도 위험이 없다는 사실을 스스로 타일러서 설득하지 못하고 '이번에는 정말로 죽는다'는 생각에 압도적으로 지배된다. 발작이 있을 때 환자가 갖는 이성의 효과는 압도적인 공포에 비하면 범람하는 한강물을 사발로 떠내는 격 밖에 되지 않는다.

(5) 공황발작이 아무런 자극 없이 자동적으로 일어나는 경우도 있지만, 발작 전에 느끼는 '육체적인 감각'이나 '이상한 생각' 등으로 발작이 오는 것을 미리 아는 경우도 있다. 그러니까 발작에 앞서 '가슴이 답답하다' '숨쉬기가 어렵다' '무언가 머리를 스치는 전율감이 있다' '뒷머리 위쪽으로 뻣뻣하게 치솟는다' '혈압이 오른다' '손발이 뒤틀린다' '사지가 마비된다' '사지의 감각이 없어진다' '목을 무엇이 누른다' '앞가슴이 아프다' '바깥 세상이 좀 더 밝게 보이면서 눈이 부시다' '소변이 마렵다' '식은땀이 흐른다' '열기가 확 오른다' '손발이 차가워 진다' '손발이 떨린다' 등 어떤 신체 감각이 확대되어 공포를 불러일으킨다. 처음에 떠오르는 생각은 '남들이 내가 불안한 것을 알아차리면 어떻게 하나' '빠져나갈 길이 없다' '이제는 꼼짝 못하는구나' '누가 도와줄 사람이 없는데 어떻게 하나' '이 근처에 병원이 없을 텐데' '숨이 넘어가는 구나' '심장마비가 오는 것이 틀림없다' '뇌졸중이 있으면 손발이 마비되는데' '약을 잊어버리고 안 가지고 왔는데' '약을 차 속에 두고 들어왔는데' '약이 떨어지고 내일은 일요일이라 병원이 쉬는데' '의사 선생님이 출장중인데' 등의 비적응성 사고 내용들이다. 그리고 특징적으로 공황발작을 경험했던 환자들은 과거에 자기가 경험했던 공포를 기억하고 특히 그 상황에서 자기에게 불리했던 상황들이 회상되어 공포와 불안을 증가시킨다.

(6) 공황발작이 일어날 때 자율신경계통의 교감신경계의 활성화로 여러 가지 신체 변화가 일어나는 것은 잘 알려진 사실이다. 그러나 교감신경계통의 증상 못지않게 부교감신경계의 기능 항진으로 느껴지는 감각도 적지 않게 두려움을 안겨준다. 이것은 콜린 계열의 활성화(cholinergic activation)와 이에 따르는 운동성의 완전 쇠약(collapse)이다. 정신이 흐려지면서 기진맥진하며 온몸의 힘이 빠지는 듯한 무력상태에 빠진다. 교감신경계 활성화의 증상이 공황발작 환자를 괴롭힌다는 사실은 잘 알려져 있지만 동시에 (또는 약간 뒤

늦게 일어나는) 부교감신경계의 증상이 오히려 환자를 무기력한 상태에 빠뜨려 더욱 고통스럽게 만든다는 사실은 잘 알려져 있지 않다.

2. 공황발작의 신체증상

환자가 공황발작 당시에 경험하는 신체증상은 대부분의 경우 복잡해서 말로 표현하기 어렵다. 그러나 그 중에서도 한 가지 내지는 두 가지 신체증상이 유별나게 위협을 주기 때문에 환자가 잘 기억하고, 그가 증상을 호소할 때는 이 한 두 가지 증상만을 되풀이하기 쉽다. 이와 같이 부각되는 신체증상은 공황자극(panic stimulation)이 되며 일상생활에서도 이 증상은 그가 가장 두려워하는 대상이 되어 이 자극이 있을 때마다 환자가 심한 공포를 느낀다. 그러나 환자는 공황자극이 된 이 특별한 신체증상만 가지고 있는 것이 아니라 여러 가지 다른 증상들도 같이 경험한다. 그래서 공황발작 시에 어떤 신체증상들을 경험하는지 철저히 하나를 자세히 물어보고 기록하여 두는 것도 중요하다. 또한 그 중에서도 어떤 신체증상이 공황자극이 되어 환자가 계속 예민하게 반응하게 되는지를 분별하는 것이 중요하다.

(1) 호흡곤란

공황발작 시 가슴이 답답해 오고 숨쉬는 데 지장이 있는 느낌을 갖는 것은 가장 흔한 신체증상의 하나다. 이 감각을 좀 더 설명해보라고 하면 대부분의 경우 '숨이 막히는 것 같다' '공기 소통이 안 된다' '산소가 부족하다' 등으로 표현한다. 전형적인 예를 들어보면, '버스를 타고 가는데 버스가 남산터널에 들어가자 갑자기 숨이 막히는 것 같고 답답해지기 시작했다'는 식으로 호소한다. 이것은 과환기증(hyperventilation)과는 다른 증상으로, 자주 공기를 들이마시면서 혈중의 산소량이 상승되는 겨를 없이 순간적으로 엄습하는 증상이다.

어떤 환자는 발작이 없을 때도 '가슴이 답답한' 신체감각이 오는 수가 있어 이 때문에 상당히 고통을 받고 매번 공포와 불안이 야기된다.

(2) 흉통(chest pain)

많은 환자가 발작시 맥박이 빨리 뛴다고 하면서 가슴에 오는 어떤 이상감각을 호소한다. '가슴이 눌린다' '가슴이 쿵하고 울린다' '가슴이 벌렁벌렁한다'는 등이 좋은 예다. 개중에는 흉통을 느끼는 환자가 있는데 동통의 정도나 양상이 다양하다. 심한 흉통을 호소하면서 몹시 불안해하는 환자도 종종 볼 수 있다.

심한 흉통이 있는 환자는 예외 없이 그것을 심장마비, 즉 심근경색증(myocardial infarction)으로 생각하여 내과의사나 심장전문의를 찾게 된다. 최근의 한 통계에 따르면 심장전문의를 찾아 흉통을 호소하고 또 전문의도 관상동맥질환을 의심하여 이 가능성을 배제하기 위해 관상동맥혈관촬영술(coronary angiogram)을 시행한 경우 관상동맥에 전혀 이상이 없다고 판명된 환자의 약 60%가 공황장애 진단기준에 맞는 환자들이라고 한다.

흉통을 호소하는 환자 중에는 발작이 없을 때도 동통이 있는 환자가 많다. 그리고 이 흉통의 정도가 심하기 때문에 관상동맥에 이상이 없다는 것을 알고 있으면서도 몹시 두려워하게 되고 그래서 이 불안이 만성화되면서 생활에 광범위하게 번져 불안을 처리하기 어려워지는 경우가 많다.

임상가들 사이에도 흉통이 있는 공황장애 환자가 치료에 잘 듣지 않아 예후가 나쁜 것으로 이야기되고 있다. 이 흉통이 어떤 기전으로 어떻게 일어나는지에 대해서는 아직 정설이 없고 또 공황장애 환자 중에 흉통을 호소하는 환자가 흉통이 없는 환자와 어떻게 다르냐 하는 질문에 대해서도 아직 정답이 없다.

(3) 어지러움(dizziness)

공황발작의 신체증상 중 뚜렷한 것 하나가 바로 이 어지러움이다. 이것은 심한 불안정감(unsteadiness)이라고 표현하는 것이 좀 더 정확한데, 이 어지러움은 中耳의 이상을 강하게 의심하게 하므로 대부분의 환자는 이비인후과를 찾아가 검사를 요구한다. 청력검사를 위시하여 복잡한 중이의 기능검사를 받으나 이상소견은 발견되지 않는다. 어떤 환자는 심한 어지러움 때문에 잘 서지도 못하고 심한 불안정감을 느끼면서 이비인후과 검사가 모두 정상이라는 결과를 믿지 않는다. 이 어지러움 증상으로 심지어 공황발작 자체가 중이에 이상이 있어서 생기는 원인론이 나올 정도이다.

(4) 위장계통의 증상

공황발작시 '명치에서 무엇이 치밀어 올라온다' '속이 쓰리다' '배가 아프다'는 등 위장장애 증상들을 호소하는 환자들이 많다. 이런 환자는 거의 모두가 메스껍다는 惡心을 호소하며 개중에는 이 때 설사를 하며 드물게 토하는 사람도 있다. 특히 설사가 있는 환자는 급히 화장실에 달려가야 한다는 절박감 때문에 심한 불안을 경험하고, 그들의 공포상황은 주로 화장실이 없다는 것 자체도 불안을 일으키는 자극이 된다.

첫 번 공황발작 시에는 토하는 환자가 있는데 이런 환자는 자기가 또 다시 토할까봐 몹시 두려워하고 속이 메스꺼우면 즉시 구토에 대한 공포감이 생긴다. 한국인 환자들 중에는 발작 중 '속이 거북하다' '배가 아프다'는 호소를 하는 이가 많고 그들은 대부분 발작이 없을 때도 '소화불량' '속이 나쁘다' '잘 체한다' 등의 증상을 호소한다.

그래서 여러 가지 음식에 대해 조심을 하고 특히 약물에 대해서도 자신의 위가 예민하다고 믿고 있다.

(5) 두통

공황발작 시에 두통을 호소하는 환자는 그리 많지 않으나 그 대신 '머리 한쪽이 눌리는 것 같다' '뒷골이 뻣뻣해진다' '머리 전체가 압축되는 것 같다' 등의 호소는 흔히 볼 수 있는 것들이다. 이런 두통 때문에 신경과 검사를 받고 뇌단층촬영, 뇌파검사 등을 시도하나 이상소견은 발견되지 않는다. 특히 머리의 근육이 긴장되는 두통을 호소하는 환자들은 이 증상을 공황발작의 전조증상으로 생각하고 있다. 공황장애로 이미 약물을 쓰고 있는 환자가 두통을 호소할 때는 혹시 이 증상이 항우울제에 따른 것은 아닌지 의심해 보아야 한다.

(6) 이상시력

'눈이 부옇게 보인다' '아물거린다' '광채가 유난히 더 밝게 보인다' '눈앞이 캄캄해진다' 등 이상시력을 호소한다. 발작 시 눈이 안 보인다는 환자는 드물지만 그런 경우 실명에 대한 공포증이 생긴다.

공황의 신체 증상과 이에 수반된 파국적인 생각[18)]

신체 증상	수반된 파국적인 생각
1. 가슴이 두근거린다.	심장마비, 죽음, 공황이 오는구나, 의식상실, 미치는 것 아닌가
2. 손발이 차고 팔다리가 저린다.	중풍 마비, 반신불수, 죽음, 사후세계, 공황 공포, 기절, 뇌손상, 약물 중독, 경련
3. 현기증이 난다.	기절, 뇌손상, 뇌사, 뇌졸중, 의식불명, 공황공포, 중병, 저혈압, 죽음, 암흑

4. 숨이 막힌다.	질식, 죽음, 의식상실, 심장마비, 뇌마비, 이건 실제 상황이 아니다. 뇌출혈, 뇌졸중, 중풍, 의식상실
5. 머리가 아프다.	머리가 꽉 막혀 멍하다, 뇌종양
6. 가슴이 답답하게 조여든다.	질식사, 죽음, 심장파열, 미치는 것 아닌가
7. 내가, 내 주변이 이상하게 보인다.	미치는 것 아닌가, 뇌암, 뇌졸중, 뇌출혈, 죽음, 사람을 불러야지
8. 오한이 나거나 온몸이 달아오른다.	공황공포, 죽음, 미치는 것 아닌가, 신경성이다
9. 메스껍고 속이 거북하다.	암, 속병, 구토
10. 온몸이 떨린다.	죽음 기절, 신경이 놀람
11. 시야가 흐리고 시력이 이상하다.	죽음, 눈이나 뇌에 이상, 중풍

출처: 박현순, 1996

18) 이상심리학시리즈 권5 ≪공황, 그 숨막히는 공포 공황장애≫, 박현순 저 학지사, p123

제10장 공황장애의 증상

공황장애의 증상은 크게 신체증상 · 정신증상 · 사고증상 · 행동증상으로 나눌 수 있다.

공황발작을 경험하게 되면 평상시 몸의 긴장도가 올라가 예전에는 걱정하지 않던 일에 잔걱정이 증가하고, 또한 예전에는 놀라지 않던 사소한 일에도 깜짝깜짝 잘 놀라게 된다. 어떤 환자들은 예전과는 달리 소심해졌다는 말을 하기도 한다.

이러한 공황장애 환자의 만성적인 긴장상태는 근육이나 관절에도 영향을 미치게 된다. 따라서 어깨, 목, 옆구리 등이 결리고 묵직한 느낌이 들며 두통, 흉통 등의 신체증상들을 경험하게 된다.

한의사들은 신체증상을 제일 중시 여기지만, 정신과의사들은 신체증상보다 사고증상과 행동증상을 더 근본적인 문제로 생각하고 있다.

1. 신체증상

정충(怔忡:가슴이 두근거림), 경계(驚悸:깜짝 깜짝 잘 놀람), 상기(上氣:얼굴이 화끈 달아오름), 흉민(胸悶:가슴답답), 흉통(胸痛), 호흡곤란(呼吸困難), 질식감(窒息感), 筋肉緊張, 수족진전(手足振顫:손발떨림), 신순동(身瞤動:몸이 떨림), 땀을 흘림(汗症), 두통(頭痛), 현훈(眩暈:어지러움증), 두중각경(頭重脚輕: 머리는 무겁고 다리는 가볍다는 뜻으로 어지럽고 허전하여 쓰러짐 또는 쓰러질 것 같은 상태), 手足痺(손발저림), 수족마비감(手足痲痺感), 매핵기(梅核氣:후두부이물감증), 오심구토(惡心嘔吐:속이 미식거리고 토할 것 같은 느낌), 불면(不眠), 다몽(多夢), 빈각(頻覺), 식욕부진(食欲不辰), 이피로(易

疲勞:쉽게 피로함), 공복산통(空腹痠痛:공복시 속이 쓰리고 아픔), 구건(口乾:입안이 마름), 口苦, 설건(舌乾:혀가 마름), 便秘, 泄瀉, 유정(遺精), 빈뇨(頻尿), 조루(早漏), 오심번열(五心煩熱:양쪽 손발바닥과 가슴 등 다섯 곳에 열감이 있는 것), 오후발열(午后發熱), 사지부종(四肢浮腫), 사지무력(四肢無力) 등이 여기에 해당된다.

2. 정신증상

만사가 귀찮다, 좌와불안(坐臥不安: 안절부절못함), 초조하다, 도피하고 싶다, 신경이 예민하다, 자제력 상실(自制力 喪失), 심도욕궐(心跳欲厥: 얼굴이 창백하고 손발이 차며 식은땀이 나고 가슴이 심하게 두근거리며 숨이 차 정신을 잃고 넘어지는데 얼마 후 이내 깨어난다.

의식을 잃고 쓰러지는 것은 중풍과 비슷하나 후유증을 남기지 않는 것이 중풍과 다르다), 공구욕사(恐懼欲死: 몹시 두려워 죽을 것 같다), 사소한 일에도 짜증과 신경질이 난다(울화가 치민다), 정신집중의 곤란과 기억력 감퇴, 우울하다, 머릿속이 텅 빈 것 같이 멍하다, 심기증(心氣症:지나치게 건강에 대해 신경을 쓴다), 모든 일에 자신이 없다, 쓸데없는 생각이 머릿속에서 떠나지 않는다, 공포감이 든다, 강박감이 든다, 사소한 일에 당황을 잘한다, 사람접촉이 싫고 혼자 있고 싶다, 사소한 일에 너무 집착한다, 긴장감이 든다, 허무감이 든다 등이 여기에 해당된다.

3. 사고증상

공황장애의 신체증상은 공황발작 당시는 고통스러워도 몸에 어떤 후유증이나 변화가 남게 되는 것은 아니다. 환자들이 사회생활이나 대인관계에 문제가 생기는 것, 즉 행동에 변화가 생기는 것은 공황장애 특유의 사고증상 때문이다.

'이러다 죽는 것은 아닐까?' '이러다 미치는 것은 아닐까?' '다른 사람들 앞에서 공황발작을 경험해서 망신을 당하는 것은 아닐까?' '모르는 사람들 사이에서 공황발작을 경험하면 도움을 받지 못할 텐데' '지하철을 타다 공황장애를 경험했으니 지하철을 타면 또 발작이 올지도 몰라' 등의 생각이 대표적인 사고증상이라고 할 수 있다.

4. 행동증상

행동증상이란 공황장애에 따른 불안사고로 평상시 생활패턴에 변화가 오는 것을 말한다.

'지하철, 차량, 터널 등 공황발작이 일어날 것 같은 상황과 장소를 피하는 임소공포증' '불안을 줄이기 위해 술을 끊고 커피를 안 마시는 것' '자극받는 일이나 대인관계를 피하는 것' '격렬한 운동경기의 시청을 피하는 것' '더운 날에 외출을 하지 않고 운동을 하지 않는 것' 등이 대표적인 증상이다.

제11장 공황장애의 합병증

공황장애가 만성화되면서 생기기 쉬운 합병증이나 공황과 함께 찾아오는 달갑지 않은 장애들이 몇 가지 있다. 이러한 장애들이 공황장애에 따른 것인지, 아니면 공황장애와 상관없는 장애지만 우연히 함께 발생하는지에 대해서는 확실하게 밝혀지지는 않았다.

공황발작 경험은 말로 표현하기 어렵고 표현할 때 자신을 가장 위협하는 증상만을 호소하기 때문에 문진시 한 가지씩 더듬어서 자세히 물어봐야 한다.

1. 우울증

환자가 주로 자신의 처지를 몹시 괴롭고 우울하게 이야기하면서 실제로 울음을 터뜨리는 경우가 많다. '내가 왜 이러는지 모르겠다'는 식의 말을 반복하면서 자신이 무섭고 불안하다는 말은 수치감 때문에 잘 하지 못하고, 자신이 공포감이나 불안감을 극복하지 못한다는 자책의 내용만으로 말을 전개시킨다.

예기치 못한 공황발작 증상이 자주 생기다 보면 또 다시 공황을 겪을까봐 항상 불안한 마음으로 조바심이 나 견딜 수 없게 되고, 자신감이 없어지며 점점 무기력하게 된다. 매사에 의욕이 없어지고 사람을 만나고 말을 하는 것조차도 피하게 되는데, 우울한 기분과 부정적인 생각이 주류를 이루며 심할 때는 차라리 이렇게 사는 것보다는 죽는 것이 편하겠다는 생각을 하기도 한다.

그래서 공포나 불안을 호소하지 않고 우울 쪽을 더 강하게 제시하기 때문에 공황발작이 있다는 것을 의사가 모르는 경우가 많다. 그러므로 우울증이 있는 환자는 과거에 공황발작이 있었는지에 대해 반드시 물어보아야 한다.

공황장애에 이차적으로 우울증이 동반되면 두 가지 문제를 같이 치료해야 하지만, 공황증상이 호전이 되면 대부분 우울증도 동시에 좋아지는 경우가 많다. 만약 우울증이 심하면 입원치료를 하는 것도 고려해 보아야 한다.

2. 심장병

공황증상 중에서 심장 증상만을 심하게 호소하는 환자들이 가장 많다. 부정맥이 있어서 혹시 이러다가 심장마비가 오는 것은 아닌가 걱정을 많이 하고 내과를 전전하기도 한다. 유명한 심장 전문의를 찾아서 모든 검사를 받았고 심장에 아무런 이상이 없다는 검사 결과를 의사로부터 듣지만, 심장 뛰는 것이 불규칙하게 느껴지고 자기가 맥박을 짚어보면서 어쩌다가 박동이 건너뛰는 경우를 발견하여 스스로 부정맥이 있다고 믿는 것이다.

공황발작을 경험한 환자가 심장병을 의심하는 경우가 많지만, 실제로 공황발작이 심장병과 같이 있는 경우도 많이 있다는 것을 알아야 한다. 협심증(angina pectoris)과 공황발작이 같이 올 수 있으며, 부정맥 특히 임상적으로 의미가 별로 없는 조기심실박동(premature ventricular contraction), 그리고 각종 빈맥들이 같이 있을 수 있다. 심장병이 있다고 믿는 환자가 진찰받으러 올 때는 과거에 심장기능 검사를 받았는지 알아보고 만일 검사를 받은 일이 없으면 반드시 검사를 받도록 하는 것이 좋다.

3. 알코올 남용, 약물 남용

공황장애가 있는 환자들은 뭔지 모를 불안감과 두려움에서 벗어나기 위하여 술과 약물에 쉽게 탐닉하게 되고 의존하게 된다. 처음에는 도움이 될 수도 있으나 그 때 뿐이며 안정을 얻기 위해서는 점점 더 많은 양을 섭취해야 한다. 그러다 보면 자기도 모르게 술과 약물에 노예가 되어 '빈대 잡으려다 초가삼간 다 태우는 꼴'이 되고 만다.

실제로 알코올 환자를 대상으로 조사해 보았는데 알코올 환자의 60%가 공황발작을 경험했다고 한다. 이것은 공황발작이나 이에 따르는 공포증에 대한 하나의 적응방식으로서 또는 공포나 불안을 덜어주는 약으로서 알코올을 사용하기 때문이다.

간혹 알코올 의존증 환자가 갑자기 술을 끊어 금단증상 때문에 마치 공황발작 때 같은 경험을 하는 수가 있다. 이런 경우는 오히려 드물고 술이 공포나 불안을 덜어주니까 마시다보면 알코올중독자가 되는 경우가 대부분이다.

술 외에 각종 약물을 남용하는 수가 있다. 특히 benzodiazepine 계통 신경안정제나 수면제에 의존하게 되는 경우도 있다. 이와 같이 술이나 약물남용이 공황장애와 같이 있을 때는 공황장애를 우선 치료하면서 술이나 약물을 중단시켜야 한다. 일단 공황장애 치료약으로 공황발작을 봉쇄한 후 술이나 약을 중단시킨다.

알코올의 경우에는 설혹 금단증상을 겪더라도 일시적으로 중단시키는 것이 좋고 신경안정제의 경우는 공황장애 치료약을 사용한 후 남용하고 있는 약을 점진적으로 줄여서 중단시키는 것이 좋다.

사용한 약물이 공황발작을 유발시키는 경우가 있다. 특히 중추신경자극제, 예를 들어 필로폰이나 코카인을 사용하는 도중에 공황발작이 일어났다는 보고도 있다. 이런 환자의 경우 약물 사용을 중지한 후에도 공황발작이 계속되고 또 전형적인 공포증도 생긴다. 특수한 방향성 휘발물질이나 칠 또는 접착제의 냄새를 맡으면 공황발작이 일어날 것 같은 심한 불안을 느끼고, 또 음식을 먹을 때 혹시 어떤 약물이 섞여 있어 발작을 일으키지 않을까 두려워하는 공포증도 생길 수 있다.

4. 공포증(phobia)

공황발작을 경험한 환자는 예외 없이 공포가 생긴다. 우선 그가 겪은 끔찍한 공황상태 자체에 대한 공포이다. 또다시 공포상태가 오지 않을까 하는 경계심은 모든 환자들이 예외 없이 보이는 특징적인 것이다. 이 '공포에 대한 공포'가 환자의 사는 모습을 공황발생 이전과는 180도로 다르게 만든다.

극도로 예민해진 환자는 작은 신체의 이상감각에도 마치 발작이 오는 전조가 아닐까 해서 과잉 반응한다. 또 실제로 위험의 가능성이 약간만 있어도 그 위험이 크게 과장되어 미리 겁내고[예기 불안], 그 위험의 가능성을 막기 위해 미리 위험 가능한 처지를 회피하게 된다. 그래서 공황발작을 경험한 사람들이 처음 도움을 찾을 때 공황발작 자체는 잊어버리고 여러 가지 공포를 문제로 늘어놓는 수가 많다.

자기 몸에 무슨 큰 이상이 있어 공황상태와 연결된 것이 아닌가 해서 조그만 신체변화에도 예민하게 걱정하게 되는 건강 기우(杞憂), 발작이 일어났던 장소나 이와 비슷한 처지에 접하는 것을 회피하는 행동[특정 공포], 그리고 이 공포가 생활 전반에 넓게 번져서 생활에 큰 제한을 주는 임소(臨所) 공포증 등의 증상을 호소한다. 그러니까 공포증을 호소하는 환자를 접했을 때는 우선 공황발작의 경험이 있었는지를 물어보는 것이 중요하다.

5. 건강염려증

공황장애 환자는 자기가 겪은 발작 경험과 그 후에 생긴 예기불안을 감정으로 느끼지 못하고 한결같은 신체의 증상으로 경험하는 경우들이 많다. 이런 환자들은 계속 내과나 신경과, 이비인후과, 특히 심장 및 호흡기 내과를 찾아간다.

심전도, X-ray 검사, 뇌파검사, 뇌단층촬영, 청력검사, 심지어는 관상동맥혈관촬영까지 해본다. 이런 검사들의 결과가 모두 정상으로 나와도 신체에 생기는 변화에 극도로 예민해지고 조금만 변화가 있어도 걱정이 되어 이것이 위험한 것이 아니라는 사실을 확인 받고 싶어한다.

의사를 자주 찾아가는 이유는 바로 이 확인과 안심을 얻기 위한 것이다. 환자들의 마음속 깊이 자리한, 자기가 가지고 있는 증상의 원인이 어떤 신체의 병에 따른 것이라는 믿음은 아무리 의사가 안심을 시키고 또 검사가 정상적으로 나온다 해도 사라지지 않는다.

공황장애의 합병증으로 건강기우가 생기는 환자들에게 그들의 신체증상이 불안이나 공포 등 감정에 따른 것이라는 풀이를 해서 이해시키는 것은 거의 불가능한 일이다. 따라서 정신치료가 전혀 먹혀들지 않는다.

6. 이인증(離人症, depersonalization)

공황발작 경험 중 가장 심한 공포를 안겨주는 증상의 하나가 이인증이다. 이인증은 주변 환경이 자신과 동떨어진 느낌을 주거나 자신이 다른 사람처럼 느껴지는 경우를 말한다. 많은 공황장애 환자가 그들의 주소(主訴)로 제일 먼저 이 증상을 제시한다.

공황발작 시 심한 이지러움이 있는 환자들이 中耳의 장애로 생긴다는 의문이 있듯이, 이인증이 있는 환자는 측두엽간질(temporal lobe epilepsy)에 걸릴 가능성이 많다는 연구 결과도 있다. 이인증이 현저한 공황장애 환자는 공황장애 중 따로 재분류되어야 한다는 주장이 이유가 바로 측두엽간질과 같은 기질적 장애와의 연결 때문이다.

또 어릴 때 이별불안(separation anxiety)의 과거력이 있는 사람이 공황발작 시 이인증을 호소한다는 주장도 있다. 이 연결은 대상(object)과 이별했을 때 느낀 절연성(disconnectedness)이 공황발작 때 과장되어 느껴지는 것이 아닌가 하는 데서 온 것이다.

7. 수면장애

공황장애 환자는 '또 다시 공황발작 증상이 오면 어떡하나' 하며 늘 과각성 상태에 있고, 예민해져 있다.

이러한 상태에서는 사소한 신체증상이나 주변 환경의 미묘한 변화에도 민감하게 반응하며 항상 긴장상태에 있으므로 몸은 피곤하지만 쉽게 잠을 들 수가 없으며 얕은 잠을 자게 되고 자주 깨게 된다.

최근에 와서 많은 공황장애 환자가 수면 도중 발작을 일으킨다는 사실을 알게 되었다. 그래서 수면 중에 잠이 깨면서 공황발작 증상을 자주 경험하는 환자들은 잠들기가 무서워 잠을 안자는 경우도 있다. 특히 수면장애로 알코올 남용이나 약물남용을 초래하는 경우도 흔하므로 각별한 주의가 필요하다.

8. 연하장애

공황장애가 있는 환자 중에서 드물지 않게 연하장애를 호소하는 경우가 있다. 실제 목안에 아무런 문제가 없는데도 불구하고 음식이나 침을 삼킬 때 목구멍에서 걸려 넘어 가지 않는 느낌을 받으며, 목안에 혹 같은 것이 있는 것처럼 느껴질 때도 있다.

히스테리나 신경쇠약증 환자에게서 흔히 볼 수 있는데, 목에 무엇이 걸려 있어 계속 조여지니 숨이 막혀 죽을 것 같다는 불안 증상을 대부분 동반한다.

9. 성격변화 및 가정불화

공황장애를 가진 사람들에게 나타나는 성격변화는 회피적인 특성과 의존적 특성 그리고 연극적인 성향이 많아진다는 점이다.

특히 광장공포증이 동반된 환자는 공포증 때문에 극히 의존적이 되고, 혼자 있는 데 대한 공포로 항상 누가 옆에 있어주기를 요구한다. 그리고 계속적인 신체 증상으로 정상적인 사회생활을 못하게 되고 전혀 기능을 발휘하지 못하는 존재가 되어가면서 상황이 점점 악화되면 가정불화가 생겨 돌이킬 수 없는 상황까지 갈 수도 있다.

이는 공황발작이라든가 공포증이 무엇인지 모르는 비교적 지식수준이 낮은 층에서 문제의 정체를 정확히 파악하지 못하고, 환자는 합병증이 아주 심한 데도 불구하고 겉으로는 멀쩡해 보여 생기는 오해의 소산이다.

그래서 가족들의 따뜻한 이해와 배려가 없이는 적극적인 치료가 이루어지기 어렵다는 점이다. 환자를 정신적으로 나약하고 여린 사람으로 취급하기 보다는 환자 스스로 저항하며 극복할 수 있도록 많은 격려를 아끼지 말아야 한다.

제12장 공황장애의 한의학적인 변증

상술한 공황발작들의 증상으로 보아 공황장애는 한의학에서 말하는 진심통, 정충증, 경계증, 기울증 등의 범주에 속하는 것으로 볼 수 있다. 또한 한의학에서는 오래전부터 '심담담대동증(心澹澹大動證)'이 있었는데, 이를 공황장애와 같은 개념으로 이해하면 된다. 심담담대동증은 정충증(怔忡症:불안증)과 경계증(驚悸症:공포증)이 극도로 심한 상태를 말한다.

1. 진심통(眞心痛)

심통(心痛)의 하나로 심장부위가 발작적으로 터질 듯이 몹시 아프고 가슴이 답답하며 심하면 땀이 그치지 않고 팔다리는 마치 얼음장처럼 차가워지면서 얼굴색은 거무스레하게 보인다.

진심통은 심장 자체가 손상을 받아서 일어나는 급증(急症)이다. '양유지중 구미지간(兩乳之中 鳩尾之間)'인 전중부(膻中部) 및 좌흉부의 동통이 주요증상이다. 동통의 특징은 자통(刺痛) 교통(絞痛) 등이며, 고대 문헌에는 흉비(胸痺)라고도 하였다. 痺라는 것은 閉塞不通하여 不通則痛한다는 뜻으로서, 흉중이 비민이통(痞悶而痛), 刺痛, 絞痛, 은통(隱痛) 등이 기단(氣短), 심황(心慌), 불능평와(不能平臥), 경공불안(驚恐不安) 등과 같이 나타나는 것이다.19)

19) 전국한의과대학심계내과학교실(1999), 心系內科學, 書苑堂, p499

2. 정충증(怔忡症), 경계증(驚悸症)

경계, 정충은 가슴이 극렬하게 뛰고 잘 놀라며 마음이 불안하고 맥이 불규칙한 것을 환자가 자각하고 있으나 스스로 자제할 수 없는 하나의 증후이다.

주로 양기부족(陽氣不足), 음허휴손(陰虛虧損), 심실소양(心失所養) 혹은 담음내정(痰飮內停), 어혈조체(瘀血阻滯), 심맥불창(心脈不暢)에 의해서 發生한다.

경계, 정충은 심계(心悸)의 질병에 속하나 이들을 다시 구별할 수 있는데, 일반적으로 경계는 가벼운 증세이고 정충은 중증이다. 경계가 오래토록 치유되지 않으면 정충으로 발전될 수 있다.[20]

그러므로 어느 증세에 속하는지를 알게 되면 질병의 발전과정과 정도를 명확히 알 수 있으며 아울러 장부의 허손정도를 추측할 수 있고, 병의 기틀을 파악하여 치료를 쉽게 할 수 있다.

경계는 정서적 자극이나, 놀라거나, 과로로 자주 발병되는데 간헐적으로 발작시에는 가슴이 심하게 뛰고 심한 경우 숨이 넘어갈 것 같지만 발작하지 않을 때에는 권태감 외에는 특별한 증상이 없을 수도 있으며 그 증상이 비교적 가볍다.

정충은 놀라는 일이 없어도 스스로 하루 종일 가슴이 뛰고 자주 두려움을 느끼고 불안해하며 피로 시에는 더욱 심하고 전신적으로 장부, 기혈, 음양허손의 몸상태가 좋지 못한 모습을 보이며 때로는 담음, 어혈이 혼합되어 있는 비교적 중병인 상태다.

---

20) 전국한의과대학심계내과학교실(1999), 心系內科學, 書苑堂, p105

3. 기울증(氣鬱症)

정체되어 발산하지 못하는 증상을 총칭하여 울증(鬱症)이라 하는데, 鬱로 약칭하기도 한다. 鬱은 일반적으로 氣鬱을 가리킨다.

氣鬱이란 억압되고 침울한 마음에 따라 모든 생리기능이 침체되는 현상을 말한다. 이는 발산시킬 수 없는 욕구불만이나 지속되는 우수(憂愁), 지나친 사려나 비탄 등이 원인이 되는 수가 많다.

기쁜 감정이나 노한 감정은 발양성(發揚性)이며 폭발적인데 비해, 이런 감정들은 억제적이며 침체적인 것이다. 다시 말해 氣鬱이란 氣가 한 곳에 맺혀 머물러 있으며 흩어지지 못하는 것으로, 대부분 칠정이 울결되어 온다.

이런 기울증은 기분이 항상 우울하고 사람을 싫어하는 정신적 증상을 나타내게 되므로 본인의 호소가 없더라도 곁에서 보기에 의욕 상실, 흥미 상실, 침묵, 무기력 등 생기가 없음을 알 수 있게 된다.[21]

이와 같은 증상들은 모든 신경증 환자에게 다소나마 공통되는 증상이기는 하나, 이런 증상이 두드러지는 신경증을 우울 신경증이라 한다. 이밖에도 건강염려증이나 심인성 반응에서도 볼 수 있다.[22][23]

4. 심담담대동증(心澹澹大動證)

澹澹은 수요지상(水搖之狀)이니, 즉 수파(水波)가 동요함과 같이 大動하는 것이며 경계, 정충이 더 심한 상태를 말한다. 水搖之狀은

---

21) 조홍건(2002), 실용 한방정신의학, 유진문화사, p184

22) 심계내과학 p.100

23) 실용한방 정신의학 p185

담음(痰飮), 음수(飮水)의 소치이며 심담허겁인(心膽虛怯人)에게 많다.[24]

心膽虛怯은 심계, 선경(善驚), 이공(易恐), 좌와불안, 다몽이성(多夢易醒), 식소납매(食少納呆), 오문성향(惡聞聲響), 설상정상(舌象正常), 맥세삭혹현세(脈細數或弦細)한 증상을 가지고 있다. 심허하면 정신이 요란하여 좌와불안하고, 담겁하면 易驚易恐하며 심계, 다몽이성하게 된다. 심허담겁하면 비위가 건운(健運)을 상실하여 식소납매하게 된다. 담허하면 이경(易驚)하고 氣亂하므로 오문성향하게 된다.

위의 증상들을 살펴본 결과 공황장애에서 나타나는 증상들이 모두 드러나고 있다. 불안하고 죽을 것처럼 가슴이 아프고 결국에는 우울증에 도달하는 과정들이 모두 있는 것이다.

24) 전국한의과대학심계내과학교실(1999), 心系內科學, 書苑堂, p109

제13장 공황장애의 증상발생 진행과정

증상의 기본적 양상은 반복되는 공황발작과 정신과민이다. 이들 증상은 넓은 범위의 급격한 자율신경 자극현상 때문에 일어난다. 곧 죽을지 모른다는 두려움, 놀라움이 급작스럽게 일어나고 그 때문에 당황하게 된다.

발작 도중에 나타나는 증상으로는 호흡곤란, 심장박동항진, 흉부동통, 흉부압박감, 질식감, 현기증, 불안정한 느낌, 離人症 혹은 비현실적 감각, 뜨겁거나 차게 느끼는 것(flush), 감각이상(paresthesia), 발한, 졸도(fainting), 근육경련, 죽음의 공포, 미치지 않을까 하는 공포 등이다. 이런 공황발작은 급작스럽게 일어나 수분 동안 지속했다가 소실되는 것이 보통이다. 드물게는 수 시간 지속되기도 한다.[25]

특히 離人化(depersonalization)와 비현실화(derealization)의 느낌은 통제력을 상실하거나, 미치게 되거나, 심지어는 죽게 되지 않을까 하는 데 대한 두려움을 더욱 증폭시켜 환자를 깊은 혼란에 빠지게 만든다.[26]

발작이 없는 중간시기에는 그런 일이 또 생기지 않을까 하는 예기불안(anticipatory anxiety)이 있다. 즉 공황발작이 다시 일어나는 것에 대한 계속적인 걱정과 더불어 공황발작의 결과에 대한 근심(예: 심장마비가 두려워서 일체의 운동을 중지하거나 직장을 그만두거나 또는 응급실이 있는 대형병원 옆으로 이사를 가는 것)을 수반하게 된다.

이어서 환자는 흔히 심장병이 아닌가 하는 등 건강염려증이 생기고, 발작이 일어났던 장소나 상황 및 유사한 장소나 상황을 피하려는 회피

25) 정신의학 제3판, 이정균, 일조각, 1996, p.299

26) 임상심리학, Gerald C. Davison, John M. Neale, 역; 이봉건, 성원사, 1989, p.105

행동을 보인다. 또는 외출을 피하고 혼자 있기를 두려워하고, 외출할 때는 누구와 꼭 동행을 하려 하는 등 광장공포증이 생긴다. 27)

1. 제1기 증상발현 단계

공황장애는 모든 연령층에서 나타날 수 있지만 50% 이상이 20대에서 발병한다. 처음에는 앞서 소개한 여러 가지 불안증상들 중에서 어느 한두 가지만 나타나는 경우가 많다.

어떤 증상이 제일 먼저 나타나는가는 사람마다 다른데, 때때로 한 번씩 별다른 이유도 없이 갑자기 심장이 뛴다든지, 온 몸에 힘이 빠지고 쓰러질 것 같은 느낌, 질식할 것 같은 느낌 등의 증상들이 스쳐 지나갈 수 있다. 이 시기에는 너무 피곤해서, 혹은 신경을 너무 많이 써서 그러려니 하고 넘기는 수가 많다.

2. 제2기 공황단계

몇 가지 가벼운 증상이 간헐적으로 나타나다가 어느 날 갑자기 심한 공황발작이 일어난다. 물론 처음부터 심한 공황발작으로 시작되는 경우도 있다.

이 때 환자가 겪는 고통과 두려움은 표현하기 어려울 정도이다. 공황발작이 있을 때 환자가 생각할 수 있는 것은 “이내로 있다가는 무슨 일이 벌어질지도 모른다. 어떻게 해서든 이 상태에서 벗어나야 한다. 누군가로부터 도움을 받아야한다”는 절박함 뿐이다.

이 상황에서는 거의 모든 환자가 응급조치를 받으려고 한다. 우황청심원, 심장약, 진정제 등을 복용하고 응급실로 달려간다. 자신에게 심

27) 현대 이상 심리학, 권석만, 학지사, 2003, p.177

장마비나 뇌출혈 같은 위급하고 치명적인 상황이 일어나는 것으로, 아니면 미쳐버리는 것이라고 믿고 공포에 질린다.

3. 제3기 건강염려 단계

병원을 찾아간 환자는 당연히 심전도, X-레이, 혈액검사 등 여러 가지 검사를 받게 된다. 그러나 아무런 이상도 발견되지 않는다. 환자는 검사 상 아무런 이상이 없다는 의사의 말에 의문을 가진다.

"그렇다면 이 무서운 증상은 무엇이란 말인가? 내가 꾀병을 했단 말인가? 신경성이라는데 무슨 신경성이 이렇게 심한 증상으로 나타나는가? 또 신경성이라면 내가 정신적으로 결함이 있거나 의지력이 약하단 말인가?"

검사가 잘못되었거나 보통 검사로는 찾아낼 수 없는 병일지도 모른다는 생각에 이 병원, 저 병원 찾아다니면서 온갖 검사를 받아 본다. 컴퓨터 촬영, 내시경, 심전도, 뇌파검사와 심지어는 위험성이 있는 특수 검사도 해보자고 조른다. 그래도 여전히 아무 이상이 발견되지 않는다. 환자는 정말 미칠 지경이 된다. 신문이나 방송, 책에서 건강에 관한 내용을 빠짐없이 읽고 혹시 '내가 이 병이 아닐까, 저 병은 아닐까' 걱정을 한다.

4. 제4기 제한적 공포증 단계

이런 상태가 계속되면 환자들은 일상생활에 제약을 받게 된다. 우선 공황발작이 일어날 가능성이 큰 장소나 상황을 회피하는데 이 회피 현상을 공포증(恐怖症, Phobia)이라 한다. 공황발작의 정도가 심했거나 자주 일어났다면 공포증은 더욱 빨리, 광범위하게 나타난다. 회피하는 대상은 환자들마다 차이가 있지만, 과거에 공황발작을 경험했던 장소를 일차적으로 두려워하게 된다.

그 밖에도 공황발작이 일어날 경우 쉽사리 빠져 나오기 어려운 장소나 여러 사람 앞에서 망신을 당한 위험이 큰 장소를 꺼리게 된다. 엘리베이터나 붐비는 백화점, 장거리 고속버스, 혹은 비행기 여행 등이 그런 예가 되겠다.

5. 제5기 사회공포증 단계

시간이 지나면서 공황발작과 불안발작은 여러 장소, 여러 상황에 거듭 일어나게 되고 환자는 점점 더 설 곳이 없어진다. 여러 사람과 어울려 회식을 하거나 사람들 앞에서 얘기하는 것, 그 밖의 일상적인 사회활동을 모두 포기할 수밖에 없는 상태가 된다.

특히 발병하기 전에 활발히 사회활동을 하던 사람들에게는 심각한 문제가 아닐 수 없다. 회사에서 멀리 출장을 가라고 할까봐 혹은 윗사람들 앞에서 업무 브리핑을 하라고 할까봐 전전긍긍하고, 고층빌딩에서 모임이 있을 경우에는 고민하다 결국 핑계를 대고 빠질 수밖에 없는 힘겨운 생활이 계속되면서 결국 직장에 사표를 내는 지경에 이른다.

6. 제6기 임소공포증 단계

임소공포증(臨所恐怖症, Agoraphobia 또는 광범위 공포증)은 우리가 살아가면서 겪을 수밖에 없는 거의 모든 일상생활과 거의 모든 장소에 대한 광범위한 공포증을 말한다.

이 단계가 되면 혼자서는 집 밖 출입을 못하게 된다. 집에서도 혼자 있기가 어렵다. 항상 누군가가 옆에 있어야 마음이 좀 편해진다. 그야

밀로 죄인 아닌 죄인 신세가 되어 버린다.

7. 제7기 우울증 단계

공황장애의 마지막 단계는 우울증이다. 전체 환자의 약 30%, 광장공포증이 생긴 환자의 약 절반정도가 심한 우울증에 빠지게 된다.

환자에게는 아무런 희망도 없다. 아무도 자신을 이해해 주지 않고, 스스로도 자신을 이해할 수 없다. 자신이 아무 쓸모도 없고, 남에게 부담만 주며, 의지도 약하고, 정신적, 성격적 결함이 있는 사람으로 생각된다. 밖으로 나가 정상적인 활동을 할 수 없다는 것은 신체적 장애보다 더 심각한 정신적 장애이다. 공황장애 환자들은 '차라리 신체적 장애가 있는 것이 낫다'는 말을 할 정도로 자신의 상태를 비관한다.

불안과 우울을 일시적으로나마 없애보려고 술이나 신경안정제에 의존하는 경우도 많다. 자살에 대한 생각이 점차 강하게 들고 실제 자살을 기도하는 확률도 대단히 높다. 28)

28) 공황장애카페, http://cafe.naver.com/panic1.cafe

제14장 공황장애의 증상빈도

박현순 박사가 우리나라 사람들의 공황 증상을 조사한 결과, 표에 제시된 바와 같이 공황 발작 중에 가장 많이 경험하는 증상은 심장이 두근거리는 것(93%), 현기증(83%), 호흡 곤란(73%), 죽음에 대한 공포(70%), 사지의 감각 마비나 저림(70%) 순이었다. 그리고 공황 발작의 진단 기준이 되는 증상들 중 메스껍거나 속이 거북함, 비현실감을 제외한 나머지 증상들은 공황 발작이 있을 때 환자의 절반 이상이 경험하는 흔한 증상으로 나타났다.

위 증상들 중 네 개 이상의 증상이 있을 때 공황 발작으로 진단하는 진단 기준에 비추어 볼 때, 이 결과는 우리나라 공황 장애 환자들이 공황 발작이 왔을 때 상당히 많은 증상들을 경험한다는 것을 보여준다. 우리나라 환자들의 경우 공황 발작 당시 평균 여섯 개에서 열 개 정도의 증상을 경험하는 것으로 보고되어 있다.

또한 우리나라 사람들의 공황 증상 순위를 살펴볼 수 있었다. 공황 증상 순위는 공황 발작이 왔을 때, 그 증상을 경험하는 사람들이 얼마나 많은지, 그리고 그 증상의 정도가 얼마나 심한지를 평가해서 얻은 점수이다. 이와 동일한 절차를 거쳐 산출된 외국의 자료도 함께 제시되어 있는데, 외국 사람들과 우리나라 사람들의 공황 증상 순위를 비교해 보면 공통점과 차이점이 눈에 띈다. 우선 차이점을 살펴보자.

첫째, 우리나라 환자들의 70%가 공황 발작이 있을 때 팔다리의 감각이 마비되거나 저려온다는 경험을 보고함으로써 이 증상이 5위에 해당되는 반면, 외국의 연구에서는 최하위를 차지하고 있다. 둘째, 온몸이 떨리는 증상은 우리나라 환자 40명 중 27명(67%)이 경험한다고 보고하여 빈도에서는 6위에 해당되었으나 증상의 강도가 약해(12위)

이 두 가지를 함께 고려한 순위는 10위였다. 반면에 외국사람들에게 이 증상은 2위나 7위를 차지하고 있는 중요한 증상이었다. 셋째, 미쳐버리거나 자제력을 잃을까 두렵다는 통제력 상실에 대한 공포가 외국의 자료에서는 각각 4위와 6위에 해당되고 있으나, 우리나라 사람들의 증상 서열에서는 11위였다.

위에서 언급한 차이점을 제외하면 공황 발작이 왔을 때 가슴이 두근거리거나 숨이 가쁘고 죽을 것 같은 공포감은 동서양을 막론하고 대다수가 겪은 증상들로서, 공황발작의 핵심 증상은 문화권에 따라 큰 차이가 없다는 사실을 확인할 수 있다.

가장 흔히 호소하는 증상이 심장 증상이기 때문에 공황장애의 환자의 43%는 응급실에서 처음 의사와 만난다. 심장전문의가 공황장애를 적절히 찾아내지 못하기도 하고 소화기 증상도 상당해 일차 진료에서 공황장애로 인식되지 못할 가능성은 상당하다(Katon 1984). 실제 응급실에 흉통 호소 환자의 43%가 공황발작의 기준에 맞는다는 연구결과도 있다(Wuhlson 등 1988). 실제로 우리나라에서 공황장애라는 확진을 받은 사람을 조사한 결과, 이들 중 70% 이상이 평균 10명 이상의 의사로부터 진료를 받았다는 보고가 있다.[29]

첫 공황발작은 피로하거나 흥분 상태, 성행위 직후, 혹 정서적으로 충격적인 일이나 스트레스 사건 다음에 오기도 하지만, 아무 까닭 없이 자연스럽게 오기도 하는데, 첫 공황발작을 경험한 장소나 상황, 전후의 스트레스 사건 등 상황요인은 공황장애의 경과 및 회피행동과 밀접하게 관련된다(Wolpe &Craske, 1988).

첫 공황발작은 여러 가지 요인에 따라 촉발될 수 있지만, 공황장애 진단을 받거나 반복적으로 공황발작을 겪다 보면 신체 감각이 곧 공황발작을 촉발하는 자극이 될 수도 있다. 이를테면, 명치부위가 막힌 것 같고 속이 메스꺼우며 대변을 보고 싶고 은은히 배가 아픈 증세가

29) 이호영, ≪공황장애≫, 1992

있을라하면 공황증상이 확 나타난다고 하는 것을 임상에서 종종 볼 수 있다. 이런 경우를 한의학에서는 위중불화(胃中不和)형의 공황장애라고 한다.

우리나라 환자들의 공황 증상의 빈도와 평균 강도[30)]

증 상	사례수 (%)	평균 강도
1. 가슴이 두근거린다.	37(93)	2.61
2. 어지럽고 현기증이 난다.	33(83)	1.92
3. 숨이 가쁘다.	29(73)	2.61
4. 죽을 것 같다.	28(70)	2.71
5. 팔다리가 저리다.	28(70)	2.52
6. 기절할 것 같다.	27(68)	2.40
7. 온몸이 떨린다.	27(68)	2.05
8. 화끈거리거나 손발이 차다.	25(63)	2.84
9. 질식할 것 같다.	24(60)	2.50
10. 가슴이 답답하게 조여든다.	24(60)	2.33
11. 미칠 것 같아, 혹은 자제력을 잃을 것 같아 두렵다.	21(53)	2.88
12. 땀이 난다.	20(50)	2.20
13. 내가 혹은 내 주위가 이상하게 변한 것 같다.	13(33)	2.40
14. 메스껍거나 속이 거북하다.	5(13)	2.00

출처: 박 현 순 1996

30) 이상심리학시리즈 권 5 ≪공황, 그 숨막히는 공포 공황장애≫박현순, 학지사, p51

공황 증상 순위[31)]

증 상	박현순	Balow	Ley
1. 가슴이 두근거린다.	1	1	3
2. 죽을 것 같다.	2	2	1
3. 숨이 가쁘다.	3	5	4
4. 화끈거리거나 손발이 차다.	4	5	6
5. 팔다리가 저리다.	5	13	13
6. 기절할 것 같다.	6	8	10
7. 어지럽고 현기증 난다.	7	3	8
8. 질식할 것 같다.	8	10	12
9. 가슴이 답답하게 조여든다.	9	11	11
10. 온몸이 떨린다.	10	7	2
11. 미치거나 자제력을 잃을까 두렵다.	11	4	6
12. 땀이 난다.	12	9	8
13. 내가 혹은 내 주위가 이상하게 변한 것 같다.	13	12	5

출처: 박현순, 1996

31) 이상심리학시리즈 권5, ≪공황, 그 숨막히는 공포 공황장애≫ 박현순, 학지사, p52

공황의 신체 증상과 이에 수반된 파국적인 생각[32)]

신 체 증 상	수반된 파국적인 생각
1. 가슴이 두근거린다.	심장마비, 죽음, 공황이 오는구나, 의식상실, 미치는 것 아닌가
2. 손발이 차고 팔다리가 저린다.	중풍 마비, 반신불수, 죽음, 사후 세계, 공황 공포, 기절, 뇌손상, 약물 중독, 경련
3. 현기증이 난다.	기절, 뇌손상, 뇌사, 뇌졸중, 의식불명, 공황공포, 중병, 저혈압, 죽음, 암흑
4. 숨이 막힌다.	질식, 죽음, 의식상실, 심장마비, 뇌 마비, 이건 실제 상황이 아니다. 뇌출혈, 뇌졸중, 중풍, 의식상실
5. 머리가 아프다.	머리가 꽉 막혀 멍하다, 뇌종양
6. 가슴이 답답하게 조여든다.	질식사, 죽음, 심장파열, 미치는 것 아닌가
7. 내가, 내 주변이 이상하게 보인다.	미치는 것 아닌가, 뇌암, 뇌졸중, 뇌출혈, 죽음, 사람을 불러야지
8. 오한이 나거나 온몸이 달아오른다.	공황공포, 죽음, 미치는 것 아닌가, 신경성이다.
9. 메스껍고 속이 거북하다.	암, 속병, 구토
10. 온몸이 떨린다.	죽음 기절, 신경이 놀람
11. 시야가 흐리고 시력이 이상하다.	죽음, 눈이나 뇌에 이상, 중풍

출처: 박현순, 1996

32) 이상심리학시리즈 권5 ≪공황, 그 숨막히는 공포 공황장애≫ 박현순, 학지사, p123

제15장 공황장애의 임상유형

공황장애는 허증(虛證)과 실증(實證)이 있지만, 본허표실(本虛標實)의 병증이라고 볼 수 있다.

본허는 심혈허(心血虛)·심양허(心陽虛)가 흔하고, 표실은 담음(痰飮)과 어혈(瘀血)이 주가 된다. 구체적인 유형은 경공요심형(驚恐擾心型)·심혈휴허형(心血虧虛型)·음허화왕형(陰虛火旺型)·심양부족형(心陽不足型)·수기능심형(水氣凌心型)·심맥어조형(心脈瘀阻型)·간울화화형(肝鬱化火型)·간기울결형(肝氣鬱結型)·위중불화형(胃中不和型) 등으로 구분할 수 있다.

치료할 때는 표본완급(標本緩急)의 원칙에 따라야 한다.

표본(標本)은 병증의 본태를 알고 해당한 치료를 하기 위해서 본질적인 것과 비본질적인 것, 선천적인 것과 부차적인 것을 상대적인 두 측면으로 갈라서 표시한 용어이다. 병의 원인과 증상을 표본으로 갈라보면 원인은 本에, 증상은 標에 속한다. 질병이 생긴 부위로 말하면 병이 내부에 있는 것과 하부에 있는 것은 본이고, 병이 외부에 있는 것과 상부에 있는 것은 표이다. 병이 생긴 기간, 원발성과 속발성으로 보면 오래된 병과 원발성은 본에, 갓 생긴 병과 속발성은 표이다. 몸의 정기(正氣)와 병인이 되는 사기(邪氣)를 보면 정기는 본에, 사기는 표에 속한다.

임상에서는 標本 관계를 응용하여 질병의 主次 ·先後 ·輕重·緩急을 분석함으로써 치료방법을 확정한다. 그래서 예로부터 표본을 잘 알면 병을 백발백중 치료할 수 있다고 하였는데, 병이 중하고 급하게 경과하면 표부터 치료하고 경하면서 완만하게 경과하면 본부터 치료하라고 하였다.

1. 경공요심형(驚恐擾心型)

이 유형은 허실협잡증(虛實挾雜證)에 속한다. 증상은 심계불녕(心悸不寧)의 주증 외에 선경이공(善驚易恐)하고, 조그만 소리가 들려도 心의 悸動이 불안해지고, 자주 두려움을 느끼며, 음식무미(飮食無味)·실면다몽(失眠多夢) 등이 그 특징이다. 설태는 박백(薄白)하고 맥은 허삭(虛數)하다.

이와 같은 경공(驚恐)이 氣血逆亂을 일으키면 心神을 자제하기 어려워지므로 진경정지(鎭驚定志)·양혈안신(養血安神)하는 방법으로 치료한다.

평보진심단합자주환가감(平補鎭心丹合磁朱丸加減)이나, 용치(龍齒)·자석(磁石)·주사(朱砂)·맥문동(麥門冬)·천문동(天門冬)·산조인(酸棗仁)·원지(遠志)·복령(茯苓)·인삼·오미자·자감초(炙甘草) 등의 약물을 사용한다. 심계의 치료는 그 중점을 진경(鎭驚)에 두어야 하므로 용치·자석·주사가 주약이 된다. 만약 담열(痰熱)이 上擾하여 환자에게 심계·심번(心煩)·痰多·식욕부진·복부팽만감·설태황니(舌苔黃膩)·맥활삭(脈滑數) 등의 증상이 나타나면 주로 청화열담(淸化熱痰)하여야 하고 담성(膽星)·천축황(天竺黃)·산조인·원지 등의 약을 가미한 온담탕(溫膽湯)을 쓴다.

2. 심혈휴허형(心血虧虛型)

이 유형은 허증에 속한다. 주요증상으로는 심계불안, 두훈목현(頭暈目眩), 面色 및 구순조갑(口脣爪甲)의 창백, 사지무력, 때로 失眠·健忘 등이 나타난다. 설담태박(舌淡苔薄)하며 맥은 세약(細弱)하다.

이것은 血虧氣弱하여 心神이 영양을 받지 못한 까닭이다.

치료는 익기보혈(益氣補血)과 양심안신(養心安神)의 방법을 쓰고, 귀비탕(歸脾湯)을 主方으로 사용한다. 益氣하려면 인삼 · 황기 · 백출 · 오미자 · 감초 등의 약을 쓰고, 補血하려면 당귀 · 숙지황 · 용안육 등을 쓰며, 養心安神하려면 산조인 · 복신 · 원지 등의 약을 쓴다. 만약 오랜 병으로 기혈음양이 모두 허하여 심계와 결대맥(結代脈:일반적으로 더디고 고르지 못하게 뛰는 맥)이 나타나면 益氣補血하는 외에 계지 · 생강 · 아교 · 생지황 · 맥문동 등과 같은 자음부양약(滋陰扶陽藥)을 쓰고 아울러 자감초를 많이 써야 하며, 자감초탕과 같은 방제(方劑)를 처방한다. 불면이 심하면 야교등 · 합환피를 더하여 養血安神할 수 있다.

3. 음허화왕형(陰虛火旺型)

이 유형도 심계허증(心悸虛證)의 하나이다. 그 임상증상은 주로 심계 · 심번 · 두훈 · 목현 · 이명 · 소매다몽(少寐多夢:잠을 조금 자고 꿈이 많은 증상) · 수족심열(手足心熱) · 요슬산연(腰膝痠軟:허리와 무릎이 시큰거리고 힘이 없는 증상) · 구조인건(口燥咽乾) · 설홍소태(舌紅少苔) · 맥세삭(脈細數)이다.

이것은 아래로 腎陰이 허하고, 위로 心火가 항성(亢盛)하여 心神이 안정되지 못한 것이다.

治法은 滋陰降火를 주로 하고, 養心安神으로 보조하며, 天王補心丹을 쓴다. 滋陰降火하려면 보통 생지황 · 맥문동 · 현삼 등과 같은 약을 쓰고, 養心安神하려면 단삼 · 복신 · 산조인 · 백자인을 쓰는데 생모려 · 자석 등과 같은 중진약(重鎭藥)도 참작하여 더한다.

心煩口苦하면 方 중에 황련을 더하여 청심열(淸心熱)한다. 몽유활정(夢遺滑精)이 자주 있고 요산핍력(腰痠乏力)하면 腎陰이 허하고

相火가 동한 것이므로 지백지황환(知柏地黃丸)으로 바꾸어 자신음(滋腎陰)・사상화(瀉相火)한다.

4. 심양부족형(心陽不足型)

이와 같은 심계도 허증이며, 주요증상은 심계불안하고, 환자가 심중공허(心中空虛)를 자각하며, 피곤하면 더욱 심해지고, 자한파랭(自汗怕冷:밤낮을 가리지 않고 땀이 나면서 두려움과 동시에 寒氣를 심하게 느끼는 증세)・사지불온(四肢不溫)・심흉별민(心胸憋悶:가슴이 모질게 답답한 것)・기단(氣短:숨쉬는 것이 힘이 없으면서 얕게 쉬고 숨이 찬 것)・면색창백(面色蒼白) 등이 나타난다. 舌淡苔白하고 脈은 細弱 또는 結代이다.

이것은 心陽이 허약하여 혈행이 통창(通暢)되지 못하고 心神이 영양을 받지 못하며 전신도 온후(溫煦:몸이 따뜻한 것)되지 못한 것이다.

그러므로 溫陽養心法을 써서 安神志하여야 한다. 계지가용골모려탕(桂枝加龍骨牡蠣湯)을 主方으로 하여 치료한다. 주요약물에는 계지・숙부자(熟附子)・당삼・오미자・자감초・용골・모려・생강・대조 등이 있다. 心悸不止・身出冷汗・四肢不溫・面靑脣紫・장구천기(張口喘氣:입을 벌리고 숨을 헐떡거림)가 나타나면, 이것은 陽氣가 탈진되려는 상태이므로 곧 흑석단(黑錫丹)을 복용함으로써 회양구역(回陽救逆)하여야 한다

5. 수기릉심형(水氣淩心型)

이 유형은 본허표실(本虛標實)의 증(證)이다. 그 주요증상은 심계

· 두훈목현 · 수종(水腫) · 방광창만(膀胱脹滿) · 오심구토 · 수기종만(水氣腫滿:水腫으로 숨이 찬 증세) · 갈불욕음(渴不欲飮)이다. 설태는 백색이고 맥은 현활(弦滑)하다.

이것은 水濕이 정상적으로 배설되지 못하고 중초(中焦)에 머물러 있게 되어 청양(淸陽)이 불승(不升)하게 됨으로 인해 水氣가 心에 영향을 주어서 나타나는 것이다.

淸陽不升이란 음식물에서 생긴 가볍고 맑은 양기가 머리 · 기표(肌表) 및 팔다리로 퍼지지 못하는 병리 현상을 이르는 말이다. 청양불승되면 머리가 어지럽고 눈앞에 꽃무늬 같은 것이 나타나서 잘 보이지 않고 귀에서 소리가 나거나 잘 들리지 않으며 찬 것을 싫어하고 팔다리가 싸늘하며 식욕이 없고 소화가 안 되며 온 몸이 노곤하고 혀에 황백색의 설태가 끼며 맥이 허약한 증상이 나타난다.

治法은 온양이수(溫陽利水:성질이 따뜻한 약으로 양기를 통하게 하여 水濕을 소변으로 나오게 한다는 뜻)와 화음(化飮)으로 하여야 한다. 방제로는 영계출감탕가미(苓桂朮甘湯加味)를 주로 쓴다. 약물로는 복령 · 계지 · 백출 · 감초 · 진피 · 반하 · 생강 · 대조 등이 있다. 환자에게 심계기천(心悸氣喘)이 나타나며 편안하게 눕기가 어렵고 하지 부종이 심하거나 전신 부종이 현저하면, 이것은 腎陽이 허쇠(虛衰)하여 수액을 다스리지 못함으로 인해 水氣가 범람하여 心에 영향을 끼쳤기 때문에 眞武湯加減으로 溫陽利水하여야 한다.

6. 심맥어조형(心脈瘀阻型)

이것은 전형적인 심계실증(心悸實證)으로 심혈어조형(心血瘀阻型)이라고도 부른다. 임상증상은 심계기단(心悸氣短) · 심흉비민(心胸痞悶) · 흉통시작(胸痛時作) 등이다. 설질(舌質)은 암자색(暗紫色)이 되고 때로는 혀에 어혈 반점이 생기며 맥은 세삽(細澀)한 맥이나 결대맥(結代脉)이 나타나며 심한 경우는 얼굴 · 입술 · 손톱이 青紫色을 띠고 사지궐랭(四肢厥冷:팔다리가 싸늘해지며 정신이 흐려지는 것)이 함께 나타난다.

이는 心血이 응체되어 혈맥이 가로막힌 病證이다. 대개 心氣虛 혹은 心陽虛로 인해 血의 운행이 무력해지거나, 혹은 정신적인 자극이나 피로가 쌓인 데다 寒邪를 감수하여 담탁(痰濁)이 응체되는 것 등에 의해서도 생길 수 있다.

그러므로 치료는 활혈화어법(活血化瘀法)과 행기통락법(行氣通絡法)으로 한다. 도인홍화전(桃仁紅花煎)을 화재(化裁)하여 사용하며, 보통 도인 · 홍화 · 단삼 · 천궁 · 적작약 · 현호색 · 향부자 · 당귀 · 계지 · 감초 등의 약을 쓴다. 흉민이 현저하고 설태가 황니(黃膩)하면 담탁(痰濁)이 흉양(胸陽)을 조색(阻塞)한 것이므로 처방 중에 과루 · 해백 · 반하 등을 더하여 화담선비(化痰宣痹)한다.

7. 간울화화형(肝鬱化火型)

번민 또는 분노로 간기(肝氣)가 울체되어 오래되면 화(火)로 변하게 되는데, 이 간화(肝火)가 신명을 요란시켜 나타나는 것이다.

간화는 정신적인 자극을 지나치게 받거나 간양(肝陽)이 왕성해지면 생긴다. 고대 문헌에는 간양이 왕성하면 열이 되고 열이 극도에 달하면 화로 된다고 하였다.

화는 위로 떠오르는 성질이 있기 때문에 간화(肝火)가 있을 때는 마음이 조급해져서 화를 잘 내고 가슴과 옆구리가 뻐근하면서 아프다. 또 머리가 어지럽고 아프며 얼굴이 붉어지고 눈이 충혈되며 입안이 쓰고 갈증이 나며 속이 쓰리고 신물이 올라오며 소변은 붉게 나오고 변비가 나타난다. 심하면 정신이 혼미해지고 발광하며 때로는 토혈 증상이 나타날 수 있다. 혀는 홍색을 띠고 누런 설태가 끼며 맥은 보통 현삭(弦數)하다.

치료방법은 청간사화(淸肝瀉火)와 서간화위(舒肝和胃)이다. 방제로는 단치소요산가감(丹梔逍遙散加減)을, 약물로는 초시호(醋柴胡)·당귀·백작약·목단피·치자·오수유·황련·귤엽(橘葉) 등을 쓴다. 口苦가 현저하고 대변이 秘結하여 며칠이 지나도 나오지 않으면 용담초(龍膽草)·생대황(生大黃)을 가하여 사화통변(瀉火通便)한다.

8. 간기울결형(肝氣鬱結型)

간기(肝氣)가 몰려서 엉기어 생긴 병증을 말한다. 간기울결을 간기울(肝氣鬱) 또는 간울(肝鬱)이라고도 한다. 만약 情志가 편안하지 않아 노여움으로 간을 손상하거나 혹은 기타 원인으로 인해 간의 소설(疏泄)기능에 지장을 주면 모두 간기울결을 야기한다.

주요 증상은 정신 억울, 흉민, 선태식(善太息), 협륵창통(脇肋脹痛), 동통이 옮겨 다니고, 완복창만(脘腹脹滿)·애기(噯氣:트림)·납매(納呆:위의 수납기능에 장애가 일어난 것을 말함)를 동반하며, 때로 복통·구토·변당(便溏)·경폐(經閉), 舌質淡紅, 舌苔薄白 또는 박니(薄膩), 맥현(脈弦) 등이 나타난다. 이와 같은 증상은 정신적인 스트레스를 받아 肝氣가 條達하지 못하게 되고 이로써 간기가 승비범위(乘脾犯胃)한 소치이다.

간기울결형의 공황장애는 소간이기(疏肝理氣)를 위주로 치료하여야 한다. 방제로는 시호소간산가감(柴胡疏肝散加減)을 선용(選用)하는데, 처방 중에 시호·지각·향부자·청피·울금·불수감(佛手柑)을 상용하여 疏肝解鬱한다. 천궁·백작에 감초를 배합하여 쓰면 화어지통(化瘀止痛)한다. 환자가 噯氣하거나, 혹은 구토가 자주 나고 흉민부적(胸悶不適)하면 선복화·대자석을 가하여 平肝降逆한다. 또 납매, 복창, 태후(苔厚)가 나타나면 맥아 · 신국 · 계내금 · 산사 등과 같은 소도약(消導藥)을 가하여야 한다. 흉협자통(胸脇刺痛)하고 월경이 정지 또는 폐지되며 맥현이삽(脈弦而澀)한 경우는 기체(氣滯)가 혈어(血瘀)를 초래한 것이므로 단삼 · 당귀 · 도인 · 홍화 등을 가하여 활혈화어(活血化瘀)한다.

9. 위중불화형(胃中不和型)

위중불화(胃中不和)는 음식정체(飮食停滯)라고도 한다. 주요증상은 심하비만(心下痞滿), 포민(飽悶), 식후도포(食後倒飽), 혹창만(或脹滿)하며, 애기(噯氣), 식즉구토(食則嘔吐)하고, 불욕식(不欲食)하며, 설미황니(舌微黃膩)하다. 이런 경우 환자는 속이 거북하여 편안하게 누워 있을 수 없으며, 몸을 엎치락뒤치락하며 잠을 못 이루면서 또한 다른 공황의 증세들도 함께 나타난다. 대개의 경우 만성위염이나 위하수증 또는 과민성장증후군이 있는 환자들일 경우가 많다. 맥상은 無力하거나 활삭(滑數)하다.

치료방법은 消食導滯와 和胃安神이다. 방제로는 보화환가감(保和丸加減)을 쓰는데, 약물은 신국 · 산사 · 반하국(半夏麴) · 복령 · 진피 · 맥아 · 계내금 · 내복자 · 사인 · 지각 등을 상용한다. 본 증상은 식체내조(食滯內阻)하고 위기불강(胃氣不降)하여 공황증상이 일어나는 것으로, 병의 원인을 없애면 心神이 곧 편안하게 될 수 있으며, 양심(養心)이나 중진안신(重鎭安神)하는 약물을 사용할 필요는 없다.

제16장 공황장애의 치험 예

1. 소간해울탕(疏肝解鬱湯)을 활용한 치험사례

김○○, 남 40세

2년 전에 공황발작이 있어 양방치료를 받아오다 1992년 8월 29일 본원에 한방치료를 받고자 내원하였다. 모 대학 공과교수로 3년간 일본에서 연구를 하다 돌아와 새 학기 강의준비를 하다 갑자기 심장이 두근거리면서 혈압이 오르는 것 같고 금방이라도 어떻게 되지 않나 하는 불안감에 휩싸였다고 한다.

이때부터 차를 타면 가슴이 몹시 답답함을 느끼게 되었고 도중에 차가 막혀 정차라도 하면 더 힘들었다고 한다. 신경을 쓰면 가슴이 몹시 답답하고 손발에 땀이 나면서 차가워지며 식은땀도 나고 얼굴이 노랗게 변한다고 했다. 체격은 보통이고, 혈압은 110/80, 안색은 창백한 편이며 후두부로 쭈뼛한 느낌이 들면 아주 기분이 안 좋다고 한다. 그리고 잠이 잘 오기도 하지만, 대개는 항상 잠들기가 힘들었고 잠이 들었다가도 새벽 3시면 꼭 잠이 깨진다고 하였다. 그래서 환자 자신도 이때를 '마의 3시'라고 표현하고 있었다.

문진(問診)하여 보니, 일본에서 공부할 때 상당한 스트레스를 받았다고 한다. 일본문부성 장학금을 받고 공부하러 가보니 우리나라 학문 수준이 일본과 비교해 너무 뒤처져 있는 것에 대해 교수인 본인으로서도 심한 열등감을 받았다고 한다.

그래서 필자는 증상을 중심으로 투약하기로 결정하고 필자의 애용방인 소간해울탕(疏肝解鬱湯)에서 산조인을 5돈으로 올려 10일분씩 처방해 주었다.

환자에게 장기복약의 필요성을 충분히 설명하고 아울러 정신적인 휴양과 기분전환 등을 위하여 무리하지 않는 운동, 즉 산책, 테니스, 탁구, 수영, 등산, 낚시, 골프 등 각자의 취미와 체력에 맞는 운동을 선택하여 규칙적으로 실행하라고 지시하였다.

그 결과, 30일 후부터는 그 동안 한약을 복용하면서 가끔 힘들 때, 같이 먹어오던 공황장애약(양약)은 전혀 먹지를 않았다. 그 후 학생들과 같이 수학여행을 2번씩이나 다녀왔다. 만약을 대비해 양약을 준비해 가지고 갔었는데, 양약을 복용하지 않고도 무사히 지냈다고 한다. 70일분의 약을 복용하고 11월 13일 내원시에는 잠도 잘 자고 모든 것이 편안하다고 하였다.

그러나 진찰 후 환자에게 간기울결된 상태를 완전히 정상으로 만들기 위해서는 앞으로도 60일 정도는 더 복용해 줄 것을 권하면서 이해시켰다. 환자는 쾌히 승낙하고 계속 더 복용하였다. 그 이후 진료를 받으러 온 환자의 부인으로부터 남편의 병이 완쾌되었다는 소식을 전해 들었다.

(출처: 공황장애 한방으로 고친다, 조홍건 저, 청연, 2006)

2. 청심지황탕(淸心地黃湯)을 활용한 치험사례

박○○, 남 37세

(1) 증례 개요

*주증상: 예기치 않은 흉통, 호흡곤란 및 불안

*현병력: 한 달 전 호흡곤란과 흉통으로 쓰러진 후 응급실을 통해 입원하여 종합검진을 받았으나 심폐이상에 관한 특정 진단을 받지 못하고 퇴원하였다. 이후 두 차례에 걸쳐 같은 증상이 재발하여 본원에 입원하였다.

*초신소견: 심할 때는 왼쪽 가슴 부위 통증이 심하다가 조금 완화되면 가슴 중앙 부위의 통증이 나타난다. 어깨, 팔, 등으로의 방사통은 없는 상태였다. 통증과 함께 눈을 감으면 심장이 멎어 죽을 것 같은 두려움, 호흡곤란, 뒷목의 뻣뻣함, 두통, 심장의 두근거림, 자제력을 잃을 것 같은 두려움 등을 호소하였다. 혈액검사상, 경미하게 혈중 지질이 높은 소견 이외의 특별한 이상이 없었고 심전도도 정상 소견이었다. 타병원에서 받은 약물(니트로글리세린: 협심증 치료용 약물)에 대해서는 거의 반응이 없었다. 개인력 조사에서 특이한 스트레스 사건이 보고되지 않았으며, BDI는 6점으로 기분 저하 소견이 뚜렷하지 않았다. 이를 종합하건대, 환자는 공황장애의 진단적 인상을 갖추었다고 할 수 있다.

*맥진: 침(沈), 활(滑)

*설진: 다홍색의 설질, 건조하면서 얇은 황색태

*복진: 복력(腹力)이 있는 편이고, 배꼽왼쪽 및 중완혈(中脘穴) 부위 압통이 있음

*변증요점: 흉통 및 두통의 주증상과 더불어, 더운 것을 싫어하고, 오후가 되면 열이 나면서 주로 시원한 것을 찾게 되고, 식후에 흉통이 생기는 경우가 잦고, 입이 마르면서 땀이 상반신에 주로 많이 나타나는 점 등이 소양인의 음허(陰虛), 식체비만(食滯痞滿)을 시사한다.

(2) 진찰 및 치료

입원 첫날 복식호흡 실시한 후 흉통 및 호흡곤란의 감소를 경험하게 하였다. 입원 2일째부터는 하루 3번 이상 수시로 자율훈련법을 연습하게 하였다.

평소 습하고 더운 곳을 싫어하고 땀 흘리는 것을 싫어하며 얼굴빛은 흰데 붉은 기가 있고, 흉통과 두통, 입이 자주 마르는 등의 증상이

나타나므로, 음허(陰虛)로 변증(辨證)하고 한약은 청심지황탕(淸心地黃湯)을 처방하였다.

입원기간 동안 공황발작은 일어나지 않았고 통증이 최고 심할 경우를 10으로 할 때 대략 6~7 정도의 강도로 통증이 오면 자율훈련법 및 호흡법을 통해 통증 및 불안을 조절하도록 하였다.

입원 3일째부터는 흉통시 동반되던 두통은 소실되었다. 6일째부터는 강도5 정도로 통증이 시작되었으나 그때마다 호흡법을 실시하고 이후에도 스스로 안정을 취할 수 있도록 꾸준히 연습하게 하여 통증 및 불안 조절에 대한 자신감을 갖도록 하였다. 입원 8일째에 퇴원하여 현재까지 공활발작이 없는 상태라고 한다.

퇴원 후에도 6개월 정도 꾸준히 집중적인 약물치료를 받을 수 있도록 독려하였다.

독활지황탕은 소양인 음허증(陰虛證)에 활용되는 처방으로 식체비만(食滯痞滿), 음허오열(陰虛午熱), 변비(便秘) 등의 증상에 응용할 수 있는 처방이다. 이러한 독활지황탕에 산약(山藥) 을 첨가하고, 신음허(腎陰虛)로 인해 상화(相火)를 제자리에 잡아주지 못할 때 사용하는 감리환(坎離丸), 신음(腎陰)을 보할 수 있는 맥문동(麥門冬), 구기자(拘杞子), 오미자(五味子) 등을 가미한 것이 바로 박씨에게 투여한 청심지황탕이다. 이 청심지황탕은 소양인 음허증을 보이는 박씨의 공황장애치료를 위한 적절한 처방이었으리라 생각된다.

이러한 한방 약물치료가 박씨의 변증상태에 좋은 영향을 주어 공황장애의 개선에 주요한 역할을 하였으며, 동시에 박씨에게 교육한 자율훈련법은 이를 보완하는 행동요법으로서 많은 도움이 되었다고 사료된다.

(출처: 증례로 본 정신한의학, 황의완 김종우 공저, 집문당, 2006)

제17장 공황장애의 상담 예

1. 공포감이 너무 심해서요

문 안녕하세요. 아래와 같이 상담하게 됐습니다.

연속 2~3일간 술을 새벽녘까지 과음하자 그 다음날인 2004년 5월경에 머리가 터질 것 같은 두통이 심해서 제 스스로 뇌출혈내지 뇌경색이라는 생각이 들어 대학응급실에 두 번이나 갔지만 혈압 · CT검사 · X선검사 · 혈액검사 등으로 뇌혈관 정상판단. 신경과 선생님이 긴장성 두통내지 복합성 두통으로 진단, 그래서 2~3개월 정도 대학병원신경과에서 약물치료를 받고 두통은 많이 호전됨.

2004년 10월경부터 왼쪽가슴의 압박감과 호흡곤란증세로 대학병원 응급실 두 차례 갔음(심장이 부르르 떨리고 당장 죽을 것 같은 공포감).

X선검사 · 심전도 · 24시간심전도 · 동맥혈검사 · 심장효소검사 · 심장초음파검사를 대학병원과 개인병원에서 하였다. 하지만 심장과 폐기능 정상 제 증상은 호흡곤란, 왼쪽가슴의 압박감으로 심장이 당장 멈추는 기분으로 엄청난 공포감에 심근경색 내지 협심증으로 인식하고 찾아갔지만 병원에서는 심장은 아주 정상적으로 뛰고 있다고 진단 병원에서 주사 맞고 링거 맞고 1시간 정도 있으면 통증이 사라집니다. 그런데 집으로 돌아와서 며칠 있으면 똑같이 호흡곤란과 통증이 수십분에서 수 시간 지속 통증 시기는 낮과 밤을 가리지 않고 2~3일에 한번 혹은 1~2주에 한 번씩 엄습.

저는 자영업을 하고 크게 스트레스는 받지 않는 것 같습니다. 체격은 뚱뚱하고 급격하게 살찜. 술은 마시고 담배는 피지 않습니다. 과거 병력은 디스크 4~5번 추간판수액 제거 수술했습니다. 저는 크게 스트레스를 받지는 않고 정신적으로 문제가 없다고 생각되는데 순환기내과선생님들은 신경성이라고 합니다. 제가 인터넷을 이리저리 뒤져보니 스스로 공황장애증상이 의심이 갑니다. 선생님 좋은 진단과 치료방법 부탁드립니다.

답 공황장애입니다. 내부 장기의 기질적인 병변을 찾느라 급급했던 것으로 보여집니다. 대학병원의 신경과 의사가 검사 후에 이상이 없었다면 마땅히 정신과로 의뢰를 했었어야 합니다. 정확한 원인을 찾아 근본을 다스려 주시기 바랍니다. 그래야 재발이 없습니다. 전문적인 한방치료를 받으시기 바랍니다.

2. 공황장애의 경우에 한방에서는 어떻게 치료하죠

문 안녕하십니까. 공황장애의 경우에 한방에서는 어떻게 치료합니까. 어떤 한의원은 탕약만, 어떤 한의원은 탕약과 침 부항 등을 함께 처방한다고 하는데 뭐가 맞는 건지 모르겠습니다. 또한, 정신과에서 양약을 먹고 있는 사람은 그것을 중지해야 합니까. 아니면 양약과 병행합니까.

저는 지금 반신욕을 하고 있는데 공황장애가 심장의 火 에서 비롯된 것이라면 반신욕이 혹시 나쁜 영향을 주게 되는 것이 아닌지 궁금합니다.

답 본원에서는 주로 상담치료와 악물치료도 합니다. 양약을 오랜기간 사용해 온 경우에는 한약을 병행하면서 양약의 量을 서서히 줄여나가다 끊어야 합니다. 하초가 冷하지 않은 사람은 굳이 반신욕을 할 필요가 없습니다. 환자의 체질에 따라 좋고 또는 나쁠 수도 있습니다.

3. 마음이 답답해서

문 과거에 공황장애(죽음에 대한 공포) 진단을 받고 치료 받은 적이 있습니다. 그런데 약을 먹을 때는 괜찮다가 약을 중단하면 별 효과가 없었습니다. 그런데 어찌된 영문인지 그 후 약 7~8년 동안 증상이 없다가 최근에 다른 증상이 나타났습니다.

3년 전에 인사발령장을 받는데 다리가 후들거리고, 머리가 온통 멍해지면서 목이 떨렸습니다. 그리고 가슴이 엄청나게 두근거렸고, 쓰러질 것만 같았습니다. 사회나 발표할 일이 종종 있어 의자에 앉아 기다리는 동안 머리가 온통 비어 있는 것처럼 혼미하고, 손에 땀이 엄청 날 뿐 아니라 발표나 사회를 포기하고 싶었습니다. 군대시절에는 하사로서 앞에 나가 지휘도 하고, 친구 결혼식 사회도 했는데 이제 자꾸 공포가 느껴져 죽을 지경입니다.

사회나 발표, 인사발령장 등을 받을 때는 임시방편으로 신경과 약을 지어 한 알을 먹고 나가 겨우 모면을 합니다. 그러나 이런 식으로 해서는 나을 것 같지 않아 인근 (대구) 한의원에 약을 상당히 지어 먹었습니다. 그런데 별로 효과를 보지 못했습니다.

가슴 두근거림은 많이 좋아졌는데, 머리가 온통 멍하고 앞이 잘 보이지 않으며 쓰러질 것 같은 증세가 계속되고 있습니다. 며칠 전 탁상회의 식으로 윗사람에게 보고할 일이 있어 차례를 기다리는데 순서가 다가오면서 온 몸이 긴장되고 머리가 위에서 말한 것처럼 증세가 나타났습니다. 말도 잘 되지 않고, 어떻게 보고를 했는지 기억도 나지 않을 정도였습니다.

원장 선생님, 어떻게 하면 나을 수 있을까요. 전 과거로 돌아가고 싶습니다. 과거 남들 앞에서 당당하게 말하던 시절로 말입니다.

여긴 시골이라 서울까지 올라가는 게 무척 어렵습니다. 전화로 상담을 드리고 약을 먹을 수는 없는지요.

답 전형적인 공황장애로 일종의 불안장애입니다. 공황장애의 핵심은 마음속에 자리 잡고 있는 불안심리, 즉 울화입니다. 이 울화로 오장 중 특히 심장과 간에 火가 쌓여 그 기능이 저하됨으로써 나타나는 것입니다.

'공황장애의 치료법'을 참조하시고, 속히 근본적이고도 전문적인 치료를 받으시기 바랍니다.

4. 의원님, 어떠해야 할지 모르겠습니다

문 안녕하세요. 27살의 남자입니다. 약 2달 전 과음과 함께 닭 한 마리를 다 먹고 피곤해서 바로 잠이 들었나 봅니다.

다음날, 갑자기 숨이 막히고 가슴이 두근거리고(심장이상으로 죽는 줄 알았습니다) 등에 식은땀이 나고 제 자신이 아닌 듯한 느낌을 받았습니다. 너무나 무서워서. 청심환을 먹고 낮에 잠이 들었습니다. 저녁에 일어나니 답답하고 겁도 나고 죽을 것만 같았습니다. 그래서 병원 응급실에 가서 주사를 맞고 왔습니다. 몇 날 며칠을 죽을 것만 같아 부산에 있는 한의원에 갔더니 간에 열이 차서 그렇다고 하셨습니다. 그래서 약을 먹어봤지만 차도가 보이지 않고 미칠 지경이더군요. 며칠 후 숨이 가쁘고 가슴은 두근거리고 머리는 폭발할 것 같아서 24시간 잠도 못자고 결국 병원에 갔습니다.

심전도 검사, 흉부 x-ray 검사, 혈액검사 (모두 큰 이상은 없었습니다) 등을 하고 링거를 맞고 안정제를 두 대(?) 맞고 겨우 잠이 들었었습니다.

그리고 며칠 후 동네 한의원에 가니 식적이라고 말씀하셨습니다.

복부가 차갑고 딱딱하고 그래서 속을 보하는 약을 해서 먹고 침치료를 하였습니다.

침치료 보름 정도부터는 명치 옆 갈비뼈 부근을 침으로 찔러서 후벼 파듯하던데 고통이 있더군요. 그래도 식적인지 공황장애 인지 무엇 때문인지 증상이 나아지지가 않습니다.

며칠 후 다시 병원에 가서 위내시경도 하였구요. 양방 한방 모두 몇 군데는 갔는데 무엇 때문인지 모르겠습니다. 지금 현재는 정신과에서 공황장애라고 진단을 받고 약을 2주 정도 복용하고 있구요.

조금은 나은듯 하지만 속이 더부룩하고 머리가 띵하고 가슴 두근거림, 그리고 수전증 증상, 불안한 듯 잡생각이 나는 증상은 아직까지 나아진 것 같지 않습니다. 평생 별로 체해보지 않았습니다. 작년에 한번 쇠고기 장조림을 먹은 후 체하고 몇 달을 고생했습니다. 손도 따고 약을 먹고 병원도 가구요. 결국엔 오버 히트하는 곳 고기만 빼내는 곳이 있더라구요. 그 곳에서 장조림을 다 빼내었습니다.(웃기져 ㅠ.ㅠ) 전 왜? 식적에 걸리면 치료 차도가 없는 것일까요? 어떤 분은 손만 따도 내려가던데요 ㅠ.ㅠ 제 모친이 한번 체하면 저와 같은 증상이구요. 몸의 증상은 이렇습니다.

- 심장 박동 증가? 가슴 두근거림
- 눈이 가끔 뻐근하며 열도 납니다.
- 목 바로 뒤 뼈를 눌려보면 아픕니다.

등 어깨뼈 부근(등뼈사이) 근육이 튀어나온듯하며 누르면 많이 아파요. 목도 뻐근하구요.

- 공황장애 약을 먹기 전에는 검은색 변 그리고 변비 등이 나왔지만 지금은 소화가 덜된 듯한 변이 나옵니다. 화장실도 하루에 2번을 가네요 예전엔 1번이었는데요.

- 갈비뼈 왼쪽 명치 바로 옆이 가끔 후벼 파듯이 아픕니다.

- 마음이 항상 불안합니다.

- 온몸에 힘도 없구요. 살이 엄청 빠졌습니다. 지금 ㅠ.ㅠ

- 배꼽주위로 눌러보면 어쩔 땐 찌르듯이 딱딱하고 많이 아프며 어쩔 땐 조금은 덜합니다.

- 조금만 움직이거나 뛰거나, 힘을 쓰면 가슴이 두근거리며, 화가 자주 나며 화를 내면 심장이 밖으로 나올 듯이 빠르게 강하게 두근거립니다.

이 모든 게 식적 때문일까요? 식적 때문이라면 제발 낫는 방법은 없을까요? 아니면 정말 공황장애일까요? 너무나 걱정되고 답답합니다.

① 성별과 나이-남

② 키와 몸무게- 키:182 몸무게 평상시 90kg 정도

③ 병이 생긴 원인- 스트레스? 닭고기 과음? 성격??

④ 병이 생긴지 얼마나 됐는지-두 달째입니다 ㅠ.ㅠ

⑤ 어떻게 하면 더 아프고 안 좋아지는지-그냥 머리도 아팠다 목도 아팠으며 화내면 가슴이 더 두근두근 하고요. 신경쓰면 소화가 안되고 계속 답답합니다. 등.

⑥ 진단받은 병명이 뭔지, 지금 치료를 어떻게 받고 있는지
- 간에 열이 찼다고 해서 약을 복용했구요 .

어떤 분은 알코올 또는 닭 알레르기를 의심해보라고 하시더군요. (김사 안 해봤습니다) 식적 + 칠정상? 이라는 진단도 받아보았습니다. 식적으로 약과 함께 침치료를 하였습니다.

내시경 결과 이상무, 심전도 이상무(자꾸 두근거리고 하니 겁이 납니다. 의심도 가구요), 혈액검사 이상무, 흉부 x-ray 이상무.

지금은 신경정신과에서 공황장애 약을 먹고 있습니다. 약 일주일 되었습니다. 지금은 일도 못하고요. 갈수록 몸은 나아질 생각은 하지

않고, 생활은 어려운데 가정형편에 흠을 내고 있으니 미치겠습니다. 도와주세요, 의원님.

답 심비양허(心脾兩虛)형의 공황장애로 보입니다. 그 동안에 받은 정신적인 스트레스, 즉 울화가 누적되어 나타난 것으로 판단됩니다. 공황장애도 일종의 화병입니다.

귀하가 호소하는 증세는 심장과 비장에 火가 쌓여 생기는 것들입니다. 특히 심장에 쌓인 火를 풀어주면서 동시에 심비(心脾) 기능을 강화시켜 주어야 근본치료가 됩니다. 양약보다는 부작용이 없는 한약으로 치료를 해주시는 것이 더 좋을 듯합니다.

전문적인 상담 및 약물치료를 받으시기 바랍니다.

5. 간기울결에 따른 공황장애 같아서요

문 친절한 답변들과 여러 상담 자료를 잘 보았습니다. 저는 35세의 남성 직장인입니다. (169cm, 64kg) 성격은 소시 적부터 예민하고 내성적인 것 같습니다.

공황장애와 심담담대동증 코너를 읽어보니 저의 증상들이 그대로 적혀있더군요.

또, 공황장애의 원인의 간기울결 부분을 읽어보니 고개가 끄덕여지네요. 특히 두 번째로 언급된 경락의 문제인데요. 제 오른쪽 엉덩이에서부터 발바닥까지 다리 내측을 따라서 뜨거운 물(또는 기운)이 좌아악 하고 흐르는 느낌이 가끔씩 있고요. 특히 긴장할 때 더 그런 것 같습니다. 그리고 세번째 가슴, 어깨, 머리 등 상부의 문제인데요. 가슴뼈가 이상 있는 게 아닌가하는 빠개지는(심하지는 않음) 느낌, 오른쪽 어깨가 항상 뻐근하고 힘이 들어간 듯한 느낌, 그리고 두통, 이상이 제가 공황장애 증상과 함께 가지고 있는 증상들입니다.

더 자세한 상담을 받아보는 게 좋겠지만 그냥 편안한 마음가짐으로 이겨낼 수 있지 않을까 하며 지내고 있습니다. 제가 공황장애인 듯한데, 인터넷으로라도 먼저 선생님의 조언을 듣고 싶습니다. 상담 및 치료비도 궁금한데 알려주시면 감사하겠네요.

답 호소하신 증상들은 공황장애 환자에게서 흔히 볼 수 있는 것들입니다. 치료는 받지 않으셨나요. 원인에 따른 치료를 해주시면 좋아집니다. 치료비는 1제에 15만～17만원 가량 예상됩니다.

6. 과민성 대장증상에 따른 답답함 때문에 두려워요

문 40대 남자입니다. 주로 설사 및 항상 대변을 시원하게 못 보는 등의 과민성 대장증상으로 10여 년 간 고생해 오던 중, 얼마 전부터 대변을 시원하게 못 본다던지 가스가 차서 복부 팽만감을 느낄 경우 종종 참을 수 없을 정도로 배가 갑갑하게 느껴지면서, 어떻게든지 복부가 시원해져야 한다는 초조함 내지는 강박감으로 순식간에 복부 부위의 전율감 내지는 열감이 치밀어 오름을 느낌과 더불어 거의 미칠 정도까지 되는 경험을 한 적이 있고 - 거의 공황상태라고나 할까 - 이후 비슷한 증상을 간혹 느끼거나 이러한 경험을 다시 하게 될까봐 무척 두렵습니다.

이러한 증상을 강박증으로 봐야하는지 신체장애인지 공황장애인지 답답합니다. 선생님의 고견을 듣고 싶으며 아울러 한방으로 치유가 가능한지도 알고 싶습니다.

답 위중불화(胃中不和)형의 공황장애로 생각됩니다. 위중불화형의 공황장애란 위 및 장기능이 허약하여 이에 따라 공황의 증상이 초래되는 경우를 말합니다. 과민성 장증후군은 치료가 오래 걸리는 병입니다. 한약으로 원인을 다스려 근본치료를 해주시는 것이 좋습니다. '각과의 주요질환(http://www.hwabyung.com)'에서 <과민성 대장 증후군>을 참조하시면 더 도움이 되실 것입니다.

7. 공황장애에 따른 신체증상을 상담합니다

문 저는 공황장애를 한의원에서 처음 알게 되었습니다. 한약을 먹으면서 치료를 받던 중 갑자기 발작으로 정신과 치료를 병행하면서 정신과 약만 1년 정도 먹었습니다. 지금은 약을 먹지 않은지 한달 정도 되었는데요. 근데 혈액순환이 너무 되지 않아 손과 다리가 너무 저립니다. 그리고 며칠동안 약간의 긴장감이 목뒤를 타고 오릅니다. 그리고 속에서 열이 많이 나는 것 같아요. 저번에도 이런 증상은 한약이 더 효과가 있는 듯 했는데요. 다시 정신과 약을 먹는 건 싫습니다. 한방 전문병원이 드물어서 먼저 이렇게 상담 드립니다. 신체증상을 완치 할 수 있을까요?

답 내부 장기에 쌓인 火를 제대로 다 풀어주지를 못하신 것 같습니다. 양약으로 대증치료만을 하신 것으로 사료되는데, 한약으로 원인을 다스려 주는 근본치료를 해주시기 바랍니다.

오장의 허실관계를 정확히 진단해서 치료하면 신체증상은 완치됩니다.

8. 공황장애와 위장장애

문 안녕하십니까. 공황장애가 왔었는데(2003.9) 원인을 모르다가 10여 개월 지나서 알게 되었습니다. 당시 처음에는 심장증세로 시작하다가 1개월 지나면서 극심한 위장장애로 내시경을 4회나 했으며 복부 CT 2번, 대장내시경 2회를 하는 등 위장 내지 소화장애, 기타 신체적 불편, 아울러 심한 기력저하로 입원까지 하여 비타민을 투여받는 등 과정을 거쳤습니다. 공황장애라고 알게 된 뒤부터 지금까지 약 8개월동안 양약(렉토팜 아침 저녁 각 1정 듀미록스 저녁 1정)을 복용해 오고 있습니다.

최근에는 인지행동치료도 받았습니다. 양약투약 후 공황 전보다 좋지는 않지만 기력이 꽤 돌아오고 투약 시에는 소화장애도 그렇게 느끼지 않습니다. 그런데 약을 끊으려고 렉토팜을 단계적으로 줄이는 방법을 써봤는데 2번 다 위장장애(위가 늘어지고 달라붙는 듯하여 밥을 잘 못 먹음)로 실패했습니다. 그럴 때는 마치 공황보다 위장장애가 있다는 생각이 더 들 정도입니다. 어떻게 대처해야 될지 답을 주시면 고맙겠습니다.

답 임상적으로 전형적인 위중불화형의 공황장애로 생각됩니다. 위중불화형이란 비위기능이 허약해 비위에 이상 징후가 보이면 공황의 증상들이 나타나는 것입니다.

한약을 사용하면서 양약을 서서히 줄여나가다 끊어야 힘들지 않습니다. 전문적인 진료를 받으시면 좋아집니다.

9. 화병인지, 공황장애인지, 잘 모르겠습니다

문 안녕하십니까? 답답한 맘에 몇 자 적어봅니다.

36세의 식상인입니다. 최근 2년6개월 정도 이유없이 아프다가(배, 머리, 뒷목, 어깨 등) 권유로 정신과에 갔습니다. 그 전에는 이 병원, 저 병원 찾아다녔고요. 말로 표현 다 못합니다. 근데 정신과에서 우울증이라며 처방을 받았습니다. 한 3개월 정도 먹었는데, 별 효력이 없더군요. 그러다 한의원에서 화병이라며 치료를 받았습니다. 증상이 호전되더군요. 그래서 3개월 가량 치료를 받았는데, 더 이상의 호전이 없습니다. 그 후 한 달 간 지금은 그냥 정신력으로 이겨보려고 하는데 너무 힘이 듭니다. 병원에서는 오지 말라는 듯 별 반응이 없습니다. 그래서 몇 자 적어봤습니다.

증상은 갑자기 머리가 띵하면서 숨이 막혀오고, 공포가 밀려오고, 죽는구나 싶어 병원으로 달려갑니다. 가다가 보면 괜찮아지고요. 그 공포감, 말로 표현 못합니다. 또 그 순간이 올까봐 약간의 증상이 있을 때면 아예 병원 옆에 차 대고 잡니다. 그러면 그 날은 넘어갑니다. 그리고 주기가 있는 듯합니다. 컨디션이 좋은 날과 3~4일 후면 반드시 그 증상이 오는 것 같습니다. 평상시에는 어깨통증과 가슴 답답함, 얼굴 화끈거림, 아랫배는 시리고 찹니다. 간혼 뻐근하게 아프기도 하구요, 물론 힘없이 하루하루 흘러갑니다. 글로 표현 못함이 아쉽습니다. 집사람은 이해를 못한다고 해서 가정은 화목하지 못합니다. 일반 병원에서는 이상이 없다고 하니 안 아파 본 사람이라 그럴 만도 하다는 생각이 듭니다.

답 공황장애입니다. 이는 불안과 공포가 극도로 심한 상태의 화병입니다. 공황장애의 병증은 화병의 범주 안에 들어갑니다. 병명도 물론 중요하지만, 지금 이러한 병증들이 오장 중 어디서 오는지를 정확히 진단하여 치료를 해주는 것이 더 중요합니다.

3개월의 치료기간으로는 부족합니다. 전문적인 한방치료를 받으십시오.

10. 공황장애의 양, 한방 동시치료 가능여부

문 수고가 많으십니다. 저는 만 37세의 남성이고요. 2002년 5월에 첫 공황발작을 일으켜 현재까지 신경정신과에서 인지행동치료 후 지속적으로 약물치료를 받고 있습니다.

공황발작 전 직업은 엔지니어링회사에서 환경영향평가(당시 차장)를 했으며 과도한 정신적 육체적 스트레스(일주일 간 잠을 자지 않고 보고서를 쓰거나 비상적인 민원 및 늘 시간에 쫓기는 스케줄 등등)를 약 10년간 지속적으로 받아 왔습니다.

공황발작 전 약 3년간 왼쪽 손발 저림, 어지러움, 왼쪽 어깨 통증, 심한 피로(눈, 코에 증상) 등으로 지속적인 고생을 하였으며 공황발작 직후 집에서 가깝고 스트레스가 적은 직장으로 이직하여 많이 치료가 된 상태인데 최근 이직한 회사에서 사장에게 인간적인 배신을 당하고 직장을 그만둔 상태입니다. 그래서 치료약(자낙스) 용량을 0.25g(아침, 저녁)에서 약 2배 정도로 임시로 올린 상태입니다.

그런데 현재 저의 주치의에게 양방과 한방을 동시에 사용하여 치료하면 어떠냐고 질문을 하니 아무래도 간에 무리가 가지 않겠느냐고 합니다. 사실 양·한방 동시 치료에 대한 연구가 없는 것으로 알고 있기에 답변은 어려우시겠으나 우문현답을 부탁드리며 요즘 제 증세는 아래와 같습니다.

- 예기불안은 거의 없음

- 스트레스를 받으면 왼쪽 어깨 통증(굉장히 심함) 및 손 발 저림은 지속됨

- 소발작(어지러움, 손에 땀, 무호흡 같은 답답함, 혈압상승, 공포와 불안, 비현실감 등)이 발생하면 단전호흡 및 근육이완법 등으로 대처하고 있으며 그 효과는 대체로 좋은 편입니다.

- 최근 2년긴 공황발작을 일으킨 횟수는 총 4회 정도입니다.

- 원래 과민성 대장염이 있어 설사를 많이 하고 특히 오전에 화장실에 많이 갑니다.

- 얼굴이 자주(거의 매일) 붓습니다.

- 질문이 길었는데요. 죄송하지만 답변해 주시면 정말 감사하겠습

니다.

(참고로 제 성격은 다혈질적이면서도 완벽주의자이며 책임감이 지나칠 정도로 강하고 약간의 건강염려증도 있습니다. 술을 마시면 폭음하는 편이고 담배 역시 음주 시 집중적으로 많이 피우는 편입니다. 사람을 좋아하고 대범한 듯하나 조급함이 있어 한 가지 일에 집착하면 심한 스트레스로 작용합니다.)

답 심비양허형의 공황장애로 생각됩니다. 현재 자낙스는 아주 소량 드시는 겁니다. 거의 2년간 양약에만 의존해 오셨는데, 한약 위주로 '원인치료'를 해주시는 것이 더 좋습니다.
저희 한의원에는 양약을 오랫동안 써 오다 내원하는 공황장애 환자들이 많습니다. 이 분들은 양약을 끊기 위해서 오시는 것이죠. 한약을 같이 복용하면서 양약을 서서히 줄여나가야 합니다. 간에 무리를 주지 않으려면 양약을 먼저 끊어야 합니다. 현재 예기불안이 거의 없는 것은 여태껏 자낙스로 대증치료를 해왔기 때문입니다. 전문적인 치료를 받으시기 바랍니다.

11. 공황장애와 화병, 우울증의 차이

문 결혼 4년차 주부입니다. 결혼 후 바로 임신해서 유산후유증으로 1년 넘게 고생, 그 뒤 임신이 안 되어 불임치료 2년, 포기, 임신, 유산 이젠 산후풍까지 앓고 있습니다.

불임치료 중 몇 달 간 계속되는 두통과 불면, 어지러움으로 내과, 심장내과, 일반외과 등 여러 곳을 전전하다가 신경정신과를 갔는데 거기서 공황장애가 약하게 있다는 진단을 받았어요.

진단만 받고는 임신 가능성 때문에 약 복용은 못하고, 한방으로 치료를 2달여 하다가 임신이 됐어요. 그 뒤 또 7주째 유산. 유산 후에는 산부인과에서 가보라고 해 다시 갔는데 진단명이 화병으로 바뀌었어요. 약은 처음에도 항불안제고, 두 번 째도 약만 바뀌어서 항불안제고, 위장약과 같이 복용해도 위장장애가 있어 생리직전 등 많이 힘들 때만 복용합니다. 병원서는 그렇게 해도 된다고 하고요, 그리고 한약을 계속 먹는 중이라 먹기도 좀 곤란하죠. 지금 한방으로 산후풍 치료중인데요.(유산 2월, 치료는 4월부터) 정말 죽고싶을 만큼 힘들었어요. 죽으면 고통도 없겠지 하는 생각까지, 가슴에 열이 많이 오르고 아직 팔다리가 시려서 소양인 체질약으로 가슴에 열도 내리고 자궁도 이롭게 하는 약을 먹고 침, 뜸을 하고 있습니다.

공황장애가 갑자기 화병으로 바뀌어서 좀 이상하기도 하구요. 증상의 차이가 있는지 궁금합니다. 그리고 출산은 안했지만 산후 우울증 같기도 하고요, 어떤 차이가 있는지요? 그리고 이런 경우 치료를 어떻게 받는 것이 좋은지요?

답 불임치료 스트레스로 약하게 공황장애와 우울증이 온 것 같은데, 이 모두 화병의 범주에 들어갑니다. 다시 말해 화병환자에게서 공황장애의 증상이 심하게 나타나면 공황장애로 진단이 내려지고, 우울증의 증상이 특히 심하게 드러나면 우울증으로 진단이 내려지게 되는 것입니다.

겉으로 나타나는 증상의 원인을 정확히 규명(오장 중 어느 장기의 기능저하로 오는 것인지)하여 치료를 해주시면 됩니다. 전문적인 한방치료를 받으시기 바랍니다.

12. 공황장애로 고통을 겪는데, 답변 부탁드려요

문 2년 반 전부터 공황장애가 발병되어 지금까지 고통을 겪고 있습니다. 현재 신경정신과에서 치료를 받고 있지만, 그다지 증세가 호전되지 않고 있습니다. 2년여 동안 먹은 신경정신과 약, 또 평생 이러면 어쩌나 하는 두려움에, 한방치료를 생각해 보고 있습니다. 나이는 24세 성별은 남자입니다. 어떻게 치료를 하는지, 기간은 어느 정도인지, 제일 중요한 비용 문제는 어떻게 되는지 알려 주시기 바랍니다. 정신과 약 복용 후 엄청나게 몸무게가 늘었는데, 한방치료로 또 살이 찌지는 않겠죠? 빠른 답변 부탁드립니다.

답 귀하처럼 양방치료를 받다가 여러 문제로 고민하다 습관성과 부작용이 없는 한방치료를 원하는 경우가 아주 많이 있습니다. 물론 살이 찌지 않습니다.

주로 약물치료와 정신심리치료를 병행하는데, 대략 6개월 이상은 소요될 것으로 생각됩니다. 구체적인 것은 <공황장애의 치료(http://www.hwabyung.com)>를 참조해 주시기 바라며 비용은 처방에 따라 다른데, 보통 10일분에 18만~23만원 정도 듭니다.

13. 공황장애로 무척 힘드네요(일본에서)

문 약 5년 전에 공황장애라는 판정을 받고 양약을 먹고 있습니다. 처음엔 발작이 오면 심하게 두려워 했는데 양약을 복용해서인지 증상은 덜 하지만 없었던 광장공포증이 생겨서 여러 가지로 어려움을 겪고 있습니다.

인지치료, 약물치료 모두 해 보았지만 근본적으로는 치료가 되지 않은 것 같아 답답하기만 하군요. 만성화가 되어버린 느낌이라 할까요. 계속 이렇게 살아가야 하는 것이 실망스럽기도 하구요.

외국에 있는 관계로 한국에서 양약을 가져와 한번도 거르지 않고 복용하고는 있습니다.

최근에 한방병원에서 금침, 한약을 처방받아 한약과 양약을 같이 복용하고 있습니다. 과연 이렇게 양방을 다 써도 관계가 없는 것인지요. 저처럼 오래된 환자도 한약으로 치료가 가능한 것인지, 또 금침이란 것이 효과가 있는지도 궁금하네요. 답변 부탁드리겠습니다.

답 안녕하세요. 멀리 일본에 계신가 봐요. 공황장애는 불안장애의 일종으로 대개 광장공포증이 동반되는 경우가 많습니다. 공황장애는 내 마음속에 자리 잡고 있는 불안심리 때문에 일어나는 것입니다. 다시 말해 마음을 주관하는 심장에 울화(鬱火)가 많이 누적되어서 생기는 것입니다.

양약을 하루에 몇 번씩 복용하시는지는 알 수 없으나, 한약과 같이 양약을 복용할 때 양약은 서서히 줄여 나가면서 끊도록 하는 것이 가장 바람직한 방법입니다. 겸복에 따른 부작용은 없습니다. 심장에 쌓인 울화를 풀어주는 동시에 심장을 강하게 하는 한약을 쓰게 되면 충분히 치료가 가능합니다. 금침은 가급적 맞지 않는 것이 좋겠습니다. 감사합니다.

제18장 공황장애의 사례분석

외국의 한 연구결과에 따르면 공황장애 환자 10명 중 9명의 첫 번째 공황발작은 스트레스와 연관되어 있다. 우리나라에서도 100명의 공황장애 환자를 대상으로 조사한 결과 전체 환자의 88%가 발생 전에 스트레스가 있었다는 연구결과가 있다.

우리나라에서는 직장 문제로 인한 공황장애가 상당수 보고되고 있다. 그중 가장 잘 알려진 사례는 서울 시민들이 날마다 이용하는 지하철의 기관사들에 대한 분석이다.

우종민 인제대 서울백병원 신경정신과 의사가 지난 2004년 서울의 지하철에 근무하는 기관사 628명을 대상으로 실시한 연구결과에 따르면, 운행 중 사고를 경험한 기관사의 외상 후 스트레스 장애와 공황장애의 발병률이 그렇지 않은 기관사보다 훨씬 높았다. 지하철 운행 중 열차와 충돌해 사람이 사망한 사고 외에도 운행 중 급정지· 출입문 사고· 열차 고장· 연착· 승객과의 마찰 등도 사고에 포함된다. 이런 사고는 늘 있는 일이기 때문에 열차 기관사들이 상시적으로 스트레스에 노출되고 있음을 예측할 수 있다.

이 연구에서 운행 중 사고경험이 있는 기관사의 6.1%가 공황장애를 갖고 있었고, 일부 공황증상을 나타낸 기관사도 10.7%에 달했다. 일반 인구에서 공황장애 1년 유병률이 2.3%, 평생 유병률 3.5%인 것에 비해 매우 높은 수준이다.

2007년 가톨릭대학교 성모병원 산업의학과 김형렬 교수가 조사한 연구에서도 지하철 기관사는 강박장애, 사상사고 외상후 스트레스 장애, 공황장애 등 정신질환이 일반 국민에 비해 최대 15배 가까이 높게 나타났다.

또한 공황장애의 경우 평생유병률은 일반인의 15배, 외상후 스트레스 장애 1년 유병률은 8배 가까이 되는 것으로 나타났다.

이밖에 주요우울증은 기관사가 유병률 3%인 반면 국민 유병률은 2.6%로 기관사가 더 높은 수치를 보였다.

이와 같이 지하철 기관사들의 정신건강이 일반인에 비해 안 좋게 나타나는 이유로 전문가들은 어둡고 좁은 공간에서 장시간 일하는 노동환경과 수천 명의 승객의 안전을 기관사가 전부 떠안아야 한다는 심리적 압박감이 작용하기 때문이라고 입을 모은다.

2004년 11월 서울도시철도노조가 공황장애· 범불안장애 등 정신질환을 이유로 기관사 8인에 대한 집단산재요양신청을 제기했으나, 근로복지공단이 이 중 일부에게만 산재승인 판정을 내린 것과 관련해 노조와 공단 간 갈등이 증폭된 일이 있었다. 공황장애가 직업병으로 인정된 사례는 도시철도기관사들의 예가 처음이다. 이 일로 대구지하철참사와 같은 각종 빈번하던 지하철 사고에 대한 새로운 시각을 가지게 되었다.[33]

지하철에서는 기관사가 시민의 안전을 담보로 날마다 운행을 하고 있다. 그런데 기관사가 정신장애를 앓을 수밖에 없는 상황에 처해있다면 시민들은 가장 위험한 사고요인을 안고 지하철을 타는 것일 수밖에 없다. 하지만, 깊고 어두운 터널에서 하루 평균 5시간 이상 지하철을 운행하는 지하철 기관사들이 우울증 및 구토, 메스꺼움 등 위장장애를 동반한 '공황장애' 증상을 호소하는 경우가 늘고 있다.

모 신문 기사에 실린 황모씨(39)는 공황장애로 산재인정을 받고 요양 중이다. 96년 입사해 "처음엔 열차운행이 청룡열차 타는 것만큼 재미있었다"는 그는, 혼자 있는 시간이 늘어갈수록 멍한 상태가 지속되고, '출근~열차운행~취침'을 반복하는 생활이 길어지면서 "세상

33) 프레시안 2005년 1월 7일자 기사

돌아가는 것과 단절되는 느낌을 강하게 받았다"고 말했다. 결국 지난 97년 1월 열차고장으로 3시간 넘게 운행이 지연된 사고에 이어 99년 3월 앞 열차가 사고를 낸 사체를 본인이 직접 처리하는 등 일련의 사건을 겪으면서 몸에 이상이 오는 걸 감지하게 됐다. 운전 중에 쓰러져 응급실로 실려 갔는데, 그날 이후 운전석에만 앉으면 심장에 불덩이가 있는 것 같고, 불안하고 초조하고 떨리고 숨이 막혔다.

이는 공황장애의 증상이 가장 전형적으로 나타나는 경우라고 할 수 있다. 지하철사고에 대한 공포와 두려움이 커져서 호흡곤란, 심계항진, 숨막힘, 흉부의 통증, 불안감, 떨림 등이 갑작스럽게 나타나서 주체할 수 없는 상황인 것이다. 또한 속이 쓰리고 소화가 안된다고 한다. 내과치료를 받아도 별로 나아지지 않았는데, 나중에 알고 보니 신경계통 이상에 따른 증세로 판명 받았다.[34] 이는 공황장애에서 오는 위장계통의 증상으로 볼 수 있다.

기관사들은 언젠가는 공황장애를 겪을 수밖에 없는 지속적인 인자에 노출되어 있다. 1평 남짓한 운전석에서 혼자 일하다가 언제 발생할지 모를 사고에 대한 부담감과 기관사들의 불규칙한 생활패턴, 본사 중간관리직원들과의 마찰 등이 가장 큰 업무 스트레스라고 말한다.

다행스럽게도 사상 사고를 직접 겪은 적이 없는 기관사도 혼자 열차를 운전하다 보면 '혹 누가 자살이라도 하면 어쩌나' '차량이 고장 나면 어쩌지'하는 생각에 수시로 불안함을 느낀다. 특히 대형사고 소식이라도 들려오면, 상당한 심리적 압박감에 시달리게 된다고 한다.

사고열차를 운전한 기관사는 시말서, 경위서 등을 작성하느라 혼쭐이 나는 것은 물론이고, 기관사 혼자 감당하기 힘든 사회적 지탄에 시달린다. 설문조사에 따르면 전체 응답자의 13.9%가 "매일 출입문 사고를 경험한다"고 답해 그 심각성을 여실히 보여준다. 뿐만 아니라 "운전하며 승객을 치는 사고를 겪은 적이 있다"는 기관사만도 16.4%

34) 레이버투데이 2005년 2월 22일자 기사

에 달했다.

지하철 개통구간 확장에 따른 운행거리 및 운행시간의 증가로 기관사들의 업무량이 늘어났지만, 추가적인 인력충원이 이뤄지지 않아 기관사들이 느끼는 육체적 과로와 정신적 스트레스가 누적되고 있는 실정이다.

더욱이 5~8호선을 운행하는 서울도시철도공사의 경우 2인이 운행하는 코레일과 서울메트로와 달리 기관사 1인이 모든 것을 책임지고 운행을 하는 만큼 정신적 압박 수준이 더욱 심하다는 지적이다. 모든 걸 혼자 감당해야 한다는 부담감이 쌓이다 보면 정신적으로 장애가 올 수 있는 상황인 것이다.

평균 지하 3층 정도의 깊이로 돼 있는 깊고 어두운 지하터널 속을 기관사 혼자 달리는 것 자체만으로도 공포와 스트레스의 원인이 될 수 있다. 열차가 어두컴컴한 형광등 불빛 속을 빠른 속도로 달리다 보면, 눈물이 나고 안압이 높아지는 등 눈의 피로가 오게 된다.

또한 레일과 열차바퀴의 마찰로 발생하는 금속성 소음(90데시벨 이상)으로 기관사들의 청력은 일반인들보다 매우 떨어진 상태며, 일반 마스크로는 막을 수 없는 금속성 미세 분진을 여과 없이 마시며 근무하다보니 순환기 장애까지 동반하는 경우가 다반사다.

지하철 수송의 첨병인 기관사들의 건강권 확보가 바로 시민안전과 직결되는 사안이다. 공황장애를 일으킬 수 있는 근무여건을 개선시키고 지속적인 심리검사와 치료를 받을 수 있게 해주는 것이 바람직하다.

제17장 공황장애와 관련된 통계

한 해에 18~54세에 해당하는 약 1.7%의 성인(미국 기준, 거의 240만명)에게서 공황장애가 나타난다. 공황장애를 가진 사람들의 거의 반 정도가 24살이 되기 전에 질환으로 고정된다.[35]

통계청에 따르면 2011년 8월말 현재 우리나라의 총인구는 5천66만2739명이다.[36] 공황장애 환자가 인종 등에 영향을 받지 않고 발생한다는 점에서 한국에는 150만~250만여 명의 공황장애 환자가 있는 것으로 추산된다.

공황장애 및 공황발작의 평생 유병률[37]은 약 5%로 비교적 흔하다. 청소년 후기 또는 성인기 초기에 빈발하며 평균 발병연령은 25세이지만 소아에서도 발병한다. 성별로는 여자가 2배 더 많다. 발병하기 얼마 전에 이혼이나 이별을 경험한 경우가 많다.

광장공포증의 유병률은 0.6~6%로 보고되고 있다. 공황장애 및 광장공포증 모두 다른 정신질환과 합병되는 비율이 높다.[38]

공황발작의 정도나 빈도는 다양하여 하루에도 여러 번 생길 수 있는가 하면 1년에 한 번만 생길 수도 있다.[39]

---

35) http://www.ncbi.nlm.nih.gov/ NIMH, Facts bout Panic Disorder

36) 행안부 자료 : 우리나라 인구수는 세계 25위 수준이며 남북한을 합치면 약 7천3백만 명으로 세계 18위권이다.

37) 유병률(有病率) : 어떤 지역에서 어떤 시점(특정일)에 조사한 이환자(罹患者) 수를 그 지역 인구수에 대하여 나타내는 비율. 보통 인구 1,000명당의 수치로 나타낸다. 이환율과 서로 연관되는 것이지만, 이것은 정태(靜態)를 나타내는 것으로서 만성질환의 만연 정도를 알고 적정한 병상수(病床數)를 결정하거나 예방대책을 세우는 데 도움이 된다.

38) http://healthguide.kihasa.re.kr 조맹제 / 시울대학교 의괴대학 정신과 교수

39) 두산세계대백과, 공황장애

공황장애의 역학(서울지역 거주자 위주)

실제로 공황장애를 겪고 있는 사람들에 대한 체계적인 조사를 하여 귀납적으로 공황장애를 연구해 보는 것도 이 장애를 이해하는 한 가지 방법이다.

서울지역에 거주하는 인구에 대한 공황장애 보고에 따르면 공황장애를 겪고 있는 사람의 성별 비교 시 여성이 86.7%, 남성이 13.3%를 차지하고 있다.[40] 이는 사회적 요인으로 최근의 이혼이나 별거에 기인하는 것 같다.[41]

공황장애의 성별 분포

	공황장애	공황장애 없음
남자	2 (13.3%)	604(51.0%)
여자	13 (86.7%)	581(49.0%)
계	15	1185

공황장애의 연령별 분포를 보면 25~29세가 전체의 20%로 가장 많았지만, 다른 연령대도 대부분 약 14%로 별로 차이가 나지 않는다. 따라서 공황장애는 연령에 거의 상관없이 어느 누구에게도 발생할 수 있는 것으로 판단된다.

공황장애의 유병기간에 대한 조사도 알아볼 필요가 있다.[42] 공황장애 환자 중 1/3이 4년 이내에 치료되었고, 9년 이내에 치료된 환자는 53.4%로 대부분은 10년 이내에 공황장애로부터 해방될 수 있다.

그러나 25년 이상 유병 된 환자도 전체의 13.3%에 해당하는 것으로 보아 치료가 힘든 유형도 있음을 말해준다. 공황장애의 평생 유병률은

40) 이시형 외, 「(서울지역 거주자의) 정동 및 불안장애 역학 연구」, 삼성생명 사회정신건강연구소, 1998, p.63

41) 대한신경정신의학회, 「신경정신과학」, 하나의학사, 1998, p.415

42) 이시형 외, ≪(서울지역 거주자의) 정동 및 불안장애 역학 연구≫, 삼성생명 사회정신건강연구소, 1998, p65

1.5~3%, 공황발작은 3~4%이상이다. 최근에는 평생 유병률이 이 보다 더 높다는 보고도 있다.[43]

공황장애 유병 기간

유 병 기 간	비 율
0~4년	33.3%
5~9년	20.1%
10~14년	20.1%
15~19년	13.3%
20~24년	0%
25년~29년	13.3%

직업유무에 따른 분포도 흥미롭다.[44] 조사에 따르면 직업 유무에 따른 공황장애의 발병 차이는 거의 없다.

그러나 주부의 공황장애 발병률이 월등히 높음을 알 수 있는데, 이는 역시 결혼한 여성의 스트레스가 발병에 영향을 미치고 있음을 드러낸다. 또한 결혼 여부에 따른 비교도 이를 뒷받침한다. 기혼자가 미혼자보다 4배 가량의 장애 분포를 나타내고 있다.

기능장애 中 직업유무에 따른 비교

	공황장애	공황장애 없음
직업 있음	2(13.3%)	763(64.4%)
직업 없음	3(20.2%)	118(10.0%)
주 부	10(66.7%)	304(25.7%)

43) 대한신경정신의학회, ≪신경정신과학≫, 하나의학사, 1998, p415

44) 이시형 외, ≪(서울지역 거주자의) 정동 및 불안장애 역학 연구≫, 삼성생명 사회정신건강연구소, 1998, p69

교육정도에 따른 분포도 공황장애를 이해하는데 도움이 된다.[45] 즉, 대졸자의 공황장애 비율은 0.2%에 불과하지만, 고졸자는 1.4%, 중졸자는 1.8%, 국졸 이하에서는 4.2%가 공황장애를 겪고 있다. 학력이 높아질수록 공황장애의 비율이 감소하고 있다. 이는 학력이 높은 사람일수록 아무래도 합리적인 판단력이 자신의 행동을 지배하고 있기 때문에, 이유 없이 밀려오는 공황에 대해 좀 더 의연하게 대처할 수 있을 것이다.

그러나 필자가 진료하는 옛날한의원에 내원하는 공황장애 환자의 70~80%는 대졸자인 것으로 밝혀졌다. 이는 학력이 높을수록 성취욕이 많아져 사려(思慮)가 과대하게 되어, 이로 인해 心·肝·脾 등의 장기에 영향을 미쳐 나타나는 것이 아닌가 사료된다.

교육정도에 따른 비교

	공황장애	공황장애 없음	비율
국졸이하	3	71	4.2%
중 졸	2	109	1.8%
고 졸	9	638	1.4%
대 졸	1	366	0.2%

45) 이시형 외, ≪(서울지역 거주자의) 정동 및 불안장애 역학 연구≫, 삼성생명 사회정신건강연구소, 1998, p68

제20장 공황장애의 진단

① 驚悸(因事有所驚而悸), 怔忡(本無所驚, 常心忪而自悸)

② 短氣悸乏(呼吸困難), 短氣欲絶不得息, 窒息感

③ 心跳欲厥 或 自制力 喪失(恐懼自失)

④ 汗症(自汗, 手足汗, 頭汗, 心汗), 手足冷, 顔面蒼白

⑤ 心虛煩悶(心煩=胸悶) 或 胸痛[膻中穴 部位]

⑥ 惡心嘔吐, 或 腹部不便感, 便秘, 泄瀉

⑦ 惡寒 或 上氣, 口乾, 口苦, 梅核氣

⑧ 手足痺 或 手足痲痺感

⑨ 手足振顫 或 身瞤動

⑩ 非現實感 或 離人感

⑪ 坐臥不安, 使人有怏怏之狀[怏怏不樂] 或 恐懼欲死

⑫ 觸事易驚而怕動, 使人有惕惕之狀[如人將捕之狀] 或 對人忌避

⑬ 飮食無味, 食不化,

⑭ 易疲勞, 四肢無力, 四肢浮腫, 面浮

⑮ 不眠, 多夢, 多魘, 頻覺

⑯ 眩暈, 頭眩, 目眩, 頭重, 頭痛 或 頭重脚輕 或 卒倒

⑰ 舌乾, 津少, 遺精, 頻尿, 早漏, 五心煩熱, 午后發熱

⑱ 脈大動, (血虛者, 細數; 挾痰者, 滑數 或弦數)

상기한 총 18개 항목 중 ① ② ③항을 포함해 6개 이상 해당되면 공황장애(심담담대동증)로 진단을 한다.

그러나 ① ② ③항을 포함하지 않고 다른 항목이 6개 이상 된다 하더라도 이는 공황장애로 진단내릴 수 없다.

제21장 공황장애의 진단 [양방]

1. 공황발작

DSM-Ⅲ-R에서와 달리, DSM-Ⅳ에서는 공황장애와 공황발작에 대한 진단기준을 분리해 놓았다. 분리한 이유는 공황발작이 공황장애 이외의 여러 가지 정신장애, 특히 특수공포증, 사회공포증 그리고 외상 후 스트레스 장애에서도 생길 수 있기 때문이다. ICD-10에서는 공황장애(panic disorder)[삽화성 발작적 불안, episodic paroxysmal anxiety]라 부른다. 그리고 광장공포 안에 공황발작 여부를 구분하도록 하고 있다.

2. 공황장애

DSM-Ⅳ는 광장공포증을 동반한 것과 동반하지 않은 공황장애로 구분한다. 그러나 양자 모두 공황발작이 있어야 한다. 진단기준 적용시 가장 논란이 되는 부분이 진단에 필요한 공황발작의 빈도기준이다.

연구진단기준(RDC; Research Diagnostic Criteria)에서는 6주 동안 6회의 공황발작을 기준으로 삼는다. ICD-10에서는 3주 동안 3회 또는 4주 동안 4회의 발작이 있어야 한다. DSM-Ⅲ-R에서도 4주 동안 4회 이상의 발작이 있어야 한다는 빈도기준이 있었다. 그러나 DSM-Ⅳ에서는 최소빈도에 대하여 정하지 않았다.

공황발작의 DSM-IV 진단기준

비정기적으로 극심한 공포 또는 불쾌감이 있으면서, 다음 증상 중 4가지 이상이 급격하게 발생하여 10분 이내에 최고에 도달한다.

① 심계항진, 심장이 심하게 뜀, 빈맥
② 발한
③ 떨림(trembling) 또는 후들거림(shaking)
④ 숨이 가쁘거나 질식하는 느낌(smothering)
⑤ 숨막히는 느낌(choking)
⑥ 흉통 또는 흉부의 불쾌감
⑦ 메스꺼움 또는 복부 불편감
⑧ 어지럽거나, 불안정한, 멍한 또는 쓰러질 듯한 느낌
⑨ 이인증 또는 비현실감
⑩ 자신에 대한 통제를 잃거나 미칠 것 같은 느낌
⑪ 죽음의 공포
⑫ 감각이상 [감각의 둔화 또는 따끔거리는 느낌]
⑬ 한기 또는 발열감

공황장애의 DSM-IV 진단기준

A. 다음의 ①, ②가 모두 존재한다.

① 반복적이고 예기치 못한 공황발작

② 최소 한 번 이상의 발작과 더불어 한 달 이내에 다음 중 한 가지 이상이 있다.

(a) 또 다른 발작에 대한 지속적인 염려

(b) 발작이나 그 결과에 함축된 의미

[자신에 대한 통제를 잃거나 심장발작 또는 미치지 않을까?] 에 대한 근심

(c) 발작과 관련된 현저한 행동 변화

B. 공황발작은 물질이나 일반적 의학적 상태의 직접적인 생리적 효과에 따른 것이 아니다.

C. 공황발작은 사회공포증, 특수공포증, 강박장애, 외상 후 스트레스장애, 이별불안장애 등 다른 정신질환에 의해 더 만족스럽게 설명되지 않는다.

제22장 공황장애의 감별진단

심담담대동증은 다음과 같은 유사한 증상과의 감별진단이 필요하다.

1. 선공(善恐)

善恐이란 특별한 이유도 없이 두렵고 겁이 나며 불안해서 혼자 있지 못하고 항상 쫓기는 것 같은 기분이 드는 것을 말한다. 이는 대개 臟氣가 손상되어 발생하는 것으로, 특히 腎이 손상된 경우에서 보인다.

恐은 허증에 많다. 그리하여 정혈이 부족하여 일어나며 양기가 있는 데서는 발생하지 않는다. 善恐과 善怒는 상반되는 것이다. ≪素問·調經論≫에서는 "血有餘則怒, 不足則恐"으로 기재하고 있다.

2. 선경(善驚)

善驚이란 어떤 일을 당해 쉽게 놀라거나 혹은 항상 무서움을 타거나 안정을 못하는 불안한 상태를 말한다. ≪素問·至眞要大論≫에는 '善驚'이라 하였고, ≪靈樞·百病始生≫에서는 '喜驚'이라 했다.

항상 심계불녕 증상이 수반된다. 대개 심기가 허하거나, 혹은 心火가 치성하여 간양상항(肝陽上亢)·담허하거나 혹은 기혈이 손상됨으로써 야기된다.

본 증은 경계·정충과 유사하지만 사실은 다르다. 경계는 돌발성의 動悸로, ≪증치회보(證治滙補)≫에서는 "驚悸者, 忽然者有驚, 惕惕者心中不寧, 其動也有時"라고 하였다. 정충은 지속성의 動悸를 말하는 것으로, ≪증치회보≫에서는 "怔忡者, 心中惕惕然, 動搖不靜, 其

作也無時"라 하였다. 이와 같이 정충은 경계에 비하여 중증에 속하며 경계가 악화된 것이다.

3. 선로(善怒)

善怒란 아무 이유도 없이 화를 잘 내는데 불안 초조하여 자제하지 못하는 것을 일컫는다. '喜怒' '易怒'라고도 한다.

≪素問·臟氣法時論≫에서 "간에 병이 있는 경우는 양쪽 협하(脇下)가 아프고 하복부까지 당기며 화를 잘 낸다(肝病者, 兩脇下痛引少腹, 令人善怒)"고 하였다.

정서의 억울, 사려의 과도, 욕구불만 등의 원인으로 간울이 되면 간기가 上逆하여 노하게 된다. ≪素問·四時刺逆從論≫에서는 이를 "血氣上逆, 令人善怒"로 설명하고 있다.

4. 선희(善喜)

善喜란 기뻐서 웃는 것을 자제하지 못하거나 즐거운 일, 재미있는 일이 없는데도 아무 이유 없이 마구 웃는 것을 말한다. '多喜' '善笑'라고도 한다. ≪靈樞·經脈≫에는 '희소불휴(喜笑不休)", ≪靈樞·本神≫에는 '笑不休'라 했는데 통상 善喜로 부르고 있다.

선인들은 心은 神을 저장하므로 정상적인 기쁨은 정신을 유쾌하게 하고 심기가 잘 통하도록 한다고 여겼다. 그러나 지나친 기쁨은 심기를 이완시키고 정신을 흩어지게 하므로 喜笑不休·心悸·不眠 등의 증상을 야기한다. ≪靈樞·本神≫에서 "기쁨이 지나치면 神氣가 소모되고 흩어져 저장되지 않는다(喜樂者, 神憚散而不藏)"고 하였다.

善喜는 대개 實證이 많다. ≪靈樞·本神≫에는 "心主脈 …… 實則

笑不休", ≪수세보원≫에는 "喜笑不休者, 心火熾盛也"로 나와있다. 유완소(劉完素)도 "善笑者, 皆心火之盛也, 五行之中, 惟火有笑, 若治人笑不休口流涎, 用黃連解毒湯加半夏 · 薑汁 · 竹瀝, 而笑止"라고 표현하였다.

5. 선우사(善憂思)

善憂思란 별일 아닌데도 항상 걱정하며 우수에 잠기는 등 우울한 기분을 털어버리지 못하는 것. 우울, 초사(焦思)라고도 한다.

6. 선비(善悲)

善悲란 슬퍼하거나 혹은 아무런 까닭 없이 상심하는 병증을 가리킨다. ≪잡병원류서촉 · 경계비공우사원류(雜病源流犀燭 · 驚悸悲恐怒憂思源流≫에서 "善悲란 슬퍼할 일이 아닌데도 심중이 우울하고 즐겁지 않은 것이다"라고 하였다.

≪영추 · 오사(靈樞 · 五邪)≫에는 '喜悲', ≪금궤요략(金匱要略)≫에는 "喜悲傷欲哭"으로 기재되어 있다. 대부분 폐가 건조하고 心肝血虛로 心火가 치성해짐으로 발생한다.

'悲'는 심폐와 관련된다. ≪靈樞 · 本神≫에서 "심기허즉비(心氣虛則悲)", ≪素問 · 宣明五氣≫에서 "정기병어폐즉비(精氣併於肺則悲)"라고 했다. 또 悲는 폐의 志로서 悲에 따라 氣가 손상되므로 슬픔이 클수록 다른 장부의 기능도 장애되어 병변을 일으킨다. 이에 대하여 ≪靈樞 · 本神≫에서는 "肝悲哀動中則傷魂", ≪素問 · 痿論≫에서는 "悲哀太過則包絡絶, 包絡絶則陽氣內動, 發則心下崩"으로 기술하고 있다.

7. 번조(煩躁)

煩躁란 마음이 가라앉지 않아[불안 · 초조감 등에 해당] 안절부절못하는 상태로 ≪內經≫에 처음으로 기재되었는데, ≪素問 · 至眞要大論≫에서는 '躁煩'으로 표기하고 있다. ≪상한론≫ ≪금궤요략≫과 후세의 ≪천금방≫ ≪유하간의학육서≫ ≪동원십서(東垣十書)≫ ≪증치준승(證治準繩)≫ 등에도 기재된 것을 볼 수 있다. 내상 · 외감 어느 것에서도 발생하는데 火熱이 원인이 되며 실증이 많다.

'煩'과 '躁'는 상이한 것이다. '煩'은 자각증으로, '煩滿' '心煩' '火煩' '暴煩' '虛煩' '微煩'으로도 불린다. '躁'는 타각증으로, '躁擾' '躁動' '狂躁' 등으로 불린다. 본 항에서는 '煩'과 '躁'의 양자가 동시에 보이는 것에 관하여 논한다.

번조는 허 · 실로 나뉜다. 실증은 열사 · 담화 · 어혈에 따른 것이, 허증은 음허화왕(陰虛火旺)에 따른 것이 많다. 그러나 허증이든 실증이든 모두 心火와 관련하여 발생한다.

心은 神을 藏하여 神明을 다스리므로 神明이 心火에 따라 요란(擾亂)되기 때문에 煩燥하게 되는 것이다. ≪잡병원류서촉(雜病源流犀燭)≫에 "煩躁, 心經火熱病也"라고 하였다.

제23장 공황장애의 감별진난 [양방]

공황장애환자는 여러 가지 정신과 질환은 물론 많은 내과적 질환과도 감별진단이 필요하다.

1. 내과 질환

공황장애로 보기에는 비전형적인 증상이 있다거나 첫 공황발작으로는 나이가 너무 많은 경우(45세 이상) 숨어있는 내과적 질환을 다시 고려해 보아야 한다.

공황발작의 원인으로는 갑상선, 부갑상선, 부신, 물질남용과 관련되는 것들을 조사하여야 한다. 흉통의 증상이 있다면 더 자세한 심장검사를 시행해야 한다. 비전형적인 신경학적 증상이 있으면 뇌파검사나 MRI 검사를 하여 측두엽간질, 다발성 경화증, 뇌의 신생물 따위의 가능성을 평가해야 한다.46)

▣ 공황장애와 승모판탈출증

(1) 공통점

공황장애와 승모판탈출증은 유사한 증상이 많이 있는 질환으로 감별진단에 신경을 써야 한다. 두 질환 모두 숨이 차다는 공통점과 맥박이 빨라지고 가슴통증을 느끼는 경향이 있다.

(2) 차이점

46) 신경정신과학 p418

공황장애는 손발에 식은땀이 나고, 팔다리가 떨리며, 어지럽고, 손발이 후끈거리거나 차갑거나 저리는 등의 증상이 있지만, 승모판탈출증은 이런 말초증상이 없다. 또 공황장애는 '이러다가 죽으면 어떻게 하나' '이러다가 미치는 거 아닌가'하는 등의 사고 증상이 있지만, 승모판탈출증은 당연히 이런 증상이 없다.

승모판탈출증은 운동의 과부하시 드물게 기절하는 경우가 있지만, 공황장애는 스스로 걱정하듯 기절하는 일이 없다. 물론 힘이 빠지고 어지러워서 쓰러지거나, 누워버리는 일은 있지만, 엄밀한 의미로 의식을 완전히 소실하는 기절은 공황장애에서 없다고 생각된다. 따라서 운동 중 의식을 잃고 기절한 경력이 있다면 승모판탈출증이 더 의심이 된다. 운동시 쉽게 느끼는 피로감은 공황장애보다는 승모판탈출증에서 훨씬 흔하게 나타난다.

(3) 동시진단

승모판탈출증과 공황장애의 관계는 정신과, 내과 의사들에게 수년간 관심의 초점이 되었던 이슈다. 승모판탈출증은 일반적으로 큰 문제없이 조절이 가능한 질환이며, 최근에는 승모판탈출증을 가지고 있는 환자에게서 특별히 공황장애가 많은 것은 아니라는 게 정설이다. 그러나 드물게 이 둘을 동시에 진단하는 경우도 있다. 실제 심장초음파에서 승모판탈출증이 있고, 공황장애의 증상적 성격을 모두 가지고 있는 경우라고 하겠다.47)

2. 정신 질환

감별을 요하는 정신과 질환으로는 꾀병, 인위성 장애, 건강염려증,

47) 연세필정신과 http://www.joypanic.co.kr/index.html name=#FOOTNOTE3

이인증, 사회공포증이나 기타 공포증, 외상 후 스트레스 장애, 우울상애, 정신 분열증 등이 있다. 공황발작이 미리 예측되는지, 상황과 연계되는지, 어떤 상황으로부터 선행되는지를 조사하여야 한다. 공황장애라면 공황발작이 비예측적이라는 점이 중요한 관건이다. 불안이나 공포의 내상이 있는지 없는지도 밝혀야 한다. 공황장애라면 대상이 없어야 한다. 광장공포증을 동반한 공황장애를 특정공포증이나 사회공포증과 감별하기 어려울 때가 있다.48)

(1) 범불안 장애와 공황장애

범불안 장애는 공황장애보다는 불안의 정도는 덜하지만 지속되는 시간이 긴 만성적 불안질환이다. 만일 공황발작 정도가 심한 불안이 아닌 수준의 불안이 지속되거나, 계속된다면 <범불안장애>라는 진단이 더 적합하다.

(2) 특정공포증과 공황장애

아무리 심한 불안발작이 생기더라도 특정상황에서만 발생한다면 <특정공포증>이라는 진단이 더욱 적합하다. 엘리베이터만 타면 불안하고 다른 장소나 상황에는 이상이 없다던가, 높은 데만 올라가면 힘든 경우 <폐쇄공포증> <고소공포증> 등 특정공포증의 진단이 가능하다. 공황장애는 이런 상황에도 관련이 있고, 예측이 안 되는 상황에서도 불안이 생기는 불안장애이다.

(3) 외상 후 스트레스장애와 공황장애

증상의 발생이 교통사고와 같은 특정한 사고와 연관이 있고, 이런 사고가 다시 생각나거나 재현되는 상황에서 불안한 경우, 공황장애가 아니라 외상 후 스트레스장애라 한다.

---

48) 신경정신과학 p418

(4) 대인공포증, 강박증과 공황장애

공황장애와는 다른 질환이다. 공황장애는 어떤 이유가 없이 갑자기 불안이 엄습해 오는 것이고, 강박증이나 대인공포증은 주된 원인이 있다. 강박증은 완벽하게 일을 처리하지 못할 것에 대한 두려움, 어떤 생각이 반복해서 떠오르거나 행동을 하고 싶은 욕구에 따른 불편감, 손이 더렵혀진다든가 하는 것에 대한 걱정 등이 주된 증상이다. 대인공포증은 내가 어색해 하고 목소리가 떨리고, 얼굴에 홍조를 띠는 것을 상대방이 알고 불편해 하거나, 자신을 소심한 사람으로 여길 것에 대한 불안감이 주된 증상이다.

(5) 과호흡 증후군과 공황장애

과호흡 증후군이란 정서적 흥분 시 숨을 깊이 많이 내쉬게 되고, 어지러움증, 호흡곤란, 가슴답답함 등을 느끼는 증후군을 말한다. 그러나, 과호흡증후군은 주로 감정적으로 격앙되는 상황에서만 증상이 나타나며 임소공포증이나 공황장애에서 보이는 특징적 회피증상이 없는 경우가 대부분이다.

공황장애 환자들도 숨이 막힐 것 같은 느낌이 들기 때문에 스스로 산소를 공급해야 된다는 생각에 무의식적으로 과호흡을 하게 되는 경향이 있으나, 실제 과호흡은 전혀 도움이 되지 않는다. 일부 연구에 따르면, 공황장애환자들은 평상시에도 호흡이 다소 빠르고 깊은 경향이 있다고 한다. 따라서 공황장애가 진단되면 과호흡증후군을 따로 진단하지 않는다.[49]

49) 연세필정신과 http://www.joypanic.co.kr/index.html

제24절 공황장애의 경과 및 예후

공황장애는 대개 청년기 후기나 초기 성인기에 발병하는데 이 시기에 증가되는 스트레스가 발병에 관여한다는 보고가 있다.

공황장애는 주기적으로 반복되면서 만성화하는 경향이 많다는 것이 임상가들의 공통된 견해이다. 장기간 추적한 결과를 보면 30~40%는 증상이 없어지고, 약 반수는 증상이 있으나 가벼워 생활에 별로 영향을 미치지 않고, 10~20%는 증상이 계속 심하다고 한다.

처음 한 두 번의 발작으로는 자신의 상태를 잘 모르다가 반복하여 경험하면서 이 증상에 얽매이게 된다. 증상 발작의 정도나 빈도는 다양한데 커피나 담배로 증상이 심해질 수 있다. 40~80%의 환자들은 우울증이 생겨 양상이 더 복잡해져 자살을 생각하는 수도 있고, 20~40%에서는 알코올이나 물질 의존이 생긴다. 강박 장애로 발전하기도 하고 학업이나 직업, 가정생활에 문제가 생기기도 한다.

병전 기능이 좋고 증상이 단기간만 있었던 사람은 예후가 더 좋은 편이다. 광장공포증은 대개 공황장애가 치료되고 시간이 지나면 호전되는 경우가 많다.[50)]

---

50) 정신과의사 이창일 홈페이지 http://www.dr-mind.com

제25장 공황장애의 예방 및 극복

우리는 끊임없는 스트레스 속에 살고 있다. 이러한 스트레스를 잘 조절하고 소화하여 정신건강을 유지하는 것은 신체 건강은 물론, 우리의 삶의 질에 매우 중요하다.

하지만 스트레스로 인해 일어난 좌절감을 잘 처리하지 못하게 되면 우리의 마음속에 만성적인 감정(感情)의 응어리 즉 울화(鬱火)가 생기고, 이러한 울화가 계속되면 오장육부에 영향을 미쳐 노이로제의 일종인 강박장애나 공황장애 또는 정신병에 해당되는 병적인 증세를 유발할 수 있다.

울화가 누적된 상태에서는 질병의 가능성이 높아지고 신체적 건강을 유지하기 어렵다. 또한 질병으로부터의 회복도 늦어지며 후유증이 더 많이 생기게 된다. 이는 바람직하지 못한 감정 상태가 지속되면 우리 몸의 자율신경계, 내분비계, 면역계를 자극하여 질병에 대한 저항력을 떨어뜨리기 때문이다. 때론 환자 자신이 자학적으로 건강을 해치는 행동을 보이기도 한다.

그럼 어떻게 하면 '감정의 자기조절능력'을 강화하여 스트레스를 받더라도 최대한 그것을 소화하여 공황장애를 예방할 수 있을까?

한의학 문헌에서 신지(神志) 즉 감정을 조섭(調攝)하는 養生의 道(생명을 기르는 길)를 살펴보면 그 논술이 정밀하고 완벽하며 사료도 매우 풍부하다. 이제 옛 성현들이 養生의 道로 가르친 교훈을 거울삼아 감정의 자기조절능력을 강화해 나가면 강박증이나 공황장애는 물론 여타 정신질환도 충분히 극복하고 이겨낼 수 있을 것이다.

1. 마음을 깨끗이 하고 욕심을 버려라(淸心寡慾)

역대 양생가들은 청심과욕(淸心寡慾)을 매우 중시하였다 이것은 정신을 조섭하고 불로장수하는 데 중요한 조건이 된다. 춘추시대의 老子는 특별히 양생에는 마음을 맑게 하고 욕심을 적게 하며 즐기고 하고 싶은 것을 절제해야 한다고 강조하였다. 그는 ≪도덕경≫에서 "죄는 욕심보다 큰 것이 없고 …… 허물은 얻고자 하는 것보다 큰 것이 없다"며 "검소한 것을 보고 소박한 꿈만 품으며 사사로운 것을 줄이고 욕심을 적게 해야 한다"고 주장하였다.

진(晋)나라 갈홍(葛洪)은 "정신을 조섭함에 순박한 것을 간직하고 소박한 것을 지키며 욕심이나 근심도 없이 하여 眞氣를 온전하게 하고 욕심을 비워서 평안한 곳에 거처하며 담백한 것만 먹어야 한다"고 강조하였다. 또 "마음을 편안하고 맑게 하여 즐기는 것과 욕심을 씻어 버리고 늘 반성하며 강시(僵屍:쓰러져 있는 시체)처럼 마음 쓰는 것이 없이 거처해야 한다"고 말하였다.

손사막(孫思邈)은 ≪천금익방(千金翼方)≫에서 "양생의 요점은 귀로 망령된 말을 듣지 말고 입으로는 망령된 말을 하지 말며 몸으로는 망령된 행동을 하지 말고 마음으로는 망령된 생각을 갖지 말지니 이것이 모두 양생이 필요한 사람에게 유익한 것이다"라고 기재하였다.

이동원(李東垣)도 ≪비위론(脾胃論)≫에서 "생각을 적게 하고 욕심을 줄이며 …… 슬픈 일을 만나도 곧 가벼이 마음을 가지면 혈기가 자연 조화로워져 나쁜 기가 침입하는 것을 허용하지 않는다"고 설명하였다. 허성초(許惺初) 역시 ≪존생요지(尊生要旨)≫에서 "호자(胡子)가 이르기를 하늘에는 삼보(三寶)인 日·月·星이 있고 사람에게는 三寶인 精·氣·神이 있다. 양생을 잘 하는 자는 너무 급하게 하지 않으며 모름지기 三寶를 온전히 하기 위하여 지나친 기호를 버리고 욕심을 적게 하고, 정을 온전히 보전하기 위해서는 언어를 적게 하고, 氣를 온전히 보전하기 위해서는 사려를 적게 해야 한다"고 소개하였다.

이상은 청심과욕하여 잡념을 갖지 말아야만 기혈이 조화롭고 정신이 온전히 보존되고 나쁜 기 즉 사기(邪氣)가 침입할 수 없어 건강장수할 수 있음을 설명한 것이다. 마음을 맑게 하고 욕심을 멀리하려면 마땅히 아래의 몇 가지 사항을 지켜야 한다.

(1) 재물과 사욕을 절제하라

≪만수단서(萬壽丹書)≫에서 廣惠子가 이르길 "좋은 말은 아직 다 못한 것처럼 하고 돈과 재물은 먼저 따지지 않으려 해야 한다", "재물은 진실로 사람에게 필요한 것이지만 경중을 비교해 본다면 재물이 목숨보다는 가벼운 것이다. 어째서 그러한가? 사람이 이미 병들어서 계란을 쌓아 놓은 것처럼 위험하더라도 재물을 잘 이용하면 살 수 있으나, 돈을 따지기를 앞세운다면 죽을 것이니 어찌 모든 병을 동일선상에다 놓고 볼 것인가. 반드시 마음을 안정하고 욕심을 적게 하며 정신을 가다듬고 근심을 안정시키며 물건으로 心君을 동요시키지 말 것이니, 화가 꺼지고 몸이 편안해지면 병이 혹 나을 수 있는 것이다"라고 설명하였다. 이는 재물과 돈을 따지지 말고 마음을 안정시키며 욕심을 적게 하여 양생에 유리하게 하면 병이 물러 날 것이나, 이와 반대로 행하면 수명을 덜 것이라는 점을 시사한 것이다.

(2) 명예와 이익과 욕망을 절제하라

≪만수단서≫를 보면, "老子가 명예와 자신의 몸 중에서 누가 너 친한가. 나는 알리로다. 나는 마땅히 분명하고 밝게 뿌리는 깊고 꼭지는 단단하게 하여 그 몸을 잘 보존할 일이지 헛된 명예만 취하지 않는다"라고 나와 있다. ≪千金方≫에서 "팽조가 입과 눈은 마음을 어지럽히니, 성인은 이 때문에 (입과 눈을) 닫아 버린다. 名과 利는 몸을 망치니 성인은 이 때문에 (명리를) 버린다"고 하였다. 이 모두는 욕심을

멀리하여 명리에 대한 욕망을 절제해야 함을 설명한 것이다.

(3) 색욕을 절제하라

역시 ≪만수단서≫를 들여다보자. "무릇 四慾 가운데서 오직 色이 너무 심하니 비록 성현이라도 이를 없앨 수는 없다. 그러므로 孔子는 '나는 덕을 좋아하기를 색을 좋아하는 것 같이 하는 자를 아직 보지 못하였다'고 하였다. 孟子도 養心하는 것은 욕심을 적게 하는 것보다 좋은 것이 없다고 강조하였다. 혈기가 아직 안정되지 않았을 때는 色을 경계해야 한다. 이를 보건대 色 또한 사람이 절제하기 어려운 것이다. 이제 眞을 수양하는 선비는 모름지기 욕을 줄이고 精을 보전하는 것이 급선무임을 알아야 한다. 眞을 닦더라도 精을 잘 보전하지 못하여 精이 허해지면 기가 마르며, 기가 말라 버리면 神이 시드는데, 나무에 비유한다면 뿌리가 마르면 가지가 마르고 잎이 떨어지는 것과 같다"고 설명하였다.

≪수세보원 · 보생잡법≫에 "허약자나 고령자는 혈기가 이미 약해져 있는데 陽事(성욕)가 문득 성하였다면 반드시 조심하여 억제하여야 한다. 마음먹은 대로 행해서는 안되니 한 차례에 정액이 빠져나가고 또 한 차례에는 생명의 불이 꺼지며 그 다음 차례에는 진액이 다 마를 것이다. 만약 절제하지 못하고 마음대로 하면 생명의 불이 장차 꺼져 더욱 그 남은 진액을 없앨 것이다"라고 실려 있다. 이것은 모두 욕정을 절제하여 정을 보전하는 것이 양생의 급선무이며, 만약 한 번이라도 욕심대로 행하면 精氣가 모두 쇠갈되어 생명의 근본을 손상한다는 것을 지적한 것이다. 이처럼 욕정을 절제하는 방법을 옛 사람들은 하나의 양생 방법으로 제시하였다.

嗜欲(좋아하고 즐기려는 욕심)을 절제할 수 있는 방법을 더 구체적으로 알아보자.

a. 理智를 밝혀야 한다

≪양심록집요(養心錄集要)≫를 보면 "理智가 이미 밝혀지면 기호와 욕심이 스스로 적어지며 기호와 욕심이 적어지면 이지도 분명해진다"고 나와 있다. 이는 理智(이성과 지혜를 아울러 이르는 말. 또는 본능이나 감정에 지배되지 않고 지식과 윤리에 따라 사물을 분별하고 깨닫는 능력)를 분명히 하는 것과 기호나 욕심을 절제하는 것이 상호 인과관계에 있음을 보여주는 것이다.

b. 일깨우는 마음을 두어 경계하여야 한다

≪양심록집요≫에서 "항상 일깨우는 마음을 두면 마음의 욕심이 자연적으로 적어진다", "경계하고 두려워함은 마음이 고요한 가운데서 하고, 홀로 삼가는 것은 욕심이 막 움직이려 할 때 그 기미를 없애는 것이다", "고요한 가운데서 경계하고 두려워하는 법을 써서 욕심을 극복하면 불만과 욕심이 생기지 않고, 일을 당하여 억제하는 법으로 나를 극복하면 원망과 욕심을 가질 수 없는 것이니 仁이 멀다고 하겠는가"라고 표현하였다. 이는 항상 공경심과 경계하고 두려운 마음을 마음에 두면 기욕(嗜欲)이 절제될 것이라는 점을 설명한 것이다.

c. 결심이 있어야 한다

≪양심록집요≫에서 "마음의 단련을 마치 부드럽게 장수를 다루듯이 하며, 욕심을 절제하는 것을 적을 제압하듯이 해야 한다"고 말하였다. 이는 마음을 깨끗하게 하고 욕심을 절제하는 것을 마치 적을 제압하여 이기는 것처럼 굳건히 해야 함을 설명한 것이다. 결국 굳은 결심을 가져야 한다는 뜻이다.

d. 일찍 느끼고 속히 떨쳐버려야 한다

좋지 않은 기욕(嗜欲)은 일찍 자각하고 살펴서 신속하게 무시하거나 떨쳐버려야만 큰 해가 되지 않는다. ≪만수단서≫에서 "조문원공(晁文元公)이 이르길, '…… 나쁜 생각이 일어나는 것을 두려워하지 말고 오직 깨달음이 늦어질까 두려워해야 하니, 깨달음이 빠르면 그침도 빠를 것이다'라고 하였으니, 두 가지가 서로 도울 것이다. 잘못을 알아 고치는 데에는 거백옥과 안자를 스승으로 삼을 만하다고 하였는데, 지금 이를 다시 정리해서 말하면 나쁜 생각이 생기는 것을 두려워 말고 신속히 떨쳐버리는 것을 귀히 여기라. 떨쳐버림을 빨리하면 분함이 없어지고 화가 변하여 복이 된다"고 하였다. 이는 일찍 깨달아 속히 떨쳐버리는 것이 욕심을 절제하는 좋은 방법임을 역설한 것이다.

2. 養神을 중시하여야 한다

형체를 잘 조섭하고 양생해야 한다고 하였지만 더 중요한 것은 정신을 조섭하고 양생하는 일이다. 옛 사람들은 神이 많으면 오래 살고 情이 많으면 일찍 쇠약해지며, 神의 조섭은 양생을 잘하는 네 있고 情의 조섭은 잘 절제하는 데 있다고 인식하였다. 養神하는 방법은 다음과 같은 몇 가지가 있다.

(1) 마음을 비우고 고요하게 하여 神을 기른다

≪도덕경≫에서 노자는 "마음을 비우는 데 이르게 하고, 고요함을 지켜 돈독히 한다", "맑고 고요함이 천하를 바르게 하는 것이다"라고 말하였다. 이는 마음을 비우고 고요하게 하여 부드러움을 간직하는 것이 장수할 수 있는 방법임을 의미하고 있다. 장자는 한 걸음 더 나아가 "神을 감싸 안아 고요하게 하면 形이 스스로 바르게 되며 반드시 고요하고 맑아서 形을 수고롭게 하지 않고 精을 흔들지 말아야 장수할 수 있다"고 하였다. 이는 허정(虛靜) · 養神 · 연년익수(延年益壽)의 원칙을 세운 것이다. 또한 "취포호흡(吹咆呼吸), 토고납신(吐故納新:

묵은 것을 토해내고 새것을 들이마신다는 뜻으로 낡고 좋지 않은 것을 버리고 새롭고 좋은 것을 받아들이는 氣功요법의 하나)"의 호흡을 조절하여 行氣하는 법을 제시함으로써 養神을 통해 노화를 물리치고 수명을 더하는 중요 방법으로 삼았다.

노장학파(老壯學派)가 청정(淸靜)을 주장한 것은 비록 소극적인 면도 있지만 정신을 조양(調養)하고 보건연년(保健延年)하는 방법에는 확실히 취할 점이 있다.

≪내경≫에서는 이러한 관점을 받아들여 적극적이고 진취적인 태도로 허정연년의 길을 취하였으며, 形神을 음양(陰陽) 두 방면으로 토론하였다. 예컨대 ≪素問 · 生氣通天論≫에서 "정신이 맑고 안정되면 기육(肌肉)과 주리(腠理)가 닫히어 사기(邪氣)의 침입을 막으니 비록 大風이나 혹독한 독이라도 해롭게 하지 못한다"고 하였다. 그리고 ≪素問 · 上古天眞論≫에서 "마음을 안정시켜 욕심이 없도록 하면 眞氣가 이를 따라 이르고 정신이 내부에서 지켜지니 병이 어떻게 들어오겠는가"라고 소개하니, 정신을 맑고 고요하게 하여 神을 잘 양생하면 "형여신구(形與神俱)" 하여 邪氣가 범할 수 없다고 하였다. 精은 陰이고 神은 陽이므로 만약 "精을 잘 쌓아서 神을 온전하게" 하면 곧 "음평양비(陰平陽秘:음과 양은 서로 의존하고 통일되어 있기 때문에 陰氣가 조화로워야 陽氣가 자기의 기능을 원만히 할 수 있다는 말)"가 되며, 무병장수 할 수 있는 것이다. 동시에 ≪내경≫에 여러 차례 독립수신(獨立守神), 즉 神을 안정시키고 호흡을 하여 정공(靜功)을 하는 것이 질병을 예방하고 노쇠를 막는 중요한 방법임을 말하였다.

수나라 이후 많은 양생가들의 이론은 대부분 노장과 ≪내경≫의 사상을 아우르고 덧붙인 것이다. ≪양생론≫에서는 "성질을 닦아 神을 보전하고 마음을 편안히 하여 몸을 온전하게 한다", "호흡을 토(吐)하고 들이마시며 음식을 잘 먹어 양생을 한다"고 하였다. ≪의초유편(醫鈔類編)≫에서는 "心을 양생하는 것은 神을 가다듬는 데 있고 정신을 가다듬으면 氣가 모이고 氣가 모이면 형체가 온전하다. 만약 날로 번거롭고 걱정스러운 일을 하여 神이 제자리를 지키지 못하면 쉽게 쇠약해진다"고 하여 정신을 가다듬고 생각을 거두어 맑고 고요함을 잘 보전하는 좋은 처방을 내놓았다.

≪존생요지(尊生要旨)≫에서 "광성자(廣成子)에 따르면 나쁜 것을 보지도 듣지도 말고 정신을 잘 감싸서 안정시켜 神이 형체를 잘 지킨다면 장수할 수 있다"고 전하였다.

≪만수단서≫ 안양편(安養篇)의 색신절(嗇神節)을 살펴보면, "老子가 이르기를 많은 사람들이 말을 크게 하는데 나는 작게 말하고, 많은 사람이 번거로운 일을 많이 하는데 나는 간략하게 하며, 많은 사람이 성을 잘 내는데 나는 성내지 않는다. 또한 속된 일로서 의지에 누가 되지 않게 하며 어떤 때에 임해서도 속된 거동을 하지 않으며 담담하게 욕심 부리지 않는다. 神氣가 스스로 만족하게 하며 이렇게 하여 죽지 않는 도를 행하여 천하가 나를 알아주지 않아도 좋도록 한다"는 기록이 있나. 이상의 논술은 모두 마음을 비우고 고요히 하여 정신을 기르는 것이 무병장수의 첩경임을 설명한 것이다.

(2) 마음을 안정시켜 神을 기른다

安心하여 養神하는 데는 두 가지 방법이 있다. 그 하나는 태연하게 대처하는 법이다. 인생에는 우환이 없을 수 없다. 理智와 냉정의 덕성을 길러서 모든 일에 침착하게 대처하며 냉정한 사고로써 각종 돌발적인 사건에 대처해야 각종 난제를 정확히 처리할 수 있다. "이미 이렇게 되었으니 편안히 대처하자"는 말은 사람이면 누구나 잘 아는 양생격언이다. 실로 모든 곤경 또한 마땅히 "旣來之則安之(이미 일이 닥쳤으니 편안한 마음으로 대처한다)"의 태도로 태연히 대처해야 한다.

≪수세청편(壽世青編) · 養心說≫에서 "일이 아직 닥치지 않았는데 미리 근심할 필요가 없으며, 일을 맞았거든 지나친 근심을 하지

말고, 일이 이미 닥쳤거든 머무를 필요 없이 그 스스로 오는 것을 기다려 마땅히 자연스럽게 하고 스스로 물러나기를 맡겨 두어야 한다. 분함도 두려움도 무서움도 좋은 일도 즐거운 일도 걱정스러운 일도 모두 그 正道를 얻는 것이 양생의 법도이다"라고 하였다. 이는 역경을 만났거든 태연히 대처하여 養神해야 함을 지적한 것이다.

두 번째는 "즉시 기분을 전환하라(及時排遣)"이다. ≪천금방≫에서 "범인들은 가히 생각하지 않을 수 없지만 점차적으로 기분을 전환하여 제거해야 한다"라고 나와 있다. ≪우환제의어(友渙齊醫語)≫에서는 "역경을 만나면 마음가짐을 잘하여 제거하고 풀어야 한다"고 하였다. 이는 모두 사람들은 마땅히 일을 당하였을 때 근심과 걱정을 전환하여 그 역경을 개선해야 함을 가리킨다. 이렇게 해야만 安心하여 養神할 수 있다.

옛사람들의 "배유(排遣:기분전환하다)" 방법은 지금에도 본받을 만한 점이 많다. 예컨대 의적(醫籍) 중에 인용한 "새옹(塞翁)의 馬를 잃어버림이 어찌 복인지 아닌지 알겠는가?"라는 고사는 사람들에게 교훈을 주고 있다.

세상만사는 화와 복이 있어서 뜻대로 될 때에도 항상 크게 뜻대로 되지 않는 변화가 숨어 있게 되며 사물에는 늘 양면성을 가지고 있어서 한시라도 마음을 놓을 수가 없음을 알 수 있다.

3. 생각을 줄이고 걱정을 적게 하라

근심걱정을 지나치게 하면 神氣를 손상시켜 수명을 덜게 된다. 예컨대 ≪팽조섭생양성론≫에서 "급급하여 바쁘게 하면 정신은 번거롭고, 간절히 생각하면 정신은 허물어진다"라고 표현하였다. ≪千金要方·調氣法≫에서는 "팽조가 이르길 '도는 번거로운데 있지 않으니, 단지 음식이나 소리·색에 마음을 두지 않고, 승부·시비·득실·영욕에 마음을 두지 않아야 한다. 마음에는 번거로움이 없고 몸에는 極함이 없도록 하면……또한 장수할 것이다"고 하였는데, 이는 생각과 걱정을 적게 해야만 장수할 수 있음을 설명한 것이다.

≪만수단서≫에서 "생각이 많으면 神이 상한다", "무릇 마음이란 것은 神이 거처하는 집이니 마음이 편안하면 神이 편안하고 心이 동하면 神이 피로하다. 잡념을 버리고 조용히 침범하지 못하게 하면 神은 저절로 편안해진다. 정신이 편안하면 몸이 편안하고, 몸이 편안하면 생명이 길 것이니 이는 곧 몸을 닦는 大要이다"라고 하였다. 생각이 많고 마음이 동하면 神을 손상시키며, 생각을 적게 하고 마음을 안정시키면 정신이 편안해진다. 따라서 사려도 양생에 중요한 역할을 한다.

4. 정지(情志)를 편안히 하고 통창(通暢)하게 하라

정신을 조섭하는 면에 옛사람은 情志를 편안하게 하는 것을 매우 중시하였다. 情志를 편안히 통하게 하면 몸을 건강하게 하여 장수할 수 있으며, 情志가 편치 않으면 수명을 덜게 될 것이다. 情志를 편안히 잘 통하게 하는 방법들로는 여러 가지가 있으나, 그 요점만을 취하면 아래와 같다.

≪양로봉친서 · 고금가언(養老奉親書 · 古今嘉言)≫에서는 옛사람들이 情感을 편안히 하였던 방법을 인용하고 있다. 예를 들면 ≪예정문경서당잡지술오사(倪正文經鉏堂雜志述五事)≫에 보면, "정좌가 첫째요, 책을 보는 것이 둘째요, 산수와 꽃 · 나무를 보는 것이 셋째요, 좋은 벗과 어울려 강론하는 것이 넷째요, 자제를 가르치는 것이 다섯째이다"라고 나와 있다. ≪述齊齋十樂)≫에서는 "도리를 말하고 이치를 깨달으며 학문을 가르치고 글씨를 쓰며 깨끗한 마음으로 고요히 앉으며 유익한 벗과 깨끗한 담론을 하고, 조금 마시어 반쯤 취하고 꽃을 가꾸고 대나무를 심으며 가야금을 뜯고 학과 노닐며 향을 피워 차를 끓이며 성에 올라 산을 내려다보고 우화를 생각하며 바둑을 둔다"고 하여 情志를 편안히 소통시키고 마음을 닦아 性을 기르는 주된

내용을 논술하였다. 책을 읽으며 시를 읊고 느긋하게 산림을 유람하며 감정을 소통케 하여 마음을 기쁘게 하며 홍취를 북돋아 건강과 장수에 이롭게 하는 것이다.

청나라 마대년(馬大年)은 "요화종죽(澆花種竹:꽃과 대나무를 가꾸는 일)"을 감정을 기쁘게 하는 일이라고 하여 한가하게 소일하면서 꽃을 가꾸고 대나무를 심거나 채소를 심고 과수를 심는 것은 모두 情志를 즐겁게 기르는데 유익하다고 하였다.

송대의 진직(陳直)은 "지극한 즐거움은 독서만한 것이 없으며 지극한 성취는 제자를 가르치는 것 만한 것이 없다"고 하여 책을 읽고 감상하는 것이 情志를 양생하는 중요한 방편임을 설명하였다. 원나라 추횡(鄒鋐)은 "그림을 감상하며 옛 친구들과 함께 고상한 이야기를 하고, 인물 · 산수와 꽃 · 나무와 새를 논하며 시를 읊고 매란죽석(梅蘭竹石)을 감상하고 …… 단청을 감상하고 …… 그것을 즐긴다면 질병을 치료할 수 있다"고 하였는데, 이는 훌륭한 그림이나 예술품의 감상은 정신을 양생하는 사람에게 매우 유익함을 설명한 것이다.

옛말에 "시는 志意를 말하고 노래는 말을 읊는 것이다"고 일렀다. 시가와 음악은 모두 사람의 情志를 기쁘게 다스림을 가리킨다. ≪전한서(前漢書)≫에 보면, "위엄있는 거동은 족히 눈을 놀라게 하고, 음성은 귀를 감동시키기에 족하며, 시어는 마음을 감동시키기에 족하다. 때문에 그 음을 듣고 덕이 고르게 되고, 그 시를 음미하여 뜻이 바르게 되며, 그 실용방법을 논하면 법이 바로 선다"고 하였다. 이는 시가와 음악이 인류 생활에 중요한 작용을 한다는 것을 지적한 것이다. 이밖에도 고인들은 음악에는 우울한 정신질환을 치료하는 작용이 있음을 구체적으로 지적하였다. 구양공(歐陽公)의 ≪영락대전(永樂大典)≫ 중에서 "내가 일찍이 근심 걱정이 되고 조용히 있고 싶은 질환이 있어 물러나 한가로이 거처하였으나 치료할 수 없었다. 나의 벗 손도자(孫道滋)에게서 악기 연주를 배워 宮音의 깊은 곳의 몇 가지를 배워 오래도록 연주하니 매우 즐거워 질병이 몸에 있다는 것을 깨끗이 잊어버렸다"고 하였다.

바둑 또한 정신과 의지를 기쁘게 하고 신명나게 한다. 진직은 "보통 사람들은 기호가 각기 달라 그것만 만나면 좋아하는데 어떤 사람은 서화를 몹시 좋아하고 어떤 사람은 바둑을 몹시 좋아한다"고 하였다. 사계의 풍경을 감상하는 것 또한 정신을 함양한다. 예를 들면 서면(徐勉)의 ≪이정소록(怡情小錄)≫에서 "겨울의 따뜻한 햇빛 · 여름날의 양지 · 아침의 좋은 풍경 아래서 지팡이에 의지하고 걸으며 소요하여 스스로 즐기며 연못에 나가 고기 노는 것을 보고 숲 속에서 삼림욕을 하며 새소리를 듣고 탁주 한잔을 마시고 악기로 한 곡을 연주하여 잠깐 동안의 즐거움을 구한다"라고 소개하였다. 이로 미루어 보건대, 고대에는 정감(情感)을 기쁘게 소통시키는 양생의 도가 풍부하고 다채로워서 지금까지도 중요한 실용적인 의의가 있다.

제26장 공황장애의 치료

공황발작은 그 경험 자체가 몹시 고통스럽고 또 그 고통이 되풀이되는 데 대한 심한 공포 때문에 일상생활에 큰 지장을 준다. 그래서 발작을 일단 봉쇄해서 환자들에게 발작이 또다시 오지 않는다는 사실을 확인시키는 것이 무엇보다 중요하다.

우선 공황장애는 치료, 그것도 완치가 얼마든지 가능한 병이라는 것을 이해시켜야 한다. 공황발작이 처음 시작될 때 정확한 진단을 받고 치료를 시작하면 약물 치료만으로도 쉽게 완치시킬 수 있다. 미국 뉴욕주립 정신의학연구소의 임상연구에 따르면 그 곳을 찾아온 공황장애 환자의 약 1/3이 약물요법만으로 치료가 가능했다고 한다.

일반적으로 공황장애에 대한 약물치료를 시작하면 공황발작은 늦어도 4~8주 후면 서서히 없어지지만, 증상이 재발되지 않으려면 짧게는 3~6개월 정도, 길게는 12개월 이상 지속적인 치료가 필요하다.

한방에서는 공황장애란 병이 마음속에 응어리진 갈등, 즉 울화에 따라 신체적 · 정신적 증상을 나타내는 일종의 화병(火病)이라는 사실을 설명하고, 이 같은 병을 치료하는 약으로 보혈안신제(補血安神劑)나 소간해울제(疏肝解鬱劑)를 사용한다고 하면 환자가 이를 이해하고 치료에 잘 응하는 편이다.

그러나 환자 한 사람을 실제로 치료할 때 어떤 치료전략을 세우고 약물을 어떤 것을 택하여 어떻게 사용하느냐 하는 것은 상당한 임상적 지식과 경험이 필요하다. 또 공황장애가 여러 다른 신체 및 정신장애와 동시에 이환되어 있고, 공황장애의 합병증으로 공포증, 예기불안, 약물 또는 알코올남용, 우울증 등으로 복잡한 양상을 지니고 있기 때문에 치료는 반드시 포괄적인 방법으로 접근되어야 한다.

공황장애에 대한 치료가 늦어져서 이미 공포증이 매우 심해진 환자들에게는 약물치료 외에도 병에 대해 자세히 설명해주고, 환자들이 오해하거나 잘못 믿고 있는 여러 가지 편견들을 바로 잡아주는 인지적 치료와 공포의 대상이 되는 장소나 상황에 불안감 없이 접근할 수 있도록 도와주는 행동치료 등이 병행되어야 한다.

이와 같이 공황장애의 치료는 진단과정에서부터 치료에 이르기까지 포괄적이고도 종합적인 치료방법이 함께 병행이 되어야 최상의 효과를 기대할 수 있다.

1. 약물치료

공황장애의 약물치료에 서양의학에서는 주로 항불안제나 항우울제로 일관하지만, 이는 오히려 습관성이 생길 수 있고 위장 및 간 기능에 부담을 주는 등의 부작용이 있다. 그렇기 때문에 약효가 절대적이고 즉각적이어서 속효성은 있지만 장기간 사용하기에는 곤란한 점이 없지 않다.

한방치료를 청하는 대부분의 공황장애 환자들이 이미 이런 종류의 양방치료를 받은 경험을 갖고 찾아오는 경우가 많다. 그런 환자들은 이미 약에 대한 의존도가 높아져서 약을 복용하면 편하나 복용치 않으면 다시 괴로워 못 견디겠다고 호소하며, 환자에 따라서는 머리가 무겁고 청명치 못하여 주의집중이 안 되고 탈력감이 있으며 졸음이 자꾸 오는 등의 부작용과 습관성을 우려하여 한방치료를 원한다.

이런 경우 이미 몇 개월씩 그런 류의 약을 복용해 오던 사람은 아무리 양약이 싫다 해도 갑자기 끊을 수는 없는 것이고, 한약과 겸용하면서 점차 양약의 복용량을 줄여가다가 완전히 끊도록 하는 것이 현명하다. 그렇지 않으면 한약은 속효성이 없기 때문에 양약을 끊는 데서 오는 고통을 참기 어렵고, 또 그런 고통을 한약의 탓으로 오해하기도 쉽기 때문이다. 한편 극도의 불면증 환자나 심한 공포증 환자들에게는 당분간 양약과의 겸용을 권해 보는 것도 훨씬 치료에 도움이 된다.

어느 경우이든 속효성은 있지만 습관성의 우려가 있는 약들은 필요한 적정량을 불가피한 기간만 사용하는 데 그치고, 한약만으로 장기치료를 하는 것이 훨씬 안전하고 확실한 방법이 된다.

이제 임상적으로 흔히 이용되는 처방들을 소개하려고 한다. 다만 한방치료는 병명 위주의 치료가 아니라 변증논치(辨證論治)가 원칙이므로 여기에 소개하는 처방을 운용하는 데 반드시 한의학적인 진단에 따른 변증이 정확해야 함은 물론이다. 그럼으로써 올바른 처방을 선택하게 되고, 가감(加減)도 자유로이 할 수 있는 것이다.

따라서 여기서 소개되는 약물치료법은 그러한 전제 하에 여러 가지 운용법을 예시한 것에 지나지 않으므로 병명과 처방을 직결시킬 것이 아니라 병명에 구애되지 말고 증상과 처방을 연결지어 이해하도록 하여야 하겠다.

(1) 상용 약물 분류

한방에서는 공황장애를 크게 혈허(血虛)와 담음(痰飮)으로 보고 접근하는데, 혈허에 해당한 경우라면 귀비탕이나 보혈안신탕 계통을, 담음이라면 가미온담탕이나 거담청신탕(祛痰淸神湯) 계통을 기본으로 하여 활용하면 된다.

① 경공요심 : 평보진심단(平補鎭心丹), 온담탕(溫膽湯), 주사안신환(朱砂安神丸), 우황청심원(牛黃淸心元)

② 심혈부족 : 귀비탕(歸脾湯), 보혈안신탕(補血安神湯), 사물안신탕(四物安神湯), 양심탕(養心湯)

③ 음허화왕 : 천왕보심단(天王補心丹), 청심연자탕(淸心蓮子湯), 양혈안신탕(養血安神湯), 삼황사심탕(三黃瀉心湯)

④ 심양부족 : 계지가용골모려탕(桂枝加龍骨牡蠣湯), 흑석단(黑錫丹)

⑤ 수음능심 : 가미온담탕(加味溫膽湯), 영계출감탕(苓桂朮甘湯), 거담청신탕(祛痰淸神湯), 가미사칠탕(加味四七湯), 반하후박탕(半夏厚朴湯)

⑥ 심혈어조 : 도인홍화전(桃仁紅花煎), 혈부축어탕(血府逐瘀湯)

⑦ 간울화화 : 가미소요산(加味逍遙散), 억간산(抑肝散)

⑧ 간기울결 : 시호소간산(柴胡疏肝散), 소간해울탕(疏肝解鬱湯)

⑨ 위중불화 : 평진건비탕(平陳健脾湯), 보중익기탕(補中益氣湯), 향사양위탕(香砂養胃湯), 보화탕(保和湯)

(2) 주요 처방 해설

1) 귀비탕(歸脾湯)

복잡한 현대생활에 쫓겨 시나치게 신경을 많이 씀으로 해서 발생하는 모든 신경증에 효험이 있는 처방이다. 특히 심비양허형(心脾兩虛型=심혈부족형)의 공황장애를 다스리는데 없어서는 안 될 기본적인 약이다.

심신(心神)을 평온하게 하고 허약해진 心神을 강건하게 해주는 효과가 있어 주로 생각을 많이 하거나 근심·걱정을 많이 함으로써 쉽게 피로하고 가슴이 두근거리며 머리가 무겁고 아프며 어지럽고 숨이 차며 잠을 잘 이루지 못하고 기억이 잘 안되며 입맛을 상실하였을 때 좋은 효과를 나타내는 약이다.

또한 신경을 많이 써서 잠잘 때 땀을 흘리는 도한증(盜汗症)과 비(脾)가 혈액을 붙들지 못하여(脾不統血) 일어나는 하혈·자궁출혈 및 혈액이 망행(妄行)하여 코피가 잘 나는 경우에도 효과적인 약이다.

그리고 心을 상하여 가슴이 답답하고 아프며 눕기를 좋아하고 몸에 혈액이 부족해 허열이 있거나 팔다리가 쑤시고 아프며 대변이 순조롭게 나오지 않거나 혹은 월경이 불순할 때에 쓰면 좋다.

2) 보혈안신탕(補血安神湯)

血虛하여 다음과 같은 증상을 갖추고 있는 공황장애에 사용하면 효과가 뛰어나다.

① 脈細數, 舌淡紅色, 설연부치흔(舌緣部齒痕)

② 口乾, 口苦, 不知味, 공복산통(空腹酸痛), 심하비(心下痞)

③ 怔忡, 驚悸, 不眠, 안정피로(眼睛疲勞)

④ 易疲勞, 眩暈, 頭重, 頭痛

⑤ 대변비혹경(大便秘或硬), 토분(免糞), 小便頻數

3) 양심탕(養心湯)

보혈안신탕과 같은 증상에 가슴이 답답하고 후끈거리며, 얼굴이 잘 화끈거리고 열이 머리 위로 오르는 것 같은 기분이 들 때에 사용한다.

4) 온담탕(溫膽湯)

심·담이 허(虛)하여 입면곤란(入眠困難), 깊은 잠이 없고, 일찍 깨고, 불안초조, 다몽, 煩驚, 동계, 胸苦, 현훈, 오심, 구토, 객담, 口苦, 口粘 등의 증상이 있으며 설태는 황니(黃膩), 맥은 현활삭(弦滑數)할 때 사용한다. 담열에 따른 불면·동계의 대표적인 처방이다.

5) 가미온담탕(加味溫膽湯)

평소에 가슴이 답답하고 적은 일에도 잘 놀라며 가슴이 두근거리고 항상 불안해하고 겁이 많다. 그리고 어렵게 잠이 들었다가도 깜짝깜짝 놀라면서 자주 일어나게 되므로 숙면을 취하지 못하는 경우에 잘 듣는다.

6) 사물안신탕(四物安神湯)

신경성으로 오는 심계항진에 쓰인다. 항상 가슴이 잘 두근거리고 얼굴이 화끈거리고 잠도 잘 안 올 때 쓰인다

7) 가미소요산(加味逍遙散)

신경이 예민하여 흥분하기 쉽고 짜증을 잘 내는 사람이 오후만 되면 피로를 더 느끼면서 미열이 있고, 손바닥 · 발바닥 · 얼굴이 화끈거리고 옆가슴이 답답하거나 명치끝이 답답하게 느껴지는 경우에 쓰인다. 특히 신경질적인 여성들이 월경불순과 불면증도 있으면서 오는 모든 노이로제 증상에 사용하면 효과가 있다.

① 피로성으로 心部 · 手足 · 足心이 煩熱하고 肢體疼痛, 頭目昏重, 眩暈, 흉번협적(胸煩頰赤), 口燥咽乾, 發熱[午後微熱], 盜汗, 식욕감퇴, 기와(嗜臥), 혹리수해수(或羸瘦咳嗽), 或 月經不順, 腹部脹滿하는 경우

② 본 처방은 소시호탕보다 다소 허증이 엿보이고 시호강계탕이나 보중익기탕보다 다소 유력할 때 쓰인다.

③ 본 처방은 청열(淸熱)을 위주로 하므로 상부에 있는 혈증(血症)에 유효하며 두통 · 면열(面熱) · 육혈(衄血) · 견배구급(肩背拘急)등에 쓰인다.

④ 부인들이 간기가 항진되어 여러 가지 신경증을 발작할 때에도 잘 듣는다.

8) 삼황사심탕(三黃瀉心湯)

체력이 건실하고 얼굴이 불그스름하며 변비가 있고 성질이 급해서 성을 잘 내거나 매사를 조급하게 서두르는 경우가 많다. 이런 경우 머리도 무겁고 아프며 목덜미가 당기는 경우도 있다. 이와 같은 흥분 상태에서 오는 모든 노이로제 증상과 특히 불면증으로 혈압이 오르는

경우에 잘 듣는다.

9) 향사양위탕(香砂養胃湯)

소화불량이 원인이 되어 잠을 못 자는 경우에 쓰인다. 위염 · 위하수 · 위확장 등의 소화기 질환이 있어 식사를 적게 해도 그것이 부담이 되어 답답하고 헛배가 부르며, 괴로워서 잠을 못 이루는 경우에 쓰는 처방이다.

10) 억간산(抑肝散)

신경성으로 오는 경련, 근육통 등에 쓰이며 특히 욕구불만이나 분한 감정을 발산시키지 못하면 왼쪽 옆구리나 갈비뼈 밑이 당기고 아픈 경우에 쓰인다. 특히 안검 및 안면근육의 경련에 잘 듣는다.

11) 반하후박탕(半夏厚薄湯)

이 처방은, '매핵기(梅核氣)'라 하여 인후에 어떤 덩어리나 가래가 꽉 막고 있어 토해지지도 않고 삼켜지지도 않는 증상을 치료한다. 이는 서양의학의 후두부이물감증－식도 신경증이라고도 함－에 해당한다.

기의 울체를 풀고 신경을 안정시키는 효과가 있으므로 무엇이 꽉 막힌 듯하면서 열감이나 불안, 흉민, 심계항진, 두중, 현훈 등이 있거나 숨 가쁜 증상들이 있는 경우에 잘 듣는다.

그리고 여러 가지 종류의 공포증에 효과가 있으며 특히 우울신경증에 효험이 있다.

이 처방의 응용으로서는 위장허약증, 위아토니증(gastric atony)에 사용된다. 평소에 복부 팽만감을 호소하고, 타각적으로도 가스 팽만이 인정되는 사람, 식후의 위부분 정체감 혹은 惡心이 있는 사람에게 사용하면 효과가 있다.

12) 감맥대조탕(甘麥大棗湯)

이 처방은 신경의 흥분이 심한 것을 진정시키고, 발작적인 경련 증상을 완화시키는 효과가 있다. 특히 여성에게 효과가 있으나, 남성에게는 효과를 보는 일이 드물다.

히스테리 · 신경쇠약증에 가장 많이 사용되는데, 환자는 이유 없이 슬퍼하고, 사소한 일에도 울고, 불면으로 말미암아 괴로워하며, 또 하품이 빈번하고, 손 · 발 · 안면 근육이 경련을 일으키며, 수선스럽게 떠들거나 아니면 묵묵히 웅크리거나 하는데, 심할 때는 혼미의 상태에 이른다. 이런 경우에 감맥대조탕이 잘 듣는다.

13) 거담청신탕(祛痰清神湯)

담이 많고 혈허한 사람으로서 가슴이 답답하고 속이 메스꺼우며 어지럽고 타액의 분비가 많으며, 또 잘 놀라고 누가 잡으러 올 것 같은 불안감에 항상 휩싸여 있는 경우에 사용한다.

14) 보중익기탕(補中益氣湯)

보중익기탕은 원기와 비위를 보하며 양기를 끌어 올려 주는 효능이 뛰어나 위중불화형의 공황장애에 많이 쓴다.

기허발열(氣虛發熱)로 온몸이 나른하고 오후마다 미열이 나며 가슴이 답답하고 머리가 아프며 식은땀이 나고 한기를 느끼며 입맛이 없고 숨이 차며 말하기 싫어하는 데 또는 중기하함(中氣下陷)으로 상술한 증상과 함께 변비나 아랫배가 묵직하고 자주 묽은 변을 보며 탈항(脫肛) 등의 병증이 있을 때 사용하면 좋다.

15) 청심연자탕(淸心蓮子湯)

심화상염(心火上炎)으로 다음과 같은 증상을 갖추고 오는 모든 신경증을 다스린다. 口乾, 口苦, 혹은 舌赤, 怔忡, 大便秘或硬, 脈細數或

弦數, 左寸脈浮數, 頻尿, 불면, 두통, 혹은 안삽(眼澀). 여기에 혈허가 겸하고 소화가 잘 되지 않는 사람은 보혈안신탕을 사용한다.

16) 열다한소탕(熱多寒少湯)

① 복실만(腹實滿)하고, 맥은 유력하며 긴(緊) 혹은 沈實한 사람

② 평소 비감(肥甘)한 음식물을 많이 섭취하지만 운동이 부족하여 습열이 정체되어 있는 경우

③ 본 처방은 태음인 해울지제(解鬱之劑)이다.

④ 두통, 眼痛, 불면, 정충, 불안, 易怒, 上氣, 빈뇨 등의 증상이 있는 경우

⑤ 변비가 심할 때는 대황 4~8g을 가미하여 쓴다. 이것이 아래의 청폐사간탕(淸肺瀉肝湯)이다.

17) 청폐사간탕(淸肺瀉肝湯)

肝熱 및 胃熱 등으로 오는 모든 신경증을 다스린다. 얼굴에 열이 나거나 쉽게 화내고 흥분하는 사람, 변비, 구취, 脈沈實有力, 口乾欲水 등의 증상이 있을 때 사용한다.

18) 조위승청탕(調胃升淸湯)

① 심폐의 기능이 모두 허약한 경우

② 多眠 혹은 천면(淺眠), 多夢 등의 증상이 있는 신경쇠약

③ 대장 기능도 허해서 하복부 팽만감이 있으며 대변은 연하면서 1일 2~3회 정도 보고 後重氣가 있으면서 배변에 시간이 걸리는 경우

④ 심장기능의 쇠약에서 오는 부종기가 있는 경우에도 잘 듣는다.

⑤ 해수(咳嗽)나 객담(喀痰)이 있고 평소에도 감기에 잘 걸리는 사람

⑥ 처방 중 마황(麻黃)의 양은 수면상태에 따라 조절하며 경우에

따라서는 빼고도 쓸 수 있다.

⑦ 약물이 탁하여 소화에 지장을 줄 염려가 있으므로 항상 공복시에 적당한 양만을 복용하도록 주의하여야 한다.

19) 분심기음(分心氣飮)

칠정이 울체하여 식욕이 없고 사지가 권태로우며 면색위황(面色萎黃) 구고설건(口苦舌乾) 등의 증상이 있으며, 또한 심장성 천식으로 심하부가 딱딱하고 어깨와 등이 뻐근하며 호흡이 곤란하고, 심하부 부근에서 동계(動悸)되는 것을 목표로 하여 사용하면 좋다.

20) 평진건비탕(平陳健脾湯)

胃中不和로 생기는 모든 불안장애를 다스린다. 두통이나 불면증에도 잘 듣고 위완비통(胃脘痞痛), 조잡(嘈雜), 오심(惡心), 비만, 애기(噫氣), 탄산(呑酸) 등의 모든 소화기 질환에 효과가 좋은 처방이다.

21) 보심건비탕(補心健脾湯)

평소 고량진미의 과잉 섭취에 따른 영양 과잉이나 운동부족으로 습열이나 습담이 정체되어 오는 모든 신경증에 사용한다. 체력은 실하면서도 흉민, 心下痞의 증상이 심하여 食不下, 식욕부진 등이 있는 경우에 잘 듣는다.

22) 산조인탕(酸棗仁湯)

허로(虛勞) · 허번(虛煩)하여 잠들 수가 없는 것을 치유하는 것이 이 처방을 사용하는 목표이다. 체력이 쇠약하여 허증으로 된 환자로서 불면을 호소하는 경우에 사용한다. 허번하여 잠들 수가 없다고 하는 것은, 배와 맥이 허증을 나타내고 있어, 번민하여 잠들지 못하는 것을 말한다. 따라서 복부도 연약하여 힘이 없고, 맥도 허해 있을 때 사용한다.

23) 시호가룡골모려탕(柴胡加龍骨牡蠣湯)

심하부에 팽만감이 있고, 복부 특히 배꼽 위에 動悸가 있고, 上氣·심계항진·불면·번민의 증상이 있으며, 놀라기 쉽고, 심할 때는 광란·경련 등의 증상을 나타내는 사람에게 쓴다. 대개는 변비, 小便不利의 경향이 있다. 그리고 性신경증에도 많이 활용된다.

24) 계지가룡골모려탕(桂枝加龍骨牡蠣湯)

시호가룡골모려탕(柴胡加龍骨牡蠣湯)의 증상보다 허해서 흉협고만(胸脇苦滿), 변비 등의 증상이 없을 때는 이 처방을 쓴다.

체질이 허약한 사람으로 여위고 안색이 좋지 않고, 신경과민 혹은 정신불안 등을 호소하는 경우에 사용한다.

① 발작성 빈맥, 음위, 유정 등을 호소하는 경우.

② 쉽게 피로함, 도한, 수족의 냉증 등을 동반하는 경우.

③ 복부가 연약무력하고 배꼽부위의 動悸가 있는 경우.

25) 소간해울탕(疏肝解鬱湯)

간경의 울화를 풀어주는 것으로 특히 울화에 따른 조급이로(躁急易怒), 흉민, 두통, 구건, 구고, 심도욕궐(心跳欲厥), 공구자실(恐懼自失), 좌와불안(坐臥不安), 촉사이경이파동(觸事易驚而怕動) 등의 증세가 있을 때 사용한다. 공황장애가 만성화되면서 간기울결이 되어 우울증을 동반하는 경우에도 쓰면 매우 효과가 좋다.

26) 육울탕(六鬱湯)

기혈이 조화되면 모든 병이 생기지 않고 하나라도 울체되면 병이 생긴다. 울이란 병이 뭉쳐서 흩어지지 않는 것이다. 기가 울체되면 습(濕)이 막히고 습이 막히면 열이 되며, 열이 울체되면 담(痰)이 생기고, 담이 막히면 혈이 흐르지 않으며, 혈이 막히면 음식이 소화되지 않고 마침내 비괴(痞塊)가 된다.

육울탕은 이렇게 해서 생긴 모든 울증을 두루 치료하는 약으로 공황장애에서 특히 기울(氣鬱)에 따른 병증에 사용할 수 있다.[51)]

27) 우황청심원(牛黃淸心元)

① 정신불안

정신이 불안하여 안정이 안 될 때 특히 공황발작으로 심계항진, 호흡곤란, 흉통, 심도욕궐 또는 자제력 상실(恐懼自失) 등의 증상이 심한 경우에 잘 듣는다.

② 자율신경실조증

자율신경지배 하의 장기는 교감신경, 부교감신경이 서로 길항적 이중지배 하에 있기 때문에 자율신경기능에 불균형이 생기면 장기 자체에 병변이 없더라도 이상반응이 일어나 여러 가지 자각증상을 나타낸다. 이를테면 두통, 어지러움, 불면, 心跳不安, 신경과민, 식욕부진, 설사, 변비, 숨참, 심장부 압박감, 떨림, 냉감, 발한이상 등이 있을 때 사용하면 효과적이다.

(3) 주요 약재 해설

1) 황금

황금은 꿀풀과에 속하는 2~3년생 숙근성 초본식물로 삼국시대 이후부터 '속썩은 풀'이라 하여 민간에서는 울화에 따라 가슴이 답답하고 입안이 마르며 숨이 차고 가슴이 두근거리는 등의 화병 증세에 두루 사용하여 왔다.

51) 조홍건, 실용한방정신의학, 유진문화사, p190

뿌리가 노란색을 띠고 있어서 황금(黃芩)이란 이름이 붙여졌다. 어린뿌리로 속이 꽉 차고 충실한 것을 자금(子芩) 또는 조금(條芩)이라 하고, 늙은뿌리로 속이 비어있는 것을 고금(枯芩) 또는 편금(片芩)이라 부른다.

≪본초정(本草正)≫에 "황금은 상초(심폐부위)의 火를 제거하며 담(痰)을 삭이고 기(氣)를 도우며 기침, 천식을 진정시키고 실혈(失血)을 멎게 하며 한열왕래(寒熱往來), 풍열(風熱) 및 습열(濕熱)을 제거하며 두통을 치료한다"고 하였고, ≪본초강목≫에서 "황금은 氣가 寒하고 味는 苦하다. 쓴 것은 心으로 들어가고 寒은 열을 이기기 때문에 心火를 사(瀉)하고 脾의 습열(濕熱)을 치료한다"고 하였다.

이와같이 황금은 폐화(肺火)를 사(瀉)하고 비습(脾濕)을 다스리는 효능이 뛰어나 이를 황련과 같이 쓰면 복통이 멎고, 시호와 함께 쓰면 한열(寒熱)을 물리치며, 상백피와 같이 쓰면 폐화를 사한다. 그리고 백출과 함께 쓰면 안태(安胎)하여 태동불안(胎動不安)을 막는다.

습열(濕熱)이 원인이 되어 열이 나고 땀이 나며 가슴이 답답하고 설태가 두껍게 끼는 증상에 많이 사용된다. 이를테면 간담(肝膽)의 습열에 따른 황달, 장위(腸胃)에 열로 생긴 이질과 설사, 방광에 습열이 쌓여서 소변이 붉고 양이 적으며 통증을 호소하는 등의 증세가 있을 때 주로 쓰인다.

황금은 심장신경증과 신경계통의 기능장애 및 불면증을 다스리며, 특히 고혈압을 진정시키는 효과가 있다. 그래서 혈압을 내리는 한약처방에서는 황금을 대표적인 약재로 배합하고 있다. 항염증작용이 뚜렷하여 결막염, 담낭염, 급만성간염, 견관절 주위염, 기타 염증을 동반하는 질병에 효과가 있다. 아토피성 피부염 등 알레르기 피부질환에도 효과가 있다. 또한 지혈작용이 뛰어나 열에 따른 코피, 토혈 및 각혈, 자궁출혈에 많이 응용된다.

이외에 폐열로 열이 나고 잦은 기침을 하는 증세, 가슴이 답답하고 갈증이 나는 증세, 임산부의 모태 속에서 태아가 움직이는 운동이 불안정한 상태, 기관지 천식, 음식이 얹힌 듯한 느낌, 복통과 구토 및 설사, 식욕부진 등에도 효과가 좋다.

최근 황금과 가시오가피, 당귀 등이 뇌 신경세포를 보호하는 효능이 있는 것으로 실험결과 확인되었다.

경희대 김호철 교수 연구팀은 황금의 전체 성분을 추출한 뒤 실험용 쥐를 이용해 약효를 검증했다. 쥐의 뇌혈관을 막아 일부러 중풍 상태에 이르게 한 뒤 이 황금 추출물을 투여했다. 일주일이 지난 뒤 약재를 투여하지 않은 쥐의 뇌신경세포는 80% 이상 죽어 이리저리 흩어졌지만 황금을 투여한 쥐는 10% 정도만 죽었을 뿐이다.

뇌 신경 보호에 효능이 있는 약재는 황금뿐만이 아니다. 예부터 두통과 치매, 중풍 치료에 쓰였던 60여 가지 한약재 가운데 10가지 정도에서 중풍 치료에 상당한 효과가 있는 것으로 밝혀졌다. 가시오가피와 당귀, 대황, 치자 등이 바로 그런 약재다. 오래전부터 쓰였던 한약재들의 효능이 객관적으로 검증되고 있는 것이다.

이 연구가 더 진행되면 전 세계인이 쓸 수 있는 중풍이나 치매 치료제의 신약 개발도 가능할 것으로 기대된다.

2) 황련

황련(黃連)은 미나리아재비과의 여러해살이풀로 깊은 산이나 나무 밑 그늘같은 습진 땅에서 자라며 민간에서는 '깽깽이풀'이라고도 한다.

이 약에 대해 전해 내려오는 옛이야기가 흥미롭다. 옛날 중국 어느 명의가 사천(四川)지방에서 살고 있었다. 그 의원 집에는 약초를 키우는 정원이 있었는데 이름이 황후생(黃后生)인 고아를 키우면서 그 정원을 관리하게 하였다.

어느 날 그 의원의 딸인 연매(連妹)가 길을 걷다가 습지가 많은 곳에서 풀을 보았는데 그 풀이 너무 예뻐 자신의 집 정원에 옮겨 심어놓았다. 그래서 황후생은 그 풀을 정성껏 가꾸자 그 다음해 꽃이 만발하였다. 바로 그해 겨울 의원의 딸이 병에 걸렸는데 입이 마르고 열이 나면서 또한 토하고 설사도 하였다. 그런데 마침 의원이 출타중이라 황후생은 안절부절못하다 우연히 연매가 심었던 그 풀을 씹어 보았는데 맛이 너무 쓰기에 '쓴약이 몸에 좋다'는 생각이 나서 연매에게 먹였는데 며칠 복용하고 나서 낫게 되었다.

며칠 후 그 의원이 집으로 돌아와 얘기를 듣고 나서 "이 약초는 약성이 차고 쓴맛이 나는데, 이것이 열을 내리는 효과가 있으며 색이 황색이라 비장으로 들어가서 위와 장의 열을 치료한 것이다"고 말했다.

그래서 의원은 이 약초를 '황후생'과 '연매'의 앞 자를 따서 '황련'이라 이름을 지었다. 그래서 황련은 현재까지도 중국 사천지방에서 많이 재배되고 있다.

황련은 예부터 눈병이나 설사의 약재로 사용하였는데, 한방에서는 진정약, 염증약으로 충혈 및 염증성 질환, 가슴 두근거림과 정신불안, 복통, 설사, 이질 등에 뿌리줄기를 사용하고 있다. 성질은 차고(寒) 독이 없으며 맛은 쓰다. 주로 작용하는 장기는 심장, 간장, 위, 대장이다.

≪신농본초경≫에 "황련은 열기에 따른 눈의 통증과 안검의 상해에 따라 눈물이 나는 것을 다스리고 눈을 밝게 하며 이질, 복통, 설사, 여자의 음부 종통을 치료 한다"고 하였다. ≪본초신편(本草新編)≫에서는 "구토, 이질, 신물이 나는 것을 멎게 하고 구갈(口渴)을 제거하며 화안(火眼)을 치료하고 마음을 가라앉히며 몽정을 멎게 하고 초조한 마음을 진정시키고 심장 아래가 막히고 괴로운 증세나 창만을 제거한다"고 하였다.

황련은 열을 삭히고 습기를 제거하는 청열조습(淸熱燥濕) 작용과 심장의 화를 내려 답답함을 없애는 청심제번(淸心除煩)작용, 열을 식히고 독을 해독시키는 사화해독(瀉火解毒) 작용의 효능이 있다.

장위(腸胃)에 습열이 쌓여 일어나는 설사, 이질, 구토에 현저한 반응을 보이고 간화(肝火)로 협통이 있는 것을 제거시키며, 심화(心火)를 내리므로 가슴속이 답답하면서 편안치 않고 잠을 이루지 못할 때에 효과적이다.

열에 따른 코피, 토혈, 빈혈에 활용되며, 열에 따른 정신혼몽, 의식불명과 헛소리를 할 때에 뛰어난 효과를 발휘한다. 그리고 열에 따른 종기 및 각종 염증-특히 눈, 귀 등의 염증-에도 널리 쓰인다.

신체의 윗부분(상초)에 있는 열을 내릴 때는 술의 힘을 빌려 열을 내린다. 술은 위로 뜨는 성질이 있기 때문이다. 그래서 이런 경우에는 황련을 술에 담갔다가 볶아서 쓰는데, 이를 주황련(酒黃連)이라 한다. 이는 목적(目赤)과 구창(口瘡)을 다스린다.

황련은 찬 약이므로 소화기계통에 들어가 속을 차게 해서 소화기가 나빠질 수 있으므로 이럴 때는 생강즙에 묻혔다가 볶아서 쓰는데, 이를 강황련(薑黃連)이라 한다. 이는 명치부위가 막혀 괴로운 느낌이 있거나 구토를 멎게 한다.

물론 그냥 열을 내릴 목적으로 사용한다면 그냥 쓰는 것이 원칙이다. 법제 과정 중 약효의 변화는 베르베린이라는 성분의 변화로부터라는 것이 실험결과로 증명되었다.

3) 황백

황벽나무는 운향과에 속하는 낙엽교목으로서 우리나라와 일본, 중국을 비롯한 동북아시아에 분포하며, 수피는 회색으로 코르크가 발달하여 깊이 갈라지고, 내피는 황색으로서 '황경피나무'라고 불리기도 한다.

황벽나무는 예로부터 약용과 염료로 이용되어 왔으며, 특히 수피

중 내피를 건조시킨 것을 황백(黃柏)이라 하여 건위, 정장, 해열, 소염, 항균의 치료제로 이용해오고 있다.

성질은 차고[寒] 독이 없으며 맛은 쓰다. 주로 작용하는 장기는 신장, 방광, 대장이다. ≪약성론(藥性論)≫에 "음위증을 다스리고 닭 또는 오리의 간과 같은 색의 하혈(下血)을 치료하며 남자의 음경에 난 창(瘡)에는 분말을 바른다"고 하였고 ≪본초습유≫에는 "열이 있고 수포가 생긴 부스럼, 벌레에 물린 상처, 하리(下痢), 하혈을 다스린다. 나무, 옷, 책 등을 먹는 벌레를 죽인다. 달여 복용하면 소갈증(당뇨병)을 다스린다"고 하였으며 ≪일화자제가본초(日華子諸家本草)≫에서는 "마음을 가라앉히고 허로(虛勞)를 제거하며 골증열(骨蒸熱 : 허로병 때 뼛속이 후끈후끈 달아오르는 증세)을 치료하고 간기(肝氣)를 맑게 하며 시력을 아주 좋게 하고 누액(淚液)분비 과다증, 구건(口乾), 심열(心熱)을 치료한다"고 말하였다.

이처럼 황백은 신화(腎火)를 사(瀉)하고 하초(下焦)의 습열(濕熱)을 청열조습(淸熱燥濕)시키는 작용이 있어 습열에 따른 황달과 이질, 대하 및 염증으로 다리와 무릎이 붓고 아프며 무겁고 마비되는 증상에 유효하다. 종기, 습진, 화상 및 눈이 충혈되고 통증을 호소하는 질환에도 효과가 있다. 항균작용은 황련보다 조금 약하나 피부 진균 억제작용은 더 강하다. 특히 황금, 황련, 황백 3가지 약재는 염증이나 중독성 질환에 뛰어난 효과를 발휘하는 것으로 알려졌다.

황백에는 다량의 베르베린성분이 함유되어 있고 이 물질은 위장을 튼튼히 하고 소염작용을 하며, 세균성 장염이나 장내의 이상 발효에 따른 설사를 멎게 하는 효과가 있다. 특히 베르베린은 티브스균, 콜레라균, 그람양성균, 임질균 등에 대해서 강한 살균력을 가진다.

구내염인 경우 황백을 진하게 달여 식힌 후 입에 머금어 헹구어 낸다. 또는 분말을 직접 입 안의 점막이나 혀에 바르면 통증이 완화되고 입안도 살균된다. 황백은 건위제(위를 튼튼하게 하는 것)이므로 삼켜도 해가 없다. 위염인 경우에는 내피 10~15g을 500~600cc의 물로 절반이 될 때까지 달여서 하루 3회로 나누어 식후에 따뜻하게 데워서 복용하면 좋다.

설사에는 황백분말을 1일 20g씩 식간에 3차례로 나누어 복용하며 화상, 타박상 및 삔 경우에는 황백분말에 밀가루, 식초, 계란흰자를 섞어 반죽해서 바르면 효험이 있다.

황백은 주로 신장에 작용하므로 신장의 열을 제거할 때는 지모(知母)와 마찬가지로 소금물에 담갔다가 꺼내어 볶아서 쓴다.(鹽水炒) 소금물로 볶는 이유는 소금(짠맛)이 신장에 들어가 사화(瀉火)하는 효능을 증가시키기 때문이다. 또한 황백은 황련과 마찬가지로 볶는 과정에서 약효의 변화는 주요성분의 변화로부터 일어나는 것이다.

그러나 황백은 고한(苦寒)한 약물로 위기능을 손상시킬 수 있으므로 火가 왕성하고 胃氣가 강한 자가 아니면 복용을 신중히 하여야 한다.

4) 치자

치자(梔子)는 치자나무의 열매로서 약용으로 뿐만 아니라 단무지를 만들 때나 음식물의 물감 색소 등에 사용하였으며, 방충성이 있어 어린이의 속옷을 염색하여 사용하거나 수의로 쓰이는 마포의 염색 등에 사용하여 왔다.

치자는 해열(解熱), 이담(利膽:쓸개의 기능을 도와줌), 지혈(止血), 소염(消炎), 사화(瀉火: 화기를 없앰)의 효능이 있어서 다리나 발의 타박상, 염증성 질환(炎症性疾患), 신경쇠약증, 불면증 등에 광범위한 치료 효과를 발휘한다.

≪명의별록≫에 "치자는 눈의 열적통(熱赤痛), 심흉부(心胸部)와 大小腸의 대열(大熱), 심중번민(心中煩悶), 위중열기(胃中熱氣)를 치료한다"고 하였고, ≪본초강목≫에서 "치자는 토혈, 비출혈, 하혈, 혈

뇨, 타박에 따른 어혈, 신경성두통, 화상을 다스린다"고 하였다.

특히 다리 등의 타박상이나 삔 것에 따른 부기(浮氣)를 가라앉히는 데는 치자가루에 밀가루를 조금 넣고 되게 반죽하여 부은 자리에 붙여 주면 효과가 탁월하다.

치자열매 20개 정도를 주전자에 넣고 달여 마시면 감기에 따른 목의 통증이 순식간에 사라진다. 심한 편도선염이나 입안이 헌 데도 좋다. 스트레스에 따른 피로나 짜증, 소변이 잘 나오지 않고 부기가 있는 사람은 치자 꽃을 방안에 놓아두면 특유의 향기로 불쾌증상이 개선될 것이다.

치자에는 잠을 잘 오게 하고 여성의 젊음과 아름다움을 유지시키는 효능도 있다. 특히 흥분이 되어 잠을 계속 자지 못하고 피부가 거칠어질 때 치자를 달여 마시면 마음이 진정되고 잠이 잘 오게 된다.

치자는 그대로 쓰는 경우가 거의 없고 주로 볶아서 쓰는데 치자는 성질이 너무 차기 때문에 따뜻하게 하기 위한 목적이 있을 것이다. 검게 될 정도로 볶으면 지혈하는 효과가 있으며, 생강즙에 담갔다가 꺼내어 볶으면 가슴이 두근거리고 구토하는 것을 멎게 한다.

어린아이들이 기름지고 단 것을 즐긴 나머지 식욕이 떨어진 경우에도 치자열매가 좋다. 치자열매는 신경 안정제 역할을 하므로 신경성 식욕부진에도 좋다. 치자열매 1개를 으깨어 커피 잔에 넣고 뜨거운 물을 부은 다음 10분 정도 우려내어 윗물만 받아 조금씩 입을 축이듯 자주 먹으면 된다. 그러나 치자는 한(寒)한 약성을 갖고 있어서 비위가 허약하여 대변이 묽고 설사기가 있는 사람은 복용을 신중히 하여야 한다.

5) 산조인

산조인(酸棗仁)은 갈매나무과의 납엽교목으로 일명 멧(메)대추씨, 산대추나무라 부른다. 일반 대추보다는 좀 작고 가시가 있다. 핵과(核

果)는 육질(肉質)이고 구형(球形)에 가까우며 익었을 때는 암홍갈색(暗紅褐色)을 띠고, 과피(果皮)는 얇다.

맛은 달고 시며 성질은 평(平)하고 심장과 간장, 담에 작용하는데 심장을 도와 정신을 안정시키고 비장의 기운을 도와준다.

특히 가슴이 두근거리는 동계나 불면증에 시달리는 사람들에게 잠을 잘 이룰 수 있도록 도와주는 약으로 널리 알려져 있다. 하지만 그대로 쓰면 오히려 잠을 잘 안 오게 하므로 그냥 쓰면 안 되고 반드시 볶아서 써야 잠이 잘 오는 효과를 볼 수 있다. 검게 볶아서 써야 효과가 있는데, 너무 센 불로 볶으면 겉만 검게 되고 속은 그대로 있게 되므로 비교적 약한 불로 오랫동안 볶으면 겉과 속이 모두 검게 되어 산조인의 독특한 효과를 볼 수 있다.

≪신농본초경≫에 "산조인은 심계(心悸), 복통, 사지동통, 풍습통(風濕痛)을 주로 치료한다"고 되어있다. ≪본초구진≫에는 "生用하면 허열(虛熱), 다면(多眠), 정신적 피로를 치료한다. 초숙(炒熟)하여 사용하면 진액을 수렴하고 혈허에 따른 불면, 번갈(煩渴), 허한(虛汗)을 치료한다"고 하였으며 ≪본초종신(本草從新)≫에서는 "生用하면 주로 간담(肝膽)을 補하며 초숙한 것은 성비(醒脾), 견근골(堅筋骨), 제번(除煩), 지갈(止渴), 염한(斂汗)의 작용을 한다"고 되어있다.

건망증이 생기고 가슴이 두근거리면서 잠이 오지 않을 때는 산조인 100g, 백복령 50g을 함께 가루 내어 한 번에 10~15g씩 자기 전에 꿀물로 복용하면 좋다.

최근 산조인이 키 성장과 관련된 호르몬 분비를 조절한다는 연구결과가 나왔다.

경희대 한방병원 이진용, 김덕곤 교수와 농협 축산연구소 한영근 박사는 평균체중 7.5kg의 어린돼지 90마리를 대상으로 실험한 결과, 산조인을 투여한 돼지에서 키 성장과 관련이 있는 것으로 알려진 베타-엔돌핀 분비량이 두 배 이상 증가하고 코티솔 분비량이 소량 감소했다고 밝혔다.

흔히 키는 유전적 요인으로 결정된다고 생각하지만 유전에 의한 영향은 23% 밖에 되지 않는다. 오히려 영양상태, 운동 등 외부환경의 영향이 크다는 것이 의학자들의 주장이다. 성장을 방해하는 외부요인 중 가장 큰 영향을 미치는 것으로 스트레스를 꼽는다. 스트레스를 받으면 코티솔 분비량이 증가하고 베타-엔돌핀 분비량은 감소한다.

이러한 연구 결과를 바탕으로 볼 때 산조인은 성장 발달이 늦은 아이들에게 좋은 효과를 기대할 수 있을 것이다.

6) 원지

원지과에 속하는 여러해살이풀로 맛은 쓰고 매우며 성질은 따뜻하다. 한방에서는 뿌리를 말린 것을 원지(遠志)라 하여 약으로 쓰는데 안신익지(安神益志)하는 효능이 강해 특히 기억력 증강과 건망증 치료에 많이 쓴다. 원지는 뜻을 오래도록 간직한다는 의미로 그 이름이 붙여졌다.

약용시에는 뿌리의 중심을 빼고 써야 한다. 크고 구멍이 뻥 뚫린 것이 좋으며 씹어서 매운 맛이 많이 나는 것이 상품이다.

≪신농본초경≫에 "원지는 기침을 하며 숨이 찬 증세를 치료하고 지혜를 더하며 청력과 시력을 총명하게 한다. 또한 기억력을 증강시키고 의지를 강하게 하며 힘을 배로 증가시킨다"고 하였고, ≪명의별록≫에는 "心氣를 안정시키고 경계(驚悸)를 그치게 하며 精을 보충하고 心下의 격기(膈氣:七情에 따라 기가 가슴에 엉기어 있는 것), 피부의 열, 얼굴과 눈이 누렇게 된 증세를 제거한다"고 나와있다. ≪중약대사전≫에서는 "정신을 안정시키고 머리를 맑게 하며 담을 제거하고 울결을 풀어주는 효능이 있어 경계, 건망, 몽정, 불면, 해수, 창종(瘡腫) 등을 치료한다"고 되어있다.

원지는 心과 腎에 주로 작용하는데, 두뇌활동을 활발히 촉진시키는 효능이 있어 수험생들의 기억력 증강을 위해 많이 사용되고 있으며 또한 익정(益精) 효과가 있어 조루, 발기력 저하 등의 증세에 활용된다. 원지는 정신을 안정시키는 작용도 뛰어나다. 그러므로 가슴이 몹시 뛰면서 잘 놀라고 잠을 못 이루거나 꿈이 많은 사람은 원지로 차를 끓여 두고 마시면 건강에 많은 도움을 얻을 수 있다.

담(痰)이 심규(心竅)에 정체되어 일어나는 공황장애, 강박증, 정신착란, 황홀감 및 공포감에 잘 휩싸이고 의지가 박약해지는 증상에 유효하다.

요즈음 특히 머리를 맑게 하여 학습능률을 올려준다고 하는 총명탕(聰明湯)이 수험생들에게 많은 인기를 얻고 있는데, 여기에 원지가 들어간다. 처방 이름을 듣기만 해도 귀가 솔깃해지는 총명탕은 중국 명나라 때의 유명한 의사인 공정현(孔廷賢)이 창안한 처방으로 이른바 청뇌탕(淸腦湯)이라고도 부른다.

총명탕은 백복신(白茯神), 석창포(石菖蒲), 원지(遠志)라는 단 3가지 약물로 구성된 아주 간결한 처방이다. 이들 약물을 각각 12g씩 동일한 분량으로 섞어 물에 달여 먹거나, 달이는 것도 귀찮으면 가루를 내어 8g씩 찻물에 타서 하루 세 번 먹으면 된다.

처방 중의 백복신은 심(心)을 보(補)함으로써 놀람·황홀함·성냄 등을 진정시켜 마음을 아주 평온하게 해주고, 석창포는 마음으로 통하는 구멍, 즉 심규(心竅) 혹은 심공(心孔)을 활짝 열어주며, 원지는 마음 구멍에 쌓인 담연(痰涎)을 말끔히 없애주는 역할을 한다. 따라서 총명탕은 마음을 몹시 맑고 깨끗하며 평안하게 해줌으로써 공부에만 몰두할 경우 마음먹은 바대로 모두 기억해낼 수 있는 효과를 발휘하게 된다. 서너 달 계속 쓰면 기억력이 좋아진다.

7) 맥문동

맥문동은 백합과에 속하는 여러해살이풀인데, 이 식물의 뿌리에 맺히는 열매, 즉 괴근(塊根)을 건조시킨 것이 한약재로 사용하는 맥문동이다. 뿌리가 보리(麥)와 닮았고 겨울에도 얼어죽지 않는다고 하여 '맥문동(麥門冬)'이란 이름이 붙었다.

보통의 풀들은 그늘진 곳에서 잘 자라지 못하지만 특히 이 맥문동은 어두울 정도의 나무 그늘 아래서도 견디는 힘이 커서 공원이나 정원의 지피식물(地被植物)로 흔히 재배되기도 한다.

홍만선(1643~1715)의 ≪산림경제≫와 서유거(1842~1845)의 ≪임원경제지≫ 등에 맥문동을 재배하였다는 기록을 찾아볼 수 있으며, 근래 1960년부터 약용을 목적으로 재배하여 농가소득을 올리고 있다. 현재 경남 밀양과 충남 청양, 부여 등지에서 전국 생산량의 약 80%가 재배되고 있다.

≪신농본초경≫에 "맥문동을 오래 복용하면 몸이 가벼워지고 장수할 수 있으며 양식이 떨어지더라도 굶주림을 느끼지 않는다"고 하였다. 맥문동을 신선의 음식, 신선의 약재로 여겼던 것이다. ≪명의별록≫에도 "몸을 강건하게 하고 안색을 좋게 하며 정력을 길러 주고 폐기능을 돕는다"는 기록이 있다.

또 ≪중약대사전≫에는 "양음윤폐(養陰潤肺), 청심제번(淸心除煩), 익위생진(益胃生津)하는 효능이 있어 기침, 토혈, 각혈, 폐위(肺痿:폐열로 진액이 소모되어 기침하고 숨차하는 증세), 폐농양, 번열(煩熱), 당뇨, 열건구조(咽乾口燥), 변비 등을 치료한다"고 하였다.

예로부터 맥문동은 폐를 보하고 강장 효과가 뛰어나 체력의 저하를 막고 원기를 북돋아주는 약재로 알려져 있다. 그래서 노인이나 병후 회복기 환자, 허약 체질자 및 젖이 부족한 수유부에게 좋다.

맥문동은 기침을 가라앉히고 가래를 삭히며 열을 내리는 데 뛰어난 약효가 있어 폐결핵이나 만성 기관지염, 만성 인후염 등에 따른 만성 해수에 좋은 약이 된다. 신경통, 류머티즘을 완화시키는 작용도 있다.

맥문동은 음식을 만들 때 함께 넣어 먹어도 좋은데, 국 같은 데 넣어 평소에 자주 먹으면 몰라볼 정도로 혈색이 좋아지고 살도 찌며 기분이 상쾌해지고 온몸에 부쩍 힘이 솟아오르는 것을 느낄 수 있을 것이다.

맥문동은 여러 가지 약효를 가지고 있으면서도 부작용이 거의 없어 안심하고 먹을 수 있지만, 약성이 한(寒)하므로 비위가 허약하여 설사를 자주 하는 사람은 과도하게 복용하지 않는 것이 좋다.

≪동의보감≫을 보면 여름철에 더위를 이겨내고 기운을 돋워 주는 비방으로 생맥산(生脈散)이라는 처방을 소개하고 있다. 이 생맥산의 주요 재료가 바로 맥문동이며, 여기에 인삼과 오미자가 첨가된다. 맥문동 20g에 인삼과 오미자 각각 10g씩을 넣어 차처럼 달여서 복용하면 되는데, 맛과 향기가 아주 좋아서 적당량의 설탕을 넣으면 훌륭한 음료수가 된다.

이는 여름만 되면 더위를 너무 많이 타 식욕이 떨어지고 체질적으로 땀을 많이 흘리는 사람에게 더욱 좋다.

8) 당귀

당귀(當歸)는 승검초의 뿌리를 말린 것으로 중국이 원산지이나 우리나라에도 전국적으로 널리 분포되어 있다. 당귀는 미나리과에 속하는 다년생 초본으로 원래 깊은 산중에 자생하나 수요가 날로 늘어남에 따라 요즘에는 평창, 홍천, 강릉, 삼척, 태백, 정선, 인제, 봉화 등에서 재배를 많이 한다. 그리고 향기가 좋아 예로부터 차로 끓여서 마시기도 하고 술을 담가서 약용주로 복용해 왔다.

우리들이 보통 한의원에 들어서면 강렬하면서도 독특한 냄새를 맡을 수 있는데 이 냄새가 바로 당귀의 향기이다.

당귀의 맛은 달고 매우며 성질은 따뜻하다. 주로 심경, 간경, 비경에 작용한다. ≪본초강목≫에 "당귀는 배농지통(排膿止痛)하고 화혈보혈(和血補血)하는 효능이 있어 두통, 心腹部의 모든 통증, 종양 등을 치료하고 또한 위장·근골·피부를 촉촉하게 적셔주고 매끄럽게 한다"고 하였고, ≪중약대사전≫에서도 "당귀는 혈을 생겨나게 하면서 잘 돌게 하고(補血和血) 월경을 고르게 하며 통증을 멈춘다. 아울러 대변을 통하게 하고 출혈을 멈추는 효능이 있어 월경불순, 무월경에 따른 복통, 혈허두통, 현훈, 타박상, 자궁근종, 변비, 비증(痺症), 자궁발육부전, 신경쇠약증, 자궁출혈 등을 다스린다"고 되어있다.

이와 같이 당귀의 효용을 보면 혈액순환을 촉진시키는 작용이 강력하여 근골(筋骨)을 튼튼히 할 뿐 아니라 혈액 부족에 따른 빈혈, 월경부조, 산전산후 등 일체의 血病을 다스리고, 여자의 제(諸) 부족을 補하여 준다. 심장 쇠약에 따른 심계항진증, 건망증, 불면증, 불안증 등에도 효과가 있다.

또한 장기복용하면 자궁의 영양을 개선하여 자궁발육부전을 충실케 하고 자궁신경의 경련을 조절한다. 아울러 장벽을 윤활케 하여 장의 연동운동을 촉진시켜 고질적인 변비를 낫게 하므로 피부를 곱고 부드럽게 만들며 이뇨작용을 도와주므로 신장기능이 좋지 않아 아침이면 손이나 얼굴이 붓고 부석부석해지는 여성에게 훌륭한 약이 된다.

당귀는 어혈(瘀血)을 풀어주는 데도 효과가 있어 타박상이나 어혈이 뭉친데, 어혈 때문에 배가 아프고 변이 굳었을 때 사용하면 좋다. 그리고 속을 덥게 하고 진통효과도 뛰어나 속이 차서 기혈이 막힌데, 경락이 잘 통하지 않는 데서 오는 배 아픔이나 옆구리 통증, 뼈마디가 쑤실 때에도 좋다. 힘줄이 당기며 아플 때 힘줄에 영양을 주어 경련을 멈추게도 한다.

한편, 당귀의 약명에 따른 유래를 살펴보면 흥미가 있다. 첫째, 자식이 없기 때문에 칠거지악에 몰려 친정으로 쫓겨 가게 된 아낙이 당귀 덕택으로 아들을 낳아 당당히(當) 돌아오게(歸) 되어서 당귀(當歸)가 되었다는 설. 둘째, 병골이던 아내가 당귀를 먹고 몸이 좋아지게 되어 남편이 기방 출입을 끊고 당연히 안방으로 돌아오게 되어서 당귀로

부르게 되었다는 설. 셋째, 빈혈이 된 여성을 당연히 원상으로 돌아가게 한 효능을 가졌다 해서 당귀로 붙여졌다는 설.

이렇듯 당귀는 여성의 대적(大敵)인 빈혈에 탁월한 효과가 있음은 물론이고 여성의 경우 월경불순을 다스리는데 없어서는 안될 중요한 약이나. 이외에도 당귀는 흔히 주독(酒毒)이 올랐다고 놀림 받는 딸기코에도 사용하는데, 이 때는 고삼(苦蔘)과 당귀를 반반씩 가루로 만들어서 술과 밥풀로 반죽을 하여 환약을 지어 하루에 두 세 번씩 복용하면 탁월한 효과를 볼 수 있을 것이다.

9) 인삼

인삼은 한국과 중국을 비롯한 동양권에서 보약 가운데 대표적인 보기약(補氣藥)으로 오랫동안 이용해 온 약초로서 소련의 과학자 C.A. Meyer가 1843년에 만병을 치료한다는 뜻으로 학명을 파낙스 진생(Panax ginseng C.A. Meyer)이라고 명명하였다.

세계적으로 인삼은 미국, 캐나다에서 생산되는 '미국삼', 중국 운남, 광서성 등 남부지방에서 생산되는 '전칠삼', 일본에서 생산되는 '죽절삼', 한국에서 생산되는 '고려인삼' 등이 있다. 이중 한국에서 생산되는 인삼의 품질이 가장 우수한 것으로 알려지고 있다.

고려인삼은 중국의 고의서인 급취장(急就章; BC 33~48), 상한론(傷寒論: AD 196~220), 신농본초경(神農本草經: AD 483~496) 등에 무독(無毒)하고 불로장생하는 상약(上藥)의 개념으로 효능이 기술되어 2000년 이상의 오랜 약용 역사를 가지고 있다. 인삼의 맛은 달고 약간 쓰며 성질은 따뜻하다.

≪신농본초경(神農本草徑)≫에 "인삼은 주로 오장(五臟)을 보양하고 정신을 안정시키며, 공포증을 멎게 하고 병사(病邪)를 제거하여 주며, 눈을 밝게 하고 마음을 열어 지혜롭게 해준다. 또 오래 복용하면 몸이 가벼워지고 장수한다"고 되어있다. ≪중초약학(中草藥學)≫에

서 "인삼은 원기(元氣)를 크게 보하고 폐를 튼튼하게 하며, 비장(脾臟)을 좋게 하고 심장을 편안하게 해 준다"고 하였으며, ≪일화자본초≫에서는 "중초(中焦)를 조화시키고 氣를 다스리며 소화를 촉진시키며 식욕을 나게 한다"고 하였다. ≪본초강목≫을 보면 "남자나 여자의 모든 허증, 열이 나며 식은 땀을 흘리는 증세, 현기증, 두통, 위암, 구토, 학질, 설사, 이질, 빈뇨증, 요로감염, 전립선비대, 만성피로, 중풍, 일사병, 토혈, 객혈, 하혈, 요혈, 자궁출혈, 산전산후의 모든 병을 치료한다"고 나와 있다.

≪본초강목(本草綱目)≫에서 비교적 광범위하게 인삼의 효능을 설명하고 있는데, 오늘날에도 이를 근거로 인삼을 각종 임상 증상에 활용하고 있다.

최근에는 국내외 많은 학자들이 인삼에 대한 연구를 활발히 진행하여 인삼의 성분 및 약효 등에 대해 많은 연구 결과가 보고되고 있다. 이에 따라 인삼의 성분 및 약효가 과학적으로도 상당히 입증되고는 있으나 아직도 인삼의 성분 및 약효 등에 대해 완전히 규명하지는 못하고 있다.

그러나 이제까지 인삼에 대해 연구, 발표된 것만 보더라도 인삼은 강심 작용, 건위 작용, 노화예방, 간기능 회복 작용, 정력증진 작용, 두뇌활동촉진 작용, 조혈 작용, 항암 작용 등을 하고 고혈압, 동맥경화, 당뇨병, 스트레스, 갱년기장애, 냉증, 알코올중독, 류머티즘, 알레르기, 피로, 피부 미용 등에 효험이 있는 것으로 밝혀지고 있다.

인삼의 약효에 대해 현대의학적인 면을 고려하여 요약한 '인삼의 칠효설(七效說)'을 중심으로 구체적으로 정리하면 다음과 같다.

① 보기구탈(補氣救脫) : 원기를 보하고 허탈을 구한다.

원기를 보하여 주는 것으로 각종 급만성의 병으로부터 체력이 쇠약해졌을 때나 일시적인 허탈상태에 효과가 있다. 즉, 피로회복 및 체력을 증진시키는 작용을 한다.

다시 말해 오장육부의 기능을 補하여 주는 효능이 있어 남녀의 모든 허증(虛症)을 신속히 회복시킨다. 따라서 신체허약이나 과로의 원인으로 심, 폐 또는 소화기 계통에 과중한 부담을 느끼는 데서 오는 열증(熱症)에 써서 그 허열(虛熱)을 조절하는 효과가 있다.

② 익혈복맥(益血復脈) : 혈액을 보충하고 맥을 회복시킨다.

혈액생성을 왕성하게 하여줌으로써 심장과 폐장 및 비장의 기능을 도와주며 빈혈에 따른 전신의 신진대사 이상을 개선함과 동시에 조혈과 혈액순환을 원활케 하여준다. 그래서 빈혈, 저혈압, 심장쇠약증 등의 치료에 효과가 좋다. 또한 산후 및 산전에 오는 모든 질병에도 효과적이다.

그리고 실혈자(失血者)에게는 補氣, 보혈, 지혈작용이 있어 객혈, 혈뇨, 자궁출혈, 위출혈 등에도 쓰인다.

③ 양심안신(養心安神) : 심(心)을 길러주고 정신을 편안히 하여준다.

마음을 편안하게 하여 신경을 안정시키고, 혈액순환부전(血行不全)이나 심장의 기능저하로부터 야기되는 정신불안을 해소한다. 즉, 각종 스트레스를 해소시키는 작용을 한다. 복잡한 사회를 살아가는 현대인에게 가장 무서운 적은 스트레스이다. 모든 질병, 특히 현대의학으로도 치료하기 어려운 암, 당뇨 등의 발병원인이 스트레스 때문이라는 것이 밝혀지고 있다.

④ 생진지갈(生津止渴) : 진액을 생기게 하고 갈증을 멎게 한다.

인삼은 폐와 비장 및 위의 기능부족을 개선하여 전신의 기능을 증가시키며, 인체가 필요로 하는 체액을 충당하여 줌으로써 갈증을 해소시키는 작용을 한다.

당뇨병 환자에게 인삼을 투여하면 혈당치를 저하시킬 뿐 아니라 생체 기능을 총괄적으로 정상화시키기 때문에 당뇨병에 수반되는 합병증과 갈증, 피로감, 어깨통증, 성적 욕구감소 등의 자각 증상도 개선

된다. 이와 같이 인삼은 생진지갈에 효능이 있어 인슐린과 병행하여 복용하고 식이요법에 충실하면 당뇨병 치료에 큰 효과를 보게 된다.

⑤ 건비지사(健脾止瀉) : 비위를 튼튼히 하고 설사를 멎게 한다.

소화기관을 튼튼하게 하여 소화기능을 증진시킨다. 위무력증과 위산과다증을 치료한다. 또한 만성위장염에 따라 심하게 구토하고 장기간 설사하는 환자에게도 쓰면 효과가 좋다.

⑥ 보폐정천(補肺定喘) : 폐를 보하고 천식을 안정시킨다.

호흡기능이 일정하지 못한 경우와 폐활량 부족이 수반될 때 폐의 기능을 보강시킨다. 폐의 기능이 약하여 일어나는 천식 및 해수 등의 증상을 치료한다. 또한 감기에 따른 열성질환의 경과 중에 있는 소화불량증에도 효과가 있다.

⑦ 탁독합창(托毒合瘡) : 독을 제거하고 종기를 아물게 한다.

체내의 독소를 제거해주고 대사기능 부전으로 발생되기 쉬운 병에 대하여 면역력을 증진시키며 피부의 기능을 정상화시키고 종양을 억제하는 작용도 뛰어나다.

탁월한 알코올 해독 효능이 있으며 암 발생 억제에 효능이 있는 것은 물론 암의 재발 및 악화방지, 항암제 사용에 따른 부작용의 감소, 식욕 상실이나 견비통과 같은 자각 증상의 완화에도 효과가 있는 것으로 나타났다.

10) 황기

황기(黃芪)는 콩과에 속하는 다년생초본(多年生草本)으로 뿌리를 약용으로 사용하며 우리말로는 '단너삼'이라 부른다.

강원도 정선지역 최고의 특산물인 황기는 전국 생산량의 절반이상을 차지하며, 특히 석회암 및 점질토양과 고랭지의 서늘한 기후에서 자라나 약효나 품질 면에서 최상품으로 인정받고 있다. 정선에서는 황기의 우수성을 널리 알리기 위한 '정선황기축제'를 매년 열고 있다.

민간에서 어린이나 부인들이 큰 병을 앓고 난 후 땀을 많이 흘리고 기력이 쇠약해졌을 때 닭과 함께 푹 고아서 복용했던 약재가 바로 황기인 것이다.

황기는 강장(强壯), 지한(止汗), 이뇨(利尿), 소종(消腫) 등의 효능이 있어 신체허약, 피로권태, 기혈허탈(氣血虛脫), 탈항(脫肛), 자궁탈, 내장하수, 식은땀, 말초신경병증 등에 처방한다.

황기의 성질은 따뜻하며 맛은 달다. 주로 폐경, 비경으로 들어가 작용한다. ≪명의별록≫에 "황기는 자궁의 풍사기(風邪氣)를 치료하고 오장의 악혈(惡血)을 제거하며 남자의 허손(虛損)과 오로(五勞)를 보양한다. 갈증, 복통, 설사를 멎게 하고 원기를 북돋우며 음기(陰氣)를 돕는다"고 실려있다. ≪일화자제가본초≫에서는 "氣를 돕고 근골을 강하게 하며 근육을 자라게 하고 혈액을 풍부하게 하며 징가(복강에 덩어리가 생긴 것)를 파(破)한다. 나력(림프절에 멍울이 생긴 병증), 변혈, 자궁출혈, 대하(帶下), 적백리(赤白痢), 출산전후 일체병, 생리불순, 소갈, 두풍(頭風), 적목(赤目) 등을 치료한다"고 하였다.

또 ≪본초비요≫에는 "생용(生用)하면 겉을 견고하게 하여 땀이 없을 때에는 발한시키고 땀이 날 때에는 지한(止汗)시키며 근육을 온(溫)하게 하고 땀구멍 및 피부를 충실하게 하며 음화(陰火)를 사(瀉)하고 기열(肌熱)을 해(解)한다. 자용(炙用)하면 補中하고 원기를 북돋우며 삼초(三焦)를 따뜻하게 하고 비위를 강하게 한다. 생혈(生血)하고 생기(生肌)하며 배농내탁(排膿內托: 고름을 밖으로 몰아내어서 속으로 들어가지 못하게 하는 것)하는 창옹(瘡癰)의 성약(聖藥)이다"라고 나와있다.

다시 말해 황기는 그 사용법이 두 가지가 있다. 그냥 말린 것을 쓸 경우에는 피부를 견실히 해주는 기능이 있어 허하여 땀이 많이 날 때-조금만 움직여도 땀이 줄줄 흐르는 자한증(自汗症)이거나 밤에 잘 때 땀을 많이 흘리는 도한증(盜汗症)인 경우-나 기운이 허하여 몸이 붓는 경우에 효과가 있다.

특히 여름철에 즐겨먹는 삼계탕에도 들어가니 여름철에 너무 땀을 많이 흘려 탈진하는 것을 막아주려는 조상들의 슬기라 할 수 있겠다.

두 번째는 꿀을 발라 살짝 볶아 쓰는 경우인데, 이 때에는 인삼, 백출, 산약 등과 함께 사용하여 기를 보해주므로 나른하고 원기가 없으며 허약하여 설사할 때, 피를 많이 흘려 축 처진 경우에 모두 효과가 있다.

황기는 강심, 이뇨작용도 있어서 주로 심장쇠약, 호흡곤란, 산전산후의 모든 병에 대단히 유효하고 기운과 소화를 도와 식욕을 나게 하며 활혈(活血)하여 혈액순환을 원활케 한다.

근간에 혈압강하작용이 있는 것이 알려져서 혈관확장에도 응용하고 있다.

원래 황기를 캐어보면 겉껍질이 진한 흙색에 가까워 조금 지저분하게 보이는데, 상품의 가치를 높이기 위해 껍질을 벗기거나 심지어는 표백제를 써 희게 하여 시중에 유통시키고 있다. 그러나 실제로 황기는 껍질을 벗기지 않고 그대로 쓰는 것이 약효에 더 좋다.

11) 오미자

오미자는 예로부터 한방에서 전신쇠약, 정신 및 육체적 피로, 기관지염, 기관지 천식, 신경쇠약, 저혈압, 심장기능 저하, 영양실조에 따른 궤양과 상처치료, 그리고 시력을 증진시키는 데 주로 이용되어 왔다.

경동시장에 9월 하순 즈음에 생(生)오미자가 많이 난다. 보통은 건조되어 유통되는데 씨는 콩팥모양이며 과육(果肉)이 많고 색깔이 선홍색인 것이 품질이 좋다. 색이 검을수록 오래된 것이다.

≪의방유취≫에서 "오미자는 신장(腎臟)을 보하고 열을 내리며 갈증을 없애주고 몸을 튼튼하게 한다. 여름철에 늘 먹으면 오장의 기운을 크게 보하며 허로손상을 낫게 한다. 진액을 생기게 하고 성기능도

향상시키며 설사, 이질을 낫게 한다. 원기가 모자랄 때 쓰면 크게 보한다"고 표현되었다. ≪동의보감≫에서는 "폐와 신장을 보하고 허로, 구갈, 번열, 해수(咳嗽)를 다스린다"고 하였다.

오미자는 껍질의 신 맛, 과육의 단 맛, 씨의 맵고 쓴 맛, 전체적으로 짠 맛 등 다섯 가지 맛을 다 지니고 있기 때문에 특히 오장에 모두 좋은 약이 되는 것이다.

이 약의 신맛은 수렴성이 강하고 자음(滋陰)효과가 커서 오래 된 해수, 천식에 유효하다. 수렴 작용이 있어서 피부의 땀샘을 수축시켜 땀이 많아지는 것을 방지하고, 진액의 생성 작용이 강하여 갈증을 풀어주고 혈당을 내려주는 데도 효과가 있다.

땀이 많이 나는 사람에게 보통 인삼을 많이 쓴다. 인삼보다는 오미자와 황기를 같이 사용하는 게 임상적으로 훨씬 좋으며 주름살도 펴지게 하고 피부를 탄력 있게 하므로 얼굴이 늘어지고 기운이 없는 데 좋다.

신(腎) 기능 허약에 따른 유정(遺精), 유뇨(遺尿) 및 소변을 자주 보는 증상을 다스리며, 오래된 이질, 설사에도 효력이 뛰어나다.

음혈(陰血)부족으로 가슴이 뛰고 잠을 이루지 못하면서 꿈이 많은 증상에 쓰인다. 또 정신력(腦力), 지력(智力)을 향상시켜 기억력 감퇴, 집중력 감소, 정신이 산만한 증상에 정신력을 강화시키고 사고력을 향상시킨다.

오미자의 일반적인 주요 약리 작용은 호흡중추를 자극하고 중추신경 계통의 반응성을 높여주며 심장 혈관 계통의 생리적 기능을 조절하고 혈액의 순환장애를 개선하는 데 있다. 오미자는 육체적 정신적 피로 때 중추신경을 자극하여 긴장성을 높이며 시력을 좋게 하여 정신병 환자의 무력감, 우울 상태를 낫게 한다. 간 기능을 좋게 하고 간을 보호하며 또 새살이 잘 자라 나오게 하는 효과도 있다.

오미자는 육체적 노동을 하는 사람의 피곤을 막고 피로를 빨리 풀게 하는 작용이 있다. 같은 기록을 가진 두 달리기 선수에게 1천m 달리기 한 시간 반 전에 오미자 6g을 먹였더니 먹이지 않은 선수보다 더 빨리 달렸을 뿐 아니라 몸의 상태도 더 좋았다고 한다.

12) 석창포

석창포(石菖蒲)는 천남성과에 딸린 여러해살이풀인 석창포의 뿌리로 못가나 습지, 개울가에 저절로 자라는데, 석창포 씨앗이나 뿌리 한 부분이 떨어져 전답 부근에 유착되어 자생되면 삽시간에 석창포 밭으로 변해버릴 정도로 번식력이 강하며 또한 엄동설한의 눈 속에서도 잘 죽지 않는 강한 생명력을 지니고 있다.

석창포는 두뇌 계통 질환의 선약(仙藥)으로 공부하는 학생이나 정신노동자에게는 없어서는 안 될 귀중한 약재 중 하나로 꼽히고 있다. 석창포의 맛은 맵고 성질은 약간 따뜻하고 독이 없다. 주로 심, 간, 비경에 들어가 작용한다.

≪신농본초경≫을 보면, "석창포는 풍한습비(風寒濕痺), 해역상기(咳逆上氣)를 치료하며 심공(心孔)을 열고 오장을 보하며 시력과 청력을 좋게 하고 소리를 나오게 한다"고 나와있다. ≪명의별록≫에는 "이농(耳聾), 종창을 치료하고 장과 위를 덥게 하며 소변 빈삭을 멎게 한다. 사지가 습하여 제대로 굴신하지 못하고 소아의 열병이나 몸에 열이 내리지 않을 때는 욕탕을 만들어 입욕하면 좋다. 또 청력과 시력을 아주 좋게 하고 머리를 총명하게 한다(聰耳目 益心志)"고 되었으며, ≪약성론≫에서는 "風濕痺, 이명, 두풍(頭風:신경성 두통), 눈물이 흐르는 증상(淚下)을 치료한다. 모든 벌레를 죽이고 악성 창, 옴을 치료한다"고 나와 있다.

석창포의 방향성 정유 성분은 마음과 정신을 안정시키는 효능이 있어 담탁(痰濁)에 따른 정신과 의지가 혼란해지는 증상, 즉 신경증(노이로제)과 정신분열증 및 간질에 유효하다. 또한 건망증과 불면증 및 귀에서 소리가 나며 농(膿)이 흐르는 데도 쓰인다. 비위(脾胃)의 정체된 습기를 제거하므로 흉복부 창만, 가슴답답증, 흉통 및 입안이 쓰고 설태가 끼는 데도 효력을 나타낸다. 인후염, 성대부종으로 음성이 변한 데 활용되고 풍습성 사지마비동통, 종기, 옴, 버짐 및 타박상 등에도 응용된다.

익심지(益心志)하는 효능이 있어 현기증이나 어지럼증, 건망증이 있는 사람은 석창포 뿌리를 달여 먹거나 말려서 가루를 내어 복용하면 효과가 좋다. 습진이나 피부병으로 가려울 때는 석창포 달인 물로 아픈 부위를 씻고 나서 다시 석창포 가루를 하루 2~3번씩 바른다. 온갖 독을 푸는 데도 이용하는데 석창포와 백반을 각각 같은 양으로 섞어 가루 내어 한 번에 3~5g씩 물로 먹도록 한다.

석창포는 항암 효과가 강하여 중국이나 북한에서는 암 치료약으로 쓴다. 석창포 달인 물이 암세포를 죽이는 것으로 확인되었는데 석창포의 정유 성분에 진정작용이 있어 마음이 불안한 암 환자에게 쓰면 더욱 좋다.

13) 용안육

용안육(龍眼肉)은 무환자나무과에 속한 상록교목인 용안나무(龍眼樹)의 가종피(假種皮)이다.

질이 연하고 점착성이 있으며 맛이 달고 약간 독특한 향이 있어 그냥 먹기에도 좋다. 그래서 안주 대용으로 사용하기도 한다. 중국, 일본, 대만, 인도 등지에서 재배되며 우리나라에서는 수입에 의존한다.

한방에서 진정, 진경약으로 처방되는 약재로써 산조인과 약리 효능이 유사하다. ≪신농본초경≫에 "용안육은 오장의 사기(邪氣)를 다스리고 마음을 안정시키며 식욕과 소화를 촉진한다. 장기간 복용하면 정신을 강하게 하고 총명하게 한다"고 하였고 ≪전남본초(滇南本草)≫에는 "혈을 보양하고 정신을 안정시키며 머리를 총명하게 하고 담을 수렴하며 식욕을 돋우고 脾를 보익한다"고 하였으며 ≪득배본초(得配本草)≫에서도 "脾胃를 보익하고 心血을 보양하며 오장을 촉촉하게 하고 정충을 치료한다"고 하였다.

또 ≪천주본초(泉州本草)≫에서는 "성기능을 강하게 하고 원기를 북돋우며 脾胃를 보양한다. 부인의 산후부종, 기허수종(氣虛水腫), 비허(脾虛) 설사를 치료한다"고 하였다.

이와같이 용안육은 심장과 비장, 이 두 장기에 주로 작용하는데 이 두 장기를 補하고 血에 영양분의 공급을 원활하게 해주어서 精神을 안정시키는 작용이 강하다.

그래서 사려과도(思慮過度)로 인해 心脾가 손상되어 가슴이 뛰고 진정되지 않으며 건망증이 있고 잠을 못 이루고 소화력이 떨어지며 변이 묽은 증상을 해소시킨다. 병후의 허약이나 노인성으로 기운이 없고 빈혈 증상을 보이면서 몸이 마르고 권태감이 잦으며 땀을 스스로 제어할 수 없으며 얼굴빛이 희고 때로 노랗게 보일 때도 효력이 있다. 장복하면 의지가 강해지고 총명해지며 기억력이 증진된다. 산후에 기혈(氣血)이 허약하고 부종이 나타나면 생강과 대추를 달여서 함께 복용하면 좋다.

마른 아이들이나 위장 기운이 허약해서 소화를 잘 시키지 못하고 신경질적이며 잘 놀라는 아이들에게 용안육을 달여서 수시로 복용시키면 좋다. 평상시 잘 체하는 아이는 보리차 물에 달여 먹이는 게 더 효과적이다. 단맛이 있어 어린아이도 부담 없이 먹을 수 있다.

연구에 의하면 용안육에는 단백질과 당질, 지방 등 3대 영양분이 모두 함유되어 있는데 특히 당질은 주로 포도당으로써 인체에 쉽게 흡수되어 생명활동에 필요한 에너지로 전환되는 것으로 밝혀졌다. 이밖에도 각기병을 치료하는 비타민 B1이 들어있고 구강염증을 치료하는 비타민 B2가 함유되어 있다. 또한 혈관을 강하게 하는 비타민 P와 C가 들어있기도 하다. 특히 인체의 생리활동에 반드시 필요한 칼슘, 인, 철분 등도 들어있다. 이런 물질들로 인해 용안육은 자양강장의 보약으로 그 평가를 받고 있다.

용안육이 처방되는 방제로는 귀비탕(歸脾湯), 보혈안신탕(補血安神湯), 조위승청탕(調胃升淸湯), 청심연자탕(淸心蓮子湯) 등이 있다.

14) 백자인(柏子仁)

측백나무는 소나무와 함께 선비의 절개와 고고한 기상을 나타내는 대표적인 상록수로서 선조들의 사랑을 받아온 나무이다. 능이나 묘지, 사찰, 정원 등의 둘레나무로 흔히 볼 수 있다.

한방에서는 측백나무의 잎을 측백엽(側柏葉), 씨앗을 백자인(柏子仁)이라 하는데, 특히 백자인은 자양강장제로 많이 알려져 있다.

백자인의 맛은 달고 성질은 평(平)하며, 주로 심 간 신장에 작용한다. ≪신농본초경≫에 "백자인은 경계(驚悸)를 치료하고 오장을 안정시키며 익기(益氣)하고 습비(濕痺)를 제거한다"고 하였고 ≪명의별록≫에는 "황홀(恍惚), 호흡곤란, 역절(歷節:뼈마디가 아픈 질병), 요통을 치료하며 익혈(益血)하고 지한(止汗)한다"고 하였으며 ≪일화자제가본초≫에서는 "풍증(風症)을 치료하고 피부를 촉촉하게 한다"고 하였다. 또한 ≪중약대사전≫에서도 "心을 보양하고 정신을 안정시키며 腸을 潤하게 하고 대소변을 통하게 하는 효능이 있어 경계, 불면증, 유정, 도한(盜汗), 변비를 치료한다"고 하였다.

이와같이 백자인은 심장을 보(補)하고 정신을 안정시켜 심장의 혈액부족으로 잘 놀라면서 가슴이 두근거리고 잠을 못 이루며 건망증과 어지러움이 반복되는 증상에 탁월한 효과가 있다. 지방성분은 장관을 부드럽게 하므로 노인 및 산후의 변비에 유효하며 식은땀을 흘리는 증상에도 사용한다. 백자인으로 담근 술은 우리나라에서 가장 오래된

과실주의 하나로 고려 명종 때에 만들어 마셨다는 기록이 있다.

백자인과 산조인은 그 효능이 비슷하나 산조인은 肝膽을 자양(滋養)하여 安神시켜 肝膽陰不足으로 인한 불면증에 사용하고, 백자인은 心血을 자양하여 안신시키므로 心血不足으로 인한 불면증을 치료하는데 사용한다. 그러나 心肝은 血과 관계가 있는 장부로 肝血이 부족하면 그 영향이 心에 미치고 또 心血이 부족하면 그 영향이 肝에 미치게 되므로 心肝兩虛의 경계, 불면증에는 대개 두 가지 약물이 함께 배합된다.

측백엽은 혈열(血熱)을 내리므로 코피, 토혈, 변혈, 소변출혈에 유효하다. 폐열로 인한 해수, 천식에 효과가 있으며 불이나 뜨거운 물에 데었을 때나 외상 출혈에도 쓰인다.

측백엽을 쪄서 말리기를 아홉 번 거듭하여(구증구포) 가루를 내어 장복하면 온갖 병을 예방 치료할 수 있다. 몸에서 나쁜 냄새가 없어지고 향내가 나며 머리칼이 희어지지 않고 치아와 뼈가 튼튼해져서 장수할 수 있다. 구증구포한 측백엽을 늘 복용하면 고혈압과 중풍을 예방할 수 있고, 몸이 튼튼해지며 불면증, 신경쇠약 등이 없어진다. 여성들의 하혈이나 혈뇨, 대장이나 직장의 출혈에도 구증구포한 측백엽이 효과가 크다.

탈모의 증상이 있을 때는 백자인과 당귀를 각 1근을 함께 갈아서 곱게 가루내어 꿀로 환(丸)을 만든다. 이를 하루에 세 번, 한 번에 2~3돈을 식후에 복용하면 효과적이다.

백자인은 장이 약하여 변이 묽거나 설사를 자주하는 사람은 삼가는 것이 좋다. 최근에는 백자인에서 추출한 천연물질이 미백화장품의 재료로도 사용되고 있다.

2. 정신치료

정신치료란 신체의 병이든 정신의 병이든 정신적인 수단으로 질병을 치료하는 방법을 말한다. 약물이나 기계를 사용할 경우라도 그것이 물리·화학적인 작용으로 치료 효과를 본 것이 아니라 심리적인 효과로 치료가 이루어졌을 때는 정신치료라고 할 수 있다. 그러나 이것은 치료자가 의식하고 사용했을 경우에만 정신치료라고 볼 수 있다.

정신치료는 모든 질병의 원인 제거에 있어서 가장 중요한 것이 된다. 먼저 의사는 친절히 환자의 호소를 들어준다. 이렇게 대화를 나누는 사이에 환자의 정신상태를 충분히 알아내는 동시에 환자가 신체적 검사나 진찰을 원한다면 불필요한 진찰이나 검사까지라도 응해주어 환자를 만족시켜주어야 한다. 이것이 환자의 신뢰를 얻을 수 있는 방법이며, 신뢰를 얻은 후에라야 치료가 가능한 것이다.

친절하고도 자세한 진찰로서 환자의 신뢰를 얻었다면 이미 정신치료는 시행된 것이라 할 수 있다. 환자의 신뢰를 얻고 난 후에 서서히 중대한 기질적인 질환이 없음을 설명해 준다. 자세한 진찰도 하지 않고 즉석에서 신경성이라고 단언하여 환자를 경시한다든가, 또는 꾀병이라고 냉소하는 태도를 취함은 공연히 환자를 자극시키는 것이 되며, 신뢰를 얻는 길이 못 된다. 따라서 질병의 치료에도 역행되는 길이다.

漢醫學에서 취급해야 할 모든 문제들은 결국 극소수의 기질적 장애를 제외하고는 마음이 상한 것을 풀지 못한 데서 일어나는 '화병'이다. 그러므로 진찰이란 환자의 마음 깊숙이 숨어 있는 것을 알아내는 것이며, 치료란 이 마음의 상처를 고쳐주는 것이 된다.

환자로 하여금 모든 사람에게 감추어 두었던 또는 자기자신에게도 감추어 두었던 느낌, 괴로움을 말하게 하는 것 등 환자의 올바른 이해를 위해서는 철저한 수련이 필요하게 된다. 다시 말하면 환자와의 대화를 통해 진료를 할 때에는 기술이 필요한데 한방신경정신과에서는 사진법(四診法)이 그 진단의 초석이 된다.

한마디로 말하면 한의학이란 종래 서양의학이 망각하고 있는 맹점인, 바로 이 기질적 이상이 없는 병인 화병, 즉 마음의 상처가 원인이 되는 병을 진료하는 것이다. 따라서 환자들은 대개 화병이라 하면 양방 의사가 보는 것이 아니라 한의사가 보는 병이라는 생각을 갖고 있다. 왜냐하면 양방 의사는 기질적 변화가 없을 때는 "당신은 병이 없습니다"라는 말을 하여 환자를 실망하게 하지만, 한의사는 "당신은 화병입니다"라는 말을 구체적으로 해주기 때문이다.

환자를 잘 설득(說得)하는 것이 치료의 첫걸음이다. 환자를 상담·지도함에 있어 본심을 갖고 끈기있게 대하는 것이 설득에서는 무엇보다 중요하다. 즉 질병의 성질과 원인을 설명하여 생명에는 절대 지장이 없으며, 완쾌될 수 있는 것임을 충분히 설명, 납득시켜서 환자가 자기의 건강에 대한 자신을 갖도록 해주어야만 한다. 그러나 이런 설득은 한두 번에 주효하는 것이 아니므로 의사는 인내심을 가지고 꾸준히 반복할 필요가 있다.

정신치료의 일종으로서 자율훈련법, 기공요법, 근이완법, 행동요법, 이미지요법, 바이오피드백법, 참선법 등이 있다. 이는 정신적 안정을 위한 주의전환(注意轉換) 또는 정신집중을 훈련시키는 데 목적을 둔다. 또한 음악, 회화, 서예, 꽃꽂이, 정원이나 화초 가꾸기, 등산, 낚시 등의 취미를 기르게 한다든지, 종교적인 신앙심을 갖게 해주는 것도 좋은 방법이 된다.

질부르그(Zilboorg)의 말을 빌리면 히포크라테스(Hippocrates)에서 출발한 서양의학은 정신요법의 치료[정신치료]에 도달하는 데 2500년이 걸렸다고 한다. 반면 한의학은 2500년 전에 완성되었다고 볼 수 있다.

서양의학은 질병의 원인을 파악함에 있어 오로지 신체적인 원인 위주로 체계화시키어 질병의 치료에 주력해 왔다. 그러다가 20세기에 와서 정신분석적인 연구가 시발되어서 질병의 예방, 건강의 유지와 증신으로 전환되어 오고 있다. 心身관계에 있어서도 대뇌피질이 내장을 지배한다, 유기체는 신경 내분비 조직이 지배한다는 사상에 도달하고 있다.

그러나 한의학에서는 2500년 전부터 의학의 최고 목표를 질병의 예방과 건강의 증진, 즉 養生에 두었다. 질병의 진단과 치료는 부차적인 위치에 있었다. 그리고 질병은 일부 질환을 제외하고는 주로 마음(정신) 즉 칠정(七情)에서 생긴다는 체계적인 병인론(病因論: 병의 원인을 밝히는 입장)에 입각하여, 治心 즉 마음을 다스림으로써 질병을 예방하는 것을 의학의 최고 목표로 삼았다.

한의학에서 감정은 칠정(七情)이라 하여 육체와 매우 밀접한 관계를 맺고 있으며 병인론에서 살펴봐도 내인, 외인, 불내외인 중 내인의 칠정상(七情傷)을 매우 중요시하였고 실제 치료에 있어서도 이를 적극적으로 활용하고 있다. 감정이 신체에 영향을 끼칠 수 있다는 것을 일찍이 예부터 인정해 오고 있다. 그래서 병의 원인으로 사람이 사물에 대해 느끼는 일곱 가지의 감정변화인 칠정을 아주 중요하게 여긴다. 칠정이 정도를 지나치면 질병에 걸린다. 감정의 변화가 신체내의 기의 흐름에 변화를 주어 그 결과로 어떤 질병을 일으킨다는 것이다. 칠정이 과도하면 잘 소통되어야 할 기운이 막히게 된다. 그 결과 오장육부에서 그것이 울화가 되어 가볍게는 가슴이 답답한 증상에서부터 근긴장성 두통, 불면증, 과민성 대장증후군, 갑상선 기능항진증, 공황장애, 강박증, 우울증, 정신분열증, 심한 경우에는 암과 같은 경우까지 많은 장애를 일으키게 된다. 즉, 이런 경우에는 약보다는 정신적인 치료를 중시하여 정신요법을 행한 사례를 많이 보고하여 왔다.

한의학에서 정신요법은 여러 방법이 있다. 발병 전에 병을 미리 예방하는 이도요병(以道療病), 마음을 수양하는 허심합도(虛心合道), 대화 등을 통해 환자의 기분을 전환시켜 주는 이정변기요법(移情變氣療法), 오행의 상생상극이론을 심리치료에 응용하는 이정승정요법(以情勝情療法), 약한 자극부터 시작하여 점차 강한 자극을 주어 이들 자극에 익숙해지게 하여 증상을 치료하는 경자평지요법(驚者平之療法)이 있다. 또한 환자에 대한 암시를 통해 병을 치료하는 광치요법(誑治療法), 상대에 대한 보증, 설득 등으로 자신을 되찾도록 용기를 주는 지언고론요법(至言高論療法), 그리고 오늘날의 기공치료와 유사한 도인요법(導引療法)과 단전호흡법(丹田呼吸法)이 있다.

이중 강박장애나 공황장애의 주류가 되는 치료법인 以道療病, 移精變氣療法 및 五志相勝爲治의 원리를 응용한 이정승정요법(以情勝情療法)에 대해 더 구체적으로 설명하고자 한다.

(1) 以道療病

≪동의보감 · 내경편 · 신형≫의 <以道療病>에서 서술한 바를 정리하면 다음과 같다.

고대의 명의는 발병 전에 예방하였고 현대의 의사는 발병 후에 치료하려고 노력한다. 발병 전에 먼저 치료하는 것을 以道(혹은 治心)療病 또는 수양이라 하고, 발병 후에 치료하는 것을 약이(藥餌) 또는 폄설(砭焫)이라 한다.

치료법은 마음을 치료하고 병을 치료하는 治心 · 治病의 두 가지이지만 질병의 근원은 하나이며, 모든 병이 心神(마음과 정신)으로 오지 않는 것이 없으니 마음을 치료하는 것이 극히 중요한 것이다.

태백진인(太白眞人)이 이르기를 "욕치기질, 선치기심(欲治其疾,

先治其心)"이라 하였다. 즉 질병을 치료하려면 먼저 그 마음을 치료하여야 한다는 뜻이다.

병을 치료하려면 먼저 수도정심(修道正心)한 연후에, 환자는 심중에 잠재하는 의혹과 의심, 일체의 망념, 일체의 불평, 대인관계에서의 증오와 수원(讐怨), 일체의 회오(悔悟:후회스러움), 지나간 과오를 생각하지 말고 방념(放念:걱정이 없이 마음을 便安히 가짐)하며 만사를 하늘의 뜻에 맡기고 따른다. 그러면 자연히 心君(마음)이 편안하면서 性志가 화평하여 세간 만사 모두가 다 공허하고 종일토록 영위하는 일이 모두 다 망상이요, 또 나의 몸이 역시 허환(虛幻)한 것이며 화와 복이 모두 수포로 돌아가고 생사가 일장춘몽과 같은 것이다. 이것을 크게 깨달으면 마음이 스스로 청정하고 병이 생기지 않으니 약을 먹지 않아도 병이 저절로 낫는 것이다. 이것이 즉 眞人의 道로서 마음을 다스리고 병을 치료하는 '以道治心療病'의 대법인 것이다.

의사가 인체의 질병만 치료할 줄 알고 마음을 치료하는 것을 알지 못하면 이것을 "사본축말(捨本逐末)"이라 하는 바, 즉 그 근원을 생각하지 않고 지엽만을 쫓는 것과 같은 것이다. 비록 한 때의 요행으로 질병이 나았다 하더라도 근치는 되지 않은 것이니, 이것은 세속 용의(庸醫: 평범한 의사)의 치법에 지나지 않으므로 취할 바가 못 된다.

(2) 移精變氣療法

한의학에서 정신치료의 뜻으로 쓰이는 '이정변기(移精變氣)"라는 말은, ≪소문 · 이정변기론≫에서 "옛날 사람들은 병을 치료하는데, 이정변기나 축유(祝由)만으로도 병을 낫게 한다(古之治病, 惟其移精變氣, 可祝由而已)"는 데서 유래한다.

이정변기란 그 精(정신 · 의지)을 옮기고 氣를 변개(變改)한다. 즉 기분전환을 시킨다는 뜻이다. 그러므로 환자의 기분을 전환시켜 병을 치유시킨다든지, 병의 원인을 풀어헤치는 기도를 올리는 것으로 치료를 한다든지 하는, 일종의 정신치료라 할 수 있는 것이다.

이런 치료는 특히 마음에서 오는 심인성 질환일 경우 그 효험이 현저했으리라 추측되며, 그 방법도 전래의 토속신앙과 문화의 발달에 따라 대두된 도교·유교·불교 등의 사상과 융화되면서 여러 가지 형태로 변모되었으리라고 생각된다.

이러한 의료행위는 물론 당시의 의학수준과 의료보급의 미흡, 人智의 미개발 등의 제한적 요인에서 발생한 샤머니즘적 형태라 할 수 있겠다. 그러나 국가의 의료제도 속에 의료의 한 분과로서 祝由科를 두어 정신치료를 전담하도록 한 흔적이 명나라대에까지 계승되어 온 것을 알 수 있다.

이정변기의 방법은 때에 따라 환자에 따라 임기응변으로 방법을 달리해야 하므로 일정한 방법이 있을 수 있는 것은 아니지만, 대개 다음과 같은 유형이 행해졌다.

① 음악, 가무, 회화, 희극, 낚시, 여행 등의 방법을 이용하여 치료하는 방법
② 독서, 서예, 시낭송 등의 방법을 이용하여 치료하는 법
③ 호흡단련과 기공 동작 등을 통하여 기분을 전환시켜 치료하는 방법
④ 대화로써 의혹에 의하여 생긴 병은 그 의혹을 해명해 줌으로써 치료하는 방법

그러나 이와 같은 이정변기요법은 의사(術者)의 심인성 질환에 대한 확진이 앞서야 하고 환자로부터 절대적인 신뢰를 받는 가운데 비로소 이루어질 수 있다. 이정변기요법은 환자에 따라 임기응변적으로 행하는 것이기는 하지만, 거기에는 심리작용의 원리를 이용하

고 있는 것이다.

(3) 以情勝情療法

이정승정요법이란 오지상승이론을 근거로 의사가 언어 · 행동 · 사물 등을 이용하여 환자의 각종 情志를 자극함으로써 병적인 정서를 조절하는 치료방법이다.

'오지상승"이란 ≪내경(內經)≫에서 말한 "슬픔은 노여움을 이기고(悲勝怒)" "두려움은 기쁨을 이기며(恐勝喜)" "노여움은 사려를 이기고(怒勝思)" "기쁨은 근심을 이기며(喜勝憂)" "사려는 두려움을 이긴다(思勝恐)"는 내용을 가리킨다.

어떤 情志를 자극함으로써 다른 좋지 못한 情志를 억제하는 방법으로는 꽃향기 · 색채 · 음악 · 오락 등 매우 많은 것이 있다. 단 여기서의 구체적인 방법은 언어 · 행위 · 사물을 주요 치료수단으로 삼는 것이다. 그리고 암시, 계몽, 정서에 부합하는 것, 정서에 어긋나는 것, 의문을 풀어주는 것, 감화, 적응 등의 방법을 포괄한다.

선진(先秦)시대에 의가(醫家)들은 이미 이정승정요법을 응용하여 神情(精神 · 情志)때문에 이상이 생기는 질병을 치료하였다. ≪여씨춘추 · 지충(至忠)≫에는 흥미 있는 병에 대한 재미있는 이야기 하나가 기재되어 있다. 즉 "齊王이 병을 앓자 사람을 宋나라에 보내어 명의 문지(文摯)를 초빙하였다. 문지가 와서 왕의 병을 본 뒤 태자에게 이르길 '왕의 병은 절대 고칠 수 없습니다. 만약 왕의 병을 낫게 하면 반드시 나를 죽일 것입니다'라고 하였다. 태자가 이르길 '무슨 까닭입니까?'라고 하자, 문지가 '왕이 크게 노여워하지 않으면 병을 치료할 수 없고, 왕이 노여워하면 나를 반드시 죽일 것입니다'라고 대답하였다. 태자는 머리를 조아리고 간청하길 '만약 왕의 병이 낫는다면 저와 저의 어머니가 죽음으로써 왕에게 간하겠습니다. 왕께서는 반드시 저와 저의 어머니를 믿을 것이니 선생께선 걱정하지 마십시오'라고 하였다. 이에 문지는 '예, 죽음으로써 왕을 치료하겠습니다'라고 하며 태자와 약속한 뒤에 간다고 하면서도 세 번씩이나 이를 어기자 왕은 단단히 화가 났다. 문지는 왕 앞에 이르러서 신발도 벗지 않고 침상에 올라가 왕의 옷자락을 밟고는 왕의 병에 대해 물었는데, 왕은 화가 나서 대꾸도 하지 않았다. 문지는 이를 핑계 삼아 무례하게 작별 인사를 함으로써 왕을 더욱 화나게 하였다. 이에 왕이 몹시 화가 나서 큰 소리로 저놈을 당장 죽이라고 소리치며 벌떡 일어나니 병이 마침내 나았다(齊王疾痏, 使人之宋迎文摯. 文摯至, 視王之疾, 謂太子曰 : '王之疾必不可已也. 雖然, 王之疾已, 則必殺摯也.' 太子曰 : '何故?' 文摯曰 : '非怒王則疾不可治, 王怒則摯必死.' 太子頓首强請曰 : '苟已王之疾, 臣與臣之母以死爭之於王, 王必幸(信)臣與臣之母, 願先生勿患也.' 文摯曰 : '諾. 請以死爲王', 與太子期, 而將往不當者三, 齊王固已怒矣. 文摯至, 不解履登床, 履王依, 問王之疾, 王怒而不與言, 文摯因出辭以重怒王, 王叱而起, 疾乃遂已)"는 내용이다.

齊王의 병은 사려가 과도하여 발생한 것이므로 문지는 '怒勝思'의 치법을 응용하되, 교묘하게 언어로써 제왕의 정서에 어긋나게 하고 행위로써 암시하는 방식을 사용하여 병이 갑자기 낫도록 한 것이다. 그러나 자신은 불행히도 유명을 달리하고 말았다.

장종정(張從正)은 ≪유문사친 · 구기감질경상위치연(儒門事親 · 九氣感疾更相爲治衍)≫에서 "슬픔은 노여움을 치료할 수 있는데, 슬프고 고통스러운 말로써 감동시킨다. 기쁨은 슬픔을 치료할 수 있는데, 익살스럽고 자유분방한 말로써 즐겁게 한다. 두려움은 기쁨을 치료할 수 있는데, 죽음에 임박하였다는 말로써 두렵게 한다. 노여움은 사려(깊은 생각)를 치료할 수 있는데, 욕되고 기만하는 말로써 노여움을 촉발한다. 사려는 두려움을 치료할 수 있는데, 이것저것 걱정스러운 말로써 두려움을 없앤다(悲可以治怒, 以愴惻苦楚之言感之. 喜可以治悲, 以謔浪褻狎之言娛之. 恐可以治喜, 以迫遽死亡之言怖之. 怒可

以治思, 以汚辱欺罔之言觸之. 思可以治恐, 以慮彼志此之言奪之)"고 기재하였다.

이들은 자신의 경험을 총괄하였을 뿐 아니라 요령껏 응용하기도 했다. 그러나 情志의 요체는 평정을 유지하는 데 있고 서로 통하는 데 있다. 情志 손상과 각기 다른 장부의 병변으로 발생하는 병증은 항상 각각 다른 情志를 응용하여 자극을 주고, 동일한 병증의 각각 다른 단계에서도 상이한 情志로써 자극을 주어야만 평정을 유지하는 목적에 도달할 수 있다.

명나라 우단(虞摶)은 ≪의학정전 · 전광간증≫에서 주진형(朱震亨)의 말을 인용하여 以情勝情 치료법의 단계적 전형을 응용하면 각종 병증을 효과적으로 치료할 수 있다고 보았다.

예컨대 "五志의 火는 칠정에 따라 발생하고 울결되어 담을 형성한다. 그러므로 전간광망증(癲癎狂妄證)은 마땅히 人事로써 제어해야지 藥石으로 치료할 수 있는 것이 아니다. 모름지기 진찰할 때는 그 원인에 근거하여 치료해야 한다. 노여움으로 인해 간에 손상을 주면 광증이나 간증이 발생하는데, 근심으로써 노여움을 억누르고[金克木] 두려움으로써 노여움을 풀어주어야 한다[水生木]. 기쁨으로 인해 心에 손상을 주면 전증이나 간증이 발생하는데, 두려움으로써 기쁨을 억누르고[水克火] 노여움으로써 기쁨을 풀어주어야 한다[木生火]. 근심으로 인해 폐에 손상을 주면 간증이나 전증이 생기는데, 기쁨으로써 근심을 억누르고[火克金] 사려로써 근심을 풀어주어야 한다[土生金]. 사려로 인해 脾에 손상을 주면 간증이나 전증 · 광증이 발생하는데, 노여움으로써 사려를 억누르고[木克土] 기쁨으로써 사려를 풀어주어야 한다[火生土]. 두려움으로 인해 腎에 손상을 주면 전증이나 간증이 발생하는데, 사려로써 두려움을 억누르고[土克水] 근심으로써 두려움을 풀어주어야 한다[金生水]. 놀람으로 인해 膽에 손상을 주면 전증이 발생하는데, 근심으로써 놀람을 억누르고[金克木] 두려움으로써 놀람을 풀어주어야 한다[水生木]. 슬픔으로 인해 심포(心包)에 손상을 주면 전증이 발생하는데, 두려움으로써 슬픔을 억누르고[水克火] 노여움으로써 슬픔을 풀어주어야 한다[木生火]. 이러한 治療法은 오직 현명한 자만이 쓸 수 있다(五志之火, 因七情而起, 鬱而成痰, 故爲癲癎狂之證, 宜以人事制之, 非藥石所能療也. 須診察其由以平之 : 怒傷於肝者, 爲狂爲癎, 以憂勝之, 以恐解之; 喜傷於心者, 爲癲爲癎, 以恐勝之, 以怒解之; 憂傷於肺者, 爲癎爲癲, 以喜勝之, 以思解之; 思傷於脾者, 爲癎爲癲爲狂, 以怒勝之, 以喜解之; 恐傷於腎者, 爲癲爲癎, 以思勝之, 以憂解之; 驚傷於膽者, 爲癲, 以憂勝之, 以恐解之; 悲傷於心包者, 爲癲, 以恐勝之, 以怒解之. 此法惟賢者能之耳)"고 하였다.

≪내경≫과는 약간의 차이가 있는데, 이를 정리하여 비교하면 다음 표와 같다.

≪醫學正傳 · 癲狂癎證≫		
七情過度	病機病變	治法
怒傷肝	狂癎	憂勝怒
喜傷心	癲癎	恐勝喜
憂傷肺	癎癲	喜勝憂
思傷脾	癲狂癎	怒勝思
恐傷腎	癲癎	思勝恐
驚傷膽	癲	憂勝驚
悲傷心	癲	恐勝悲

≪素問 · 陰陽應象大論≫					
五神	情志	七情過度	氣機病變	症狀	治法
肝藏魂	肝志怒(忿)	怒傷肝	怒則氣上	呼(고함)	悲勝怒
心藏神	心志喜(樂)	喜傷心	喜則氣緩	笑(웃음)	恐勝喜
脾藏意	脾志思(慮)	思傷脾	思則氣結	歌(노래)	怒勝思
肺藏魄	肺志憂(悲)	憂傷肺 悲傷肺	悲則氣消 憂則氣消	哭(울음)	喜勝憂 喜勝悲
腎藏志	腎志恐(驚)	恐傷腎 驚傷腎	恐則氣下 驚則氣亂	呻(신음)	思勝恐 思勝驚

이와같이 한의학의 神情학설은 心神(마음)을 위주로 하고 氣血을 바탕으로 하여 神形一體, 神形과 자연 · 사회가 일체라는 관점을 굳게 지지함으로써 강박증이나 공황장애와 같은 신경증을 약물치료와 기타 방법으로 치료할 수 있음을 강조하였다. 특히 神情의 자아 조절 방법의 사용을 내세웠다.

현대사회가 인간에게 주는 정신적인 부담이 갈수록 늘어나고 있다. 이에 따라 앞으로도 神情學은 끊임없이 발전하면서 계통적인 이론을 형성하여 풍부한 치료방법과 다채로운 경험을 포함하게 될 것이다.

① 희승우법(喜勝憂法)

북제(北齊) 시대의 ≪劉子 · 辨樂≫을 보면 "사람은 마음이 기쁘면 웃고, 웃으면 즐거워지며, 즐거우면 입에서 노래가 나오고 손으로는 장단을 맞추며 발로는 춤을 춘다(人心喜則笑, 笑則樂, 樂則口欲歌之, 手欲鼓之, 足欲舞之)"고 나와있다. 이는 곧 마음으로, 기쁜 것은 '喜'이고 얼굴에 나타나는 것은 '笑'이며 행동으로 나타나는 것은 '樂'임을 설명한 것이다.

≪내경≫에서는 "기쁨이 지나치면 心을 손상시킨다(喜傷心)" "기뻐하면 氣의 운행이 완만해진다(喜則氣緩)"고 하였는데, 이는 과도한 기쁨은 心氣의 운행을 완만하게 하여 心神을 흩어지게 한다는 뜻이다. 결론적으로 神情이 손상되어 흥분이나 狂躁-예를 들어 狂證·웃음이 멎지 않는 증상 등-에는 이러한 방법을 사용해서는 안 된다. 이밖에 心痛·산기(疝氣)·음연(陰挻)·탈항(脫肛)·임신·출혈 등의 증상에도 웃음을 야기하지 않아야, 氣의 운행이 완만해져 病情이 가중되는 것을 면할 수 있다.

이러한 까닭에 ≪내경≫에서 心의 志는 기쁨(喜)이고, 心神은 또한 모든 神情을 주재한다고 하였다. 따라서 비록 "기쁨은 근심을 억누른다(喜勝憂)"고 하였으나, 실제로는 思·悲·恐·怒 등의 좋지 못한 정서를 제약하는 작용이 있다. 위에서도 이미 설명하였듯이 心은 君主之官으로서 思傷脾·憂(悲)傷肺·恐傷腎·怒傷肝을 모두 치료할 수 있음을 알 수 있다. 다시 말하면 心의 喜勝憂뿐 아니라 喜勝思·喜勝恐·喜勝怒가 모두 성립된다. 곧 心神이 五志를 모두 주관한다는 뜻이 된다. 예를 들어 ≪類經·天年常度≫에서 "무릇 情志에 속하는 것들은 오직 心에서만 통제할 수 있다(凡情志之屬 惟心所統)"고 한 것과 같다.

고대의 의안(醫案) 중에서 '喜勝憂" 등을 응용하여 치료한 실례를 들면 다음과 같다.

朱 아무개 씨가 한 여자를 치료하게 되었다. 평소에 사귀던 남자와의 결혼을 양가 부모로부터 허락 받은 후, 지아비 될 사람이 행상길을 떠나 2년간 돌아오지 않자 사려가 과도해져 울결되고 해소되지 않아 음식을 먹지 않고 누워 있어 실성한 것 같았으며, 얼굴은 자주 마을 쪽을 보고 있었고 별다른 병은 없었다. 朱씨가 이를 진찰하여 보니 간맥이 寸口에서 팽팽(弦)하였다. 이에 "이것은 과도한 사려로 脾氣가 울결된 것이니 약물만으로는 치료하기 어렵고 기쁨으로 풀 수 있다"고

단정하여, 먼저 노여움으로 치료하였다[怒勝思]. 화를 내면 肝氣가 승발(升發)하여 脾氣가 통하므로 일단 病情은 완화되나 근본적인 치료는 아니다. 朱씨는 "과도한 사려로 울결한 氣는 해소되기 어려우므로 반드시 기쁨을 얻어야 다시는 울결하지 않을 것이다"라고 생각하여 거짓으로 "그대 곁으로 곧 돌아가겠소 ……" 라는 남자의 편지를 만들어 환자에게 보내 주었더니 病情이 눈에 띄게 호전되었으며, 기쁜 마음으로 남편이 돌아오길 기다렸다. 3개월 후 마침내 지아비가 돌아오자 병이 씻은 듯이 나았다(≪奇證匯≫卷四).

이 醫案은 먼저 '怒勝思'의 원칙을 응용하여 울결한 氣를 소설(疏泄)하고, 다시 '喜勝憂'의 원칙을 응용하여 그 心情을 순조롭게 함으로써 양호한 효과를 얻은 것이다. 즉 思傷脾로 氣가 울결된 것을 먼저 怒勝思의 방법을 쓰고, 후에 喜勝憂로 치료한 예이다.

명나라 왕석산(汪石山)은 재물을 잃고 이에 따라 발병한 사람을 치료하였다. 어떤 현(縣)의 벼슬아치가 범인을 호송하였는데, 범인이 도중에 강물에 투신하여 죽어버리자, 범인의 가족들은 도리어 이 벼슬아치가 공갈을 쳐서 재물을 빼앗고 죽인 것이라 고발하였다. 이에 縣의 벼슬아치는 죄를 벗으려고 거금을 썼다. 이에 따라 울분과 비애가 교차하다가 마침내 병에 걸렸는데, 술에 취하거나 미친 것 같으며 앞뒤가 맞지 않는 말을 하고 자신은 이를 알지 못하였다.

왕석산이 진찰해보니 재물을 허비함에 따른 비애와 울분으로 야기된 것이어서 기쁨을 주어 치료해야만 되었다. 이에 가족들에게 주석을 녹여서 약간의 엽전을 만들어줄 것을 부탁하여 병자 앞에 놓아두었더니, 병자가 이를 보고 크게 기뻐하여 병이 나았다(≪속명의유안(續名醫類案)≫卷二十一). 이는 환자가 필요로 하는 것을 만족시켜줌으로써 병을 치료하는 방법이다.

이는 노상간 · 비상폐(怒傷肝 · 悲傷肺)로 氣가 상기되어 손상된 것을 희승비(喜勝悲)로 치료한 예이다. 여기서 우리는 '悲'와 '憂'는 다

같이 氣를 손상시킴을 알 수 있다.

金代 장종정은 한 관리가 부친이 도적에게 살해당했다는 소식을 듣고서 크게 슬퍼한 뒤 가슴이 아프고 술잔을 엎어놓은 듯한 덩어리가 생겨 통증이 그치지 않으며 온갖 약을 써도 효과가 없는 것을 치료하였다. 장종정이 도착했을 때 때마침 무당이 그 곁에 있자, 무당이 하는 것을 흉내내고 무당과 뒤섞여 춤을 추고 익살을 부리니 환자가 이를 보고 크게 웃었다. 1~2일 후 心下에 맺힌 덩어리가 풀어지면서 병이 나았다(≪유문사친·내상형(儒門事親·內傷形)≫).

이는 悲傷肺를 喜勝悲로 치료한 예이다.

또 항관금(項關令)의 처를 치료한 적이 있는데, 노여움에 따른 울결로 병이 생겨 식욕이 없고 성내어 소리를 잘 지르며 언행이 혼란스러워 의사가 반년이나 치료하여도 낫지 않았다. 장종정은 두 기녀로 하여금 각기 붉은 분을 바르게 하여 배우처럼 치장시켰더니 병자가 이를 보고 크게 웃었다. 다음 날에는 다시 뿔을 달게 하였더니 다시 크게 웃었다. 그 곁에 있는 두 식모로 하여금 맛있는 음식 자랑을 하게 하였더니 병자도 그 음식을 찾았으므로 그 음식을 가져와 맛보게 하였다. 며칠 되지 않아 怒氣가 줄어들고 식사량이 증가하여 약을 먹지 않아도 병이 나았다(≪속명의유안≫卷十). 이는 怒傷肝을 喜勝怒로 치료한 특별한 예이다.

이들 두 의안은 행동과 언어를 결합하여 암시하는 방법으로 치료한 것이다.

李씨 성을 가진 한 농부가 아들이 향시(鄕試)에 급제하자 너무 기쁜 나머지 소리를 지르며 크게 웃었다. 나중에 또 서울에서 진사에 합격하고 고관이 되자, 그 부친은 밤낮으로 웃음을 그치지 않다가 마침내 고질병이 되었다. 이에 그 아들이 태의원에 치료를 부탁하였는데, 처방에 따라 집안사람들을 시켜 거짓으로 그의 부친에게 자신이 죽었다고 알리게 하였다.

그의 부친은 10여 일 동안 슬퍼하며 몇 차례 혼절하기도 하였다. 이 때 아들이 편지를 보내어 "당신의 자식이 조대부(趙大夫)로부터 기사회생하였다"고 알렸다. 그의 부친은 이 소식을 듣고 슬픔이 한꺼번에 사라졌으며, 여러 해 동안 앓았던 고질도 나았다(≪잠운잡설(簪云雜說)≫). ≪영추 · 본신≫에서 "심기가 허하면 슬퍼하고, 실하면 웃음이 그치지 않는다(心氣虛則悲, 實則笑不休)"고 하였다.

상술한 것처럼 웃음이 그치지 않는 것은 심기가 실하기 때문이므로 먼저 슬픔으로 심기가 허해지도록 함으로써 웃음을 멎게 하고, 다시 슬픔을 풀어 준 것이다.

명나라 공정현(龔廷賢)은 몸을 떨고 망언을 하며 온갖 약을 써도 효과가 없는 한 부인을 치료하였다. 공정현은 처음에는 노기가 울결하여 발생한 것으로 여겼으나, 나중에 그 까닭을 물어 보니 평소에 남편의 경박한 행동을 혐오하였다는 것이다. 이에 공정현은 그 남편에게 언명하여 용모를 씩씩하게 하고 의관을 바르게 하도록 하였더니, 그 부인이 점차 좋아하여 남편과 사이가 좋아졌고, 근심이 즐거움으로 변하였다(≪행림가(杏林暇)≫卷五).

이는 진리를 깨우쳐 주는 방법을 응용한 것이다.

② 노승사법(怒勝思法)

≪소문 · 음양응상대론≫에는 "간의 志는 怒이고, 노하면 간이 상하며, 노여움은 사려를 억누른다(肝志怒, 怒傷肝, 怒勝思)"고 실려있다. ≪영추 · 본신≫에서는 "간기가 허하면 두려워하고, 실하면 화를 낸다(肝氣虛則恐, 實則怒)"고 하였다. 즉 화를 내면 간기가 실하여 升發하는데 이는 情志의 정상적인 반응이며, 지나치게 화를 내면 升發이 太過하여 간기를 손상한다는 설명이다.

화를 낼 때 간기가 승발하는 것을 이용하여 울체된 氣機를 풀어주는 것이 바로 怒勝思法이다. 사려 과도로 기기가 울결하여 발생한 병이나 우울한 증상에 적용하는데, "노여움으로써 사려를 억누르고, 기쁨으로써 사려를 풀어주는(以怒勝之, 以喜解之)" 원칙에 근거해야 한다. 평소에 肝陽이 항성하거나, 肝火가 잘 상승하거나, 心의 實火가 치성(熾盛)하는 증상에는 사용해서는 안 된다. 이에 怒勝思法을 구체적으로 응용한 의안 몇 가지를 예로 들면 다음과 같다.

장종정은 2년 동안 잠을 이루지 못한 여자 환자를 치료하였다. 그 양손의 脈을 짚어보니 모두 緩하여 脾가 손상된 것임을 알 수 있었다. 脾가 사려를 주관하기 때문이다. 이에 그녀의 남편과 약정하여 격노하게 만들었다. 즉 많은 돈을 받고서 여러 날 동안 술을 마시고 아무 처방도 하지 않고는 떠나버렸다.

이에 그의 부인은 크게 화를 내어 갖은 욕설을 퍼붓고 땀을 흘렸으며, 그날 밤에 곤하게 잠들어 수일 동안 깨어나지 않더니 점차 나았다(≪속명의유안≫卷二十一).

이 의안을 세밀하게 살펴보면 먼저 과도한 사려로 脾가 손상되어 비기가 울결되었다고 여겨 怒勝思法을 이용하여 울결한 비기를 풀어주고, 그 다음에는 병자의 남편과 약정하여 치료도 하지 않고 떠나버려 자존심을 크게 상하도록 한 것이다.

이는 정서와 어긋나도록 하는 방법과 암시하는 방법을 결합하여 응용한 예이다.

삼국시내의 명의 화타는 어느 군수의 병을 치료한 적이 있었다. 화타는 그의 병은 화를 크게 내면 낫는다고 여겨, 그에게서 재물을 받고도 치료하지 않고 얼마 지나지 않아 도망가면서 그를 욕하는 편지를 남겨 놓았다. 군수는 과연 크게 노하여 사람들을 시켜 화타를 잡아서 죽이도록 하였다. 군수의 아들은 내막을 알고 있었으므로 관리들에게 부탁하여 그를 쫓지 않도록 하였다. 이에 군수는 더욱 심하게 화를 내더니 검은 피를 토한 후 나았다(≪삼국지 · 위서 · 방기략(方技略)

≫). 서면으로 정서에 어긋나도록 하고 암시하는 방법을 결합한 것이다. 재물을 받고도 치료해주지 않고 그 재물을 가지고 도망가는 한편 욕하는 편지를 남겼으며, 그 자식도 관리들이 화타를 뒤쫓지 못하게 함으로써 군수의 화를 돋운 것[怒勝思] 등이다.

이는 짐사 화를 돋우는 한편 화내는 시간을 연장시켜 어혈을 토하게 한 것으로서, 세심하게 계획하여 단계적으로 치료한 것이다. 위의 두 임상례는 '思傷脾'를 '怒勝思'로 치료한 예이다.

③ 공승희법(恐勝喜法)

'恐'과 '驚'은 밀접한 관련이 있어 대부분 먼저 놀란 후에 두려워하므로 항상 驚과 恐을 함께 말한다. ≪소문 · 음양응상대론≫에서 "腎의 志는 두려움이다(在志爲恐)", ≪소문 · 거통론≫에서 "놀라면 氣가 逆亂한다(驚則氣亂)", ≪영추 · 본신≫에서는 "두려움이 해소되지 않으면 精이 손상된다(恐懼而不解, 則傷精)"고 표현되었다. 따라서 일반적으로 놀람이나 두려움은 인체의 神情에 해롭다.

단 지나치게 억눌려 좋지 못한 神情에 잠시 사용할 수는 있으나 오랫동안 사용해서는 안 되며, 적시에 풀어주어야 한다. 恐勝喜法은 두렵게 하여 氣를 하강시킴으로써, 지나친 기쁨으로 神情이 부월(浮越)한 증후를 억누르는 것이다. 단 정서가 억눌려 발생한 각종 증후에는 이를 사용해서는 안 된다.

이를 구체적으로 응용한 고대의 의안은 다음과 같다.

강남 지방의 어떤 선비가 과거에 응시하여 장원급제한 뒤 기쁨이 지나쳐서 웃음을 그치지 않았는데, 어떤 의사가 恐勝喜法을 이용하여 이를 치료하였다. 그는 선비에게 "당신의 병은 치료하여도 낫지 않고 열흘을 넘기지 못하고 죽을 것이니 빨리 집으로 돌아가시오. 지체하면 집에 도착하지도 못하고 죽을 것이오"라고 하며, "돌아가는 길에 진강

(鎭江)이란 곳을 지날 터이니 반드시 그곳에서 아무개 의원을 찾아 다시 진찰해보시오. 목숨을 구해줄지도 모르겠소"라고 덧붙였다. 한편으로는 아무개 의원에게 그 선비의 병정을 소개하면서 "과도한 기쁨에 따른 것이니, 지나치게 기뻐하면 심규가 열려 닫히지 않으므로 약석으로 치료할 수 없다. 따라서 죽을병이라 거짓말하여 그를 두렵게 하였으니, 놀람과 두려움으로 인해 심규가 닫혀서 진강에 당도할 때는 이미 나을 것이다"라고 말하였다. 이미 나았으면 그 두려움을 풀어주고, 낫지 않았으면 더 두렵게 하라는 뜻이었다. 결국 아무개 의원은 이와 같은 방법으로 선비의 병을 치료할 수 있었다(≪냉려의화(冷廬醫話)≫).

정서와 상반되는 언어를 적절하게 사용하여 병을 치료한 예이다.

장(庄)씨는 희락이 극에 달하여 발병한 자를 치료하였다. 그 맥을 짚어 보니 실성한 것인지라 거짓으로 약을 가지러 간다고 떠난 뒤에 며칠 동안 돌아오지 않았다. 환자는 점차 의혹이 생겨 불치병이라서 의사가 치료해주지 않는다고 걱정하는 한편, 이 때문에 두려워하고 슬퍼하였다. 환자가 슬퍼하자 그의 친구에게 "그는 곧 나을 것이니 위로해주시오"라고 말하였다. 병자의 친구가 그 까닭을 묻자 庄씨는 ≪소문≫의 '恐勝喜'라는 문구를 인용하여 설명하였다(≪유문사친≫ 卷三).

행위로써 암시하는 방법을 응용한 예이다.

구녀성(邱汝城)은 항상 웃음을 그치지 않는 여자를 치료하였다. 그녀가 가장 좋아하는 옷이 무엇인지를 물어서 그 옷을 입게 한 다음, 그녀의 어머니로 하여금 술을 마시게 하여 고의로 그녀의 치마에 술을 쏟게 하였더니 크게 화를 낸 후 병이 나았다(≪속명의유안≫卷二十一). 이는 정서에 어긋나는 행위로써 격노하게 한 것으로, 병자의 어머니에게 그녀의 치마를 더럽히도록 한 것에 운용의 묘가 있다. 대부분 어머니 앞에서는 거리낌 없이 의사를 표현하기 때문에 마음껏 화를 내어 풀도록 한 것이다. 만약 의사가 그렇게 하였다면 제번에 구애되어 "괜찮습니다"라고 하였을 것이며, 격노하지도 않았을 것이다.

위의 예는 과도한 기쁨으로 氣의 운행이 완만할 때 화를 내도록 하면 氣가 上逆함을 나타냈다.

견립언(甄立言)은 기쁨과 근심이 교차함으로써 정서가 긴장되어 산후에 혀가 빠져 나와 며칠이 지나도 낫지 않고 의사가 여러 번 약을 써도 효과가 없었던 여자를 치료하였다. 견립언은 병자로 하여금 여전히 출산하는 형태를 취하도록 하고 두 아낙네를 시켜 양쪽에서 붙들도록 한 다음, 바깥에 숨겨 둔 사람을 시켜 항아리를 깨도록 하였는데, 항아리 깨지는 소리를 듣자 혀가 원래대로 돌아갔다(≪기증회(奇證匯)≫卷二).

이 의안의 묘는 병자로 하여금 발병 시 상태를 유지하도록 하여 갑자기 소리를 내어 놀라게 함으로써 치료한 데 있다. 혀는 心의 싹으로서 기쁨이 지나치면 심기가 완만해져 혀가 빠져 나온다[喜傷心]. 따라서 恐勝喜法을 응용하여 기를 하강시킴으로써 이를 치료하였다.

장종정은 위덕신(衛德新)의 처를 치료한 적이 있다.

그녀는 여관에 묵었다가 밤에 도적들이 사람을 해치고 객사에 불을 지르는 것을 보고서 놀라 침대 아래로 떨어진 후 어떤 소리만 들리면 놀라서 사람을 알아보지 못하였다. 때문에 집안사람들이 발소리를 죽이면서 걸어야 했고 함부로 소리도 내지도 못하였다. 1년 남짓 지나도 낫지 않았다. 의원들은 이를 心病으로 알고 인삼 · 진주 및 안지환(安志丸)을 써 보았으나 모두 효과가 없었다.

장종정은 이를 보고 "놀라고 두려워하면 膽이 손상된다"고 단정하여 시녀에게 명하여 부인의 두 손을 잡아 높은 걸상 위를 짚게 한 다음, 바로 앞쪽에 작은 책상을 놓았다. 장종정은 "부인은 이것을 보시오"라고 하며 나무로 힘껏 책상을 치자, 부인은 깜짝 놀랐다. 장종정은 "내가 나무로 책상을 쳤기로서니 무엇을 그리 놀랍니까?"라고 하면서 약간 안정되길 기다려 다시 책상을 치자 놀라는 것이 완화되었다. 잠시 후 연달아 3~5차례 책상을 치고, 또 지팡이로 문을 치자 서서히 놀람이 안정되어 웃음을 지었다.

위덕신이 "이것은 무슨 치료법입니까?"라고 묻자, 장종정이 "≪내경≫에서 놀라면 안정시켜야 한다고 하였는데 정신이 안정되면 평상시와 같아지며, 평상시에 이러한 것을 보면 반드시 놀라지 않습니다"라고 말하였다.

이날 밤에 사람들로 하여금 문과 창을 새벽까지 두들기게 하였다. 무릇 놀라면 神氣가 위로 떠오르는데, 아래에서 책상을 침으로써 아래를 보게 하면 神氣를 수렴할 수 있으며, 하루 이틀쯤 후에는 우렛소리를 듣더라도 놀라지 않는다(≪유문사친 · 내상≫).

이것은 의혹을 풀어주고 적응하는 방법을 결합하여 응용한 것으로서, 놀람으로써 놀람을 억제한 장종정의 독특한 치료법이다.

④ 사승공법(思勝恐法)

'思[사려]'는 일종의 정상적인 神志활동이다. 그러나 사려가 지나치면 氣가 울결하고, 脾가 손상되며, 神이 손상되는 결과가 생긴다. 이른바 "사려로 두려움을 다스릴 수 있는데, 이런 생각 저런 생각으로 두려움을 없애야 한다(思可以治恐, 以慮彼志此之言奪之)"는 말은 사려를 통해 두려움을 야기하는 원인을 배제함으로써 두려움을 이기는 목적에 도달함을 일컫는다. 따라서 기타 情志 손상에도 응용할 수 있다.

이를 응용한 현대 醫案을 예로 들면 다음과 같다.

환자의 행동이 비정상적이어서 정신병원에 네 번이나 입원하고, 각종 향정신성 약물을 복용하여도 효과가 없었다. 환자는 뱃속에 뱀이 똬리를 틀고 있는 듯한 감을 자각하였다. 그 원인을 묻자 3년 전에 하루 종일 밭에서 보리를 수확하다가 오후에 피곤하여 보릿단 근처에서 잠든 적이 있었다고 한다. 몽롱한 가운데 등허리가 이상하게 가려워서 긁었더니 꿈틀하는 감이 있었고, 깜짝 놀라 깨어서 자세히 살펴보니 뱀 한 마리가 허벅지를 지나 복부를 타고 넘기에 놀라 소리치면서 기절하였다고 한다.

그날 이후로 꿈을 꾸다가 놀라서 소리 지르고 속이 메스꺼우며 두려웠는데, 고통을 견디지 못하고 자살을 기도하기도 하였다. 검사결과 호흡이 급박하고 쉽게 감정이 격해지며, 복부는 평평하고 무르며 심폐청진 결과는 정상이고 영양상태는 양호하며, 설태는 박니하고 맥상은 현삭하였다.

이는 두려움이 志를 손상하여 心神이 불안해진 것이기에 즉시 환자에게 "병의 근원은 뱀인데 치료할 가망성이 있으므로 양약을 아끼지 말아야 합니다. 가을에 여가가 나면 오로지 당신을 위해 약을 만들겠습니다"라고 하였다. 환자가 재삼 치료해줄 것을 부탁하자, 그를 위로하며 "최대한 앞당겨 약을 만들겠습니다"라고 안심시켰다. 이에 환자는 믿어 의심치 않고 감격하였다. 3개월이 지난 후 환자에게 "약이 만들어졌으니 독사를 사하(瀉下)하면 곧 병이 나을 것입니다"라고 설명하였다.

곧바로 자신이 조제한 몽석곤담환(礞石滾痰丸)과 대승기탕(大承氣湯) 한 사발을 주어 저녁식사를 든든히 한 뒤 한밤중에 돈복(頓服)하도록 하고 아침에 다시 진찰하였는데, 미리 잡아 두었던 뱀을 변기통 속에 숨겨 놓았다. 아침이 막 밝아 오려고 할 때에 급하게 문을 두드리는 소리를 듣고 나가 보았더니, 환자가 약을 복용한 후 배에서 소리가 나고 대변을 보고 싶다는 것이었다. 의사는 진맥한 다음 "뱀이 빠져나올 징조입니다"라고 하며, 급히 변기통을 가져와 환자의 손을 잡고 대변보는 것을 도와주었다. 대변을 본 후 변기통을 진찰실로 가져와 사람들 앞에 뱀을 끄집어내자 환자는 의사의 손에 들려 있는 오초사(烏梢蛇)를 보고 "그래 이것이야!"라고 소리쳤다. 이로써 3년 동안 끌어오던 기이한 질병이 일거에 치료되었다(≪산동중의잡지(山東中醫雜志)≫, 1985년 제3기).

이는 의사가 기묘한 방법으로 정서에 부합하고 의혹을 풀어주며 암시하는 과정을 세심하게 안배하여 환자가 믿어 의심치 않도록 유도함으로써 두려움에 젖은 정서를 풀어준 것이다.

이는 경상신(驚傷腎)을 사승공(思勝恐)으로 치료한 예로서 놀라 두려워하는 환자의 마음을 오직 믿음과 희망을 가지게 하여 최대한 안정시키는 방법으로 치료한 방법이다.

⑤ 비승노법(悲勝怒法)

≪영추 · 본신≫을 보자. “간이 비애로 내부에서 요동하면 혼이 손상되고, 혼이 손상되면 매사를 잘 잊어버리고 신명이 맑지 못하다. …… 심기가 허하면 슬퍼한다.(肝悲哀動中則傷魂, 魂傷則狂忘不精, …… 心氣虛則悲)” 그리고 폐는 슬픔을 주관한다고 하였다. 그러므로 간 · 심 · 폐 세 장은 모두 슬픔으로 발병할 수 있다. ≪소문 · 거통론≫에서 “슬퍼하면 기가 소모된다(悲則氣消)”, ≪소문 · 음양응상대론≫에서는 “슬픔은 노여움을 이긴다(悲勝怒)”고 나와 있다. 비애는 좋지 못한 정서에 속하는데, 비애의 “기를 소모하는” 작용을 이용하면 내부에 울결한 기를 소산(消散)하고 항분(亢奮)하는 정서를 억누를 수 있다. 만약 정서가 본래부터 가라앉아 있을 때는 사용해서는 안 된다.

悲勝怒法을 응용한 고대의 의안을 소개하면 다음과 같다.

장종정은 어느 부인의 병을 치료하였다. 병자에게 “항상 통곡하면 마음이 시원해질 것 같지 않습니까”라고 묻자, 부인이 “그렇게 하고 싶은데 나 역시 어떻게 해야 할지 모르겠습니다”라고 대답하였다. 장종정은 “少陽相火가 肺金을 작상(灼傷)하여 金이 억제 당하였으나 호소할 바가 없었습니다. 폐는 悲를 주관하므로 통곡하기만 하면 시원해질 것입니다"라고 하며, 부인이 마음껏 통곡하도록 도와 병이 낫게 하였다.

이에 환자의 친척들이 경탄해마지 않았다(≪유문사친 · 火形≫).

이는 肝火가 폐를 손상하여 간폐의 기가 울결한 증후이므로 정서에 부응하는 방법을 사용하여 통곡하도록 함으로써 효과를 거둔 것이다. 부연하면 怒傷肝으로 간기가 上逆하여 폐기를 울결시킨 증상이다. 먼저 슬프게 하여 실컷 울게 함으로써 울결된 폐기를 소모하니 자연히 노기도 가라앉게 되어 치료의 목적을 달성한 것이다.

결론적으로 이정승정법(以情勝情法)을 응용하여 치료할 때 의사는 성의와 열정 및 인내심을 가지고 환자의 신임과 기대를 얻어야 하고, 환자의 기질 · 성격 · 기호 · 문화지식 · 생활환경 등을 파악해야 하며, 질병의 원인을 조사하여 자극의 정도 · 시간 · 위안 등의 주도면밀한 방법을 설정해야 한다. 이와 아울러 기타 신정조양(神情調養)하는 방법으로 치료효과를 공고히 해야 한다.

3. 침구치료

침구치료에서는 대체로 신문, 양릉천, 풍륭, 내관 등의 혈 자리를 주로 사용하고, 초기 발작 기에는 진정 안심 시켜주는 약침(葯鍼)을 사용하기도 한다.

참고로 다음은 증상위주로 접근한, 공황장애의 주증인 심계, 정충의 침구 치료혈의 분류와 그 주요내용이다.

(1) 신지불녕(神志不寧)

치법 : 진경정지(鎭驚定志), 양심안신. 수족궐음경(手足厥陰經) 위주로 취혈한다. 사법(瀉法).

자침(刺鍼) : 풍지(風池) 내관 인당(印堂) 신문(神門) 합곡 태충

가감 : 선경이로(善驚易怒); + 심수(心兪) 담수(膽兪) 신수(腎兪)
좌와불안; + 대릉 여태(厲兌)

(2) 심혈부족(心血不足)

치법 : 보혈안심, 익기안신. 수소음궐음위주. 평보평사(平補平瀉)
자침 : 신문 비수(脾兪) 격수(膈兪) 간사(間使) 족삼리
가감 : 심계두훈 ; + 백회 풍지
권태무력 ; + 태계 조해

(3) 음허화왕(陰虛火旺)

치법 : 자음강화(滋陰降火) 양심안신. 수소음경위주 평보평사
자침 : 심수 궐음수 신문 내관 태계 삼음교 거궐
가감 : 심계불녕 ; + 간사 심수
심번소매(心煩少寐) ; + 대릉 여태
이명요산 ; + 신수 요양관

(4) 심양부족(心陽不足)

치법 : 온보심양(溫補心陽) 안신정지. 수족소음경위주 보법
자침 : 신문 내관 기해 관원 명문 부류(復溜)
가감 : 심중공허 척척이동(惕惕而動); + 심수 담수 대릉
흉민기단; + 전중

(5) 음사상범(飮邪上犯)

치법 : 진분심양(鎭奮心陽) 화기행수(化氣行水). 수소음경 배수혈(背兪穴)위주. 평보평사
자침 : 심수 위수 내관 비수 삼초수
가감 흉완비만 ; + 전중 건리
현운토연 ; + 풍지 풍륭

하지부종 ; + 수분

(6) 어혈조락(瘀血阻絡)

치법 : 활혈화어(活血化瘀) 이기통락. 수소음 수궐음 족태음 임맥(任脈)을 취한다. 평보평사

자침 : 곡택(曲澤) 소해 기해 혈해 격수

가감 : 흉민불서 ; + 전중 궐음수

심통시작 ; + 내관 간사

제27장 심리 치료법의 실제

공황장애나 강박증 등 여타 신경증의 치료법으로는 다음과 같은 여러 가지 방법이 있다. 심리요법의 기본은 치료자와의 대화에 따른 면접치료이다. 동시에 신체적으로 나름대로의 병이나 증상을 감안하여 약 등을 쓰고 있는데, 특히 마음(심장)에 작용하는 약인 보혈안신제에 의한 약물치료가 잘 이루어지고 있다.

경증의 공황장애는 통원치료를 하면서 이상과 같은 두 가지 치료법만으로 치료되는 일이 있으나, 어느 정도 본격적인 공황장애에서는 다음과 같은 치료를 한다.

먼저 치료의 기초적인 준비상태를 만들기 위하여 최면법 등의 암시요법이나 자율훈련법, 기공요법 혹은 근이완법에 따라 정신과 육체의 평안과 통일을 도모한다. 다음에 간이정신요법과 정신분석요법이 있다. 이들 방법에 따라 "왜 이와 같은 병이 되었는가", "지금부터 어떻게 하면 되는가"를 알게 되고 대인관계의 개선을 중심으로 적응의 방법을 알게 되는 것이다.

그러나 분석적 방법으로 자기 상태를 알아도 알기만 해서는 병이 낫지 않는 일이 많기 때문에, 증상을 유발시키는 비뚤어진 반응양식의 교정을 위하여 행동요법을 행한다. 최근 연구에서는 이와 같은 요법을 내부 장기의 학습에도 적용시킬 수 있다는 것을 알게 되었는데, 이것이 바이오피드백법이다.

또 이상과 같은 치료의 주류에 병용하여 치료 효과를 올리고 있는 것으로서 감정의 발산과 승화를 꾀하는 작업요법, 환자의 가정이나 학교 · 직장 등에서 문제가 있어 환자의 힘만으로는 극복하지 못할 때 이를 도와주는 환경조정, 환자끼리 서로 떠받쳐 주는 집단요법,

그 외에 독서요법 등이 있다. 거기에다 특수요법으로는 참선(參禪)이나 모리다요법 등을 들 수 있다.

그리고 하트매쓰(Heartmath)훈련법과 이미지요법이 최근 각광을 받고 있다. 특히 Simonton이 개발한 암에 대한 새로운 치료법인 이미지요법은 암 환자들에게 암으로부터 회복될 힘이 자기 자신에게 있다는 것을 믿게 하는 심리요법으로, 암 이외의 다른 심신증이나 신경증에도 적용하여 좋은 효과를 보이는 치료법이다.

그러면 상기한 여러 가지 치료법에 대하여 간략하게 살펴보고 공황장애 치료의 주류가 되는 치료법인 자율훈련법, 기공요법, 근이완법, 행동요법과 참선 및 바이오피드백법에 대해서 자세하게 알아보자.

1. 면접요법

의사와 환자가 차분하고 여유 있게 이야기하면서 대하는 면접은 심신증의 진단을 위하여 중요한 것으로, 심신증의 기본적인 치료법이 된다. 환자의 이야기를 의사가 깊은 관심과 이해와 공감으로 경청하는 것만으로도, 환자의 비뚤어진 감정이 발산되어 마음이 평정하게 되는 수가 있다.

다음에 심신 양면의 검사에 따라 얻은 자료에 따라서 의사가 환자에게 병의 본태에 대하여, 특히 정신과 육체가 어떻게 상관하여 있는가를 설명한다. 환자가 그 때까지는 간단한 신체병인 것으로 알고 있었는데, 문제의 본질이 명확해져 자기 병에 대한 심신상관의 사실을 이해하면 치료의 단서가 열리게 된다. 또 이와 같은 상태에 도달한 원인이 된 환자의 일상생활의 방식이나 병에 대한 마음가짐, 또는 그 근본이 되는 성격이나 가족력 및 개인력에 대한 문제점에 대해서도 생각하여, 사회생활에 가장 잘 적응하도록 의사가 환자를 재교육시키는 일도 있다.

그러나 가장 좋은 방법은 환자가 스스로 문제를 처리하려고 하는 것을 의사가 지지하여 자신을 갖게 하고, 환자의 자주적인 진보를 의사가 적극적으로 인정하는 것이다.

이와 같이 환자의 성장을 돕고 적응을 도와주는 것을 목표로 하여, 현재 일어나고 있는 문제를 들추어서 의사가 환자에게 원조적인 역할을 하는 일을 카운슬링이라고 한다.

면접법은 보통 주 1~2회, 1회에 30~60분 행한다.

2. 암시요법

사람은 누구나 크고 작은 암시에 반응하는 성질이 있다. 심장신경증이나 차멀미 등의 심신증이 암시로부터 일어나기도 하고, 증상이 악화되는 때가 있으며, 치료에도 암시가 사용되고 있다. 각성 시에도 암시를 받을 때가 있어, 신뢰하는 의사의 격려하는 말이나 확언에도 암시적 효과가 포함되어 있다. 같은 약이라도 명의 처방이 잘 듣는 것인데, 이것도 암시효과가 상승적으로 도와주는 것이다.

그러나 암시는 최면상태에서 가장 효과를 나타내는 것으로, 의학에 암시요법을 행할 때 최면요법에 쓰는 일이 많다.

최면요법은 무엇인가. 비과학적인 것, 또는 마술적인 것으로 오해된 때가 있었다. 그것은 TV에서 최면요법을 쇼라고 하여, 재미있고 이상하고 불가사의한 것이라 하며 구경거리로 만들었기 때문이다. 그러나 학문적으로 보면 극히 당연한 암시에 따른 현상에 지나지 않는다.

현대의 심신의학에서는 환자의 자유의지를 빼앗아 술법을 거는 것과 같은 형으로, 강제로 증상을 눌러버리는 것 같은 최면은 하지 않는다. 특히 환자 중에는 최면술이라도 걸어서 바로 증상을 가볍게 해달라고 안이한 기대를 가지고 내원하는 사람도 있다.

병의 종류에 따라서는 암시로 직접 증상을 제거할 수도 있지만, 그것만으로는 일시적인 것에 지나지 않고 곧바로 재발하게 된다.

물론 심신의학에서는 최면에 따라 심신의 조화를 꾀하여, 스트레스에 대한 쿠션 같은 효과를 치료에 사용하거나, 또 최면이라고 하는 심신의 특수한 상태-뒤에 서술하는 행동요법이나 정신분석 등-를 더 효과적으로 행하기 위한 장으로서 활용하고 있다.

또한 환자의 성격이나 능력으로 보아 분석적인 치료가 어렵겠다고 생각되는 증례에서는, 최면 법으로부터 치료자가 모친과 같은 마음으로, 부친과 같은 자세에서 치료해 나가는 일도 있는데 이것은 특수한 경우이다.

최근에는 이처럼 타자로부터 끼쳐 오는 것과 같은 타자최면보다, 자기최면 쪽이 중시되고 있다. 다음에 서술하는 자율훈련법도 일종의 자기최면이라고 할 수 있다. 이로부터 얻어지는 심신의 이완과 조정이 심신의학적인 치료의 근본이 된다.

3. 자율훈련법

독일의 슐츠(Schultz) 교수에 의해 1932년에 창시된 자율훈련법은 자기 스스로가 훈련의 중심적 존재로서 공식에 따른 단계적인 연습을 통해 마음과 몸의 건강을 되찾고 병에 대한 저항력을 기르며 스트레스 해소, 능률향상, 잠재능력의 개발 등에 광범위하게 이용되는 기법이다.

자율훈련법은 자기최면을 위한 여러 가지 방법 중에서 현재 가장 잘 체계화되어 있고 기술적으로도 그 술식이 명확하며 또한 심리적으로도 재료가 정비되어 있을 뿐만 아니라 임상적으로 높은 효과가 입증된 방법이다.

심신증의 일례를 들면, 본태성 고혈압, 부정맥, 기관지천식, 소화성 궤양, 과민성 대장증후군, 갑상선기능항진증, 자율신경실조증, 편두통, 전신성 근통증, 서경(writer's cramp), 사경(wryneck), 신경성 빈뇨, 갱년기 장애, 차멀미, 졸음 등의 여러 가지 병이나 증상에 유효하다. 물론 건강한 사람도 이 훈련을 하고 있으면 병의 예방에 도움이 되는 것은 말할 것도 없다.

그래서 이제부터 자율훈련법의 구체적인 훈련방법을 소개한다. 처음에는 될 수 있는 대로 조용하고 너무 밝지 않으며, 안정할 수 있는 장소에서 연습하는 것이 좋다. 부드러운 모포 위에서 위를 보고 누워서 넥타이나 허리띠를 늦추고 양팔을 가볍게 펴고 양발을 조금 벌린다. 무릎이나 팔꿈치는 긴장을 느끼지 않을 정도로 굽히는 것이 좋다. 의자나 소파에 앉아서 할 때에는 편안히 깊게 앉아, 양팔은 무릎 위에 놓거나 허벅지 위에 자연스럽게 놓는다. 양다리는 어깨 정도의 넓이로 펴고 발은 마룻바닥에서 떨어지지 않게 한다. 머리의 위치는 앞으로 늘어뜨리거나 힘을 뺀 상태로 있는다. 허리는 전신근육이 될 수 있는 한 이완될 수 있는 자세로 한다.

다음에 가볍게 눈을 감고 2~3회 깊은 심호흡을 한다. 그리하여 '기분이 매우 안정되어 있다'라는 말을 머릿속에서 천천히, 조용히 되풀이한다. 기분이 안정된 상태에서 다음의 표준공식에 의한 표준연습을 실시한다.

【공식】

안정공식 : 기분이 매우 안정되어 있다[안정연습].
제1공식 : 양팔, 양다리가 무겁다[중감연습].
제2공식 : 양팔, 양다리가 따뜻하다[온감연습].
제3공식 : 심장이 조용히 뛰고 있다[심장조정연습].
제4공식 : 편안하게 호흡하고 있다[호흡조정연습].

제5공식 : 위 부분이 따뜻하다[복부온감연습].
제6공식 : 이마가 시원하다[액부양감연습].

Schultz가 고안한 6단계의 공식에 따른 표준연습, 즉 먼저 연습을 시작하는 전제 조건으로서 기분[마음]을 안정시키는 일부터 시작해서 '무겁다', '따뜻하다'는 감각을 감지하는 연습, 나아가서는 심장조정연습, 호흡조정연습, 복부온감연습, 그리고 마지막 단계로서 이마에 凉感을 내는 연습으로 들어가게 된다.

자율훈련법에는 이 표준연습 외에도 묵상연습이라든지 특수연습이 있는데, 일단 표준연습을 마스터하면 자율훈련법의 80%는 마스터한 것이 된다.

또한 그 표준연습 가운데에서도 안정연습, 중감연습, 온감연습 등의 세 가지를 마스터하면 표준연습의 80%, 요컨대 자율훈련법 전체의 거의 60%를 마스터한 것이 된다.

물론 자율훈련법 전부를 마스터하는 데 있어서 필요한 절차는 아니지만 처음으로 자율훈련법을 시작하는 사람은 우선 중 · 온감연습을 마스터하는 것에 목표를 두는 것이 바람직하다. 대개의 경우 그것으로 충분히 효과를 얻을 수 있기 때문이다.

단, 실제로 연습에 임하기 전에 정신적으로 충분한 준비를 하지 않으면 안 된다. 자율훈련법이 아닌 다른 요법, 예컨대 요가나 명상의 경우에도 그렇지만 그 요법이 가지고 있는 효과를 이끌어내는 데는 어느 정도 장기간에 걸친 계속적인 연습이 필요하다. 인내와 지구력을 가지고 하나하나의 단계를 정복해 나감으로써 비로소 성과가 자신의 것으로 되는 것이다.

이와 같이 장기간에 걸친 요법을 계속하려면 무엇보다 강한 목적의식이 필요하다. 그러므로 자율훈련법을 시작하기에 앞서 "무엇 때문에 이 훈련을 시작하는가"를 자기자신에게 묻고 명확한 답을 할 수 있어야 한다. 다시 말하면 훈련을 시작하는 동기 혹은 목적을 확고히 해두어야 한다. 그렇지 않으면, 특히 의지가 약하고 지구력이 없는 사람은 중도에서 포기해버리기가 쉽다.

자율훈련이란 훈련을 시작하는 즉시 어떤 효과가 나타나는 것이 아니다. 따라서 성급하게 어떤 효과를 기대하는 사람은 실망한 나머지 연습을 중단 또는 포기하는 사례가 얼마든지 있다. 그러나 목적이나 동기가 확립되어 있으면 그런 혼란 상태에 빠질 염려가 없다. 그리고 이미 마음이 정착되어 있으므로 연습에 임하는 자세도 적극적, 주체적이 되어 그 진척도 빨라지고 효과도 의외로 빨리 나타난다.

(1) 제1공식 : 중감연습 - 양팔, 양다리가 무겁다

연습은 평소 주로 쓰는 팔부터 시작한다. 오른손잡이라면 오른팔부터 실시한다.

'기분이 매우 안정되어 있다'를 한 번(1×) 머릿속으로 마치 그런 것처럼 기분을 취하면서 가볍게 암시를 준 다음, 오른팔에다가 넌지시 마음을 두고 머릿속으로 '오른팔이 매우 무겁다'라고 여섯 번(6×) 정도 되풀이한다. 이어서 '기분이 매우 안정되어 있다'를 한 번 더(1×) 암시한다.

해제시키는 데는 오른팔에 조금씩 힘을 넣어 강하게 굴신하면서 아울러 등과 허리를 크게 쭉 뻗는 것 같이 2~3회 심호흡을 한 다음 살며시 눈을 뜬다.

이것을 1시행으로 하고 30초 간격으로 세 번 연습을 되풀이하는 것으로 1세션(session) 연습은 모두 끝나게 되는 것이다. 1시행 연습 시간은 30~60초 사이에서 끝마치도록 한다.

1스텝 연습에서 그 반응이 잘 나타나기까지 보통 1~2주가 걸린다. 빠른 사람은 몇 번의 연습으로 반응이 잘 나오는 경우도 있다.

아무튼 연습 반응이 언제 어디서나 곧바로 나타날 수 있게 되면 2스텝으로 들어간다. 2스텝도 잘 체득되면 3스텝, 4스텝, 5스텝으로 점진적인 연습을 해 나가는 것이다.

팔다리의 重感을 모두 마스터하려면 대체로 4~6주가 걸리게 된다. 실제 연습은 다음과 같다.

【1스텝】 오른팔 중감연습

○ '기분이 매우 안정되어 있다' (1×)
○ '오른팔이 매우 무겁다' (6×)
○ '기분이 매우 안정되어 있다' (1×)
○ 종료 : '팔 3번 굴신 - 심호흡 - 눈을 뜬다.' 이 연습과정을 1시행으로 하여 3번 반복 시행(1시행 간 중단 약 30초).

【2스텝】 왼팔 중감연습

○ '기분이 매우 안정되어 있다' (1×)
○ '오른팔이 매우 무겁다' (6×)
○ '기분이 매우 안정되어 있다' (1×)
○ '왼팔이 매우 무겁다' (6×)
○ '기분이 매우 안정되어 있다' (1×)
○ 종료 : '팔 3번 굴신 - 심호흡 - 눈을 뜬다.' 이 연습과정을 1시행으로 하여 3번 반복 시행(1시행 중단 약 30초).

【3스텝】 오른다리 중감연습

○ '기분이 매우 안정되어 있다' (1×)
○ '양팔이 매우 무겁다' (6×)
○ '기분이 매우 안정되어 있다' (1×)
○ '오른다리가 매우 무겁다' (6×)
○ '기분이 매우 안정되어 있다' (1×)
○ 종료 : '팔 3번 굴신 - 심호흡 - 눈을 뜬다.' 이 연습과정을 1시행으로 하여 3번 반복(1시행 간 중단 약 30초).

【4스텝】 왼다리 중감연습

○ '기분이 매우 안정되어 있다' (1×)
○ '양팔과 오른다리가 매우 무겁다' (6×)
○ '기분이 매우 안정되어 있다' (1×)
○ '왼다리가 매우 무겁다' (6×)
○ '기분이 매우 안정되어 있다' (1×)
○ 종료 : '팔 3번 굴신 – 심호흡 – 눈을 뜬다.' 이 연습과정을 1시행으로 하여 3번 반복 시행(1시행 간 중단 약 30초).

【5스텝】 양 팔다리 중감연습

○ '기분이 매우 안정되어 있다' (1×)
○ '양 팔다리가 매우 무겁다' (6×)
○ '기분이 매우 안정되어 있다' (1×)
○ 종료 : '팔 3번 굴신 – 심호흡 – 눈을 뜬다.' 이 연습과정을 1시행으로 하여 3번 반복 시행(1시행 간 중단시간 약 30초).

지금까지 규칙적인 올바른 연습으로 5스텝 연습까지 모두 끝내고 언제 어디서나 양 팔다리 중감반응이 곧바로[30초 이내로] 일어나게 된다면 중감연습은 훌륭하게 완료가 된 것이다.

(2) 제2공식 : 온감연습 - 양팔, 양다리가 따뜻하다

'따뜻한' 느낌도 중감연습의 '무거운 느낌'과 마찬가지로 실제로 체내에서 일어나고 있는 생리적 변화에 기초하고 있다. 따뜻하다는 감각은 그 때까지 근육의 긴장으로 압박되어 있던 모세혈관이 동시에 확장되는 것을 의미한다. 혈관이 확장되면 혈행이 왕성해진다. 따뜻한 혈액이 다량으로 흐르기 때문에 당연히 그 부분의 피부온도가 상승하게 된다. 요컨대 따뜻하다는 느낌은 근육의 이완에 따른 혈행의 촉진에 의해 이루어지는 것이다.

때문에 무거운 느낌을 마스터한 사람은 예외 없이 극히 단기간에 따뜻한 감각을 파악하게 된다. 개중에는 중감연습으로 무거운 느낌이 나타나기 시작함과 동시에 따뜻함을 느끼는 사람도 있다.

온감연습이라고 하는 것은 생리적인 변화를 확인하면서 '따뜻하나'는 공식을 반복함으로써 더욱 그 상태를 심화시키는 연습인 것이다.

이와 같이 혈액의 흐름이 증가해서 피부온도가 상승한다는 것은 이미 많은 학자들의 연구 결과에 의해 확인되었다. 예컨대 지금으로부터 30년 전에 폴티엔이라는 학자는 자율훈련 중 피부온도의 측정을 시도한 결과 연습 전에 비해서 5~6도의 상승이 있다는 사실을 확인하고 있다.

전문가들에 의해 실시된 최근의 조사에서도 80명의 대상자 가운데 67명이 피부온도의 상승을 보였다. 폴티엔의 보고는 약간 극단에 치우친 감이 없지 않으나 자율훈련에 의한 2~3℃ 정도의 피부온도의 상승은 이미 당연한 현상으로 받아들여지고 있다.

그렇다고는 하나 이 생리적인 변화는 실제로는 어디까지나 통상의 생리변화의 범위 내에서 이루어진 것이다. 개중에는 이러한 생리적인 변화에 불안을 느끼는 사람도 있을지 모르나 그럴 필요는 전혀 없다.

예컨대 손의 피부온도가 5℃ 올랐다고 하자. 이 경우 27℃였던 것이 32℃로 되는 일은 있어도 32℃가 37℃로 되는 일은 있을 수 없다. 즉, 36℃ 전후의 체온을 넘는 일은 결코 없다.

그러면 이 '따뜻함'의 감각은 실제로 어떤 형태로 나타나는 것일까. 무거운 느낌이 나타나는 형태가 사람에 따라 가지각색이었듯이 온감이 나타나는 형태도 사람에 따라 다르다. 가장 전형적인 것이 '햇볕을 쬐듯이 따뜻한 느낌'이다. 그와는 달리 '손끝이 찌릿찌릿한' 감각이나 혹은 '욱신욱신 맥이 뛰는 것 같은' 따뜻함도 있다. 이것은 혈관운동신경이 과민해서 불안정한 여성에게 많이 나타나는 감각인데 무거운 느낌과 동시에 이와 같은 온감이 일어나는 일도 적지 않다.

어쨌든 따뜻하다는 느낌이 몸의 내부에서 일어난다는 점만은 어느 경우에나 공통적이다. 따뜻함을 느끼는 것은 피부의 내부를 달리는 혈액량의 증가에 의한 것이기 때문에 지극히 당연하고 정상적인 현상이라 할 수 있다.

그러나 개중에는 이와 같은 온도의 상승이 너무 심해 오히려 불쾌감을 느끼는 사람도 있다. 특히 '찌릿찌릿', '욱신욱신'이라고 형용되는 따뜻함을 느낄 때 그런 경우가 많다. 이런 경우에는 공식을 다시 정리할 필요가 있다. 예를 들면 '양팔, 양다리가 조금만 따뜻하다' 하는 식으로 정도를 억제하도록 한다. 그래도 효과가 없을 경우에는 이 단계의 연습을 조기에 일단락하도록 한다.

또한 반대로 온감연습을 하고 있음에도 불구하고 '따뜻한' 느낌이 조금도 나타나지 않는 사람이나, 극히 드문 경우 한기가 느껴지며 소름이 돋는 경우도 있다. 그런 상황에 직면했을 때는 먼저 자신이 온감을 마스터하기 위해 너무 적극적으로 덤벼들지 않았는가를 점검해보기 바란다. 온감은 중감이 나타나기만 하면 반드시 나타나는 것이다. 다소 반응이 늦는다고 해서 초조해 할 필요는 전혀 없다. 그 같은 경우에는 침착하게 중감연습으로 되돌아가서 연습을 다시 하도록 한다.

개중에는 정확한 방법으로 연습을 하고 있는데도 불구하고 예상하고 있는 감각과는 전혀 다른 반응이 나오는 경우도 있다. 즉, 따뜻하다는 감각이 나타나기를 기다리고 있는데 몸의 일부분에 통증이 온다든지 어깨가 뻐근하다든지 하는 엉뚱한 반응이 나타날 때가 있다. 이와 같은 통증이나 불쾌한 반응 등이 일어날 경우에는 다시 한번 연습 방식에 잘못이 없는가를 점검한다. 만약 연습 방식에 잘

못이 발견되면 그것을 고쳐서 다시 연습한다. 그러나 잘못이 발견되지 않으면 일단 연습을 중지하고 전문의나 지도자의 상담을 받는 것이 좋다.

또한 불쾌한 반응이라고까지는 할 수 없어도 연습 중에 따뜻하다는 감각과는 전혀 무관한 반응이 일어나는 일도 있다. 예를 들면 몸의 일부가 경련을 일으키듯 실룩거린다, 눈물이 나온다, 불안하다, 우울하다, 저리다, 어지럽다, 가렵다, 혹은 오랜 옛날의 추억이 떠오를 때가 있다.

이와 같이 일견 어울리지 않는 것 같은 반응은, 실은 온감 연습에 국한되는 것이 아니라 자율훈련 전반에 걸쳐 나타나는 이른바 자율성 해방이라 불리는 현상이다. 이와 같은 현상은 마음의 응어리가 풀려서 균형이 회복, 안정되는 과정에서 일어난다는 사실을 캐나다의 루테 박사가 발견하고 이의 새로운 방법을 제창하였다. 이것을 자율성 중화법이라고 한다. 예를 들면 자율훈련법을 행하는 중에 수족 등이 무겁고 따뜻하게 됨과 동시에 심신양면에서 여러 가지 변화가 자연적으로 일어난다. 이것을 억제하지 않고 그대로 표출시켜 준다. 또 면접에서도 문제가 되어 있는 테마에 대하여 자유스럽게 이야기하도록 한다. 그러면 자연치유력이 발휘되어, 마음 밑바닥에 숨겨져 있는 심리면에서의 혼란도 풀어져, 일단 표면화된 다음, 자연히 해소되어 중화된다는 것이다. 이 때 자연히 생기는 심신의 변화는 치료자는 물론, 환자 자신까지도 일체 간섭하지 않고 있는 그대로 발산시켜 두는 일이 중요하다. 그렇게 하면 태어나면서부터 가지고 있는 항상성의 힘이 충분히 발휘되어 스스로 병이 치료된다.

온감연습의 구체적인 실시 방법은 다음과 같다.

【1스텝】 오른팔 온감연습

○ '기분이 매우 안정되어 있다' (1×)

○ '양 팔다리가 매우 무겁다' (7×)
○ '기분이 매우 안정되어 있다 (1×)
○ '오른팔이 매우 따뜻하다' (6×)
○ '기분이 매우 안정되어 있다' (1×)
○ 종료 : '팔을 3번 굴신 – 심호흡 – 눈을 뜬다.' 이 연습과정을 1시행으로 하여 3번 반복 시행(1시행 간 중단 약 30초).

【2스텝】 왼팔 온감연습

○ '기분이 매우 안정되어 있다' (1×)
○ '양 팔다리가 무겁고 오른팔이 매우 따뜻하다' (6×)
○ '기분이 매우 안정되어 있다' (1×)
○ '왼팔이 매우 따뜻하다' (6×)
○ '기분이 매우 안정되어 있다' (1×)
○ 종료 : '팔을 3번 굴신 – 심호흡 – 눈을 뜬다.' 이 연습과정을 1시행으로 하여 3번 반복(1시행 간 중단 약 30초).

【3스텝】 오른다리 온감연습

○ '기분이 매우 안정되어 있다' (1×)
○ '양 팔다리가 매우 무겁고, 매우 따뜻하다' (6×)
○ '기분이 매우 안정되어 있다' (1×)
○ '오른다리가 매우 따뜻하다' (6×)
○ '기분이 매우 안정되어 있다' (1×)
○ 종료 : '팔 3번 굴신 – 심호흡 – 눈을 뜬다.' 이 연습과정을 1시행으로 하여 3번 반복 시행 (시행 간 중단 약 30초).

【4스텝】 왼다리 온감연습

○ '기분이 매우 안정되어 있다' (1×)
○ '양 팔다리가 무겁고 양팔 오른다리가 매우 따뜻하다' (6×)
○ '기분이 매우 안정되어 있다' (1×)
○ '왼다리가 매우 따뜻하다' (6×)

○ '기분이 매우 안정되어 있다' (1×)
○ 종료 : '팔 3번 굴신 – 심호흡 – 눈을 뜬다.' 이 연습과정을 1시행으로 하여 3번 반복 시행(1시행 간 중단 약 30초).

【5스텝】 양 팔다리 온감연습
○ '기분이 매우 안정되어 있다' (1×)
○ '양 팔다리가 매우 무겁고 따뜻하다' (6×)
○ '기분이 매우 안정되어 있다' (1×)
○ 종료 : '팔 3번 굴신 – 심호흡 – 눈을 뜬다.' 이 연습과정을 1시행으로 하여 3번 반복 시행(1시행 중단 약 30초).

오른팔에 온감반응을 느낄 수 있는 기간은 대체로 1~2주일 정도 걸린다. 물론 시작하자마자 온감이 느껴지는 연습자도 있다. 이렇게 온감 연습 반응이 중감을 포함하여 보통 30초 내로 잘 나타났다면 자율훈련법에서 가장 중요한 1,2단계 기초 연습이 완료된 셈이다.

(3) 제3공식 : 심장조정연습 - 심장이 조용히 뛰고 있다

연습을 시작해서 1~2 개월이 지나면 대부분의 사람은 중・온감을 잘 파악할 수 있는 단계에 와 있다. 처음에는 오른팔에서 왼팔로 단계적으로 진행하던 연습이, 양쪽을 동시에 할 수 있도록 진척되어 있는 것이다. 거기까지 마스터했으면 연습은 이제 제3공식으로 넘어가게 된다.

루테가 실제로 신경증이나 심신증 환자를 대상으로 해서 측정한 보고에 따르면, 자율훈련법을 행하면 중감연습을 마스터한 단계에서 심장의 박동수가 감소되는 추세를 보이기 시작한다. 즉, 평상시 1분간에 70회 정도의 박동이 60~65회 정도로 감소된다고 한다. 제3공식에서는 이 박동수의 감소와 박동의 일정한 규칙성을 확인함과

동시에 그 같은 경향을 한층 강화해 가는 것이 최대의 목표이다.

그러면 이제부터 구체적인 연습 방법으로 들어가자. 처음에는 우선 仰臥 자세로 이제까지와 같은 안정연습, 중·온감연습에서 출발한다. 그렇게 해서 감각의 느낌이 파악되면 이번에는 주의를 양팔·양다리에서 심장이 있는 왼쪽 가슴으로 이행시킨다. 이것은 심장의 존재감이나 심장이 확실히 움직이고 있음을 확인하기 위해서이다.

우리는 평소 심한 운동 후나 어떤 충격적인 사건에 부딪혀 박동이 격심해졌을 때 외에는 거의 심장의 존재를 의식하지 않고 있다. 더구나 중·온감의 연습으로 심장은 평소보다 조용히 그리고 천천히 고동치고 있기 때문에 더욱 감지하기 어렵다. 그러나 너무 강하게 주의를 집중시키면 역효과가 난다. 연습의 기본인 수동적인 태도를 취할 수 없게 되기 때문이다. 처음에는 앙와 자세를 취하라고 하는 것도, 극히 자연스럽게 심장의 존재를 감지하기 위해서이다.

중·온감이 나타난 단계에서 오른손을 왼가슴에 조용히 대는 것도 한 가지 방법이다. 이 때에는 relax한 상태를 흐트러뜨리지 않도록 팔로 가슴을 압박하거나 팔의 위치가 부자연스럽지 않도록 주의해야 한다. 팔의 위치가 아무래도 이상하다고 느껴지면 모포 같은 것으로 팔꿈치를 중심으로 받쳐서 그 높이가 가슴의 높이와 거의 같을 정도로 조정한다. 이렇게 해서 심장의 존재감이 파악되면, 오른팔은 이제까지 마스터한 앙와 자세의 위치로 되돌아간다.

심장에 마음을 집중할 수 있게 되면 다음에는 언어 공식을 마음속으로 반복하는 연습에 들어간다.

심장조정연습의 구체적인 실시방법은 다음과 같다.

○ '기분이 매우 안정되어 있다' (1×)
○ '양 팔다리가 매우 무겁고 따뜻하다' (6×)

○ '기분이 매우 안정되어 있다' (1×)
○ '심장이 조용히 뛰고 있다' (6×)
○ '기분이 매우 안정되어 있다' (1×)
○ 종료 : '팔을 3번 굴신 – 심호흡 – 눈을 뜬다.' 이 연습과정을 1시행으로 하여 3번 반복 시행 (시행 간 중단 약 30초).

이 연습을 4~7일간 계속하면 자연히 심장의 존재감을 파악하게 된다. 그리고 2주일쯤 지나면 마스터할 수 있을 것이다.

이 연습을 진행함에 있어 꼭 알아두어야 할 점은 이 심장조정연습은 어디까지나 지금까지 몸에 익혀 온 릴랙스 상태를 더욱 심화시키기 위해 행한다는 사실이다. 의도적으로 심장을 천천히 뛰게 하는 연습이 아닌 것이다. 심신을 릴랙스시킴으로써 이미 그 상태는 달성되어 있는 것이다. 여기서는 그것을 확인만 하면 된다.

그러나 '심장이 조용히 뛰고 있다'는 공식을 반복함으로써 그 상태가 더욱 심화되는 것도 또한 사실이다. 그리고 실제로 훈련에 의해 심박수는 어느 정도 의도적으로 변화시킬 수가 있다. 예컨대 빈즈윙거라는 한 의사는 평소에 76이었던 심박수를 44로 감소시키거나 역으로 144까지 증가시켰다고 한다. 또한 인도의 요가 행자 가운데는 10초간 심장을 완전히 정지시킨 사람도 있다고 전해지고 있다. 이것은 특별한 사례지만 이 정도로 극단이 아닌 좀더 소폭의 변화라면 평범한 사람이라도 그 컨트롤이 가능하다.

물론 의도적으로 그 상태를 심화시키려 하는 것은 아무런 의미도 없다. 뿐만 아니라 위험성마저 있다. 예컨대 '심장이 더욱 천천히 뛴다', 혹은 '더욱 강하게 뛰고 있다'고 새로운 상태를 유도하는 말을 사용하면, 마치 협심증인 때에 일어나는 것과 같은 변화가 나타나거나 기외수축이라고 해서 박동의 리듬을 만들고 있는 기점에 혼란이 발생, 맥이 산만해진다. 그리고 그 같은 의도적인 암시는 생체의 메커니즘을 무시한 것이기도 하다.

심장이란 한마디로 혈액을 내보내는 펌프와 같다. 심한 운동을 하면 부족한 산소를 보급하기 위해 그만큼 빨리 뛰듯이 그때그때의 몸의 상태에 따라 활동 방식이 다르다. 이와 같은 몸의 상태를 무시하고 심장의 움직임을 컨트롤한다는 자체가 백 번 무리인 것이다. 어느 경우에 있어서나 역시 가장 중요한 것은, 있는 그대로의 상태에 몸을 맡기는 '수동적 주의집중'이다.

그런 식으로 의도적인 암시를 사용하지 않더라도 공식에 의해 극히 자연스럽게 심장의 박동은 변화한다. 이와 같은 사실에 유의해서 심장에 장애가 있는 사람은 이 연습을 생략하고 다음의 제4공식으로 넘어가는 것이 좋다. 꼭 심장에 장애가 있는 사람이 아니라도 그럴 가능성이 있다고 생각하는 사람은 삼가는 것이 좋겠다.

심장조정연습이 표준연습 가운데서 반드시 행해져야만 하는 것은 아니므로 무리를 할 필요는 없다. 만약 그래도 연습을 하고자 한다면 표준연습을 대충 끝마치고 나서 마지막으로 하도록 한다. 그런 경우에도 전문의나 지도자의 지시에 따라야 함은 물론이다.

(4) 제4공식 : 호흡조정연습 - 편안하게 호흡하고 있다

제4공식의 연습 목표는 제3공식의 그것과 같다. 중·온감연습으로 얻은 상태의 일부를 확인하면 되는 것이다. 다시 말하면 호흡의 편안함을 마음속에서 확인할 수 있으면 이 연습은 마스터한 것이라고 생각해도 된다.

그러나 이 호흡조정연습에는 지금까지의 연습에 비해 본실적으로 다른 면도 있다. 제3단계까지의 공식은 모두가 자신의 의지에 따라 곧바로 실현할 수는 없는 것뿐이었다. 그러나 제4단계의 공식인 호흡 조정은 누구나 바로 컨트롤 할 수 있다. 심호흡을 하려고 하거나 혹은 억지로 호흡 동작을 빨리 하려고 하는 것은 모두 자신

의 의지로 조정이 가능하다.

한편 잠자고 있을 때와 같이 아무런 의식이 없을 때에도 호흡은 끊임없이 계속되고 있다. 이는 호흡 운동이 생리학에서 말하는 수의신경계와 불수의신경계 양쪽의 지배를 받고 있기 때문에 가능한 것이다. 이 점이 바로 지금까지의 연습과는 다른 특징이다.

이와 같이 호흡은 수의 신경계의 지배를 받고 있어 운동의 조정을 자유자재로 할 수 있다. 그 때문에 연습에 들어가면 자신도 모르게 의도적으로 호흡을 조정하려고 하는 의식이 작용하게 된다. 공식의 말에 맞추어 좀더 길게, 좀더 천천히 호흡하려는 마음이 선행되어버리는 것이다.

물론 연습에 자신의 의지가 개입되면 아무런 효과도 얻을 수 없다. 아무리 의도적으로 천천히 호흡을 해도 그것은 편안한 호흡과는 질적으로 다른 것이다. 이때까지의 연습과 마찬가지로 기분을 릴랙스시켜서 그저 자연스런 호흡에 맡겨 두면 된다.

요컨대 이 호흡조정연습은 의식적으로 아무렇게나 컨트롤할 수 있는 호흡을 억지로 자연스런 동작에 맡기기 위한 연습이라고 말할 수 있다.

그러면 처음부터 이 단계까지의 공식의 진행 방법을 보자.

○ '기분이 매우 안정되어 있다' (1×)
○ '양 팔다리가 매우 무겁다' (6×)
○ '기분이 매우 안정되어 있다 (1×)
○ '양 팔다리가 매우 따뜻하다' (6×)
○ '기분이 매우 안정되어 있다' (1×)
○ '심장이 조용히 뛰고 있다' (6×)
○ '기분이 매우 안정되어 있다' (1×)

○ 종료 : '팔 3번 굴신 - 심호흡 - 눈을 뜬다.' 이 연습과정을 1시행으로 하여 3번 반복 시행(1시행 간 중단 약 30초).

이미 제3공식까지는 순조롭게 들어갈 수 있기 때문에 처음부터 여기까지의 공식을 한번에 계속할 수 있다.

제4단계의 공식과 마찬가지로 동양에서 생긴 명상법이나 건강법 중에는 호흡을 중요시하고 있는 것이 적지 않다. 좌선도 그 하나로 '調身 · 調息 · 調心'이라고 해서 호흡을 조정하는 일이 중요시되어 있다. 또한 요가에도 호흡 훈련의 단계가 포함되어 있다. 요즘 우리나라에도 臍下, 즉 배꼽 아래에 氣를 충만시킨다는 이른바 단전호흡법이라는 것이 소개되고 있다.

이 같은 호흡법과 자율훈련법에는 어떤 유사점과 상위점이 있는 것일까. 우선 유사점으로서는 복식호흡을 하고 있다는 사실이다. 이 호흡법은 거의 예외 없이 복식호흡이 기본으로 되어 있다. 자율훈련법의 경우는 그것이 그 사람에게 있어서 자연스러운 것이라면 복식이든 흉식이든 상관없으나, 호흡 조정의 연습을 계속하는 동안 무의식중에 복식호흡으로 되는 경우가 많다.

그리고 자율훈련법을 외면적인 유사점이 많다고 해서 흔히들 '인스턴트 禪'이라고 하지만 실제로는 호흡의 방법 하나만 살펴보더라도 상위점이 있다. 자율훈련의 호흡의 특징은 공식에서도 알 수 있듯이 천천히 깊은 복식 호흡을 하여, 즉 흡기가 호기보다도 길어진다. 한편 좌선에서는 깊게, 천천히, 복식호흡을 하는 점에서 자율훈련과 공통점이 있으나 흡기와 호기의 비가 전혀 다르다. 시간적으로 볼 때도 호기가 흡기의 3~4배나 된다. 이 같은 방법은 지극히 의도적으로 만들어진 것으로서 특별한 훈련을 필요로 한다. 바로 이러한 점들이 '자연'을 중시하는 자율훈련법과의 명확한 상위점이라 하겠다.

이 호흡 조정의 단계에서도 역시 호흡기 질환이 있는 사람은 연습을 피하도록 한다. 기관지천식, 공기의 부족 증상이 수반되는 이른바 공기 기아증이란 병을 앓고 있는 사람은 이 단계를 생략하고 다음의 제5공식으로 넘어간다.

(5) 제5공식 : 복부온감연습 - 위 부분이 따뜻하다

제5공식을 지금은 복부 혹은 배의 온감연습이라고 하지만 본래는 '태양 신경총의 온감연습'이라고 불렀다. 이 태양 신경총이 바로 이 연습의 목표이다. 연습 방법을 소개하기 전에 먼저 이 태양 신경총에 대해 간단히 알아보자.

서양 해부학에서는 이 태양 신경총을 복강 신경총이라 부르고 있다. 그 이름에서도 알 수 있듯이 이 신경총은 복부 한가운데에 위치하고 있는 자율신경의 뭉치로서 여러 기관에 신경 섬유를 뻗고 있으며 복부를 지나는 대동맥에 덮여 있다. 그 형상이 흡사 태양이 활활 타고 있는 모양과 비슷하다고 해서 이 같은 명칭이 붙여졌다.

이 태양 신경총은 쉽게 말해 뇌에서 나와 있는 자율신경의 전선기지로서, 여기서 다시 위, 장, 간장, 신장 등 많은 기관에 신경을 뻗고 있다. 그리하여 복부의 거의 모든 활동이 여기서 컨트롤되고 있다.

여기에 마음을 집중하는 데서부터 제5단계의 복부온감연습이 시작된다. 그러나 태양 신경총의 존재를 파악하기란 그리 쉬운 일이 아니다. 그래서 처음에는 심장조정연습에서 한 것과 같이 태양 신경총이 있는 위치에 오른손을 놓아 자연히 의식이 그 부분으로 향하도록 한다.

이 태양 신경총은 정확히 명치와 배꼽 중간 부위에 있다. 먼저 릴랙스될 수 있도록 앙와 자세를 취하고 나서 오른손을 그 부분에 자연스럽게 올려 놓는다.

그 후에 다음과 같은 공식으로 연습을 반복한다.

○ '기분이 매우 안정되어 있다' (1×)
○ '양 팔다리가 매우 무겁다' (6×)
○ '기분이 매우 안정되어 있다' (1×)
○ '양 팔다리가 매우 따뜻하다' (6×)
○ '기분이 매우 안정되어 있다' (1×)
○ '심장이 조용히 뛰고 있다' (6×)
○ '기분이 매우 안정되어 있다' (1×)
○ '편안하게 호흡하고 있다' (6×)
○ '기분이 매우 안정되어 있다' (1×)
○ '위 부분이 따뜻하다' (6×)
○ '기분이 매우 안정되어 있다' (1×)
○ 종료: '팔을 3번 굴신-심호흡-눈을 뜬다'. 이 연습과정을 1시행으로 하여 3번 반복 시행 (1시행간 중단 약 30초).

이 연습은 지금까지의 연습에 비하면 마스터하기까지 상당한 시간이 걸린다. 그래서 효과적으로 연습을 진행시키기 위한 보조 이미지를 활용하는 것이 좋겠다. 예를 들면 오른손을 복부 위에 올려놓고 있을 때 이미 온감연습으로 전도되어 있는 그 손의 따뜻함이 의복에서 복부 안쪽으로까지 스며들어가고 있는 장면을 이미지로 그리는 것도 좋을 것이다. 또한 폐에 들어간 공기가 따뜻해져서 그것이 뱃속으로 스며들고 있는 장면을 상상해도 좋다. 물론 이 같은 일은 현실적으로는 있을 수 없으나 실제로 해보면 현실감으로 느껴져서 연습의 효과를 촉진시킨다.

그런데 이 복부의 온감연습을 하는 동안 뱃속에서 '꾸룩꾸룩'하는 소리가 들려오는 경우가 있다. 개중에는 그것을 불안하게 생각하는 사람도 있을지 모르나 실은 그 같은 현상은 몸의 활동이 활발해지고 있다는 증거이다. 즉, 연습에 의해 장의 활동이 왕성해진 것이다. 때문에 특별히 통증이나 불쾌감이 수반되지 않는 한 그대로 연습을 계속해도 문제는 없다.

이 연습에 의해 복부에 따뜻함이 느껴지게 되면 기분의 안정이 한층 심화된다. 안정감이 깊어지고 보다 더 릴랙스된다. 때문에 안정을 필요로 할 때 이 연습은 극히 효과적이다. 시험을 치를 때와 같은 긴장이 고조될 수밖에 없는 상황일 때 온감연습과 함께 병행하면 큰 효과를 볼 수 있다.

복부온감연습은 이와 같이 정신 효과가 있는 연습이지만, 내장에 질환이 있는 사람은 이 연습을 피하는 것이 좋다.

특히 불안정한 상태에 있거나 위 · 십이지장 궤양이 있는 사람에게는 이 연습은 금물이다. 과민성 대장증후군이나 궤양성 질병을 앓고 있는 사람도 의사의 지도가 없이는 위험하다.

당뇨병 환자에게도 역시 주의가 필요하다. 당뇨병이란 한마디로 말하면, 췌장에서 분비되는 인슐린이 부족한 병이다. 치료용으로 인슐린 주사를 맞고 있던 사람이 이 연습으로 췌장의 활동이 왕성해져서 도리어 인슐린 과잉으로 발작을 일으킨 예도 있다. 이런 경우에는 인슐린 주사의 양을 감소함으로써 치료효과를 기대할 수도 있는데, 그러나 이때는 반드시 전문의와 상담하여야 한다.

복부의 질환 가운데 예외적으로 연습이 유효한 것은 단순한 습관성 변비의 경우이다. 연습에 의해 장의 활동이 촉진되기 때문이다. 그 외에 복부에 어떤 질환이 있으면 반드시 전문가와 상담해서 그 의견을 듣지 않으면 안 된다.

(6) 제6공식 : 액부(이마)양감연습 - 이마가 시원하다

동양에서는 옛날부터 건강에 좋고 더구나 몸의 활동을 증진시킨다는 심신의 조정 방법으로서 "頭寒足熱"이란 말이 전해져 내려오고 있다. 또한 독일에서도 "머리를 차게 하고 발을 따뜻이 하면 명의가 가난해진다"는 속담이 있다.

이제부터 실시하는 자율훈련법의 제6공식은 두한족열의 상태를 만들어 내어 진정한 의미의 건강에 접근하고자 한다. 그리나 개중에는 이마의 凉感 연습에 대해 의문을 제기하는 사람도 없지 않다. 지금까지의 온감연습이 심신을 릴랙스시켜 안락한 상태를 만들었던 것에 반해 양감 연습은 긴장을 유발시켜서 역효과가 나는 일이 있기 때문이다.

실제로 자율 훈련으로 긴장을 예방 또는 해소하고 있던 어느 스포츠 지도자는 이 연습이 오히려 긴장을 야기시키는 일이 적지 않다고 말한다. 이들의 의견에는 납득할 만한 부분도 적지 않다. 슐츠에 앞서 자율훈련법을 발견한 포르크트도 그 치료법인 유도법으로서, 치료자의 손을 환자의 이마에 올려놓고 양감이 아닌 온감을 파악하는 치료를 행하고 있다. 그러나 그와 동시에 이마의 양감 연습은 인간이 나태한 성격에 빠지지 않도록 머리를 시원하게 만드는 효과가 있는 것도 사실이다. 그러므로 특별한 상황에 있을 때를 제외하고는 이 연습도 역시 프로그램 속에 넣어야 한다.

구체적인 연습 방법은 지금까지 해 온 것과 같다. 우선 이마에 마음을 집중시킨 다음 처음부터 공식을 반복해간다.

○ '기분이 매우 안정되어 있다' (1×)
○ '양 팔다리가 매우 무겁다' (6×)
○ '기분이 매우 안정되어 있다' (1×)
○ '양 팔다리가 매우 따뜻하다' (6×)
○ '기분이 매우 안정되어 있다' (1×)
○ '심장이 조용히 뛰고 있다' (6×)
○ '기분이 매우 안정되어 있다' (1×)
○ '편안하게 호흡하고 있다' (6×)
○ '기분이 매우 안정되어 있다' (1×)
○ '위 부분이 따뜻하다' (6×)
○ '기분이 매우 안정되어 있다' (1×)

○ '이마가 시원하다' (6×)
○ '기분이 매우 안정되어 있다' (1×)
○ 종료 : '팔을 3번 굴신-심호흡-눈을 뜬다'. 이 연습과정을 1시행으로 하여 3번 반복 시행(1시행간 중단 약 30초).

이 연습은 지금까지의 연습 이상으로 가볍게 행하는 것이 그 포인트이다. 이것은 완성 단계로서 지금까지의 표준 연습을 상쾌하게 다 잡는 연습이기 때문이다.

복부의 온감연습과 마찬가지로 이 단계에서도 이미지에 의한 연습 보조가 큰 효과를 발휘한다. 예컨대 이마에 시원한 바람이 불고 있는 이미지를 떠올려 보자. 단순히 이미지로서만이 아니라 실제로 그 자리에서 불고 있는 바람을 쐬는 듯한 기분으로 하면 더욱 효과적이다.

다른 단계에서와 마찬가지로 이 단계에서도 연습을 피해야 할 사람이 있다. 두통이나 편두통으로 고생하는 등 두부에 이상이 있는 사람, 게다가 뇌파에 이상이 있는 사람은 연습을 생략하거나 보류하여야 한다.

4. 氣功(Qigong)요법

(1) 개요

기공은 신체의 움직임과 명상, 호흡조절을 통해 신체의 에너지를 충만시켜서 혈액순환을 원활히 하고 면역력을 강화시키는 건강요법이다.

기공은 건강한 사람이나 심한 질환을 앓는 사람이나 모두 스스로의 건강을 위해 직접 시행할 수 있어 세계적으로 널리 애용되고 있다.

중국에서는 매일 2억 사람들이 기공을 하고 있다.

기공은 고대 중국에서부터 시작된 운동으로 신체의 氣의 균형을 도모하고 이를 활성화시키며 血의 흐름을 좋게 하여 건강을 도모하는 것이다.

기공을 시작하는 사람들에게 중국인들은 우선 건강은 스스로 만들어가는 것이며 이를 위해서는 정신을 수양하고 강화시켜 신체 내의 조절계의 기능을 향상시켜야 한다고 가르친다.

최근 중국과 미국에서 시행된 연구에서 기공은 스트레스를 줄이고 혈액 순환을 촉진하며 면역력을 강화해 질병을 예방하는 효과를 가진다고 밝혀졌다. 중국에서는 대부분의 병원에서 기공을 가르치며 기공만을 위한 기관도 수천 개씩 생겨나고 있다.

(2) 효과

기공은 신체 체조와 호흡조절을 통해 뇌와 심장, 기타 기관의 조화로운 운동을 도모한다. 기공을 규칙적으로 반복할 경우 체조와 명상, 호흡 조절을 통해 이전의 질병이나 외상으로 손상 받은 부분을 강화하고 유연성을 키우며 손상을 회복할 수 있다.

전통 중국의학에서는 기공이 기를 자극하여 체내 장기의 기능을 활성화시킨다고 본다. 기공은 막힌 기를 풀고 기의 흐름을 원활히 하여 신체 각 부위의 혈액 순환을 돕고 건강을 유지하게 한다는 것이다.

침구학과 마찬가지로 기공은 체내 전기적 활성을 높여 신진대사가 원활히 이루어지도록 돕는다. 깊은 호흡을 통한 이완요법은 심혈관계 기능을 향상시키고 면역 기능도 강화하며 대뇌 화학물질에도 영향을 끼친다. 정신적 스트레스를 해소하여 긴장성 두통이나 변비, 불면증 등의 정신 건강에 영향을 주는 질환에는 치료효과도 가질 수 있다. 또한 건강한 사람을 포함하여 누워있거나 서있거나 휠체어에 앉아서도 할 수 있어 모든 환자에서 활용이 가능하다.

규칙적인 기공 운동의 효과에 관한 연구 결과는 다음과 같다.

- ❒ 우선 기공은 정신 긴장을 풀도록 하는 이완 요법을 쓰는데 이는 자율신경계를 활성화시켜 혈압을 낮추고 심박동수를 느리게 하며 혈관을 확장시켜 산소 운반에 도움을 주게 된다.
- ❒ 뇌 내의 화학물질 분비에 영향을 주어 효소나 면역 물질이 활동하는데 영향을 주며 통증, 우울증, 약물 남용 등을 줄일 수 있다.
- ❒ 임파계 순환을 촉진시켜 면역계의 효율을 높인다.
- ❒ 질병과 감염에 대한 저항력이 향상되며 독성 물질을 제거하는 기능도 향상시킨다.
- ❒ 조직으로의 산소와 영양분 공급 능력을 배가시켜 세포내 대사 능력을 향상시키고 조직의 재생을 활성화시킨다.
- ❒ 좌/우 뇌의 기능 협조에 영향을 주어 깊은 수면을 취하고 불안감을 해소하며 정신을 맑게 하는데 도움이 된다.
- ❒ 뇌의 알파파와 테타파를 발생시켜 심박동수를 감소시키고 혈압을 낮추며 몸의 긴장을 풀고 이완하여 집중력을 배가시키고 교감신경의 활성을 낮춰 신체의 자가 조절 기능을 향상시킨다.
- ❒ 뇌의 시상하부, 뇌하수체, 송과체의 기능에 영향을 주어 통증 감각이나 기분, 면역 기능을 활성화시킨다.

(3) 치료범위

기공은 소화기능이나 천식, 관절염, 불면증, 통증, 우울증, 불안을 비롯하여 암, 관상동맥 질환, 에이즈 등에서 효과를 가지는 것으로 나타났다. 중국 상하이의 왕청징(Wong Chong-xing) 박사에 따르면 고혈압 환자에서 기공 운동을 시행한 결과 유의한 혈압의 감소가 발견되었다고 한다.

하바드 의대의 아이젠버그(David Eisenberg) 박사의 연구에 따르면 기공은 대뇌 도파민 활성을 감소시켜 신체 이완을 유발한다고 한다.

중국 전통 의학을 연구하는 스테판 창(Stephen Chang) 박사에 따르면 2,873명의 말기 암 환자를 대상으로 기공을 6개월간 시행한 결과 12%의 환자가 암의 통증에서 벗어나고 47%가 증상의 호전이 있었다. 다른 연구에서는 기공을 통한 눈 운동이 시력향상에 효과가 있었다고도 하며 알레르기나 치질, 전립선 문제에도 증상을 경감시키는 데 효과가 있었다고 한다.

중국에서는 최근에 병원에서도 치료과정에 기공을 포함하고 있다. 암, 골수 질환, 노인성 질환의 치료에서 기공의 효과를 이용하여 치료효과를 높이려는 것이다. 특히 항암 화학요법이나 수술, 침술을 시행할 경우 기공을 병행한다면 더욱 효과적인 것으로 나타났다. 기타 6개월 이상 기공을 할 경우 관절염 환자에서 통증이나 관절 강직이 해소되는 효과가 있으며 무엇보다 환자 스스로 신체가 활성화되고 건강해지는 느낌을 받을 수 있다. 중국인들은 이를 '기를 느끼는 것(qi sensation)'이라고 한다.

(4) 젠크(Jahnke)박사의 기공방법

젠크(Jahnke) 박사가 제안한 가장 하기 쉽고 연령, 성별, 신체 활동 상태에 상관없이 할 수 있는 기공 방법을 소개하면 다음과 같다. 우선 효과를 최대화하기 위해서는 다음과 같은 사항이 필요하다고 젠크 박사는 주장한다.

- ❒ 우선 서두르지 말고 여유 있게 시작한다. 과다한 노력을 하고 너무 힘들여 하는 경우 기공의 자연적인 결과에 오히려 방해가 된다. 기공은 스스로가 건강을 위해 하는 것임을 명심한다.
- ❒ 기공은 간단하면서도 유전 받은 치유력을 향상시킬 수 있는 것이다.
- ❒ 효과는 바로 나타나는 것이 아니라 꾸준히 기공을 시행했을 때

나타나는 것이므로 서둘러 결과를 기대하지 말고 결과를 빨리 보기 위해 무리해서 시행하지 않도록 한다.

- ❐ 정확한 방법으로 행한다면 기공은 해가 되는 경우는 없다.
- ❐ 스스로의 필요와 한계를 자각하고 기공을 생활화하도록 노력한다.
- ❐ 항상 먼저 이완을 한 후 시작하도록 한다.
- ❐ 숨을 천천히 들이마셨다 내쉬도록 하고 급하게 하거나 과도하게 숨을 크게 쉬지 말도록 한다.

(5) 기공의 실제

① 침을 놓는 선을 따라 기 순환을 촉진한다.

이 동작의 목적은 기를 경혈을 따라 움직이게 하는 것이다. 우선 두 손을 열이 나도록 비빈다. 이는 기를 증강시키는 방법으로 주변 환경이 조용하고 신체가 이완되어 있을수록 빨리 따뜻해짐을 느낄 수 있다. 손이 따뜻해지면 손으로 뺨이나 눈, 이마를 친다. 옆머리나 허리, 목, 어깨에 계속 시행한다.

갈비뼈 양쪽이나 갈비뼈 아래쪽, 엉덩이, 허리, 다리, 종아리를 따라 손을 옮겨 간다. 바깥쪽에서 안쪽으로 이동하도록 하고 점점 올라와 몸통을 거쳐 얼굴로 다시 가도록 한다. 이러한 과정을 반복해준다. 반복할 때마다 다시 손바닥을 비벼 열을 내도록 한다.

② 기를 내부 장기로 옮긴다.

손을 비벼 열을 낸 다음 오른손을 간 위치에 대고 왼손을 비장과 췌장 부위에 대도록 한다. 간은 신체 내에 가장 큰 장기이고 비장은 면역 기능을 하는 중요한 장기이다. 췌장은 소화 기능을 하는 장기이다. 심호흡을 하면서 정신을 이완시키면서 손을 비벼 기를 모아 피부를 통해 장기에 전달하는 것이다. 손을 장기 부위에 댄 채 열이 전달되는 것을 충분히 느끼면서 심호흡을 한다.

다음으로 손을 배꼽과 가슴으로 옮기도록 한다. 배꼽은 중국의학에서는 단전이 그 밑에 위치하고 있어 중요한 역할을 한다고 하며 가슴에는 심장과 흉선을 비롯한 중요한 장기가 많이 들어있다. 흉선은 면역계에 속하는 장기이다.

다음으로는 손을 허리로 이동시킨다. 이렇게 하면 기가 신장으로 전달되어 신장이 독성 물질을 배출하는 것을 촉진시키고 신장 위에 위치하는 부신의 기능도 향상시킨다.

③ 침을 놓는 부분을 마사지해준다.

손과 발, 귀 끝을 엄지손가락으로 눌러주어 기를 활성화시킨다. 엄지손가락으로 손바닥과 발바닥의 모든 부위를 골고루 눌러주고 특히 통증이 유발되는 부위가 있으면 반복해서 눌러준다. 손가락과 발가락 마디마디를 마사지해주고 손가락 끝, 발가락 끝을 누른 다음 발가락과 손가락 측면도 마사지해준다. 아픈 부분이 있으면 특히 더 눌러주도록 한다.

다음으로 엄지손가락과 둘째손가락으로 귀를 마사지해준다. 처음에는 약하게 시작하여 양쪽 귀 전체를 골고루 눌러주고 귀가 따뜻하게 느껴질 때까지 반복한다.

④ 호흡을 하면서 기를 모은다.

앉거나 선 자세로 눈을 가볍게 감거나 약간 뜨고 내부의 반응에 귀 기울이도록 한다. 어깨에 힘을 풀고 머리를 어깨와 척추에 무리가 가지 않도록 편하게 위치하도록 한 후 손바닥을 위로 하고 손끝은 다른 손을 향하도록 하여 마주한 채 가슴보다 5cm 가량 낮게 위치하도록 한다.

천천히 숨을 들이 마시면서 손을 가슴 높이로 들어올리고 폐를 공기로 가득 채우기 위해 숨을 짧게 세 번에 걸쳐 들이쉬면서 손을 점차 조금씩 올려 겨드랑이 높이까지 올리도록 한다. 잠시 숨을 참은 후 숨을 천천히 내쉬면서 손바닥이 바닥을 향하도록 하면서 배꼽높이까지 낮추도록 한다. 남은 숨을 완전히 내쉬기 위해 세 번에 걸쳐 짧게 숨을 더 내쉬면서 손을 약간씩 낮춘다.

⑤ 호흡을 하면서 몸을 긴장시켰다가 긴장을 푸는 것을 반복한다.

이 운동으로는 숨을 내쉬면서 온몸의 근육을 긴장시키고 숨을 들이쉬면서는 긴장을 모두 풀게 된다. 호흡과 근육 수축, 이완을 반복하면서 온몸을 깨끗이 정화하게 된다.

앉거나 서서 할 경우 손을 가슴 높이에 두고 손바닥이 앞을 향하게 한 후 이완한 상태로 숨을 들이쉰다. 숨을 내쉴 때에는 손을 위로 쭉 뻗으면서 될 수 있는 대로 근육을 수축시킨다. 무거운 물건을 민다고 생각하고 팔을 쭉 뻗으면서 근육을 수축시키도록 한다. 이 때 발가락으로는 바닥을 움켜쥐듯이 발가락을 힘을 줘 굽히고 골반근육을 소변을 힘을 줘 참을 때처럼 수축시킨다. 손을 쭉 펴고 모든 근육을 수축시킨 후 숨을 모두 내쉬면 이어서 근육의 힘을 풀면서 숨을 들이마시기 시작한다. 숨을 들이마실 때에는 팔을 심장 쪽으로 가볍게 당긴다.

위의 동작을 반복하면서 팔을 위로 힘껏 밀던 것을 옆으로 밀거나 아래로 뻗는 동작으로 바꾸어 가면서 반복한다. 이와 같은 근육의 수축과 이완의 반복은 근육으로의 혈액 순환을 촉진시켜 조직에 머물러 있던 노폐물이 빠져나가는 것을 돕게 된다.

⑥ 허리를 돌린다.

똑바로 서서 발을 어깨 넓이로 벌리고 몸통만 돌리는 동작을 반복한다. 앉아서도 할 수 있다. 상체의 움직임은 허리로부터 시작되도록 하고 허리의 움직임을 따라 어깨를 돌리고 어깨의 움직임에 따라 팔을 움직인다. 이 때 머리도 완전히 같이 돌려 통증 없이 돌릴 수 있는 대로 돌리도록 한다. 될 수 있으면 뒤를 돌아볼 수 있을 정도로 돌리도록 한다.

움직일 때에는 되도록 힘을 빼고 이완된 상태에서 돌리도록 하고 팔과 손이 몸통을 가볍게 때리는 정도로 돌린다.

⑦ 몸을 움직여지는 대로 움직인다.

기공에서 몸을 움직여지는 대로 움직이는 것은 자신의 마음대로이다. 위의 동작을 시행한 후에는 움직이고 싶은 대로 움직인다. 원한다면 손가락 하나 움직이지 않고 가만히 있을 수도 있고 기의 흐름을 느끼는 대로 움직여지는 대로 움직이면 된다. 어떤 사람들은 앉아 있기도 하고 춤을 추기도 하며 팔을 휘두르면서 심호흡을 하기도 한다. 그야말로 기의 흐름에 맞춰 움직이는 것이다.

처음에는 팔걸이가 없는 의자에 앉아 발을 어깨 너비로 벌리고 손가락을 움직이며 몸을 흔들어 보도록 한다. 호흡의 깊이를 점점 깊게 하고 몸의 움직임을 점점 크게 하며 머리나 어깨를 흔들어 본다. 턱을 이완시켜 입을 벌리고 심호흡을 소리 내서 해 보고 기의 흐름대로 움직여지는 대로 움직인다.

⑧ 기공 명상법

앉거나 서거나 누운 자세에서 모두 가능하며 심하게 아프거나 사지를 못 쓰는 환자도 할 수 있다. 건강한 사람은 기공 명상으로 정신을 맑게 하고 정신·신체 간 조화를 유발할 수 있다.

우서 심호흡을 하고 몸을 이완시킨다. 숨을 들이마실 때에는 기를 단전에 모으고 숨을 내쉴 때에는 기를 온 몸, 장기에 분산시킨다. 깊은 심호흡을 하고 몸을 이완시킨 상태에서 기를 모았다가 분포시킴으로써 기의 흐름을 원활히 하여 신체의 치유 능력을 향상시킬 수 있다.

(6) 금기증

기공으로 혈액 순환이 촉진되므로 출혈이 문제가 될 수 있는 동안은 피하는 것이 좋다. 예를 들면 치아를 뽑은 직후라든가 내출혈이 있는 환자는 피해야 한다. 또한 자주 어지러움증이 생기는 경우에도 피하는 것이 좋다.

(7) 주의사항

규칙적인 기공은 건강에 도움이 되지만 건강 진단 등 다른 건강에 필요한 방법들에 소홀해서는 안 된다.

(8) 부작용

기공은 부담이 되지 않는 운동이기 때문에 부작용이 발생하는 일은 거의 없다.

5. 근이완법

심신의 안정을 위해서 긴장을 풀고 얽혀 있는 것을 푸는 것은 중요하다. 그러나 긴장을 풀려고 하여도 여간해서는 풀어지지 않는 것이다.

그래서 그에 대한 방법으로 에드먼드 재콥슨(Edmond jacobson)이 근이완법을 고안해냈다.

예를 들면 손의 주먹을 불끈 쥐고 긴장하고 있는 느낌을 준 다음,

손을 완화시켜서 손가락의 힘을 빼고 흔들흔들 힘없이 하고, 이 느낌을 먼저 긴장과 비교하여 처음으로 이완의 상태를 체득한다는 것이다.

이와 같이 어깨, 안면, 체간(體幹), 다리로 점진적으로 전신의 근육에 훈련하여 몸의 얽힘을 풀어줌으로써, 정신적인 과잉긴장도 완화되는 것이다. 에드먼드 재콥슨의 원리는 용의주도한 절차와 장기간의 훈련을 필요로 하는 것이다. 워루피가 이것을 간략화하였다. 이것을 기초로 하여 임상에서 실제 쓰고 있는 얽힘을 푸는 기술은 다음과 같다.

(1) 팔의 이완 : 4~5분

① 몸 전부를 될 수 있는 대로 기분 좋게 하여 힘껏 풀어버린다. 풀린 상태에서 오른손 주먹을 꽉 쥔다. 그러고 나서 불끈 쥔 손을 늦추어서, 흔들흔들 할 정도로 손가락의 힘을 뺀다. 힘을 넣어서 쥐었을 때와 힘을 뺄 때 느낌의 차를 느끼도록 한다. 이것을 좌우 교대로 몇 회라도 되풀이하여 본다.

② 이번에는 양쪽의 주먹을 단단하게 쥐고, 양 주먹과 전완(前腕)을 긴장하게 하여 그 맛을 느낀다. 그러고 나서 주먹을 늦추어서 힘이 빠진 감을 느끼고, 손과 전완을 더욱 완화하기를 계속한다.

③ 다음에 팔꿈치를 굽혀 팔에 힘을 넣은 후, 상완이두근(上腕二頭筋)을 단단하게 긴장시킨다. 팔뚝을 뻗쳐 늦추고, 재차 힘 있게 굽혀 긴장을 주의 깊게 느낀다. 늦출 때와 긴장할 때, 그때그때 느낌에 주의한다.

④ 이번에는 팔을 힘껏 뻗치고, 팔뚝의 배중측(背中測)의 근육[상완삼두근]이 긴장을 느낄 정도로 뻗친다. 긴장을 느끼면 늦추어, 양완을 기분 좋은 위치에 놓는다. 팔을 늦추면 기분 좋은 무거운 감이 느껴질 것이다. 이를 되풀이한다.

(2) 안면, 머리, 어깨 또는 상배의 이완 : 4～5분

① 전신의 근육을 늦추어 무거운 느낌이 들도록, 조용히 얽힘을 푼다.

얼굴에 될 수 있는 대로 주름을 잡히게 하여 긴장을 느끼게 한다. 주름을 펴, 이마와 두부 전체가 더욱 번들번들하게 된 것을 상상한다. 또 한번 이것을 되풀이한다.

② 이번에는 눈을 꼭 감아서 긴장시키고, 거기서 감은 눈을 풀어, 감은 대로 푼 느낌에 주의한다.

③ 턱을 죄어서 이를 꽉 물고, 턱 근처의 긴장을 느끼게 한다. 턱을 늦추고 입술을 조금 벌려, 늦춘 정도를 느끼게 한다.

④ 다음에 혀를 입천장에 힘 있게 눌러 붙여 긴장시킨 다음, 혀를 서서히 늦춘다. 그리하여 그 맛을 느낀다.

⑤ 다음에 입술을 오므려서 힘 있게 뾰족 나오도록 하여, 늦추어준다. 힘을 넣었을 때와 늦출 때의 느낌을 갖게 한다. 이마, 머리, 목, 턱, 입술, 혀, 인후 부분, 얼굴 전체의 힘을 대고 늦춘다.

⑥ 다음 목의 근육이다. 머리를 될 수 있는 대로 뒤로 젖혀서 긴장을 느끼게 한다. 거기서 우로 굽혀 긴장이 이동하는 것을 느끼게 한다. 오른쪽으로 굽히고, 머리를 반듯이 하여 앞으로 굽히고, 아래 턱을 가슴에 딱 붙인다. 머리를 안락한 위치에 되돌려 힘이 빠진 느낌을 맛본다.

⑦ 다음 어깨를 반듯이 들어올려 한참 동안 힘을 넣은 채 그대로 있고, 양 어깨를 편안히 한다. 또 어깨를 올리고 앞으로 숙여 어깨와 상배의 긴장을 느끼게 한다. 배를 내려 편안히 하고, 어깨에도 배중 근육에도 부드러움을 깊고 넓게 느끼게 한다. 머리, 어깨, 턱, 얼굴의 힘을 늦추어 풀리도록 한다.

(3) 흉, 상복 및 하복부의 이완 : 4~5분

힘 있는 데까지 전신을 평안히 하여 좋은 기분을 충분히 맛보게 된다.

① 평안한 상태로 숨을 들이쉬고 내쉰다. 숨을 가볍게 쉬면서 몸의 무게가 증가하고, 몸이 풀어지는 것을 느낀다.

② 폐에 깊은 숨을 가득 들이쉬고 숨을 참는다. 그리하여 가슴부위의

긴장감을 느끼면, 다시 흉벽을 늦추어 자연스럽게 공기를 내뱉고, 몸이 풀어지는 것을 느끼게 한다. 계속하여 이를 되풀이한다.

③ 다음에 가슴 부위를 평안하게 하는 것을 계속하면서, 그 풀어진 느낌을 배중, 어깨, 머리, 팔뚝에까지 넓혀 몸이 풀어지는 것을 즐기면서 맛본다.

④ 배의 근육, 위의 부위를 단단하게 한다. 긴장한 맛을 느끼면, 몸을 긴장에서 풀리게 한다. 근육을 풀리게 하고 그 풀리는 느낌에 주의를 돌린다.

⑤ 다음에 위의 부위, 배의 근육을 딱 붙게 하여 긴장을 느끼게 한다. 긴장을 풀어서 뱃속을 평안하게 넓히도록 하여서, 자연스럽게 호흡을 계속하여, 가슴과 위 부위 전체를 가볍게 마사지하는 것 같은 느낌을 맛본다. 재차 이것을 되풀이하여 풀어지는 느낌을 깊게 하여 긴장을 풀어간다. 숨을 가볍게 내쉴 때마다 가슴과 위 부위가 율동적으로 힘이 풀어져 가는 것에 주의해서, 몸 가운데 어디서나 긴장하고 있는 곳을 풀어가도록 한다.

⑥ 다음은 배중을 젖혀, 허리가 눌려서 배중 근처에 긴장을 느끼게 한다. 그래서 배중의 아래 부분을 평안히 한다. 이번에는 체외의 다른 부분은 될 수 있는 대로 평안히 하고, 배중을 젖힌다. 그러면 그 부분만 긴장을 느낀다. 다음에 배중의 아래 부분만을 긴장시켜, 평안하게 한다. 그리하여 가슴 · 위 · 어깨 · 팔뚝 · 얼굴에까지 풀어지는 느낌을 넓히도록 한다. 이렇게 하여 몸을 충분히 긴장에서 풀어버린다.

6. 행동요법(行動療法)

행동요법은 소련 파블로프의 조건반사나 현대 학습이론 등의 원리를 치료에 응용한 것이다. 행동이라고 하는 말이 사용되기 때문에 환자나 가족 중에는 무슨 행동을 하는 것으로 고치는 치료인가 하고 오해하는 사람이 있으나 그런 것은 아니다. 행동요법은 잘못 학습되어 생긴 나쁜 버릇이나 행동, 증상 등을 제거하거나 수정하기 위한 치료법이지 작업요법이나 운동요법 등과 같이 행동한다든지 운동하는 것으로 고치는 치료법은 아닌 것이다. 정신분석요법이나 정신역동적인 심리요법은 병의 원인을 심리적인 것으로 가정하여 문제를 인생의 조기에까지 소급해서 추적하고 증상보다 심인의 구명과 그 해결에 중점을 두지만, 행동요법은 눈앞에 보이는 확실한 증상이나 행동이상을 문제로 삼는다. 본래 정신분석적인 심리요법과 행동요법은 이론적으로 상반되는 것이다.

그러나 신경증이나 심신증의 치료에는, 이러한 치료가 양쪽 모두 도입되어 절충적으로 사용되는 것이 현재의 상황이다.

행동요법에서 치료의 대상이 되어 효과가 나타나는 증상이나 이상행동에는 불안, 공포증, 말더듬, 강박행동, 노여움, 도벽, 비행, 흡연, 음주, 약물중독, 성장애(性障碍), 야뇨증(夜尿症), 구토, 이질(痢疾), 빈뇨, 경성 사경(痙性斜頸), 만성 동통, 비만, 신경성 식욕부진증, 기관지천식, 틱, 서경 등이 있다.

행동요법에는 계통적 탈감작요법, 단행훈련, 혐오요법, 사고제지법, 부(負)의 연습, 조건제지요법, 오페란트 조건부요법 등이 있다. 여기에서는 이중 임상상 많이 활용되고 있는 계통적 탈감작요법, 오페란트 조건부요법, 단행훈련에 대해서 살펴보자.

(1) 계통적 탈감작요법

불안이나 증상을 일으키는 원인이 되어 있는 자극이 약한 것부터 순차적으로 강한 자극으로 단계적으로 주면, 점차로 익숙해져서, 증상이 떨어져 나간다. 예를 들면 고소공포증[이는 심신증은 아니다] 환자는 먼저 2층에서 밖을 보는 연습을 한다. 이것에 불안을 느끼지 않게 되면 3층에서 연습을 하고, 4층, 5층으로 적응하게 되면, 나중에 10층 이상의 옥상에서 밑으로 내려다보아도 아무렇지 않게 되는 방법이다.

이 때 먼저 언급한 자율훈련법이나 근이완법 등에 따라 태연해지면, 자극을 주어도 불안이 희미해지므로 더욱 효과가 있다.

보통 자극은 이미지로 해서 머릿속에서 생각하여 떠오르게 해주는데, 때로는 실제로 현실장면에 직면하여 연습하는 일도 있다. 이미지를 떠오르게 할 때에는 먼저 각각의 자극에 대한 불안의 정도를 자기가 0점에서 100점까지 불안자각 점수로 정하여 놓고 연습으로 점차 좋아지면 또다시 점수가 높은 자극의 연습에 옮기도록 한다.

하나의 예를 들면 한 어린이는 과민성 대장증후군 때문에 설사를 잘하는데 가끔 전차를 타고 있을 때 변의의 재촉으로 대단히 곤란한 때가 있었다.

그리하여 그 후부터 전차를 타면, 언제나 화장실의 일이 마음에 걸리게 되어 결국 전차 타는 것조차 무섭게 되었다.

이 사람의 입장에서는 먼저 자율훈련법의 중온감의 상태로 태연해지고 나서, 가장 가벼운 자극이 되는 '정류장에서 전차를 기다리고 있는 정경'을 이미지로 상상하고, 이것에 충분히 적응된 후 '한 구간만 전차에 탄다' 이미지로 연습하고, 또다시 역수를 증가하여 나중에는 목적지까지도 이미지로는 불안을 느끼지 않게 되었다. 다음은 실제로 전차에 타 보아, 점차 그 시간을 늘려서 연습을 쌓아, 원래같이 전차를 타게 되었다. 마찬가지로 심장신경증에서 정충발작이 일어나는 것이 무서워 외출공포증이 된 증례도 이 방법으로 치료된다.

(2) 오페란트 조건부요법

이를 일명 보수학습법이라고 한다. 치료할 때, 바라는 방향으로 행동할 때에는 보수를, 그렇지 않을 때에는 벌을 주어서 바라는 방향으로 갈 수 있도록 강화해 나가는 것이다. 다시 말해 엿과 매에 따른 동물의 조련과 같은 것이다.

상과 벌은 반드시 물질적인 것이 아니고 말과 태도로 주어지는 수도 있다. 이 치료를 시작하기 전에 무엇이 증상이나 좋지 않은 행동을 일으키고 있는가를 조사하는 이른바 행동분석을 하여야 한다. 이것에 따라 무엇이 원인이고, 증상을 강화시키는 요인이 무엇이며, 또한 무엇이 증상을 지속시키고 있는가를 알아내야 한다.

가령, 신경성 식욕부진증은 체력감소를 가지고 올 정도로 먹지 않는 것이 문제인데, 안 먹는 것으로 주위를 조작하고 있는 것 같은 환자에 대해서는 먹고 안 먹는 것에 대해 전혀 신경을 쓰지 말아야 한다. 그러면 어머니가 먹지 않는 것 때문에 걱정을 해주는 것과는 달리 안 먹는 것이 환자 입장에서는 하등 이익이 되는 것이 없다. 안 먹는 것에 대해 전혀 신경을 쓰지 않으면 이것으로서 이제는 수척증을 강화하는 요인이 없어지는 것이다.

또 어린아이들이 안 먹으면 걱정이 되어 어떻게 했으면 좋을지 모르고 철부지 어린아이의 응석을 용서만 해주는 어머니로부터 떼어놓기 위하여 어린아이를 입원시켜야 한다. 이 역시 이상한 식사행동을 강화하는 요인을 없애주는 것이 된다. 그리고 체중이 늘면 미소로서 칭찬을 해준다. 이것은 상이 되는 것이다.

요컨대 본 요법은 상과 벌을 잘 활용하여 바람직한 행동을 강화시키는 반면 바람직스럽지 못한 행동은 일어나지 않도록 억누르는 것이다.

(3) 단행훈련

대인관계에 있어서 당연한 권리를 주장하지 못하거나, 성난 것을 표현하지 못하면, 정신위생상 좋지 못하여 여러 가지 증상이 일어나게 된다. 이와 같은 경우에 이용되는 방법으로 단행훈련이라는 것이 있다.

울프(Wolpe)는 이들의 표현행동[단행반응]이 불안에 길항하는 반응이라고 보고, 불안의 역제지 현상이 일어난다고 생각했다.

예를 들면 직장 상사가 말하는 대로 하고, 반발 한 번 못하는 사람이 행동을 부당하게 억압당하는 것을 알게 되면, 한 번 결심하고서 자기 주장을 해도 좋다고, 실제로 해보도록 권한다.

또 단행행동을 하기 어려우면 심리극이라 하여 치료자가, 예를 들면 직장의 상사 역할을 하여, 가정의 촌극을 해본다. 즉 '과장, 이 일은 내일까지라고 해도 무리입니다'와 같이 대사를 몸짓 표정과 똑같이, 실제와 같이 연습해 본다. 따라서 대인관계의 부적응행동에서 일어난 증상을 잘 고칠 수가 있다.

7. 바이오피드백(Bio-feedback)법

현대사회는 눈부신 과학의 발달로 편리한 면도 많지만 너무 복잡하고 조직화 되어 있다. 이로 인해 현대인들은 일상생활에서 엄청난 스트레스를 받으며 살아가고 있다.

병원에서 신체의 이상을 발견할 수 없는데도 많은 갖가지 증상을 호소해 오는 사람들이 많다.

이런 스트레스와 관련된 증상들은 자율신경계의 부조화로 설명할 수 있다. 또한 자율신경계를 적절히 조절함으로써 그 증상들을 치료할 수도 있다.

과거에는 자율신경계를 인위적으로 조절하는 것이 불가능한 것으로 여겨졌으나 지난 50년대부터 연구되기 시작한 바이오피드백 요법은 60년대 말 실제 임상에 적용되기 시작하면서 많은 학자와 의사들의 연구결과 바이오피드백 훈련을 통해서 자율신경계도 어느 정도 범위 내에서 조절이 가능하며, 건강에 이로운 방향으로 생리적 반응을 유도할 수 있다는 것이 밝혀졌다.

'생체자기제어(生體自己制御)' 또는 '생체 되먹임'이라고도 불리는 바이오피드백은 행동치료법의 일종으로 우리 몸의 자율신경만을 부분적으로 조절함으로써 여러 가지 증상 및 질환을 치료하는 방법이다.

바이오피드백 요법은 동양의 기(氣)훈련이나, 서양의 마인드컨트롤과 일맥상통하는 자가 치료법인 것이다.

(1) 심신의 변화를 아는 방법

우리들은 자기의 마음이나 몸의 컨디션을 잘 알고 있는 듯이 생각하기 쉬우나, 사실은 그렇지 못하다. 가령 몸에 열이 있는 듯 하면 체온계를 사용하고, 갑자기 식욕이 없으면 의사의 진단을 받아 본다. 이런 일은 객관적인 수단으로 자기 자신을 아는 것이다. 반면에 바이오피드백 시스템은 자기 마음이나 몸의 상태를 자기가 아는 시스템이다.

우리의 생체 조직은 미묘하여 자기가 생각하거나 느끼는 것에 따라서 그것을 자기 자신이 받아들이고 있다. 가령 남이 "당신은 안색이 좋지 않은데 어디 아픕니까?" 하면, 자신은 그렇게 느끼지 않던 사람이라도 그 말을 듣는 즉시 '그런가'하고 생각하게 되고, 그 결과 실제로 몸이 어딘지 안 좋게 변화하는 것이다. 일종의 거짓으로 받은 피드백이다. 자신이 받은 정보가 비록 거짓이라고 하더라도 그것을 받아들이는 당사자가 그것을 사실로 믿게 되면, 그 결과로 사실상 피드백의 효과를 갖게 되는 것이다.

이와 반대로 "어떤 좋은 일이 있나 봅니다" 하면, 그 신호를 받아서 자신의 心身에 힘이 생기게 된다. 이런 경우는 참된 피드백이라고 말할 수 있다.

이와 같이 인간은 자신이 받는 암시에 따라 자신을 변화시키고 있으나, 그것을 감각정보로써 감각기관에 환원시켜서 그것을 착신하여 자기를 변화시키도록 연구된 것이 바이오피드백 시스템이다. 자기암시 훈련법은 자기 자신의 힘으로 자기 머리에 떠오르는 암시로써 심신을 개조하려고 하는 것이지만, 여기에는 한계가 있고 노력과 시간이 필요하므로, 기계의 힘을 빌려 이것을 보완하여 자기암시 훈련의 효과를 촉진하려고 하는 것이다. 지금부터 1세기 전쯤에 학자 제임스(James)와 랑게(Lange)는 '인간은 어찌하여 슬퍼하는 것일까', '어찌하여 두려운 심정에 끌리는 것일까'하고 생각한 끝에 매우 재미있는 학설을 발표했다. 그것이 오늘날 제임스·랑게설이라고 하는 감정·정서의 이론이다.

매우 슬픈 것을 듣거나 그런 내용의 책을 읽었다고 하자. 이 때 슬픔을 느끼는 것은 그 슬픈 내용이 눈이나 귀로부터 간뇌를 통해 대뇌피질로 전해져서, 다시 심장이나 근육이나 혈관으로 전해지기 때문이라고 한다. 그 결과로 눈에서는 눈물이 나고, 위의 활동이 억제 당한다. 그런데 눈물이 각막을 자극하여 밖으로 흘러나오면, 그 자극이 안구나 그 부근에 있는 기관에 받아들여져, 감각신경 경로를 통해서 대뇌로 다시 전해진다.

이 설은 어떤 뉴스를 대뇌가 지식으로서 받아들임으로써, 그 결과 일어나는 신체 기관의 변화를 알게 되므로, 그것이 감정의 체험의 본질이라고 강조하고 있다. 이러한 주장은, "슬픈 뉴스를 들었기 때문에 슬픈 것이 아니라 눈물을 흘리기 때문에 슬픈 것이다"라고 하는 역설적인 것이다. 이러한 이론을 뒷받침하고 있는 것이 바이오피드백 학설이다.

실제에 가령 고혈압 환자가 이 바이오피드백 시스템으로 실험을 할 경우에, 자동혈압계로 자기의 혈압을 측정하여 평균 혈압보다 높으면 붉은 빛 등불이 켜지고 낮으면 푸른 색 등불이 켜지도록 한 장치를 눈앞에 놓는다. 그 때에 환자에게 "될 수 있는 대로 마음을 편안히 하여 될 수 있으면 푸른 불이 켜지도록 하십시오" 하고 지시한다. 그렇게 하면 대개 경우에 푸른 빛 등불이 켜지게 되는 것이다. 이 경우 혈압만이 아니라, 사지 혈행의 증감, 심장 박동의 조절도 가능하다. 이 외에 바이오피드백은 긴장성 두통, 사경, 전신성 근통증, 빈맥, 서경, 기관지천식 등의 치료에도 응용되고 있다.

그러나 이러한 기계 장치가 아니더라도 이 바이오피드백 훈련법의 원리를 적용한 것이 고대로부터 전해 오는 선(禪)이나 요가의 내관법이다.

바이오피드백의 학설은 혈압과 같이, 우리들의 의지로서 마음대로 할 수 없는 자율신경계통의 반응이 어떤 기법을 통해 뜻대로 할 수 있다는 사실을 발견한 것이다.

(2) 자기 암시와 자기 제어(自己制御)

앞에서 보인 바이오피드백의 이론은 결국 자기 암시의 효과가 이러한 기법에 따라 생리적으로 변화를 일으키는 것이라고 알려지고 있다. 인간이 가지고 있는 심리 상태에 따라서 생리적인 변화가 일어나는 것을 스스로 알게 되는 과정에서 자기 암시가 이루어진다고 보고 있다. 물론 생리적인 상태의 변화가 중요한 역할을 하는 것은 틀림없다. 그러므로 본인에게 주어진 정보의 방향으로 생리적인 반응이 나타난다는 것이 실험 결과로 보고되고 있다.

가령 보기만 해도 소름이 끼치는 파충류의 동물 사진이나 해부사진을 슬라이드로 제시하여, 그 때의 심장 박동을 검사해보면, 자율반응인 심장의 박동이 빨라지거나 늦어지는 것을 알 수 있다. 이것은 자기 암시의 결과로 나타난 것이다. 자기 암시의 집약이라고 할 禪이나 요가에서는 정신을 집중하고 있을 때에 뇌파의 알파파가 억제되어, 절대 안정 상태를 유지한다. 이 사실은 자기 암시로도 가능한 것이다.

이와 같이, 자기 심신의 상태를 감각기관을 통해서 알 수 있으면 본래 제어할 수 없는 심신의 변화가 자기 의지로써 제어될 수 있다는 것이 바이오피드백이라고 하는 것이다. 일종의 행동변용기법이라고 할 수 있다.

그러나 이러한 기법을 통해서 발견된 사실은, 우리가 남이나 기계에 따라서 알려진 것이 자기 심신의 변화라고 지시되면, 그 지시의 암시에 따라 그 방향으로 심신의 변화가 생기게 되는 사실이다. 가령 혈압이 실제로 내리지 않았더라도 혈압이 내려갔다는 신호가 눈이나 귀에 들어오면, 실제로 혈압이 내려간다는 사실이다. 그러나 이 경우에는 혈압을 내려야겠다는 동기가 있어야 한다. 곧 어떤 동기가 주어져야 한다는 것이 연구 결과 확인되었다.

바이오피드백 기법은 이와 같이 심신의 정보를 본인에게로 돌려줌으로써, 본인이 그것을 의식하여 그 결과 어떤 것을 얻게 하는 기법이다. 다시 말하면 가령 어떤 불안 상태로부터 벗어나려고 할 경우에, 본인에게 그러한 의지가 있기만 하면, '당신은 안정 상태에 놓여 있습니다'라는 정보를 본인에게 알리는 것만으로 불안 상태로부터 벗어나게 된다. 이러한 심리의 원리를 이용하여 치료하는 것은 인간에게만 있을 수 있다.

이러한 과정을 더욱 발전시켜서 자기 암시법으로 뇌파를 변경시키든지, 혈압을 내리게 하든지, 불안을 없애든지, 심장의 박동을 느리게 할 수 있다.

이것은 요가나 선의 수행과 유사하다. 요가나 선이 밖으로부터 어떤 신호를 받지 않고 자아의식을 없앰으로써 자율반응을 크게 일으키는 것이라면, 이 바이오피드백 시스템은 밖으로부터 어떤 신호를 받아서 자기의 의지로서 자율반응을 일으켜, 그것이 대뇌에 전달되면, 여기에서 의지와 반응이 결합되어 더욱 그 반응의 변화를 촉진시키는 것으로 생각할 수 있다. 그러므로 바이오피드백의 시스템은 자기 암시의 이론과 통하며, 자기 암시가 자기를 억제하는 것과 같이 이것도 자기억제가 가능하다.

(3) 자기 피드백법의 훈련과 명상

바이오피드백법을 이용할 경우에는 먼저 자기의 심리 상태에 따라서 변화하는 심신의 반응을 검출하여, 그것을 소리나 빛으로 나타내는 장치와 기구가 필요하다. 그리고 이러한 바이오피드백 훈련에는, 심신 반응의 정보를 소리나 빛으로 아는 동시에 자기 암시, 자기 확신, 심신의 이완훈련, 주의집중 등의 훈련을 겸행해야 한다. 그러므로 여러 가지 장치와 기구의 준비, 의욕과 동기를 마련하는 일, 편리한 자세와 호흡조절 훈련, 여러 가지 지시 등이 요구된다.

바이오피드백법 중에는 자기 심신의 반응을 소리나 빛으로 알지 않더라도, 자기의 몸에서 일어나는 변화를 심리적인 변화를 통해 알아차려서 바이오피드백과 같은 효과를 얻는 훈련법이 있다. 자기 피드백법이라고 한다. 자기 피드백법에선 요가나 참선을 통한 명상 훈련과 수동적인 주의집중 훈련이 행해진다.

이러한 훈련을 통해서 자기의 심리상태를 억제하고 전환시킬 수 있게 됨으로써 자유로이 신체의 반응을 조절할 수 있다.

8. 하트매쓰(Heartmath) 훈련법

캘리포니아에 있는 정상 심박동 연구센터인 하트매쓰(Heartmath) 연구소에서 개발되어 여러 단계의 임상실험을 거친 효과가 뛰어난 일종의 정상 심박동 훈련법이다.

(1) 1단계

요가나 명상 아니면 모든 형태의 긴장이완 방법들과 마찬가지로 이 방법의 첫 단계는 무엇보다 관심을 자신의 내면으로 향하는 것으로 시작된다. 처음 이 훈련을 할 때는 외부세계와 단절되어 몇 분 동안이라도 일상의 걱정과 근심을 잊도록 해야 한다. 걱정거리를 잠시 내버려두고, 심장과 뇌의 균형과 더불어 둘만의 내밀한 관계를 회복해야 할 시간이라고 스스로를 설득해야 한다.

이 상태에 도달하기 위한 가장 효과적인 방법은 숨을 아주 천천히 그리고 깊게 쉬는 것이다. 이와 같은 호흡법은 부교감신경계를 자극하고 생리학적으로 <억제작용>쪽으로 기울게 한다. 숨을 내쉴 때 모든 관심은 호흡하는 데만 집중하다가, 숨을 들이쉬게 될 때 잠시 몇 초 동안 숨쉬기를 멈추어야 한다. 그래야 효과를 극대화할 수 있다. 날숨이 부드럽고 가벼운 숨으로 자연스럽게 바뀌도록 내버려 두어야 한다.

동양의 명상법에서는 크게 숨을 내쉬면서 아무 생각도 하지 말라고 한다. 하지만 심장박동을 최상의 상태로 유지하기 위해서는 10초에서 12초가량 안정을 한 뒤, 의식적으로 관심을 심장부위로 집중해야 한다.

(2) 2단계

두 번째 단계로 자연스럽게 넘어가기 위한 가장 쉬운 방법은 우리가 심장(심장이 직접적으로 느껴지지 않으면 가슴의 중심부라고 생각하면 된다)을 통해서 숨을 쉬고 있다는 것을 상상하는 일이다. 천천히 그리고 깊게(억지로가 아니라 아주 자연스럽게) 지속적으로 숨을 쉬면서 각각의 들숨과 날숨이 몸의 가장 중요한 부분인 심장을 통과하고 있다고 느끼면서 머릿속으로 그려봐야 한다. 들숨이 심장을 통과하면서 몸이 필요로 하는 산소를 가져다주고, 날숨이 더 이상 필요치 않은 더러운 쓰레기를 밖으로 내보낸다고 상상하는 것이다.

부드럽게 천천히 숨을 들이쉬고 내쉬면서 심장이 신선한 공기로 채워지고 맑아지며 안정을 찾아간다고 상상한다. 심장이 주는 선물을 마음껏 즐기면 된다. 심장을 마치 따뜻한 목욕물에 들어가 아무 간섭도 받지 않고 마음대로 헤엄치고 물장구치며 노는 어린아이라고 상상해 보라.

사랑하는 아이처럼, 그저 자연스럽게 자기 모습 그대로이기를 원하는 아이라고 상상해 보라. 부드럽고 따뜻한 공기를 끊임없이 가져다주면서 원하는 대로 커가기를 바라며 바라보는 아이처럼 말이다.

(3) 3단계

세 번째 단계는 가슴이 뜨거운 열기로 차오르면서 확장되는 듯한 느낌으로, 생각과 숨쉬기를 통해 더욱 이 느낌을 강하게 하는 것이다. 감정적으로 수년간 학대를 받아왔기 때문에 때때로 심장은 오래전부터 겨울잠을 자는 동물이 봄의 첫 햇살을 바라보는 것과 같을 것이다. 오랫동안 움츠려 있던 동물은 맑게 갠 날이 금세 사라지지 않을 것이라는 확신이 있어야 눈을 뜨기 시작할 것이다. 이를 위해 가장 효과적인 방법은 감사하는 마음이 직접 가슴에 그대로 전달되도록 하는 것.

심장은 특히 감사하는 마음에 민감한데, 사람이든 사물이든 또는 따뜻한 날씨에 대한 것이든 어찌됐든 모든 형태의 사랑에 가장 민감하게 반응한다. 많은 사람들은 자기가 사랑하는 아이나 자신을 사랑하는 아이의 얼굴을 떠올릴 때, 하다못해 애완동물을 떠올리기만 해도 충분히 그런 반응을 보인다.

어떤 이에게는 평화로운 자연의 풍경이 내면의 기쁨을 가져다준다. 스키를 타며 내려오거나 골프장에서 아주 멋진 스윙을 했을 때, 또는 요트를 타던 때와 같은 행복했던 순간들을 기억해내는 것으로 충분한 사람들도 있다. 이러한 훈련과정 중에 심장에서 태어난 미소가 마치 얼굴에서 피어나는 것처럼 입가로 미소가 가만히 번져가는 것을 볼 수 있다. 그런데 바로 이 때가 정상적인 심장박동이 가능해지는 순간이다.

9. 이미지요법

이미지요법은 암 환자들에게 암으로부터 회복될 힘이 자기에게 있다는 것을 믿게 하는 심리요법으로 미국의 방사선 종양학자이며 의사인 칼 사이먼튼(Carl Simonton)과 그의 부인이며 정신과의사인 스테

파니 매튜스-사이먼튼(Stephanie Mattews-Simonton)이 개발하였다.

그래서 이미지요법을 그들의 이름을 따서 일명 '사이먼튼 요법'이라고도 부른다. 사이먼튼 요법은 쉽게 말해서 암에 대한 새로운 접근법이다.

사이몬튼은 질병을 신체 어느 한 부분의 문제로만 취급해 온 종래의 서양의학적 시각에서 탈피하여 동양의학처럼 환자의 정신, 신체, 주변 환경 등을 다각적으로 연결하는 정신신체의학[心身醫學]적인 면에서 보았다. 더욱 중요한 것은, 사이먼튼은 암을 신체적인 문제로만 보지 않고 인간의 전체 문제로 보았기 때문에 환자가 질병과 예고된 죽음에 직면하여 오히려 더 나은 삶으로 전환할 수 있도록 해주는 전인적 치료법을 실행하고 있다.

원칙적으로 이미지요법은 긴장을 푼 상태에서 그 절차를 진행하며 그 동안에 환자는 자기가 바라는 상황과 목표를 머릿속에 구체적인 이미지[心像]로 그리는 작업으로, 천천히 읽는 것을 명심해야 한다. 각 단계를 완수할 수 있도록 시간을 충분히 주어야 한다. 이미지요법을 암 환자에게 응용할 때에는, 먼저 암세포의 이미지를 뚜렷하게 머릿속에 그리게 하고는 현재 받고 있는 치료가 구체적으로 암세포를 파괴하는 상황을 그리게 한다. 그리고는 체내에 있는 자연치유력이 건강을 회복시키기 위해 활동하고 있는 상황을 확실하게 시각화하는 작업을 하도록 이끌어주어야 하는데, 이것이 이미지요법의 가장 중요한 사항이다.

사이먼튼이 이미지요법을 처음으로 환자에게 사용한 것은 1971년의 일이었는데, 지금까지 그들이 치료한 암 환자의 평균 생존기간은 최첨단의 의학기술로 치료를 받은 암 환자보다 두 배이며, 미국의 전국 암 환자의 평균 생존기간의 3배나 된다. 뿐만 아니라 더욱 놀라운 것은 모두가 치료 불가능으로 판단된 이들 남녀 환자가 사이몬튼 요법을 받음으로써 남은 생을 훨씬 풍요롭고 적극적인 활동으로 보냈다는 사실이다.

(1) 이미지요법의 절차

여러분은 테이프 레코드를 사용하기를 원할지도 모르고, 친구가 읽어주기를 바랄지도 모른다. 여러분이 누구에게 읽어 줄 경우에는 천천히 읽는 것을 명심해야 한다. 각 단계를 완수할 수 있도록 시간을 충분히 주어야 한다. 전 과정을 10분에서 15분에 걸쳐서 하루에 3회씩 시행할 것을 권한다.

여러분은 암 환자가 아닌 경우라도 암 환자가 어떤 느낌을 갖는가를 잘 이해하기 위해 한번쯤 암의 이미지를 그려보는 것도 좋을 것이다.

① 은은하게 조명이 된 조용한 방으로 들어간다. 문을 닫고 편안한 의자에 앉는다. 발을 바닥에다 쭉 뻗고 눈을 감는다.

② 자기의 호흡에 주의를 모은다.

③ 몇 번 심호흡을 한다. 숨을 토할 때마다 마음속으로 '긴장을 풀자' 라고 말한다.

④ 자기의 얼굴에 주의를 모은다. 그리고 얼굴의 근육과 눈언저리에 긴장이 있는지를 느껴본다. 다음에는 이 긴장을 이미지로 그려본다. 밧줄의 이음매나 꽉 쥔 주먹도 무방하다. 다음에는 이 긴장이 풀리고 누글누글한 고무주머니처럼 편안하게 된 것을 머릿속으로 그려본다.

⑤ 얼굴의 근육과 눈의 긴장이 풀린 것을 그려본다. 그 긴장이 풀림에 따라 긴장이완의 파동이 전신으로 퍼져 가는 것을 그려본다.

⑥ 눈과 얼굴의 근육을 긴장시켜 꽉 조였다가 풀어 주면서 긴장이완이 전신으로 퍼져 가는 것을 상상한다.

⑦ 신체의 다른 부위에 대해서도 앞에서와 같은 요령으로 한다. 몸을 천천히 더듬어 내려간다. 턱, 목, 어깨, 등, 팔의 윗부분과 아랫부분, 양손, 가슴, 배, 넓적다리, 장딴지, 발목, 발, 발가락 등 신체의

모든 부위가 이완될 때까지 한다. 신체의 각 부위가 긴장되어 있는 것을 이미지로 그리고 다음에는 그 긴장이 풀리는 것을 상상한다. 그 긴장이 풀려 이완된다.

⑧ 다음에는 즐거운 자연환경 속에 있는 자신의 모습을 그려본다. 어느 곳이라도 편안하게 느껴지는 곳이면 된다. 주위의 색채, 음향, 분위기를 세밀하게 마음속으로 그리고 그 속에 잠긴다.

⑨ 2~3분간 그대로 이 자연환경 속에서 편안하게 있는 모습을 그려본다.

⑩ 다음에는 암 덩어리를 사실적, 상징적으로 그려본다. 암은 몹시 나약하고 혼란된 세포로 구성되어 있다고 상상한다. 건강할 때 우리의 신체는 암세포를 수천 번씩이나 파괴한다는 것을 상상한다. 암을 마음속으로 그릴 때에는 자기의 건강이 회복되려면 자기의 신체에 구비되어 있는 자연 방어력이 정상적이고 건강한 상태로 돌아가야 한다는 것을 깨달을 필요가 있다.

⑪ 현재 치료를 받고 있는 사람은 치료가 체내에서 진행되는 상황을 자기 자신이 이해하기 쉽게 그린다. 방사선 치료를 받고 있는 경우에는 수백만 개의 에너지 탄환의 광속이 지나가는 길에 있는 세포들을 모조리 명중시키는 모습을 그린다. 정상 세포는 어떠한 손상을 입어도 회복될 능력이 있지만 암세포는 나약하기 때문에 회복되지 못한다(이와 같은 기초적 사실이 있기 때문에 방사선 치료라는 것이 존재하고 있다). 화학요법을 받고 있는 경우에는 약이 체내로 들어와 피에 섞여서 흐르고 있는 모습을 상상한다. 그 약이 독물처럼 작용하는 것을 이미지로 그린다. 정상세포는 판별력이 있고 강력하기 때문에 쉽사리 독약을 받아먹지 않는다. 그러나 암세포는 약체이기 때문에 소량의 독약을 흡수해도 죽어버린다. 암세포는 독약을 흡수하여 죽어버리며 죽은 세포는 몸 밖으로 배출된다.

⑫ 자기 체내의 백혈구가 암세포의 소굴이 되어 있는 곳으로 들어와 이상세포를 발견하고는 파괴하고 있는 모습을 그린다. 체내에는 백혈구라는 방대한 군단이 있다. 그들은 강력하며 공격적이다.

그들은 또 빠르고 빈틈없다. 그 백혈구이 군단과 임세포와는 비교가 되지 않는다. 백혈구가 언제나 이긴다.

⑬ 암의 증상이 약해져 가는 모습을 머릿속으로 그린다. 죽은 암세포가 백혈구에 실려서 간장과 신장을 통해 몸 밖으로 배출되고, 똥오줌이 되어 배출되는 모습을 그린다.

- 이미지요법은 자기가 그렇게 되었으면 하고 기대하는 것을 그리는 것이다.
- 암이 약화되어 모두 소멸될 때까지 이미지를 그린다.
- 암이 약화되고 마침내 소멸됨에 따라 몸에 에너지가 흘러넘치고 식욕이 솟아나며 좋은 기분을 느끼는 것이 가능하게 되고 가족들로부터 사랑 받는 모습을 그린다.

⑭ 만약 어딘가에 통증이 있으면 그 부분으로 백혈구의 군단이 흘러들어가 통증을 완화시키는 상황을 그린다. 문제가 무엇이든 그것을 고치라고 신체에 명령하는 것이다. 신체가 차츰 회복되어 가는 모습을 그린다.

⑮ 아무런 병도 없는 건강한 몸으로 회복되고 에너지가 흘러넘치게 되는 상황을 그린다.

⑯ 다음에는 자기 인생의 목표에 다가가는 상황을 그린다. 생애의 목표가 달성되고 가족들이 모두 잘 지내고 있으며, 주위 사람들과 자기의 관계가 한층 더 의미 있는 것이 되는 모습을 그린다. 건강을 회복해야 할 이유가 강력하면 강력할수록 그만큼 건강을 회복하기가 쉽다는 것을 기억하라. 그렇기 때문에 이 기회를 이용해 자기가 만사를 제쳐놓고라도 꼭 완수해야 할 일에 자기의식을 집중시킨다.

⑰ 건강회복에 자기가 관여하고 있는 것을 마음속으로 자화자찬해 본다. 이미지요법을 하루에 3회씩 시행하고 있는 모습을 그려본다. 이 훈련을 의식이 뚜렷한 상태에서 하고 있는 상황을 그려본다.

⑱ 눈꺼풀을 가볍게 하고, 눈을 뜰 준비를 하며 자기가 있는 방을 의식한다.

⑲ 이제 눈을 뜨고 평상시 활동으로 돌아간다.

아직도 이 이미지요법을 시행하고 있지 않은 사람은 지금이라도 시간을 들여서 처음부터 끝까지 다 해보기 바란다. 이 훈련 전체를 다 끝냈으면 자기가 그린 이미지를 그림으로 그리고 그 이미지를 더욱 상세하게 분석하는 일도 해볼 것을 권한다.

훈련을 할 때에 설령 이미지를 생생하게 '보는 일'이 잘 되지 않았을지라도 '느끼거나' '상상하거나' '생각하거나' 할 수가 있었으면 걱정할 필요가 없다. 이미지가 생생하거나 흐릿하다는 것이 중요한 것이 아니라 이미지요법을 하고 있다는 사실이 더욱 중요하다. 만약 이 훈련을 하고 있을 때에 자기 마음이 이리저리로 표류했다면 다음번에는 마음을 부드럽게 이미지 쪽으로 되돌리면 된다. 그 일을 가지고 자기를 책망하는 것은 옳지 않다. 또 훈련 지침을 부분적으로 불신하거나 받아들이지 못할 곳이 있어 훈련 과정에서 특정 훈련을 마칠 수가 없다고 느껴졌다면, 그 자체가 여러분이 이미 암이나 건강 회복에 대한 자기 태도와 대결하기 시작했다는 것을 의미하는 것이다.

(2) 암 이외 병을 위한 이미지요법

암은 아니지만 통증과 기타의 병에 대처하는 데 이미지요법을 활용했으면 하는 사람들을 위해서 다음에 간단한 이미지요법을 소개한다. 이 방법은 앞 절에서 소개한 암의 이미지요법 중 10번에서 19번까지의 훈련 단계 대체용으로 사용하면 된다.

① 어떤 병이나 통증이라도 무방하므로 현재 자기가 앓고 있는 것을 이미지로 그린다. 자기가 쉽게 이해할 수 있는 모습으로 그린다.

② 어떤 치료든 현재 받고 있는 치료를 마음속으로 그리고 그 치료에 따라 병이나 통증의 원인이 제거되고 자기 자신의 치유능력이 강

화되는 모습을 그린다.

③ 병이나 통증의 원인을 제거하고 있는 자신의 자연방어력과 자연적 과정을 그린다.

④ 건강하여 병이나 통증이 없는 자신의 모습을 그린다.

⑤ 인생의 목표를 향해 착실하게 전진하고 있는 자신의 모습을 그린다.

⑥ 병의 회복에 참여하고 있는 자기를 다독거려준다. 이 긴장이완, 이미지요법을 의식이 확실한 상태에서 하루 3회씩 시행하고 있는 모습을 그린다,

⑦ 눈꺼풀을 가볍게 하고 눈을 뜰 준비를 하며 자기가 있는 방으로 의식을 돌이킨다.

⑧ 이제는 눈을 뜨고 평상시 행동으로 돌아간다.

암 이외의 병에 대처하는 데 어떤 이미지요법을 사용할 수 있는지 예를 하나 들어보자. 만약 앓고 있는 병이 궤양이라면 위나 장의 내측에 분화구 모양의 상처가 있고 울퉁불퉁하게 겉이 벗겨져 있는 이미지를 그려도 좋을 것이다. 치료의 이미지를 그릴 때에는 제산제(制酸劑)가 그 부위를 덮고 과다한 위산을 중화시켜 궤양 자체를 달래고 있는 이미지를 그린다. 정상세포가 돋아나 벌겋게 상처 난 부위에 겹쳐지고 끼어 들어가 그 부위가 정상세포로 덮여버리는 상황을 그린다. 체내의 백혈구가 궤양의 잔해를 전부 운반해 가고 그 언저리를 깨끗하게 하면 위장 내측이 핑크색의 건강한 점막으로 바뀌는 상황의 이미지를 그린다. 다음 단계는 통증이 없고 건강을 되찾아 궤양 증상을 만들어내는 일 없이도 생활 속의 스트레스에 대처할 수 있게 된 자기 이미지를 그린다.

다음으로 고혈압증이 있는 경우에는 이미지요법을 이용해 혈관벽 속에 있는 조그마한 근육이 꽉 조여 있기 때문에 혈액을 보내는 데 보통보다 훨씬 강한 압력이 필요하다는 상태를 그려도 좋을 것이다. 자, 이제 약이 혈관벽 속에 있는 이와 같은 조그마한 근육의 긴장을

풀어 주었고, 심장은 규칙적으로 뛰며, 저항이 적어져 혈액이 혈관을 원활하게 흐르는 상황을 그린다. 그리하여 긴장이라는 증상을 만들어 내지 않고도 스스로 생활상의 스트레스에 대처할 수 있게 된 자기의 이미지를 그리는 것이다.

관절염이라면 우선 관절이 얼얼하면서 관절 표면에 조그마한 알갱이가 있는 이미지를 그린다. 다음에는 백혈구가 몰려와서 그 파편들을 깨끗하게 청소하고 조그만 알갱이들을 쓸어가 관절 표면을 매끌매끌하게 하는 모양을 그린다. 그러고는 자기가 활동적이 되어 하고 싶은 일을 하며 관절통이 소멸된 이미지를 그린다.

이상 이미지요법의 어느 것이나 처음 할 경우에는 자기가 그린 이미지를 그림으로 그려 볼 것을 권한다. 이 그림은 자기의 건강회복에 자기가 어떻게 관여하고 있는가를 분간해보는 데 도움이 된다.

(3) 이미지요법의 가치

이미지요법의 훈련에서 기대할 수 있는 것을 잘 이해할 수 있도록 이미지요법의 이점을 소개하면 다음과 같다.

① 이 훈련은 공포심을 감소시킬 수 있다. 대개의 공포심은 자기를 지배할 수 없다는 기분 - 암인 경우에는 자신의 신체가 암으로 악화되어 가는데도 자기로서는 속수무책이라는 감정 - 에서 유발된다. 이미지요법을 통해 건강을 회복하는 데 자기가 할 수 있는 역할을 알게 되기 때문에 자신을 제어할 수 있다.

② 이 훈련을 하면 사물을 보는 법과 사고방식이 바뀌어 '살려는 의지'가 강해진다.

③ 생리적으로 변화를 일으킬 수 있는데, 우선 면역 활동을 촉진해 종양이나 다른 병의 진행상태를 변화시킨다. 정신과정은 신체의 면역계와 호르몬의 균형에 직접적으로 영향을 주기 때문에 생리적 변화는 사고방식의 변화에서 직접 영향을 받는다.

④ 원한다면 이 훈련을 현재의 사고방식을 바꾸고 평가하는 수단으로

이용할 수도 있다. 이 훈련에서 그리는 상징과 이미지에 변화가 일어나면 자기의 사고방식에도 큰 변화가 일어나 사고방식이 더욱 건강과 조화되는 쪽으로 바뀐다.

⑤ 이 훈련은 자기의 무의식과 대화하는 수단이 될 수도 있다. 무의식에는 사고방식 대다수가 적어도 부분적으로 매몰되어 있다.

⑥ 이 훈련은 긴장과 스트레스를 감소시키는 일반적인 수단이 될 수도 있다. 매일 규칙적으로 훈련을 하면, 그 자체만으로도 긴장과 스트레스가 감소되기 때문에 신체의 기본적인 기능이 크게 좋아진다.

⑦ 이 훈련은 절망감과 무력감에 빠져 있는 자기 자세와 대결하고 바꾸는 데 이용할 수도 있다. 자기의 신체가 건강을 회복하는 이미지와, 종양이 발생하기 전에 갖고 있던 문제를 해결할 힘이 자기에게 있다는 이미지를 그리게 되면 절망감과 무력감이 약화된다. 실제로 환자가 건강하려고 마음먹으면 자신감을 얻고 낙관적이 된다.

10. 간이정신요법(brief psychotherapy)

간이정신요법이란 보통 정신분석적 단기요법을 의미하고 정규의 정신분석에 바탕을 두고 있는데, 이것을 보다 현실적 · 실용적으로 간단하게 한 것으로 단기 정신요법이라고도 한다.

이 요법은 수용(受容)·지지(支持)·보증(保證)을 원칙으로 한다.

수용은 귀기울여 환자의 말을 듣는 것으로서, 환자와 상담을 시작할 때 의사는 자기 태도에 주의하여 환자에게 친절하고 객관적이며 공정하게 대해줘야 한다. 의사의 태도와 말투는 환자에게 불필요한 긴장을 조성해주지 않는 것도 중요하지만 지나치게 동정을 한다거나 불쌍히 여기는 것도 좋지 않다. 아울러 환자가 의사를 전적으로 신뢰할 수 있도록 만들어줘야 한다. 환자가 의사에 대해 낯설어하거나 신임이 가지 않게 되면 자기의 솔직한 마음을 감춰버리므로 의사로서는 환자의 진실된 정서반응을 이해할 수가 없기 때문이다. 이밖에도 상담과정에서는 환자에게 나쁜 정서를 일으키게 하는 각종 요인과 그들 간의 상호관계를 최대한 이해해야 한다.

지지는 환자의 정신장애를 이해하고 그 원인을 찾아낸 다음 환자가 자신의 질병을 잘 이해할 수 있도록 해석을 해줌으로써 질병과 맞서 싸워 이길 수 있다는 자신감을 부추켜주는 것이다. 다만 환자의 인식수준을 높여줄 때는 의사의 개인적인 견해를 주입하지 말고, 의사가 제시한 정확한 의견이 환자 자신의 의견이 될 수 있도록 해야 한다. 환자에게 그 병의 경과를 잘 설명해주면 상태를 개선시키거나 낫게 할 수 있다.

정신치료를 위한 상담시간은 일반적으로 30~60분간이 적당하며, 이 시간을 넘겨서 환자를 피로하게 하면 안 된다. 상담은 오전이나 오후를 골라서 하며 저녁시간은 피해야 한다. 그렇지 않으면 환자의 수면에 나쁜 영향을 미치게 된다. 상담횟수는 원칙상 매주 한 차례로 하되, 우울해하거나 심한 초조감을 나타내는 환자에게는 매주 2~3차례로 늘려서 하기도 한다.

치료하기 전에 의사는 전체 상담에 대한 복안을 세워두고 그에 따라 치료를 하되, 상담 도중에 환자가 자신의 불행했던 때를 기억해내어 정서의 심한 변화를 나타낼 경우에는 동정하는 태도로 인내심을 갖고 그의 말을 들어주며 필요한 권면과 위로를 해주어 마음속에 있는 모든 것을 발설할 수 있도록 해야 한다. 정신치료 중에 수용·지지·보증의 순서는 그대로 지켜야 하며 그렇지 않으면 치료에 실패할 수도 있다.

(1) 정신치료의 정의와 종류

정신치료란 신체의 병이든 정신의 병이든 정신적인 수단으로 질병을 치료하는 방법을 일컫는다. 약물이나 기계를 사용할 경우라도 그것이 물리·화학적인 작용으로 치료 효과를 본 것이 아니라 심리적인 효과로 치료가 이루어졌을 때는 정신치료라고 할 수 있다. 그러나 이것은 치료자가 의식하고 사용했을 경우에만 정신치료라고 볼 수 있다.

고대나 원시사회에서의 치료는 거의 모두 정신치료라고 볼 수 있고 모든 종교적 치료도 정신치료라고 볼 수 있으며 미신도 정신치료의 범주에 넣을 수 있다. 이러한 모든 치료가 비과학적이며 비합리적이고 주술적인 면을 지니고 있지만 정신 치료도 그러한 요소는 지니고 있다. 그러나 좁은 의미의 정신치료란 이러한 주술적이고 비과학적인 요소를 배제한 과학적 치료를 말한다.

세상 사람이 모두 꼭 같은 환경에서 같은 영향을 받아가며 살고, 따라서 그들의 정신상태의 장애도 비슷하다면, 일정한 원인론과 정신병 이론에 입각한 같은 정신 치료를 할 수 있을 것이다.

그러나 정신은 문화마다 다르고, 같은 가족 안에서도 서로 다르며, 한 개인의 마음도 그 환경과 시간에 따라 달라진다. 이렇게 사람마다 다른 차이나 복잡성 때문에 누구에게나 통할 수 있는 보편적인 치료법이 있을 수 없다. 그러나 그런 중에도, 인간이 다른 동물과 다른 정신 기능의 특유성, 즉 인간 공통의 언행의 특성들은 그들의 기능장애가 있을 때 이를 교정하는 기술을 쓸 수 있게 한다. 이런 기술은 정신분석학에서 제일 인상 깊게 그리고 가장 과학적으로 제시하였으며, 그 후 전통적인 분석학의 단점을 시정하고 더욱 발전시킨 것들로 신프로이드 학설들이 있다.

동양에서는 2500년 전부터 유교·불교·도교 등을 통하여 합리적인 정신치료가 행해져 왔다. 특히 불교에서는 심리현상의 이해가 매우 심화되어 있었고 동양의학에서의 오지상승위치(五志相勝爲治)이론은 현대 서양의 정신역동설에 합치되는 것이 있다. 그러나 서양에서의 과학적인 정신치료는 18세기 최면술로부터 비롯된다. 최면술이란 동서고금, 원시 · 문명사회를 막론하고 존재하지만 이에 대한 과학적인 이해가 시작된 것은 19세기부터이고, 서양의 정신치료 중에 가장 발달되고 깊은 치료인 정신분석도 이 최면술로부터 비롯된 것이다.

제2차 세계 대전 후에는 동서간 또는 서양 자체 안에서의 교류가 매우 많아져 선불교, 실존주의의 사상들이 정신치료에 도입되었으며, 파블로프의 학설도 행동치료(behavior therapy)라 하여 일부에서 실험하게 되었다. 또 메이어(Meyer)의 정신생물학설에서는 그들의 치료법을 '분배적 분석과 합성(distribute analysis and synthesis)'이라 부르면서, 정신분석학에서 무의식과 과거를 지나치게 강조하는 폐단을 시정하며, 모든 생물적 · 정신적 · 사회적 요인을 하나하나 분석하고, 결국에는 이 모두를 종합적이고도 전체적으로 합성한다고 주장하고 있다. 이렇게 여러 학파와 또 각기 다르게 주장하는 요법들이 많은데도, 실제로 의사와 환자의 관계나 임상적인 면에서의 차이는 별로 없으며, 모든 요법들은 정신치료란 한마디로 요약될 수 있는 성질의 것이다. 그러므로 여기서는 정신치료를 단기간의 지지요법(supportive therapy)과 장기간에 걸쳐 하는 철저한 요법(intensive therapy)으로 크게 나누어 볼 수 있다. 이 중 간이정신요법에 해당되는 것은 지지요법이다.

정신치료의 유효성에 대해서는 많이 연구된 바가 없다. 그럼에도 불구하고, 정신치료를 하는 의사들이나 환자들은 대개 그 유효성을 믿고 있다. 특히 미국에서는 정신 치료는 의사를 비롯한 심리학자, 사회사업가, 간호사들에게 대단한 가치를 갖는 말이며, 사회과학과 인문과학 전반에서도 귀중히 여겨지고 있으며, 일반대중에게 정신치료란 큰 위신을 주는 말이 되고 있다. 우리나라 문화에서 정신치료의 위치는 물론 서양에서의 그것과는 다르며, 서양인과 다른 우리나라 사람 특유한 성격에 알맞은 정신치료법도 생각해 봐야 할 문제이다.

(2) 간이정신요법의 방법

지지요법은 어떤 형태의 치료적 관계에서든지 필요 불가결한 요소이며, 그 근본을 이루는 것은 환자와 의사 간의 관계(rapport)이다. 환자는, 의사를 자기의 병과는 상관없이 하나의 인간으로서 관심을 갖고 있는, 자기 삶의 기쁨과 희망, 보람에 마음을 쓰는 사람으로 신뢰한다. 그리고 그런 의사-환자의 관계가 성숙되면, 의사도 환자에 대해서 마찬가지로 느껴야 할 것이다.

즉, 의사는 환자를 좋아해야 되고, 그 환자를 도울 수 있다고 생각해야 한다. 이런 상호 간 믿음과 감정은 고민하고 있는 환자에게 큰 도움이 된다. 그러므로 환자는 마음 놓고 자기의 고생스러운 일, 불행한 사태, 불안한 감정을 털어놓을 수 있게 된다.

지지요법은 간단히 말해서 약해진 자아를 지지함으로써 좀더 생활의 문제에 부딪쳐서 견뎌 나갈 수 있게 해주는 것이다. 약을 주어 마음을 가라앉게 하며, 성에 대하여 그릇되고 결여된 지식을 가진 사람에게는 교육하고, 사정에 따라 학교나 직장 또는 교회의 상담에 응하게 하거나 또는 입원시키고, 가족과의 상의를 통해서 환경을 조정한다. 이러한 일들이 환자에게 더 효과적으로 일하고 침착하게 살아 갈 수 있게 해줌을 목표로 하여 치료한다. 오랜 시일을 두고 이러한 지지가 필요한 사람들도 있으나, 대부분 지지요법의 해당자는 단기간의 정신치료를 요하는 사람들이다.

환자의 약한 자아를 지지하고 보조해주는 데는 여러 가지 방법이 있겠으나, 그 중 가장 빈번히 사용되는 방법 가운데 하나는 '안심시키는 일(reassurance)'이다. 슬프고 불안해서 떨고 있는 환자의 마음을 권위 있는 의사의 말로 위로하여 마음 든든하게 해주는 것이다. 의사는 어른이 어린이를 달래듯, 환자가 겁내듯이 그렇게 문제가 심각한 것이 아니라는 것을 말해준다. 가령 불안 때문에 가슴이 뛰는 환자는 자기가 심장병이 있다고 겁내게 된다. 이런 공포는 그의 불안을 악화시키고, 따라서 가슴은 더 뛰게 된다. 이런 때에 권위 있는 말, 즉 심장에는 아무런 이상이 없고 가슴이 뛰는 것은 순전히 감정 때문이라고 의사가 한마디 해주면 그 악순환이 그칠 수가 있다. 물론 이런 방법으로 불안의 뿌리를 뽑을 수는 없지만, 경한 증세의 경우에는 대단히 효과적일 수 있다. 갈피를 못 잡고 방황하거나 또는 자신 없이 머뭇거리는 환자에게 그의 능력을 보장해주고 그의 병식(病識)을 확인해주는 의사의 말은 환자에게 큰 힘을 북돋아 주는 계기가 되는 수가 많다. 가령 "당신이 그것을 해 나갈 능력이 있다고 나는 봅니다"라든지, "그것도 감당할 수 있다고 나는 믿습니다" 하는 의사의 말은 환자가 대인관계 · 가정 · 직장 등에서 그가 얻은 병식을 쓸 수 있는 용의와 새로운 인생 문제를 대결해 나갈 용기가 있다고 거듭 보증해주는 말과도 같은 것이 되며, 그런 말은 지지요법의 근간을 이룬다.

마음의 알력이 많이 생기는 문제들로 손꼽을 수 있는 것들은 남부끄러운 일, 죄책감을 느끼게 하는 일, 불안, 두려움 등이다. 이들을 속시원하게 말함으로써 후련해지는 것을 흔히 경험한다. 걱정이 가득 차 있어 막힐 듯한 굴뚝을 깨끗이 씻어 내어 통기(通氣)시키는 과정과 흡사한 것으로 이를 '환기(ventilation)'라 하며 예부터 종교에서 고해의 형식으로 많이 사용해 오던 것이다. 죄악감을 느끼는 사람이 권위 있는 사람에게 자기 잘못을 뉘우치고 책임을 더는 것과 마찬가지이다. 그가 벌 받으면 어느 정도 죄악감이 완화될 것이며, 또 벌을 안 받으면 자기가 생각했던 것처럼 죄가 크지 않았음을 알게 될 것이다. 지지요법에서의 이 씻어내는 과정은 그 즉시 상당한 효과를 보이지만, 무의식적인 더 깊숙한 문제에는 저촉되지 않는다.

지지요법에서 자주 사용하는 방법의 또 하나는 '암시(suggestion)'이다. 이는 환자의 피 암시성이 강하고, 의사의 권위가 성립된 의사-환자의 관계에서 이루어진다. 대개의 관계가 그렇지만, 이런 때 특히 환자는 의사를 만능으로 보고, 논리보다는 감정적으로 그의 말을 그대로 받아들인다. 정신과뿐 아니라 다른 모든 과의 의술의 효과는 크게 암시성에 의존하고 있다. 의사가 "이 약이면 당신의 병은 나을 수 있소"라든지, "당신 병에는 이것을 이렇게 해야 겠소"라고 했을 때, 피암시성이 강한 환자가 그것을 받아들여 그 결과로 병세가 좋아지는 것이 모든 질병의 치유과정에서 대단히 큰 몫을 차지한다. 피 암시성이 강하기로 유명한 히스테리 환자에게 암시요법이 적합할 것은 물론이다. 가령 환자가 이해하지 못하는 어떤 기구를 의사가 사용할 때 환자는 거기에 감정적인 가치를 부여하게 되므로 그 효과가 더해질 수 있다. 그래서 히스테리성 무성증(無聲症) 환자에게 기관지 경(鏡)을 삽입한 후 증세가 없어지는 것을 보게 된다. 삽입 전에 이 과정이 소리를 낼 수 있게 한다고 말해두면 효과는 더욱 좋게 나타난다. 그러나 이 역시 최면술과 마찬가지로 그 효과는 일시적인 것에 불과하며, 근본 문제를 해결하지는 못한다.

의사가 권위를 이용하여 환자를 자기 계획대로 조종하여 증상을 극복하려는 방법으로 '설득(persuation)'을 쓰는 수가 있다. 어른이 어린이를 타이르듯 환자의 이성에 호소하고, 도덕적인 토론을 하고, 교육적인 설명으로 환자의 약한 자아를 돕자는 시도이다.

일반 사회에서의 설교나 훈시에 해당한다. 그 성격이 아주 소아적이거나, 만성 신경증의 환자에게는 이런 강경한 권위적 태도와 방법이 유용하고 효과적일 수도 있다. 그 외 대부분의 신경증이나 성격 문제에는 이런 설득 방법이 효과가 없겠으나, 그 방법의 원칙은 진퇴양난의 곤경에 빠진 경우의 타개책으로 이용되는 수도 있다.

11. 정신분석요법(精神分析療法, psychoanalytic therapy)

정신분석은 정신치료의 특수한 형태 중 하나로, 정신의 역동적 힘은 무의식에 그 근원을 두고 있다는 성격(정상 및 병적)의 구조와 발달에 관한 이론을 토대로 하고 있다.

프로이드가 시작한 정신분석치료는 정신의학뿐 아니라 인문사회과학에 큰 영향을 주었다. 프로이드는 주로 암시를 이용하여 최면술로써 히스테리를 치료하고 있던 프랑스의 신경과의사와 일하다 1866년 빈의 브로이어(Breuer)에게로 갔다. 브로이어도 역시 최면술을 사용하였지만 암시 한 가지만 이용하는 것이 아니라, 환자가 자신에 관한 이야기를 하도록 시켜[카타르시스] 치료하려고 하였다. 프로이드가 성적 갈등(sexual conflicts)이 히스테리의 주요 원인이라고 느끼기 시작할 때쯤 프로이드는 브로이어와 헤어졌다.

프로이드는 최면술의 치료효과는 환자가 의사와 관계를 맺고 있을 때만 일시적으로 존재한다는 점을 발견하고 1896년 이후에는 사용하지 않았다. 그는 환자가 자신의 이야기를 추리거나 숨기지 않고 마음에 떠오르는 것은 무엇이나 말하게 하는 자유연상(free association)과 꿈의 해석을 치료법으로 사용하였다.

(1) 정신분석학에서의 치료원칙

프로이드는, 환자가 한 경험을 감정적 차원에서 이해할 수 있고, 병식(insight)을 보유할 수 있는 능력이 있느냐 없느냐 하는 것에 치료의 성공여부가 달려 있다고 주장했다. 정신분석은 억압된 내용을 의식화시켜 자신의 진정한 욕구와 동기가 무엇인가를 이해하도록 하며 갈등에 대한 현실적인 해결을 하게 하는 것으로, 증상의 호전뿐 아니라 피분석자의 기본성격과 방어양식을 개조하거나 크게 수정하는 것이다. 이와 같은 목적을 달성하기 위하여 초기 정신분석학자들은 성욕과 공격성에 대한 어린 시절의 경험, 억압된 기억 등을 주로 다루었으나, 최근의 정신분석학자들은 자아심리학(ego psychology), 다시 말하면, 불안을 처리하는 데 가장 흔히 사용하는 성격구조와 방어기제에 대한 이해에 더 중요성을 두고 있나. 그러나, 접근방법 모두가 환자의 현재 정서생활에 영향을 미친 과거의 사건들에 큰 비중을 두고 있는 것은 틀림없다.

(2) 치료기법

정신분석치료기법 중 가장 기본적인 것은 자유연상이다. 그러나 치료 도중 지금까지 자유연상으로 얻은 자료를 합리적으로 정리 검토하기 위해서 가끔 중단되기도 한다. 이 때 행해지는 지적 토의는 필수적인 것이긴 하나 궁극적 치료효과를 가져오는 데는 2차적인 것에 지나지 않는다.

분석이란 전이가 이루어졌다, 저항이 생겼다 하는 갈등이 반복되는 것이라 말할 수 있다. 이와 같은 갈등은 신경증을 일으켰던 성욕과 죄책감 사이의 갈등의 반복인 것이다. 저항의 분석은 분석가의 가장 중요한 기능 중 하나로, 어떤 상황이나 사건들이 서로 어떤 관련이 있는가를 환자가 인식하게 하는 해석(interpretation)은 분석가의 주도구이다. 특히 분석가는 알맞은 시기에 정확한 해석을 해야 한다.

일반적으로 분석가가 해석을 했다고 해서 즉각적으로 증상이 호전되는 것은 아니다. 오히려 환자는 더 불안해하고 치료과정에 더 저항을 하게 된다. 즉, 분석가가 환자의 문제에 대한 역동을 알았다고 하여 치료가 진전하는 것은 아니다. 적절한 시기에 정신 역동적 해석을 가하며 무의식적으로 움직이는 저항, 즉 자신에 관해 깨우치는 것에 대한 저항을 감소시킴으로써 환자 스스로 병식을 갖도록 해야 환자에게 도움이 될 것이다.

분석 도중 환자는 옛날 것을 기억해 내는 과정과 다시 체험하는 2가지 과정을 거치게 되는데 이것이 치료의 역동(dynamics)이다.

기억한다는 것은 신경증적 장애의 기본적 요소가 형성된 시기인 어린 시절로 의식이 점진적으로 확장하는 것을 말하며, 다시 체험한다는 것은 환자가 분석가와의 관계 속에서 어린 시절에 일어났던 일들을 다시 체험하는 것을 일컫는다. 어린 시절에 있었던 일과 관계된 사람에게 향한 감정이 분석가에게로 옮겨지는 전이의 과정은 분석과정상 피할 수 없는 것이다. 왜냐하면, 해결되지 않은 어린 시절의 태도들이 이 때 나타나고 이를 통하여 환자는 자기 자신에 대해 알기 시작하기 때문이다. 꿈도 무의식을 들여다볼 수 있는 중요한 길이므로 이 또한 분석에 사용되는 기법 중 중요한 위치를 차지한다. 꿈을 꾼 사람이 기억되는 꿈의 내용을 '나타난 내용(manifest dream)'이라 하고, 이를 나타나게 하는 무의식적 과정을 '잠복한 내용(latent dream)'이라고 하는데, 무의식, 즉 잠복한 내용이 출현한 내용으로 변하기까지에는 압축(condensation), 전위, 상징화와 같은 과정을 거치기 때문에, 출현한 내용에 대한 환자의 연상을 통해야 잠복한 내용이 무엇인가를 알 수 있다. 그 밖에, 백일몽(daydream)과 실언의 해석도 정신분석에 도움을 준다.

(3) 정신분석의 결과

어떤 분석가도 환자의 모든 성격결핍과 신경증적 요소를 제거할 수는 없다. 초자아의 경직성을 완화시키는 것이 치료의 기준이다. 정신분석가들은 증상의 경감이 가장 의의 있을 것으로 보지 않는다. 병의 재발이 없거나 정신치료에 대한 필요를 더 이상 느끼지 않는 것이 가장 중요한 치료 기준이다. 치료평가에 가장 기초가 되는 것은 생활에 대한 일반적 적응, 즉 적절한 행복을 얻고, 다른 사람의 행복에 기여하며, 정상적으로 있을 수 있는 생활의 변화를 적절히 처리할 수 있는 능력이다.

(4) 적응증과 금기

정신분석이 모든 정신질환에 가장 알맞은 치료는 아니다. 환자가 정신과적인 도움을 받으려고 하는 신경증적 장애, 예를 들면 전환신경증, 강박장애 및 신경증적 우울 등에는 효과가 입증되었으나, 성도착증환자는 힘든 경우가 많다.

주정중독증 · 약물중독증 · 정신병질적 성격 및 범죄자와 같은 심한 심리적 장애를 가진 사람은, 영아기적 욕구가 믿기 어려울 정도로 강하기 때문에 치료 효과는 한계가 있다. 정신병의 경우 정통정신분석학자들은 금기로 삼지만, 능숙한 장시간의 정신분석으로 도움을 받을 수 있는 경우도 있다.

정신분석에 적합한 사람인지를 판단하는 데는 아래 몇 가지 점을 염두에 두어야 한다. 우선, 합리적 사고를 할 수 있어야 하고, 자아가 어느 정도 강해야 하며, 성격의 활력이 필요불가결하다.

그리고 분석중 환자는 어려운 경험을 하게 되는데 이것을 참고 견디어 나갈 수 있어야 한다. 그밖에는 어느 정도 유연성을 가진 젊은 마음을 지녀야 한다. 따라서 일반적으로 환자 나이가 20~30대가 가장 좋은 것으로 생각하고 있다. 끝으로 솔직한 회의를 느끼는 것이 좋은 징후이다. 처음부터 너무 터무니없는 순진한 확신을 갖는 것은 나중에 치료가 난관에 부딪칠 전조가 된다.

12. 작업요법

작업요법이란 미술이나 수공업 등 작업 활동을 통하여 행하는 치료법이다. 이는 일반적으로 만성병 재활의 일환으로, 병의 회복기에 사회 복귀할 수 있는 교량적 역할을 한다. 그러나 심신의학에서는 작업요법을, 심리적 의미도 포함하여 심신증의 치료에 널리 활용하고 있다.

먼저 작업요법으로 잘 행해지고 있는 것은 지회(指繪), 점토세공, 목각, 금공 등이 있는데, 여성은 조화(造花), 수예, 재봉 등도 좋고 기타 서예, 원예, 독서 등도 좋으며 여기에 음악요법이나 회화요법 등 예술요법으로 발전하는 것까지 있다. 종이에 직접 물감을 칠하여 마음대로 그림을 그리는 지회를 하면 감정의 응어리를 발산시킬 수 있다.

상사에 대한 공격심을 참고 있는 사람은, 실제로 상사의 머리를 '탁' 때리는 대신, 쇠망치로 함석판을 마음껏 두들기는 금공, 세공에 열중한다. 여기서 더 발전하면 비상한 작품을 만듦으로써 정동을 예술적으로 승화시킬 수도 있다. 지회나 점토세공 등의 작업은 자기표현이다. 언어로는 표현하기 어려운 일이라도 작품에는 그렇게 저항 없이 표현된다. 심신증은 마음의 문제를 언어나 행동으로 표현하는 것이 억눌려 있어서, 증상이라는 형태로, 신체에 표현되어 있는 것이다. 더구나 환자는 그 마음의 문제가 무엇인가를 알지 못하는 일이 많다. 이와 같은 사람에게는 작업요법을 행하면 심적인 내용이 작품에 착실하게 표현되어서, 작품에 대하여 치료자와 대화하는 중에, 자기 마음의 문제를 조금씩 알 수가 있다. 그리하여 정동을 신체의 증상으로 나타내는 대신에 작업에 따라 표현될 수 있게 되고, 더욱이 언어로 나타낼 수 있게 하면 신체의 증상은 소멸되어 간다. 정말로 작업은 자연이 준 최대의 의사(醫師)이다.

무엇인가를 창조한다는 자기의 가치를 재발견하여 열등감을 극복하고, 자신을 갖게 하는 계기가 된다. 작품을 완성했다는 성취감을 맛보는 것도 훌륭한 일이다. 더욱이 모리다요법이나 행동요법의 일부로서 작업요법이 행하여져 증례에 따라서는 실제로 사회복귀 후에 직업과 관련 있는 현실적 훈련을 할 수도 있다.

이러한 작업요법은 전문 작업요법사의 지도를 받으면 더욱 효과가 나타난다. 작업요법사를 중심으로 하여, 집단으로 작업요법이 잘 행하여지는데, 이것은 여러 가지를 즐겁게 만들면서 서로 대화하거나 교제하기 때문에, 대인관계나 사회적응의 훈련도 된다.

13. 환경조정

환자의 환경조작, 즉 가정이나 학교, 직장 등에서 문제가 있어, 혼자만의 힘으로는 극복하지 못할 때, 그 문제의 처리를 도우면, 증상이 좋아지는 일이 있다.

예를 들면 환자의 가정이나 학교선생, 또는 직장에서 상사나 동료와 치료자가 면접하여, 그 사람들의 협력을 얻어서, 환경조정에 대하여 이야기한다. 이것은 의사가 하는 일도 있으나, 본래는 환경조정의 역할이다. 단지 환자의 생활환경상의 문제를 표면적으로 처리하는 것뿐 아니라, 언제나 환자와 좋은 관계를 유지하여 병의 상태와 함께 환자의 성격이나 장점을 이해하여 환자에게 잠재되어 있는 능력이 살아날 수 있는 방향으로, 사회복귀가 될 수 있도록 원조하는 것이 바람직하다.

심신증일 때 환자만이 병든 것이 아니고, 가정 그 자체가 병든 때가 많으므로, 가족의 심리요법이 필요한 때가 있다. 환자가 어린아이일 때에는 그 양친, 결혼하였을 때에는 그 배우자나 동거인의 심리적 문제가 중요하다.

그러나 현재 환자 부적응의 원인은 환경 때문이라고 말하지만, 주위 사람들을 만나 알아보면 환경은 그렇게 나쁘지 않아도, 실은 환자의 받아들이는 마음이나 보는 마음이 왜곡되어 있는 것이 문제이다. 또 결혼이나 이혼, 사직 등 인생에서 중요한 결정은 환자 자신이 주체성을 가지고, 그 책임 하에 정하는 것이 좋을 것이다.

그런데 사회가, 병태가 나타나는 것을 자체 내에서 처리하지 않고, 의학에 의존하는 경향이 있다.

따라서 심신의학은 단지 이것을 짊어지기만 하면, 그 본래의 역할을 다하지 못하게 된다. 심신의학에서는 사회가 스스로 책임을 지고, 사회제도나 환경을 정리할 수 있도록, 의학적인 입장에서의 원조를 목표로 하고 있다.

14. 독서요법

독서는 의학적인 지식을 얻을 뿐 아니라, 마음의 양식으로 인격 형성에도 도움이 된다. 치료자의 지시가 있다고 할지라도 독서하는 것은 환자이며, 환자 자신이 병을 치료하고자 하는 의지로써 시작이 된다. 이것도 자율요법이라고 할 수 있다.

독서에 따라 마음에 뭉쳐 있는 감정이 발산되어, 자기 문제의 본태에 대하여 통찰할 수 있는 가능성이 있다. 독서 후에 감상문을 쓰거나 그 책에 대하여 치료자와 대화함으로써, 자기를 새로운 각도에서 돌아본다거나, 더 나은 적응법을 선택할 수가 있다.

또 책 속에는 여러 인간상의 실례가 그려져 있다. 예컨대 젊은 여성이 불행하게 모친에서 받지 못한 이상적인 여성상을, 서적을 통해 자기에게 적응시켜, 성숙한 여성으로 성장해 가는 일도 있다. 독서요법은 독서회나 서클 같은 집단요법으로도 행해진다. 또 모리다요법이나 환경조정을 병용하면 더욱 좋은 효과를 거둘 것이다. 독서요법을 위하여 적서(適書)목록이 작성되어 있으므로, 그 나름의 목적에 따라 적절한 작품을 선택하는 것이 좋다.

예를 들면 사춘기의 여성으로 정서적으로 갈등이 있어 개인적인 적응을 꾀하는 데는 ≪알프스의 소녀 하이디≫ 등을 읽고, 핸디캡이나 열등감을 없애기 위해서는 ≪안네의 일기≫ 등이 좋으며, 가족과의 인간관계 등 사회적 재적응을 살 하기 위해서는, 이에 해당하는 책을 선택하여 읽으면 좋다. 또 비행화(非行化)의 경향이 보이면 성적인 서적을 피하는 것이 좋다고 지시하는 때도 있다.

심신증 환자에게는 심신상관에 대한 이해를 높이고, 마음의 건강법을 배우는 목적으로, '마음과 병' 등을 주제로 하여 알기 쉽게 해설한 환자 교육용 서적이 적절하다.

15. 집단치료

심신증의 환자는 원래 사회에 적응하려고 희망하여 그 나름대로 노력하고 있지만, 성격상의 문제와 환경의 조건 때문에 부적응 상태가 되어 있는 것이다. 그리고 대인관계가 부드럽게 되질 않아 자신감을 잃어버리고 만다. 그런데 분위기가 포근하고 수용적인 치료집단 속에서 자기 문제를 함께 걱정해주는 사람들이 있다고 하는 데서 비로소 자기를 주장하고 자유를 표현할 수가 있는 것이다.

즉, 잘 들어주고 있다는 것만으로도 얘기하고 있는 동안에 자기 멋대로의 감정이 발산되어 기분이 좋아진다. 또 자기의 문제점도 더 분명하게 알 수 있게 된다.

타인의 말을 듣고 있으면 자기의 성격 경향과 증상이 자기만의 특유한 것이 아니고 다른 사람들도 비슷한 감정과 문제를 갖고 있는 것을 알게 됨으로써 자신의 불안과 열등감이 덜해진다.

또 자기와 비슷한 경향을 갖고 있는 다른 사람들의 문제에 대응할 수 있는 방법을 듣고 있노라면 마치 거울에 비친 자기를 보고 있는 것 같아 반성하고, 자기 자신에 대하여 더 올바른 것을 알 수 있게 된다.

집단 속에서는 다른 환자가 치료자와 같은 역할을 다하고 있는 것이다. 마치 학교 학생들이 선생님의 의견보다 친구들의 의견을 받아들이기 쉬운 것처럼 오히려 자기와 비슷한 증상과 고민을 갖고 있던 환자의 치험담은 치료자의 권위 있는 말보다 강력하다.

이러한 과정을 거쳐서 여러 가지 사태에 대한 행동방식을 배우게 되지만 다음엔 이를 스스로 확인해 볼 필요가 있다. 치료집단은 현실사회와 같이 엄격하지도 않고 말하자면 보호된 실습장이기 때문에 새로운 행동양식을 시험하고 있는 동안에 다른 환자가 이를 지지해주기 때문에 차츰 자신감이 붙게 된다. 물론 협력자로서 다른 사람들의 의견을 받아들이고 더 적절하고 현실적인 적응양식이 되는 게 바람직스러운 일이다.

결론적으로 먼저 감정의 발산으로 자신의 문제점의 본질을 통찰하고 다음으로는 적응방법을 배우며 이를 시험삼아 더 바람직한 심리요법의 과정이 집단의 장소보다 부드럽게 행해진다. 이리하여 주위와의 조화를 유지하면서 자기실현을 할 수 있다는 심리요법의 이상적인 목적에 접근할 수 있게 된다.

16. 참선법(參禪法)

(1) 선이란 무엇인가

선이란 '생각을 가진다'라는 뜻을 지닌 댜나(dhya- ha), 또는 자나(jhaua)에서 유래된 말이다. 그러므로 심사(深思), 정려(靜慮)의 뜻이 있다. 그러나 이 뜻만으로는 더 깊은 의미를 완전히 드러낼 수 없기 때문에 그대로 원어의 음을 빌려 '선나(禪那)'라고 했고, 줄여서 '선'이라 부르게 된 것이다.

선이라는 말을 자세히 설명하기는 매우 어렵다. 전문적인 용어로써 아무리 설명하려고 해도 설명할 수 없는 내용을 가지고 있다. 그러므로 흔히 선을 불립문자(不立文字)라고도 하고 학문적인 궁리나 생각을 떠난 것이므로 어찌 말로 나타낼 수 있느냐고 한다.

선의 학문적인 연구는 선의 역사적 고찰과 내용에 대한 연구가 주를 이루겠으나, 선은 이러한 단순한 지식이 아니고, 우주 생명이나 참된 자기의 체득이기 때문에, 이러한 학문의 영역을 떠나기도 한다. 그렇다고 하더라도 선은 깊이 사유하여, 그 사유를 넘어선 곳에서 얻어지는 어떤 세계에 도달하려는 수행이다. 그러므로 이런 뜻에서 댜나를 사유수(思惟修)라고 번역하고 있고, 기악(棄惡), 공덕총림(功德叢林)이라고도 번역한다. 사유수란 마음을 한 대상에 집중하여 깊이 사유하여 닦는 수행법이라는 뜻이며, 기악, 공덕총림은 닦은 결과로 악이 없어지고 공덕이 많이 쌓인다는 뜻이다.

흔히 선은 정(定, samadhi)과 같이 합해서 선정(禪定)이라고 부른다. 엄밀한 뜻에서는 서로 다른 것이나, 선은 고요히 사유하는 것이요, 정은 삼매(三昧)로서, 선에 도달된 경지이다. 삼매란 범어로는 사마디(samadhi)인데, sam이 正, 等의 뜻이요, adhi는 가지다[執]의 뜻이므로 곧 "사물을 바르게 포착하여 가진다"고 하는 뜻으로 등지(等持)라고도 번역되고 있다. 이뿐 아니라 定, 正受, 正定, 調直定, 正心行處, 正思라고도 번역된다.

이런 것으로 보아서 선은 "마음을 고요히 하고, 생각을 깊게 하여 진리에 도달하는 길이다"라고 할 수 있다.

선을 수행함에, 가장 중요시됨은 몸가짐과 마음가짐이다. 그 중에서 몸가짐[調身]은 선수행의 기본이 된다. 몸가짐은 곧 坐法이라고 불린다. 그래서 선의 수행을 참선이라고 하고, 참선의 대표적인 것은 앉아서 선을 닦는 좌선이다. 그러면 좌선이란 어떤 것인가? 좌는 앉는다는 말이다. 앉는다는 것은 침착하여 움직이지 않음을 뜻한다. 또는 정지한다, 정착한다는 뜻이 있다. 요는 움직이지 않도록 안정케 한다는 말이다. 몸을 움직이지 않게 안정시켜 마음을 한 곳에 집중시킨다. 몸과 마음을 통일하여 심신을 하나로 안정케 하는 것이 호흡이다. 그래서 身·息·心의 통일 조화를 꾀하는 것이 좌, 즉 자세이다. 좌선을 한다 함은 호흡을 조절하여 몸과 마음을 단정히 하여, 자기 마음을 해방시킴으로써 자신의 마음을 자유로이 하는 것이다. 바쁜 현대생활에 쫓기다 보면 여러 가지 번거로움 속에 자기 마음이 지배되어 자기를 망각하고 있음을 좌선을 통하여 망각한 자신을 돌이키는 것이다. 자기의 참된 본성을 찾아 진정한 자기 자신이 되는 안락한 가르침이며 방법이다.

여기서 자기 자신이란 불교에서의 佛性, 法身, 眞如나 다를 바 없다고 칼 융은 말한다.

(2) 현대인의 선

선은 본래 무공덕(無功德), 무소득(無所得)이라는 점을 주장한다. "참선을 한다 하여 특별한 공덕이 있고 어떤 효과가 있는 것이 아니라, 본래 없다"는 뜻이다. 일본의 유명한 선사인 도원(道元)의 ≪학도용심집(學徒用心集)≫에도 "소득을 바라는 마음으로 佛法을 수련해서는 안 된다"고 말하고 있다. 건강하게 되고 싶다. 출세하고 싶다. 노이로제를 치료하고 싶다는 등, 무엇인가 이익을 얻으려고 참선을 하여서는 안 된다는 이야기다. 선에서는 깨침조차 구하여서는 안 된다고 가르치고 있다. 깨침이야말로 선의 생명일진대 그것마저 기대해서는 안 된다고 한다.

그런데 여기서 우리는 한번쯤 생각하지 않을 수가 없다. 과연 선이 무공덕 무소득이라면, 현대와 같은 공리주의 · 합리주의 · 실용주의를 앞세우는 젊은 세대가 이해할 수 있는가 하는 문제이다.

이와 같은 현대인들의 주장은 두말할 것도 없이 모든 지식은 생활 때문에 실제로 필요한 것이어야 하며 무엇이든지 객관적 결과로서 평가되어야 한다는 의식의 발로이다. 그들은 "무엇 때문에 참선이 필요한가?" 하는 현실적인 실용성을 중요시한다. 따라서 참선이 만일 현실생활에 아무런 도움이 안 된다면 참선의 존재 가치는 없다고 하여도 과언이 아닐 것이다.

지금 유럽이나 미국에서는 서구적인 사고, 즉 합리주의와 물질주의, 과학만능주의가 벽에 부딪치고 있다. 서구 사람들이 자기들의 문명에 회의적인 것이 되고, 그 타개를 위하여 동양적인 참선에 대단한 열을 올리고 있는 실정이다. 특히 정신의학 · 정신위생 면에 현저하게 나타나고 있다. 정신위생이나 정신의학적인 면으로 볼 때 구미의 물질주의와 과학주의로서는 어쩔 수 없는 문제에 직면해 있음을 의미한다.

이것은 서양 물질문명의 숙명이라고 말할 수 있으며, 그와 같은 문명을 마구 무비판적으로 도입하고 있는 우리나라에서 벌써 그들과 같은 징후가 나타나기 시작한 것도 어쩔 수 없는 현실이다. 따라서 서양의 심리학자와 정신과의사들이 정신의학이나 정신위생으로 인류의 위기를 의식하고, 정신적인 구제를 요청하는 위기의 돌파구로써 서양에서 참선의 붐이 일어나고 있는 것이다.

문명이 발달하면 발달할수록 인류는 건강하고 행복해야 할 터인데, 거꾸로 정신적인 장애를 받고 괴로워하고 있다. 과학이 자연을 정복하였다고 생각하고 있는 현대 문명인들이 도리어 자연으로부터 호되게 당하고 있는 것이 바로 스트레스와 노이로제 등의 정신 장애일 것이다. 정말 현대는 스트레스 시대, 노이로제 시대, 불안의 시대라고 불리고 있으나, 이것은 과학주의, 물질주의로는 어찌할 수 없는 현실이다.

참선이 노이로제와 스트레스 해소나 건강증진을 위한 것이 아니라고 할지라도, 우리들은 서민으로서, 사회인으로서 현실적인 생활을 하고 있는 이상 이와 같은 실용주의를 일방적으로 배척할 필요는 없다. 오히려 이와 같은 참선 수련이 정신적인 건강이나 육체적인 건강에 도움이 된다면, 적극적으로 이것을 활용하는 것도 생활의 지혜라고 할 수 있다.

이제까지 서양의학의 중심은 육체에 중점을 두고 마음의 작용은 경시하여 왔다. 이것은 유물적(唯物的) 의학이라고 불려왔다. 그런데 이와 같은 서양적인 생각도 널리 알려져 있는 캐나다의 한스 셀리에 박사에게서 무너졌다. 마음의 작용을 중요시하고, 마음과 육체를 분리하지 않는 의학이 새로 탄생한 것이다. 이것을 정신신체의학 또는 심신상관의학이라고 부른다.

셀리에 교수는 그의 유명한 스트레스 학설에서, 스트레스로 정신적 긴장이나 자극이 오래 계속되면, 이것이 대뇌피질로부터 간뇌에 전달되고, 그 결과 간뇌에 이상이 생기고, 따라서 부신 호르몬의 분비가 균형을 잃어 만성병 등이 발생한다는 것이다. 그러나 그와 반대로, '하루하루가 좋은 날(日日是好日)'이라는 기분으로 마음에 아무런 부담 없이 유쾌하게 생활한다면, 간뇌는 원만하게 작용하고 호르몬의 균형은 언제나 정상적이고 항상 건강을 유지할 수 있다.

선에서는 옛날부터 "심신일여(心身一如)"라고 말하고 있다. 마음과 육체는 분리되지 않고 일체이다. 이거야말로 정신신체의학과 일치하는 사고방식이라고 할 수 있다.

건강과 장수! 이것은 개인 문제임과 동시에, 사회 기구와 도덕률의 변경을 추구하는 인류 전체의 큰 문제라고 할 수 있다. 그렇기 때문에 참선이 정신신체의학에 도움을 줄 수 있다면, 이것을 정신건강과 육체건강에 응용하는 것도 참선에 위배되는 일은 아닐 것이다. 불교에서의 참선도 결국은 괴로움으로부터 구제할 수 있는 능력을 배양하기 위한 수행의 한 방법이라 할 수 있다.

그러므로 생활에 도움이 되는 선, 즉 有所得의 참선을 편의상 '현대인의 선'이라고 부르기도 한다.

(3) 참선 전의 주의사항

첫째로 참선방은 조용하여야 한다. 선방은 산 속이나 숲 속에 있으며 햇빛도 그다지 많이 들지 않는 곳이 가장 적합하다. 왜냐하면 빛을 약하게 할 필요가 있기 때문이다. 사람에 따라서는 산 속이나 숲 속의 경우 수목을 스치는 바람소리, 골짜기의 물 흐르는 소리, 혹은 새들의 지저귐과 같은 자연의 소리가 방해가 되지 않을까 우려하는 사람도 있을 것이다. 그러나 그런 것들은 오히려 마음을 가라앉히고 좌선에 도움이 된다.

이러한 여건이 주어지지 아니한 경우라도 실망할 필요는 없다. 시끄러운 도심 한복판에서라도 주위의 소음이 잠든 아침 일찍 아니면 밤늦게 주위가 조용해졌을 때 좌선에 들면 된다.

둘째, 식사를 조절하여야 한다. 식사 직후엔 삼가는 것이 좋다. 적어도 30분 이상 지난 다음부터 시작한다. 또 복통, 설사, 변비 등이 있을 때도 하면 안 된다. 선방에 들어가기 전에 꼭 소변을 보는 것이 좋다. 강한 자극물도 먹거나 마셔서는 안 된다. 또 너무 많이 먹어도, 배가 고파도 만족할 만한 참선을 할 수 없다.

셋째로, 수면을 조절하여야 한다. 식사와 마찬가지로 너무 많이 자도 안 되고 너무 적게 자도 안 된다. 특히 앉아서 자면 안 된다.

넷째는, 복장이다. 되도록 간편한 의복을 입는 것이 좋다. 혁대는 느슨하게 한다. 안경을 벗고 시계도 풀어놓는다. 가급적 양말 같은 것은 벗는 것이 좋다.

선방 내에서는 항상 몸가짐을 바르게 하고 조용히 걸어야 한다. 또 참선 전에 간단한 준비체조를 하는 것이 좋다. 가만히 앉아 있는데 무슨 준비체조가 필요한가 하겠지만, 그것은 모르는 소리다. 앉아 보면 알지만 참선이야말로 수영이나 스키 못지 않은 육체 훈련이다. 그 때문에 참선 전의 충분한 준비체조를 권장한다.

(4) 조신법(調身法)

참선에 따른 심신단련법의 제일 첫째는 자세를 바로 잡는 일, 즉 조신법이다. 따라서 참선이라고 하면 먼저 결가부좌 또는 반가부좌를 연상하는 것처럼 자세를 바로잡는 일은 참선이 심신에 영향을 주는 주요한 요점으로 되어 있다.

자세를 바로잡는 일이 심신에 좋은 영향을 준다는 것은, 이미 일상생활에서도 많이 경험하는 일이다. 우리는 무언가 중대한 말을 들으려 할 때는 앉는 자세를 바꾼다. 또 등을 구부리고 밑만 보고 걷는 사람보다 가슴을 내밀고 등을 쭉 펴고 걷는 사람 중에 건강하고 쾌활한 사람이 많은 것도 그 예이다. 그러나 이 자세를 바로 잡는 것을 가장 철저하게 적극적으로 정신단련법, 또는 건강증진법에 사용하고 발전시켜 온 것은 역시 참선의 조신법이다.

쉽게 말하자면, 마음과 몸은 일체라는 점이다. 마음을 바로잡기 위하여, 육체적 조건으로 자세나 호흡을 바로잡자는 이야기다. 앞에서 설명한 심신일여이다. 이는 현대의학으로도 증명된다. 심신일여라 함은 대뇌피질과 자율신경과의 조화를 의미한다.

대뇌생리학적으로 볼 때, 대뇌의 표면을 덮고 의식을 담당하는 대뇌피질의 작용과, 뇌 중심부에서 생명의 유지를 담당하는 자율신경중추와의 작용은 서로 대항하고 있다. 대뇌피질의 작용이 강하면 자율신경중추의 작용이 억제되고, 반대로 대뇌피질에 따른 브레이크가 느슨하면 자율신경계의 기능이 해방된다. 이 사실을 증명하려면, 대뇌피질의 작용에 대해선 뇌파를 측정하고, 자율신경중추의 작용에 대해선 호흡이나 맥박을 조사하면 알 수 있다.

스트레스가 쌓이고, 정신의 긴장이 풀리지 않고 매일 우울한 생활을 계속하면 자율신경의 작용이 둔해진다. 결과적으로 위의 활동이 활발치 못하고 소화불량이나 위궤양 등을 유발하는 것은 많은 사람들이 경험하는 것이다. 그러나 참선을 한동안 열심히 하면 이 같은 사실은 감쪽같이 사라진다. 다시 말하면, 참선은 자율신경의 작용을 바로잡고, 대뇌피질의 긴장을 느슨하게 만든다. 그 결과, 마음이 안정되고, 더 건전한 신체로 만드는 데 효과적이다.

이것이 참선에 따른 심신일여의 과학적인 근거이다.

현대인은 하루의 대부분을 의자에 앉든지 서 있든지[지하철 버스 등] 걷고 있든지 누워 있다. 이중 가장 많은 시간이 의자에 앉는 시간일텐데 이것도 다를 것이 없다. 이 때에도 역학적으로나 생리학적으로 판단하여 가장 안정된 자세를 취하면 된다.

참선은 원칙적으로 결가부좌를 한다. 부득이한 경우에는 반가부좌를 하여도 좋다. 또 부녀자는 보통식 정좌를 하여도 좋다. 이중 결가부좌는 가장 심신이 안정되는 방법이나 초심자들은 발목이 아파서 오랜 시간 앉아 있기 힘들다. 따라서 처음 시작하는 사람은 반가부좌가 적합하다. 물론 수련이 진행되면 의자에서도, 서서도[立禪], 누워서도[臥禪], 또는 걸어가면서도[行禪] 선을 행할 수 있다.

먼저 결가부좌의 좌법부터 알아보자. 가부좌라 함은 발의 접는 법을 말한다. 먼저 방석을 둘로 접어 앉기 편한 자세를 취한다. 그 위에 엉덩이를 얹고 책상다리를 하고 앉은 다음 오른손과 왼손으로 오른다리를 들어 왼쪽 허벅지 위에 올려놓는다. 다음, 오른손으로 왼쪽 다리를 들어 오른쪽 허벅지 위에 얹는다. 그리고 두 무릎을 땅바닥에 닿게 한다. 그리고 나서 몸의 중심이 양쪽 무릎과 청량골[등뼈의 끝 부분]을 연결하는 삼각형의 중심에 떨어지도록 자세를 조정한다. 이 때 각자 다리의 길이와 굵기 등은 일정하지 않으니, 방석 높이를 적당히 조정하여 가장 편한 자세를 택한다.

다음, 반가부좌는 결가부좌 중 좌우 어느 쪽이나 한 쪽 다리만을 상대 쪽 무릎 위에 얹는다. 이 때 주의할 점은 양쪽 무릎이 정확하게 땅바닥에 같은 무게로 닿아야 하며, 몸의 중심 역시 삼각형의 중심에 놓여야 한다.

참선 자세는 이상 두 가지 밖에 없다. 이러한 참선 자세에서의 주의사항은 다음과 같다.

첫째로 양 무릎과 엉덩이는 같은 힘을 받도록 앉아야 한다. 그 때문에 엉덩이를 충분히 뒤로 빼고, 배꼽은 충분히 앞으로 밀어야 한다. 머리는 천장을 뚫는 기분으로 쭉 뻗는다. 그렇게 되면 코와 배꼽은 일직선상에 놓이게 된다. 이 코와 배꼽은 선의 가장 중요한 요소이다. 코와 배꼽이 일직선에 놓이지 않는 한 진정한 의미에서의 선은 이루어지지 않는다.

둘째로 손놓는 법[印相]도 중요하다. 먼저, 오른손을 왼쪽 다리 위에 놓는다. 그 다음 왼쪽 손바닥을 오른쪽 손바닥 위에 놓는다. 양쪽 엄지손가락 끝을 서로 가볍게 맞대고 아랫배 쪽으로 끌어당기고, 엄지손가락 연결부가 배꼽과 일직선상에 있고 배꼽 바로 밑에 있게 한다. 양쪽 엄지손가락의 손톱과 손톱이 서로 맞대게 한다. 이것을 법계정인(法界定印)이라고 부른다.

귀와 어깨는 일직선상에 있게 한다. 양 팔꿈치는 몸에서 떨어지게 한다. 양손은 보주(寶珠)와 같은 형이 좋다. 가슴에 힘을 넣지 않고 양어깨를 낮춘다. 허리를 쭉 펴고 턱을 끌어당긴다. 입은 꽉 다물고 상·하 이빨을 가볍게 맞대고 혓바닥은 위턱에 가볍게 붙인다. 입안에 공기를 품어서는 안 된다.

눈은 항상 뜨고 있어야 한다. 눈은 반쯤 뜨는 것이 좋다. 그리고 시선은 앞쪽으로 보낸다. 그러면 눈동자의 절반은 눈꺼풀에 가린다. 즉, 눈꺼풀 내면을 보게 하고, 눈동자 절반은 전방을 보게 된다. 그러니 자연히 시선은 전방 1~2m 가까이에 떨어진다. 정신통일 등 명상법에서는 눈을 감는 사람들이 있으나 참선에서는 절대로 눈을 감아서는 안 된다. 여기서 가장 중요한 것은 정좌법에서도 말하였듯이 항상 명치끝을 부드럽게 하고 또 오므려야 한다는 점이다.

다음, 균형을 잡기 위하여 결가부좌를 한 채로 상체를 먼저 전후·좌우로 움직이고 또 돌린다. 그 다음 좌우로 시계의 추처럼 흔들고 점점 진폭을 작게 하여 자연스럽게 정지한다.

(5) 조식법(調息法)

조식법은 마음의 긴장을 풀어 줄뿐 아니라 건강 증진에도 도움이 되고, 또 어디서든지 간단하게 할 수 있다는 이점이 있다. 조식은 문자 그대로 호흡을 바로잡는 것으로, 참선에서는 대단히 중요시하고 있다. 올바른 호흡을 함으로써 참선의 자세도 바로잡히고, 깨침의 경지에 도달할 수 있다. 이것이 선의 사고방식이며, 그 때문에 초심자는 먼저 호흡조절법부터 시작한다. 또 수련을 쌓은 참선에 숙달한 선승들도, 참선 도중 잡념이 솟아올라 명상이 방해될 때에는 호흡법으로 자세를 바로잡고 마음의 안정을 도모한다고 한다. 마음이 흔들리면 자세도 흔들린다.

조식에 따른 마음의 안정법은 참선에서는 체험적으로 전하여 온 것이나, 최근 정신의학적으로도 인정받게 되었다. 신경증의 환자에게 이 수법을 응용하여 효과를 보고 있다는 보고도 있다.

이처럼 호흡을 바로잡는 것은, 마음에도 영향을 미칠 뿐 아니라 호흡이 생명현상을 담당하고 있는 만큼 몸에도 영향을 끼친다는 점으로도 대단히 중요하다.

그러면 어떠한 조식법이 가장 효과적이고 또 과학적인가? 결론부터 말한다면 호흡수를 감소시키는, 즉 가늘고 길게 하는 호흡법이다.

우리는 보통 1분에 17~18회의 호흡을 한다. 운동을 하면 1분간 20회 이상도 된다. 참선중의 선승들의 호흡수는 대개 1분간 1~2회이다. 참선에서는 호흡수를 줄이라는 말은 안 한다. 다만 “내뿜는 숨을 천천히 하라”고 말한다. 그리고 “코끝에 새털을 갖다 대어도 그것이 움직이지 않을 정도로 조용히 조금씩 내뿜도록 하라”고 말한다. 그러면 들이키는 숨은 내뿜는 숨이 끝난 즉시 자연히 폐에 들어오게 된다고 한다. 내뿜는 숨이 길게 됨으로써 자연히 들이키는 숨은 다소 빨리 코로부터 들어온다.

이 호흡법은 비단 참선할 때뿐 아니라 어디서든지 응용할 수 있다. 의자에 앉아서도, 서서도, 걸어가면서도, 만원 전철이나 버스 안에서도, 어떠한 자세로도 가능하다. 전철이나 버스 등에서는 눈을 감고 하는 것이 좋다. 눈을 감으라는 것은 주위로부터의 유혹을 물리치기 위함이다. 옆에 있는 아가씨의 미니스커트를 보는 순간 호흡이 흔들리기 때문이다.

이 호흡운동은 심장이나 내장 운동과는 달리 어느 정도는 자기 의사에 따라 할 수 있다. 그러나 호흡운동은 생명을 유지하기 위하여 결코 중지할 수는 없으므로, 대개의 경우 무의식중에 반사적으로 행해진다. 그 때문에 수면 중, 의식이 잠잘 때에도 호흡운동은 쉬지 않고 하고 있다. 이처럼 의식과는 관계없이 자율적으로 호흡운동을 함으로써, 신체가 산소를 많이 필요할 때에는 자동적으로 호흡운동도 그것에 따라 변한다. 줄넘기나 마라톤 경기 등을 한 뒤에 호흡이 자연히 빨라지는 것은 누구나 다 아는 사실이다. 이것은 체내에서 에너지가 급격하게 소모됨으로써 그 에너지를 재생시키기 위하여 필요한 산소를 가급적 빨리 공급하기 위해서이다.

정신적으로 긴장이 심할 때에도 호흡이 빠르다. 화가 나서 말하려 할 때 말할 수 없는 것은 호흡이 빨라진 결과이다. 또 노이로제 환자는 일반적으로 호흡이 보통 사람보다 대단히 빠르다. 이같이 숨이 찬 상태에서 냉정한 판단을 한다든지 일을 정확하게 한다든지 하는 것은 불가능하다.

호흡을 천천히 한다는 것은 이것으로 심장의 부담이 대단히 덜어진다는 것이다. 우리가 운동을 하면 호흡이 빨라짐과 동시에 심장에 고동치는 횟수도 많아진다. 폐에서 산소를 받은 혈액을 체내 조직에 빨리 공급하기 위해 취해지는 생리적 현상이다. 다시 말하면 호흡이 빨라진다는 것은, 그만큼 심장의 부담을 크게 한다는 사실이다.

참선을 하면 배포가 커진다는 말들을 하는데, 이것은 조식에서 호흡수 감소법을 수련하였기 때문에 자유로이 호흡을 조절할 수 있는 능력을 갖고 있기 때문이다. 평소에 상당히 실력 있는 사람이, 직접 일을 당하면 그 실력을 충분히 발휘하지 못하는 예를 종종 본다. 이것은 정신적인 수양이 부족한 사람에게서 흔히 나타나는 약점으로 특히 우리나라 운동선수를 외국 선수들과 비교하면 그런 경향이 많다.

이 호흡 감소법은 참선을 하면서 수련하는 것이 가장 효과적이라는 점을 많은 경험자들이 입증하고 있다. 지금이 가장 중요하다고 생각하면 할수록 마음이 긴장하고 신체의 근육도 긴장한다. 그 때문에 평소에 잘하던 말도 잘 안 나오고 평소에 잘하던 기술 또는 기능도 잘 발휘하지 못한다. 우리나라 사람들은 잘 모르겠지만 일본 사람들은 씨름선수·야구선수를 비롯하여 바둑 프로들까지 평소 참선으로 이 같은 배포를 기르는 사람이 많다. 때문에 중요한 일을 할 때는 긴장을 푼 다음 일에 착수함이 바람직하다.

호흡을 고르게 하는 비결 •———

호흡에는 다음 네 가지가 있다.

① 風 : 코로 숨이 들어오고 나갈 때 소리가 나는 것. 비록 미미하더라도 마음이 산란하다는 증거이다.

② 喘 : 들락날락하는 숨소리는 없으나 고르지 못하다.

③ 氣 : 소리도 없고 숨도 고르나 호흡에 대한 의식이 아직도 남아 있을 때를 말한다.

④ 息 : 소리도 없고, 고르고, 자기 자신의 호흡에 대한 의식이 없고, 숨을 쉬고 있는지 안 쉬고 있는지 알 수 없는 상태이다.

선의 호흡은 이 식이 아니면 안 된다. 우리가 흔히 심호흡이라고 부르는데 엄격한 의미에서는 옳지 않다. 즉 심흡호(深吸呼)라야 옳다. 심흡호에서는 먼저 내뿜는 것이 아니라 먼저 들이마시는 것이 보통이기 때문이다. 그러나 선에서의 호흡은 진실한 심흡호이다. 선에서는 항상 먼저 숨을 내뿜기 때문이다.

참선을 할 때면 시작할 때와 끝마칠 때에는 반드시 심호흡을 한다. 그러나 참선할 때는 숨쉬는지 안 쉬는지 모르는 상태로 한다. 이것은 말하기는 쉽지만 실제로 해보면 정말로 어렵다. 그 비결을 말하면 다음과 같다.

먼저 정신을 되도록 아랫배에 집중시킨다. 배꼽 아래 3촌의 위치, 즉 기해단전(氣海丹田)에 마음을 모으라. 다음, 전신에서 힘을 뺀다.

그리고 전신에서 피부호흡을 한다.

이 또한 쉬운 일이 아니다. 숨을 코로 들이쉬고 코로 내쉬는데 마음을 쓰면 아무래도 코가 또 걱정이 된다. 코에서 소리 안 나게 기를 쓰면 더욱 소리가 난다. 이렇게 돼서는 도저히 息의 상태에 들어갈 수 없다. 그 때문에 우선 의식을 배꼽 근방에 집중하는 것이 좋다. 배꼽은 원래 호흡기관이었다. 사람은 배 안에 있을 때에는 배꼽을 통하여 호흡한다. 우리의 몸이 지금 있는 것도 실은 배꼽 덕택이다. 그렇게 생각한다면 배꼽으로 호흡한다는 것은 조금도 이상할 것이 없다.

다음 전신에 힘을 빼라는 것은 어깨에도 배에도 힘을 빼라는 말이다. 그 때문에 전신의 무게를 몸의 최하부에 놓을수록 좋다. 이것도 어려운 이야기다. 사람은 이 때에 가장 강하게 되고, 또 잠재능력이 가장 능률적으로 발휘될 때이다. 배꼽 밑 단전에서 힘을 빼고, 내 몸의 존재를 잊어버리도록 천천히 호흡을 하면 자연히 기력이 온몸에 충만하여지는 법이다.

전신으로 호흡하라는 것은 그렇게 생각하면 편하다는 말이다. 인체에는 수십만의 털구멍·땀구멍이 있다. 이와 같이 털구멍이나 땀구멍으로 실제 다소의 호흡을 하고 있다. 처음에는 신체의 모든 구멍으로부터 호흡한다고 관념적으로 생각한다. 그러나 그러는 중에 몸 전체로 호흡하는 것처럼 느껴진다. 그렇게 되면 얼마 안 가서 피부라는 감각은 없어진다.

몸 안에 있는 모든 더러워진 기를 몸 밖으로 뿜어내고, 몸밖에 있는 깨끗한 대우주의 기를 몸 안으로 빨아들이는 것이다. 그러는 중에 자기 몸이라는 하나의 물체는 대우주 속에 녹아서 없어져 버린다. 이렇게 되면 안개를 먹고 구름을 타고 다니고, 투명인간이 되기도 하는 신선의 경지와 일치한다는 이야기가 된다.

모든 잡념을 버리고 마음을 광활한 천지 우주의 가운데에 두고 자기를 바라보는 일, 이것을 가능하게 하는 방법이 참선이다. 그리고 참선

함으로써 그러한 세계를 자기 것으로 만들 수 있다.

수식관(數息觀)

참선할 때 마음이 안정되지 못하고 망상이 떠오를 때, 또는 참선 초보자일 때는 수식관이라는 호흡법부터 행하는 것이 관례로 되어 있다. 자세를 바로하고 호흡을 시작하면 즉시 자기 호흡을 세기 시작하는 것이다. 이것을 수식관이라고 하며, 다음과 같은 방법이 있다.

숨을 세는 것은 물론 마음속으로 센다. 숨을 내쉴 때에 (하-나) 숨을 들이쉴 때에 (두-울), 또 내쉴 때 (세-엣), 들이쉴 때 (네-엣)과 같이 열까지 세면 다시 하나로 돌아온다. 이것을 출입관이라고 부른다. 또 세기는 쉬우나 깊은 定에 들어가기가 어렵다. 제2의 방법은 출입을 하나로 하여 나가는 숨만을 (하-나) (두-울)식으로 세어 나간다. 더 자세하게 말하면 내쉬는 숨을 (하-)로 세고 계속하여 들어오는 숨을 (나-)로 세는 것이다. 이것을 출식관이라고 부른다. 이것은 참선 도중 졸립다든가, 흐리멍덩하여진다든가 할 때에 적합한 방법이다. 셋째로 입식관, 즉 들어오는 숨만 세는 방법이다. 이것은 세기가 힘드나 깊은 정에 들어갈 수 있으므로 마음이 불안정하다든가 망상이 심하게 떠오를 때 가장 적합한 방법이다.

이 세 가지 수식관은 각각 특징을 갖고 있으므로 참선 때의 심경에 응하여 적당히 사용하면 좋을 터이나 일반적으로는 제2의 출식관을 많이 사용한다. 경산노사(耕山老師)도 이 법을 "마음을 수에 전념하여 산란시키지 않는 법"이라고 가르쳤다. 숨을 세는 것이나 마음은 일심불란하게 수만 셈으로써 수 그 자체에 흡수되는 것, 다시 말하면 숨을 (하-나)라고 세는 것이지만 마음을 숨 쪽이 아니고 (하-나) 쪽에 기울이고, 이 (하-나)에 숨이 끌려가도록 되지 않으면 안 된다는 것이다.

수식관 때에도 눈을 뜨고 있으므로 여러 가지 물건이 보인다. 귀도 틀어막고 있지 않기 때문에 여러 가지 생각이 떠오르는 것은 살아 있는 사람인 이상 도리가 없다. 그러나 전심전력으로 숨만 세고 있으면 보인다든가, 들린다든가, 생각한다든가 하는 일들을 전혀 의식하지 않을 때도 있고, 자연히 의식할 때도 있다. 그러나 그런 것은 아무렇지도 않다. 이것은 결코 나쁜 것은 아니므로 방해하여 제거하려고 할 필요도 없고, 또 그리 좋은 일도 아니니 상대할 필요도 없다. 보여도 안 보여도, 들려도 안 들려도, 생각나도 생각 안 나도 그것을 상대하는 것은 결코 좋은 일이 못된다.

아무런 관심도 갖지 말고 오로지 전심전력으로 수를 세고만 있으면 된다. 이것은 간단한 것 같지만 좀처럼 잘 되지 않는다.

우리는 참선 중 하나부터 열까지 세는 동안 어느 사이엔가 딴생각을 하고 있는 자기를 발견한다. 그러면 다시 정신을 가다듬어 하나부터 열까지 세기 시작한다. 겨우 열 가까이까지 갔다고 생각하면 또 잡념에 사로잡혀 버린다. 또 이번에는 잘 세고 있다고 의식하고 보면 어느 사이에 20 또는 30까지 세고 있는 자기를 발견한다. 그러나 실패하였다 하여 별로 실망할 것도 없다. 오히려 이것저것 생각하지 않는 것이 더욱 중요하다.

수식관이 잘되게 되면 다음에는 수식관(隨息觀)으로 바꾼다. 수를 세는 노력을 아예 하지 말고, 수에 대한 의식을 버리고 다만 숨의 출입에만 전심전력하는 의미이다. 다시 말하면 호흡하는 숨 가운데 몸과 마음을 맡겨버리는 것이다. 이것은 앞에서의 數息觀에 비하여 일보 전진한 상태이다. 보통 때 숨을 쉬고 있다고 특별히 의식하는 사람은 거의 없다. 따라서 이와 같은 상태가 어느 면으로 보면 자연스럽다. 이것을 의식적으로 잊어버리려고 하면 도리어 하기 어려운 것이 사람의 본능이다.

어떤 경우든지 참선할 때의 호흡은, 나가는 숨은 그대로 천지 우주의 구석구석까지 퍼져 나간다고 생각하고, 들이쉬는 숨은 천지 우주가 그대로 내 몸 안으로 들어온다고 생각하는 것이 요령이다. 실로 배꼽

이야말로 우주 전체를 몽땅 삼켜버리는 저 우주의 함정, 블랙홀이라고 생각하면 된다.

(6) 조심법(調心法)

이제까지 말한 조신법 · 조식법은 말하자면 몸 외측으로부터, 심신의 컨디션을 조정하고 활력을 증가시키기 위한 방법이었다. 특히 정신이라든가 마음의 문제는 사람의 극히 깊은 부분에 속하기 때문에 직접적으로 쉽게 대응할 수 없다. 그러나 마음이라고 하여도 육체를 떠나서는 존재할 수 없으므로 먼저 들어가기 쉬운 조신 · 조식으로부터 시작하였을 따름이다.

그 때문에 먼저 앉는 자세며 호흡을 조절하면서 앉는 일, 즉 지관타좌(只管打坐)가 필요하다('지관타자'라는 말은 오직 아무 생각 없이 앉은 그대로 선정에 든다는 뜻. 여기서는 어떤 방편이 필요치 않다. 오직 결가부좌나 반가부좌로 편안히 앉아서 몸과 마음을 움직이지 않고, 무념무상으로 깊은 명상에 드는 것이다).

이와 같이 외측으로부터 자세를 바로잡고 호흡을 조절하기만 하여도 뇌파에 변화가 나타난다. 이 효과를 더욱 유효하게 만들기 위해서는 그 효과를 받아들이는 내부, 즉 마음의 자세가 중요한 문제가 된다. 즉, 아무리 외부로부터의 조건이 구비되어도 마음 자체의 자세가 성실하지 않고서는 모처럼의 참선도 그 효과가 반감된다.

이와 같은 내측으로부터의 노력은 조심법이라고 말하고 있다. 참선에서는 물론 조심법이라는 독립된 방법만이 존재할 수는 없고, 조신 · 조식 · 조심이 삼위일체가 되어야 비로소 올바른 참선이 된다. 따라서 조신 · 조식을 착실히 행하면서 조심에 들어가면 효과가 배로 증가할 것이다. 이 조심법의 이상적인 상태는 솟아오르는 잡념, 망상을 어떻게 조절하는가 하는 데 있다.

참선에서는 비사량(非思量)이란 말을 많이 쓴다. 이것이 곧 조심법의 핵심이기 때문이다. 그러면 이것은 무슨 말인가? 물론 아무리 큰 사전을 찾아보아도 이 같은 말에 대한 올바른 해석은 없을 것이다.

또 선이라면 무조건 무념무상이라고 하는 깨침이라고 하면 '공'이라고 말하여 간단하게 생각해버리는 경우가 많다. 만일 이와 같은 것이 선이고 깨침이라면, 피곤하여 죽은 것처럼 잔다든가, 술에 만취한다든가, 또는 어떤 찰나에 머리를 세게 부딪쳐서 기절한 것도 무념무상이 아닌가? 그러면 이 상태와 대오(大悟)한 상태가 어떻게 다르단 말인가? 무엇 때문에 석가께서 6년간 참선했다든가, 달마께서 9년간 면벽하였는지 알 수 없게 된다.

그럼에도 불구하고 참선하는 많은 사람들이 무념무상이라든가 공이라든가 무라는 문자나 어구에 집착되어 아무 것도 생각하지 않으려고 애를 쓰며 괴로워하고 있다. 이렇게 하여 조급하면 할수록 그만큼 더욱 마음은 혼란하게 된다. 이것은 마치 의복에 묻은 흙을 흙탕물로 씻어버리려고 하는 것과 다를 바 없다. 정말 가엾은 일이다. 그 때문에 경산노사도 다음과 같이 주의를 주고 있다.

참선 중에는 여러 가지 일이 보이고 들리고 생각나나, 이것들은 결코 나쁜 것이 아니므로 방해해서는 안 된다. 또 좋은 것도 아니므로 상대하여서도 안 된다. 자연은 자연에 맡겨두면 좋다. 다만 전심전력을 다하여 태연하게 참선만 하고 있으면 된다. 지구를 방석으로 하여 우주를 배 안에 품은 것 같은 커다랗고 웅대한 기분, 천지에 자기 몸이 가득 찬 기분으로 앉아 있으면 된다. 이것을 "독좌대웅봉(獨座大雄峯)"이라든가, "청산은 본래 부동이요, 백운은 스스로 오고 간다"라고 글로도 표현하고 있다. 이와 같은 상태를 비사량이라고 한다.

이상에서 말한 것처럼 비사량이야말로 조심의 목표이고, 동시에 참선의 종착역이다. 비사량을 쉽게 풀이하면, 현재의 시점에서 하나의 일에 마음이 전부 향하고 있어 다른 일에 마음이 향하지 않는 상태이다. 다시 말하면, 제일 중요한 일에 마음이 쏠리고 필요하지 않은 지엽적인 일에는 마음이 쏠려서는 안 된다는 말이다. 그리고 무리한다든가 노력한다든가 하는 의식이 없고, 자연히 취해지는 정신집중이 되어야 한다.

여기에 대하여 불사량(不思量)이란 생각하지 않는 일이다. 그러나 인간인 이상 아무 것도 생각하지 않는다는 것은 이치에 닿지 않는다. 전혀 생각하지 않는다면 아무 일도 해결해 나갈 수가 없다.

따라서 사량에 대하는 불사량, 즉 '생각하는 일'에 대한 '생각하지 않는 일'은 대립하는 두 개의 개념으로서는 상호 간에 마이너스의 면을 갖고 있다.

여기에 대하여 비사량이란 그 어느 쪽도 아닌 '생각한다' '생각하지 않는다'라는 대립이 없는, 따라서 마이너스가 없는, 사량 · 불사량의 양쪽 모두를 포함한 하나의 커다란 사고 방법을 말하는 것이다.

선의 극치라고 하는 '무념무상' '무심' '삼매' 등도 다소 뉘앙스는 다르지만 모두 비사량을 지향하는 말임은 틀림없다. 생각하는 것도 아니고, 생각하지 않는 것도 아닌, 그렇다고 절반만 생각하고 절반만 생각하지 않는 것도 아닌, 이 어려운 '비사량'의 경지에 도달하는 것을 의미한다.

(7) 참선을 끝낼 때의 주의

집단으로 좌선하는 곳에서는 끝나는 신호에 따르기만 하면 되지만, 자기 혼자서 좌선하고 있을 때는 다음의 주의가 필요하다.

① 우선 마음을 개방하고 기분을 평안히 한다. 가령 數息觀을 하고 있던 사람은 숨을 세는 것을 중지하고 마음의 긴장을 푼다.

② 다음 입술을 조그맣게 둥글게 하고 고요히 마음껏 숨을 내뿜는다. 내뿜는 숨 가운데 이때까지의 마음의 긴장, 몸의 긴장이 얼음 녹듯이 풀려버리는 듯한 심리작용을 가하면서 두서너 번 마음껏 숨을 내뿜는다.

③ 다음 미미하게 서서히 몸을 움직인다. 어깨, 목에 긴장감, 그리고 뿌듯한 감이 있을 때에는, 부드럽게 만져주고 고요히 움직이면서, 이 역시 내뿜는 숨과 함께 뱉어버리는 기분을 가진다.

④ 들었던 발을 푼다. 결가부좌했을 경우에는 손으로 풀도록 한다. 아프거나 저릴 때에는 손으로 마찰한다.

⑤ 다음 양손을 마찰하여 온기를 내어 양손에 덮는다. 손을 덮은 채 눈을 뜬다.

⑥ 손가락 사이로 들어오는 외광에 눈을 익힌 다음 손을 뗀다. 그리고 전신의 땀이 식는 것을 봐서 일어선다.

⑦ 다시 좌선을 계속하려면 먼저처럼 하고 평안한 기분으로 잠시 휴식을 취한 뒤에 다음 좌선에 든다.

(8) 참선입정 중의 주의

좌선의 요점은 "신, 식, 심의 3가지 조화"라고 정의되어 있다. 자세와 호흡과 정신의 조화를 이루며 그 3자를 통일한다.

또 좌선을 시작할 때에는 우선 자세, 다음 호흡, 그리고 정신[마음]의 순서로 '신, 식, 심의 조화'와 안정을 도모한다. 좌선을 끝낼 때는 그 반대로 한다. 곧 '심, 식, 신'의 순서로 마친다.

좌의 길이 •———

한 번 入定의 시간은 형편에 따라 정하게 된다. 30분 또는 1시간 정도가 보통이나. 그런데 초보자로서는 30분도 지루하기 짝이 없다. 잡담이나 하며 몇 사람이 모이면 30분이란 시간은 아주 짧은 시간이지만, 막상 다리를 틀고 좌선하려면 30분이란 시간이 길고 길어서 끝나는 신호소리를 기다리기에 모든 정신을 기울인다. 물론 초보일 경우이다. 이렇게 하는 가운데 좌선이 단련되어 수확을 거둘 때가 멀지 않게 된다. 대개 30분간 앉고 5분간 쉬는 것이 일반 좌선법회의 통례로 되어 있다.

□ 좌선하기 좋은 시간 •

예로부터 밤에서 낮으로 옮기는 때에 1시간, 낮에서 밤으로 옮길 때의 1시간이 제일 좋은 때라고 여겨 왔다. 결국 아침 5시부터 6시까지, 저녁은 6시부터 7시까지가 매우 좋은 시간일 것이다.

그러나 좀 익숙해지면 바쁜 생활 가운데서도 얼마든지 할 수 있다. 서거나 앉거나 가릴 것 없다. 그리고 택시라면 으레 앉으니 더욱 좋은 기회가 아닐 수 없다. 신문을 볼 때나 라디오를 듣는 때에도 몸의 자세와 호흡의 훈련은 얼마든지 가능하다. 하복부에 힘을 주고 호흡을 고르게 하면, 그 일에 능률이 오르는 것은 물론, 밥맛도 있고 따라서 소화도 잘 된다.

17. 모리다요법

모리다(森田)요법은 삼전정마(森田正馬)박사가 60년 전에 창시한 것으로, 일본 특유의 치료법이다. 그것은 神經質者를 위한 치료용으로 고안된 것인데, 心身症의 치료에도 적용된다. 모리다가 말하는 신경질자는 신경질이 많은 생에 대한 욕망이 강한 사람으로서, 사소한 일에까지 신경을 쓰며, 완전욕이 강하기 때문에, 자기 몸에 대한 조그마한 변조에도 민감하게 반응하는 히포콘드리아(hypochondria) 기조를 가지고 있다. 이와 같은 사람은 누구에게나 있는 생리현상, 예를 들면 너무 자서 머리가 무겁다든가, 운동 후에 동계가 있다든가 등에 대해 당연히 있는 것을 자기 멋대로 병으로 알고 이것에 사로잡혀 버린다.

더욱이 주의가 생리현상에 기울면, 그 감각은 민감하게 되어, 점점 주의가 거기에 고착화되어, 정신교호작용[악순환]이 일어난다. 이 때 마음에 집착하지 않는다고 생각하는 것은, 뒤집어 말하면 머리가 집착하고 있는 것이다. 예를 들면 심장신경증의 사람이 동계에 대한 감각이 더욱 민감하게 된다는 것이다.

그러니까 누구에게나 있는 동계 등의 생리현상은 자기 의지로 조절하려고 하지 않는 것이 차라리 낫다. 그것은 불가능을 가능으로 하려는 생각부터가 무리한 일이기 때문이다. 이와 같이 불안하면 불안한 그대로, 자연적으로 일어나는 마음의 흐름에 따라 거슬리지 않는 상태를 '있는 그대로'라고 한다. 이 '있는 그대로'가 되면, 정신교호작용도 성립되지 않는다. 사로잡힘에서 해방되는 것이다.

'있는 그대로'라고 하는 것은 증상을 그대로 받아들이는 것인데, 결코 포기하는 것이 아니고 본래 가지고 있는 욕망에 대해서 건설적으로 노력하는 것도 된다. 고량(高良) 박사의 해설에 따르면, 예를 들어 풀장의 다이빙대에서 처음 뛰어들어 갈 때에는 누구나 무섭다. 무서워서 뛰어들지 않는 것은 포기인데, 무서운 것은 그대로 받아들이고, 무서운 상태에서 불안한 그대로, 향상심에 따라서 뛰어내리는 것이 정말로 '있는 그대로'이다. 처음부터 무서운 기분을 제거하려는 것은 말할 것도 없이 무리한 것으로, 그렇게 하게 되면 노이로제가 된다. 불안한 그대로, 몇 회인가 뛰어들면, 무서움이 사라지고, 자신이 생김과 동시에 불안도 없어진다.

이 '있는 그대로'를 체득하도록 인도하는 것이 모리다요법이다. 이는 입원하여 다음의 4기에 걸쳐 행하여진다.

제1기는 와욕기(臥褥期, 4~7일)로 환자는 격리되고 면회, 담화, 독서, 끽연, 라디오, 그 외 일체 모든 것이 금지된다. 이와 같이 하여 불안증상과 직면하는 것이다. 절체절명의 한계상황에 다다를 때에 마음의 전회(轉回)가 일어나, 치료될 가능성이 많다.

제2기는 輕작업기(3~7일)로 기상하여 신변의 일과 문 밖의 가벼운 일은 자발적으로 한다. 그리하여 매일의 감상을 일기에 쓰고, 이것을 통하여 지도한다.

제3기는 重작업기(1~2주간)로 밭일, 청소, 목공일, 부엌 및 설거지, 작업실에서 회화, 조각, 탁구 등을 한다. 작업에는 건설적인 의미가 있어, 향상심에 따라 즐거움을 느끼게 된다. 증상은 있어도 하면 한다는 체험을 하게 되면, 증상에 대한 무서움이 적어지고 자신을 얻게 된다. 또 일에 따라 마음을 다른 데로 향하고, 사실에 입각한 사고방식과 생활태도를 체득한다. 더욱이 일기나 잡담을 통하여 증상의 본태를 알게 되고, 있는 그대로 할 수 있게 생활지도가 된다. 더욱이 모리다요법에서는 치료자의 가정 또는 거기에 준한 분위기가 있는 장소에서, 치료자가 될 수 있는 대로 많은 시간, 환자의 모든 생활에 접하여, 가정적 훈련을 행하는 것이 많다.

제4기는 생활준비기(1~수주 간)로 사회인과 거의 같은 생활을 하고, 일상생활에 돌아갈 준비를 한다. 이상과 같이 1개월 반에서 약 4개월에 걸치는 입원기간 중에 집중적으로 생활지도가 행하여져, 이것을 기초로 퇴원 후에는 환자 스스로 생활태도를 바르게 하여 단련하는데, 이 기간에는 외래에서 지도가 행해지기도 한다.

모리다요법은 머리로 알기만 하여서는 뜻이 없고 체득해야만 한다. 외래 치료만 해서는 생활태도를 수정하기가 곤란한데, 다음과 같은 방법으로 효과를 거둘 수 있다. 일기지도와 독서요법을 병용하여 주 1~2회 면접지도가 있고, 환자 자신의 긍정적인 감정과 현실 생활에의 노력이 치료의 목표이다. 그렇게 될 것이라는 생활태도를 버리고, 자신의 감정을 있는 그대로 받아들여서 사실에 맞게, 현실생활에 따라 감에 따라 그 속에서 입원치료와 똑같은 깨달음을 얻도록 가르치는 것이다.

모리다요법에서는 증상의 내용을 해석하지 않고, 과거를 문제화하지 않아, 무의식을 분석하지 않기 때문에, 정신분석요법과는 다른데, 불안으로부터 도피하지 않고 현실에 직면하는 것으로 새로운 적응양식을 몸에 익혀 가는 것이어서 행동요법과 흡사한 점이 있다.

모리다요법은 대인공포증이나 강박신경증 등 노이로제의 치료에 적응되는데, 심장신경증, 위장신경증뿐 아니라 서경, 두통, 신경성 해수, 발기불능, 이명, 혼음, 기타 심신증에도 모리다가 말하는 기제로부터 일어나는 증례가 적용된다.

그래서 모리다요법으로 신경질이 치료되었다고 함은 어떠한 상태일까? 그것은 신경질적인 성격을 바꾸는 것이 아니라, 그것을 있는 그대로 두고서 원만한 마음이 이루어져, 생의 욕망에 뿌리박은 향상 발전하고자 하는 에너지를 가장 좋게 활용할 수 있게 되는 것이다.

증상에서도 그것이 경쾌하다든가 소실하는 것이 문제가 아니고, 증상의 유무에 관계없이 가정이나 사회에서의 생활을 적응할 수 있게 되면, 성공적인 치료가 된다.

제28장 공황장애의 치료 [양방]

(1) 일반치료의 원칙

공황장애는 조기에 정확한 진단을 받고 의사의 지시에 따라 적극적으로 치료한다면 완전하게 치료가 되는 질병이다. 지금까지 알려진 바로는 약물치료와 인지행동치료를 같이 병행하는 것이 가장 효과적인 치료법으로 알려져 있다. 또한 가족치료와 집단치료가 이 질환과 이 질환으로 유발된 심리 사회적 곤란에 적응해 나가는데 큰 도움이 된다.[52]

공황장애 환자들 중에는 자기 스스로 약물치료나 술에 의존하는 경우가 있다. 이는 공황장애의 상태를 더욱 악화시킬 가능성이 높기 때문에 주의해야 한다. 담배는 공황발작의 위험성을 높일 수 있으며 임소공포증 위험성이 높으므로 필히 끊도록 해야 한다.[53]

(2) 약물 치료

현재 공황장애 약물치료는 항불안제인 자낙스(알프라졸람)와 리보트릴(클로나제팜), 그리고 선택적 세로토닌재흡수차단제(SSRI)라고 불리는 몇 가지 항우울제들이 주로 사용되고 있다.

① 삼환계 항우울제

공황장애의 치료제로 가장 먼저 사용된 약은 삼환계 항우울제인 이미프라민(imipramine)이다. 이 약은 원래 항우울제로 개발된 약이지만 우연한 기회에 공황발작 환자에게 사용해 본 결과 매우 우수한

52) 신경정신과학 p412.

53) http://www.panic-cbt.com

치료효과가 있는 것으로 밝혀졌고 그 이후 널리 사용되었다. 그러나 이미프라민은 치료를 시작해서 최소 3주가 지나야 효과가 나타나고 입이 마르거나 변비가 심하다든지, 기립성 저혈압으로 갑자기 움직일 때 현기증 같은 부작용이 있어서 요즘에는 별로 사용하지 않고 있다. (출처 http://panic-cbt.com/clinic2/panic9.php)

② 항불안제(Benzodiazepines)

공황장애의 치료에서 가장 관심을 끄는 진전은 고강도 벤조디아제핀계통 약물의 발견이다. 이 약들은 진정 작용이 상대적으로 적으면서 매우 빠른 시간 내에 공황발작을 차단해주며 공황장애 환자들이 겪는 예기불안과 심리적 · 신체적 긴장감도 풀어주는 우수한 약물인데, 이러한 약물이 바로 자낙스(xanax)와 리보트릴(ribotril)이다.

자낙스(xanax) 1mg은 발리움(디아제팜) 10mg에 해당하는 약효가 있다. 일반적으로 예측할 수 없는 공황이나 광장공포증적 회피반응을 치료하기 위해서는 하루에 자낙스 4~6mg이 필요하다고 한다. FDA에서는 공황장애의 치료에 자낙스를 하루에 10mg까지 허용하고 있으나 일반적인 치료 용량은 하루 0.75mg에서 4mg 사이가 보통이다. 자낙스와 리보트릴은 비슷한 용량으로 사용한다.

그러나 고강도 벤조디아제핀계 약물은 항공황 효과는 탁월하며 부작용이 매우 적지만 일단 시작하면 끊기가 힘들어진다. 약물의 중단은 불안이 재발하거나 약물의 금단 증상을 초래할 수 있으므로 약을 끊을 때 매우 세심한 주의가 필요하며 필히 담당의사와 상의를 해서 단계적으로 감량해야 한다.

혹시 임의대로 약물을 빨리 중단한 경우에는 약을 먹기 이전보다 공황 증상이 더 심하게 나타날 수 있는데, 이러한 현상을 '반동현상'이라고 한다. 이러한 반동현상과 금단증상을 최소화하기 위해서는 정신과의사의 세심한 지시와 관찰 하에서 서서히 감량해 나가면서 단계적으로 끊는 것이 바람직하다.

또한 자낙스는 반감기가 짧으므로 비교적 짧은 시간 내에, 대략 8~10시간 내에 효과가 사라진다. 그 결과 자낙스를 복용하는 시간 사이에 약 효과가 떨어질 때 불안감을 느낄 수 있다. 이러한 불안감을 없애기 위해서는 하루에 3~4회 복용을 해야 하며, 일반적으로 식후 3번, 자기 전에 한 번, 4번 먹게 된다. 반면 리보트릴은 반감기가 긴 약이므로 하루에 1~2회 복용할 수 있어서 편리하며 금단 증상이 덜해서 나중에 약을 끊기도 편한 장점이 있으나 각각의 약물들이 가지고 있는 장단점과 개인에 따른 약물반응의 차이를 감안해서 처방을 해야 한다. (출처 http://panic-cbt.com/clinic2/panic9.php)

③ 선택적 세로토닌재흡수 차단제(SSRI)

비교적 최근에 개발된 약물로서 여기에 속하는 약들은 프로작(플루옥세틴), 세로자트(파록세틴), 졸로푸트(설트랄린), 시프람(시탈로프람) 등의 약이다. 이 약들은 원래 우울증 치료제로 개발되었지만 공황증상에도 아주 특효가 있는 것으로 밝혀지고 있다. 물론 공황장애에 흔히 동반되는 우울증을 치료하는 데도 쓸 수 있으므로 일석이조라 할 수 있다. 다만 치료효과가 나타나기까지 소요시간이 항불안제보다 길고 사용초기에 일부 환자에서 과민반응을 보일 수도 있으므로 처음에는 아주 적은 용량에서 시작해 환자의 반응을 확인해가면서 서서히 늘려가는 것이 좋다.

일반적으로 약물치료 2~4주 이내에 공황발작이 없어지지만 재발을 막기 위해서는 6개월 이상 장기간 유지치료가 필요하다. 이 약물이 삼환계 항우울제인 이미프라민보다 유익한 것은 부작용이 적다는 것이다. 그러나 일부 환자들에서는 다른 항우울제처럼 입맛이 없어지거나 메슥거리는 느낌, 변비, 구갈, 현기증, 무력감 같은 증상을 경험하기도 한다.

따라서 치료초기에는 고강도 항불안제와 같이 사용하는 것이 효과적이며, 최근에는 SSRI 계통의 약들이 공황장애의 주치료제로 사용되고 있다. 그리고 약물치료를 받는 동안에도 가벼운 불안증상이 가끔씩 나타날 수 있는데 이것은 공황발작이 아니므로 안심해도 좋다. 무서운 공황발작을 경험한 환자들은 대부분 신경이 날카로워져 있고 과도하게 긴장하고 있기 때문에 사소한 자극에도 불안감을 겪는 것일 뿐이며 이 불안증상도 치료가 진행되면서 서서히 좋아진다.

약물치료의 장점은 효과가 빠르며, 환자자신의 특별한 노력 없이도 약을 규칙적으로 복용만 하면 신체적 불안증상은 충분히 완화시킬 수 있다는 것이다.

④ 약물치료 기간

효과적이면 약물치료는 보통 8~12개월간 지속하게 된다. 공황장애는 대개 만성적이고 평생 지속하며 치료를 중단하면 재발하는 질환이다. 성공적으로 치료되었던 환자가 약물을 끊고서 30~90%가 재발되었다는 보고가 있다.

⑤ 약물치료의 부작용

공황장애의 약물 부작용으로 항우울제 계열은 두통, 불면, 미식거림, 설사 등의 증상이 있을 수 있으며, 자낙스 등 벤조다이아제핀계 약물은 졸림 등의 부작용이 있을 수 있다. 그러나 치료 중 가장 문제가 되는 것은 벤조다이아제핀계 약물의 중독성과 항우울제계열 약물의 성적 부작용이다.

약물중독 •———

많은 환자들이 특히 걱정하는 부분이 자낙스 등에 따른 약물의 중독성이다. 그러나 처방한 의사와 잘 상의하여 증상이 나쁜 기간에 적절한 용량을 사용하고 호전 시 서서히 감량하는 치료전략을 사용한다면 환자들이 생각하는 중독성이란 그리 흔한 것은 아니다. 또한 약을 사용할 때는 약의 효과와 부작용을 잘 비교해서 효과가 부작용보다 월등하다고 생각할 때 쓴다.

단, 본인이 자의로 오늘은 한 알, 내일은 두 알 이런 식으로 병원에 안가고 통으로 쌓아 놓고 복용하는(흔히 영화에서 나오는 중독자의 이미지) 일을 피하고, 귀찮더라도 한달에 한두 번 담당의와 상의하여 용량을 조절한다면 큰 문제는 생기지 않는다.

성적 부작용

성적 기능에 대한 약물의 부작용은 크게 세 가지로 나눌 수 있다. 첫째, 평상시 성욕 자체가 저하되는 경우,

둘째, 성관계시 남성의 경우 발기 등 흥분반응이 일어나지 않는 경우,

마지막으로 성관계시 오르가즘(남성은 사정에 해당)을 느끼지 못하는 경우이다.

세로잣, 졸로프트, 프로작과 같은 선택적 세로토닌억제제는 공황장애에서 가장 많이 쓰이는 약들이다. 이들의 성적부작용은 두 번째 단계인 자극 시 흥분반응자체가 없는 것보다는 첫째 단계인 성욕의 저하, 또는 셋째 단계인 사정의 지연이 주된 것으로 알려져 있다. 특히 사정이 지연되는 경우는 꽤 흔하여 선택적 항우울제를 조루증의 치료에 사용하기도 한다. 어쨌든, 공황장애에서 정신과의사라면 일차적으로 세로잣에 먼저 손이 가게 되는데, 성적 부작용을 호소하는 경우가 꽤 있다.

성적인 부작용은 성적 활동성이 왕성한 시기에는 큰 부담이 될 수밖에 없다. 하지만 가역적인 부작용이므로 환자가 약물을 끊게 되면 100% 돌아온다. 물론 환자에 따라 다양한 약물을 사용하고 증상이 심한 경우나 재발한 경우 등 약물을 오래 복용해야 하는 경우에는 문제가 될 수 있다. 이런 때는 세로잣 보다는 졸로프트가 공황장애에

대해 눌러주는 효과는 적지만, 성적 부작용 역시 적기 때문에 졸로프트 등의 약물로 약을 바꿔보는 것도 한 방법이다.

또한 성적 부작용이 적은 레메론이라는 약물은 아직 공황장애에 대하여 FDA 공인을 받지는 않았지만 성적 부작용이 적으면서도 공황장애에 효과가 있다. 단 졸리는 부작용이 있어서 밤에 복용하는 것이 좋다. 또한 약물을 감량하거나 약물을 사용하면서 성적 부작용을 경감시키는 약물을 병용하는 것도 한 방법이다.

(출처 http://joypanic.co.kr/medi/sub_01.html?id=27)

⑥ 약물치료의 문제점

공황장애에 약물치료의 탁월한 효과와 필요성에도 불구하고 여러 가지 문제점들이 있다.

첫째, 모든 환자들이 약물 치료에 효과적이지는 않다(20~30%는 약물에 효과가 없음).

둘째, 약물중단 시 30~90%에서 재발한다.

셋째, 공황발작을 경험하지 않는 동안에도 첫 공황 발작의 무서운 경험을 잊지 못하며, 자신들이 약을 끊는다면 다시 공황 발작을 경험할 것이라고 굳게 믿는다.

넷째, 신체적인 불안증상에는 효과가 있으나 공황증상 자체에 대한 두려움이나 공포감, 인지적 왜곡, 행동적 회피 같은 면에서는 효과가 약하다.

다섯째, 표준적인 치료 방침으로 되어 있는 6개월 간의 약물치료 후에 약물을 감량하여 중단하는 방법은 대개 실패로 끝나고 3~5년 이상 약을 사용하는 경우가 흔하다.

(출처 http://panic-cbt.com/clinic2/panic9.php)

(3) 인지 행동치료

인지치료와 행동치료는 공황장애에 대하여 효과적인 치료법이다. 이 치료법이 약물 단독 치료보다 더 효과적이라는 보고도 있다. 이러한 치료의 단기적 효과뿐 아니라 장기간의 추적조사에서도 공황과 관련된 증상이 현저히 감소되었다는 연구가 많이 보고되고 있다. (출처 http://panic-cbt.com/clinic2/panic9.php)

인지행동치료는 생각과 감정, 행동 사이에 밀접한 연관성을 밝혀내는 데 주안점을 둔다. 불안이나 공포와 같은 감정보다는 왜곡된 생각을 교정하는 것과 회피하려는 행동을 바로잡는 데 초점을 둔다. 왜곡된 생각과 행동을 교정해서 불안이나 공포감을 감소시킨다는 뜻 이다.

인지치료는 2가지 요소가 있다.

첫째, 환자가 사소한 신체 감각을 파멸이나 죽음과 같은 파국적 상황으로 해석하는 잘못된 신념에 대한 교육이다.

둘째, 공황발작이 일어난다 해도 이는 시간이 지나면 없어지며, 결코 생명에 위태로운 것이 아니라는 설명을 포함한 정확한 정보를 제공하는 것이다.

이완 적용의 목표는 불안과 이완의 수준에 대한 자기 조절 능력에 대한 감각을 알게 해주는 것이다. 근육이완이나 이완상황을 연상함으로서 환자는 공황발작을 이겨내는 기술을 배우게 된다.

공황발작과 관련하여 과호흡은 흔히 어지러움과 같은 공황장애의 일부 증상을 일으킨다. 공황발작을 직접 조절하는 방법으로 환자에게 과호흡하려는 욕구를 통제하는 호흡훈련을 시킬 수 있다.

이 훈련을 통하여 환자는 공황발작 중 과호흡을 통제할 수 있다. 실제 노출기법은 과거 공황장애의 1차적 치료법이었다. 장기간에 걸쳐 순차적으로 환자를 공포자극에 점진적으로 노출시킴으로써 환자가 탈감작(脫感作)되도록 한다. 과거에는 주로 외부자극에 노출시키는 것이었는데 최근에는 공포를 느끼는 내적자극에 노출시키는 것을 포함한다.

(4) 정신사회적 치료

통찰정신치료도 도움이 될 수 있다. 치료는 불안의 무의식적의미, 회피 상황의 상징, 충동억제화 욕구, 증상에 따른 2차적 이득 따위에 대하여 이해를 돕는 데 목적이 있다. 초기 유아기의 갈등과 이디프스 갈등의 해소가 현재의 스트레스 해결과 관련이 있다. 교육과 지지를 위한 가족치료도 시행할 수 있다.

(5) 정신치료와 약물치료의 병행

공황장애의 1차적 증상을 없애는 데 약물이 효과적이라 할 지라도 2차적 증상을 치료하기 위하여 정신치료가 필요하다. 주의 깊은 정신역동적 평가를 통하여 생물학적 요인과 역동적 요인이 이 질환에 기여하는 비중을 이해할 수 있다.54)

(6) 바이오피드백 치료

바이오피드백은 객관적으로 불안의 정도를 나타내 줄 수 있는 기계인 심전도와 전기저항측정기 등을 활용하여 자신의 상태를 직접 관찰하여 이를 조절할 수 있도록 하는 치료법이다. 구체적으로는 심장박동이나 근전도, 체온 등을 지속적으로 측정하며 실제 변화하는 양에 대한 정보를 제공하며 이를 스스로 낮추는 훈련을 하게 된다. 특히 불안을 유발시키는 자극을 주고 이에 내응하여 스스로 불안을 억제시키며 자신의 심신을 이완시키는 방법을 훈련한다. 자신의 상태를 즉각적으로 확인하며 조절하게 되므로 스스로에 대한 통제감이 증가하게 된다.55)

54) 신경정신과학 p419~420.

55) 현정신과의원 http://www.hyenclinic.com/index.htm

제29장 공황장애의 치료후기

1. 여러분 한방치료 받으세요(8년동안 정신과질환을 앓다 완치된 경험담입니다).

같은 글이 네이버 지식인의 여러 군데에도 올려져 있습니다.

안녕하세요. 저는 오랫동안 불안증, 심한우울증, 강박증, 공포증 등에 걸려 1년가량의 정신과 입원치료 2년 정도의 통원치료 총 3년 정도 정신과 치료를 받았고 세상에 저보다 힘든 사람은 없을 것이다! 라는 생각과 죽고 싶다라는 생각이 365일 들 정도로 너무너무 힘든 나날을 보낸 지방에 사는 학생입니다.

그렇게 아파오다 주변 지인의 권유로 한방치료를 접하게 되었습니다.

처음에는 한약방에 갔었습니다.

한약방은 한의원과 다른 곳입니다. 한약방은 침술이나 뜸같은 의료행위는 하지못하고 오로지 한약(탕약)만을 지어줄 수 있는 곳이지요. 한의대를 나오지 않으신 분들입니다. 한약방에 가시면 안되고 한의원에 가셔야합니다.

한약방에서 탕약을 몇 재 지어먹었는데~

아… 이거다. 싶은 느낌이랄까요. 한방치료로 나을 수있겠다라는 생각이 들었습니다. 보통 한의원이라 하면 보약을 지어먹는. 다리가 삐거나 어깨가 뭉친 곳을 풀어주는. 양의학보다 비과학적인. 아무래도 믿음이 덜가는 의학이라는 생각이 지배적이실 겁니다.

실제로는 그렇지가 않습니다.... 저는 한의대 다니는 학생도 아니고 물질적인 이득을 취하려는 사람도 아닙니다. 제가 경험해본 결과

정신과 질환이 다른 어떤 질환보다 환자스스로 느끼는 고통이 너무 크다는 것을 누구보다 잘 알기에 안타까운 마음에 여러분들께 알려드리고 싶어 이러한 글을 적게 되었습니다.

제 경험으로 알게된 것들 몇 가지 알려드리겠습니다..

3개월~길게 1년 정도의 치료로 저렴하기 때문에 누구나 처음에는 양방병원을 찾게 됩니다. 장기간의 꾸준한 양방치료로도 완치가 안 된다면 꼭 제 글을 한번 읽어보시길 바랍니다.

양방의 약들은 병의 근본을 치료하지 못하여서 중증의 환자들은 약을 평생 드셔야하는 경우가 많습니다. 일시적으로 힘든 증상만을 완화시켜줘서 계속 먹어야합니다..

양약을 오래먹으면 먹을수록 나중에 완치되는데 더 힘이 듭니다.

한약, 한의학으로 정신병을 완치할 수 있습니다. 글이 조금 길더라도 차분히 읽어보시기를 당부 드립니다.

약을 직접 짓는 한의사는 실력의 차이가 많이 납니다.. 한의학은 경험의학입니다. 경험이 풍부한 한의사에게 가셔야합니다. 과목이 세분화된 양방과는 달리 한의학은 특성상 한 곳에서 거의 모든 과목을 봅니다.

요즘은 과목을 특성화시킨 전문한의원이 많이 늘어나고 있는 추세입니다만 아무래도 한 가지 전문과에 대해서만 오랜기간 연구하고 거기에 따른 임상경험을 얻은 한의사와 그렇지 못한 한의사는 차이가 많이 날 수밖에 없습니다.

그리고 양방병원은 한 곳에서 못 나으면 다른 곳에 가도 거의 같습니다. 하지만 한의원은 다릅니다. 한 곳에서 못 낫는다고 다른 곳에서도 못 낫는 것이 아닙니다. 미국이나 한국 또는 서울이나 지방. 일률적으로 거의 같은 치료를 하는 양방과 크게 차이가 나는 점입니다.

수술과 같은 외과적인 치료는 양방도 이와같은 개념이 존재하지만(이를테면 분명히 성형수술 같은 진료는 잘하는 병원이 있습니다) 하지만 내과나 수술을 하지 않는 과들은 거의 전국 어느 병원에나 거의 같은 신약(쓸수있는 약들이 전세계적으로 비슷하거나 같습니나)들을 쓰기 때문에 거의 천편일률적입니다.

한의원은 이와같은 이유로 용하고 그렇지 않고의 차이가 있습니다. 특히 정신과 질환은 다년간 이쪽 분야만 봐온 한의사가 아니면 제대로된 진료를 할 수 없기 때문에 한의원 선택이 중요합니다. 정신과질환을 완전히 완치 시킬 수 있는 한의사가 전국에 열 분이 안된다고 알고 있습니다.

정신과질환을 제대로 완치 시킬 수 있는 한의사가 전국에 열 분이 안되며 대충 산술적으로 계산을 해봐도 신경정신과병을 가진 환자가 1000명이라면 이중 한의원을 찾는 환자는 양방을 찾는 환자의 10분의1인 100명이 안될 것이고, 이 100명중에서도 제대로 치료하는 한의사를 만날 확률은 또 줄어 10명 정도 밖에 안될 것입니다. 이 환자 중 저처럼 끝까지 치료해 또 완치하시는 분은 또 5명. 완치해서 완치수기를 올린다거나 경험담을 알려주고 싶어하는 환자를 생각해보면 거의 없다고 보시면 왜 국민들이 정신과질환 한의학치료에 대해 모르고 있는지 이해가 되실 겁니다.

그리고 병이 오래될수록 치료도 더디고 오래걸립니다.! 한방치료는 치료시간이 상당히 더딥니다.

특히 정신과질환이 특히 그렇습니다. 먹으면 바로 효과가 나타나는 양방과는 많이 다르지만 오래 걸리는 만큼 나중에는 병이 확실히 낫고 재발도 되지 않습니다.

모든 병이 그렇지는 않지만 정신과질환은 보통 몇년씩 앓아오기 때문에 스스로도 많이 지친 상태의 분들이 많아 제 글을 읽더라도 분명 믿지 못하는 분들이 많으실겁니다.

저 또한 치료받는 도중에도 이렇게해서 과연 낫는 것인지 끊임없이 의심이 갔었습니다.

다른걸 해볼까. 어떻게 한약으로 낫나 말도 안된다. 양방정신과 의사들과 외국의 수많은 약품 연구 개발하는 사람들은 할 일이 없어 그러고 있는가. 과학적인 양방의학이 분명히 좋을 것이다. 온갖 생각이 많았습니다...

또한 자신이 무슨 병에 걸린 것인지 알지 못하는 환자분들도 많습니다.

꾸준히 지속적으로 끈기를 가지고 좀 오래 걸리더라도 믿고 치료받는 것이 가장 중요합니다.

저는 2년 정도 치료를 받았습니다. 탕약 박스 하나가 한제인 것은 거의 다 아실겁니다(한 재가 보통 11일~12일분입니다). 1년을 먹으면 탕약을 서른 재를 넘게 먹게 됩니다.

저는 증상이 상당히 다양했습니다.

몸이 항상 피곤하고 두통, 불안, 우울, 초조, 떨림, 밖에 나가지 못했고, 사람들 만나기 무서움, 강박관념, 강박행동 등

오랫동안 아파오면서 수많은 병원을 오가며 저와 비슷한 환자도 많이 봐왔습니다.. 글 하단부에 제가 겪은 구체적인 증상을 언급했습니다.

소박한 지식이지만 한의학에서 정신과 질환은 크게 둘로 나누는데 신경증과 정신병(정신분열증)입니다. 우울 공황 불안 대인공포 강박증 사회공포증 등은 모두 신경증입니다. 이런 증상들은 소위 정신병이 아닙니다.

한의학이 양의학보다 국민적 인식이 안좋은 이유도 궁금해서 알아보았는데 여러 가지 이유가 많더군요..위로 거슬러 일본 식민지시

절부터 되짚어 봐야됩니다. 이것이 분명 전부는 아닐 것입니다.

중국 모택동시절 문화혁명기 일본 식민지를 거치며 중요한 한의학적유산들의 소실. 일본의 문화말살정책.

한의학은 양의학처럼 체계화된 임상실험자료나 논문들이 전무한 상태입니다. 옛 의서에도 정신과질환에 대한 한의학적 언급은 이미 수백년전부터 있었지만 최근에 들어서 이러한 병을 현실정에 맞고 현대인들이 이해하기 쉽게 체계적으로 정리한 책을 낸 한의사들이 생겨났습니다. 물론 치료법은 전통방식의 한의학적 치료법 그대로입니다.

또한 급속한 산업화를 겪으며 들어온 양의학은 과학적이고 눈에 보이는 임상결과와 신약 등을 내세우며 한의학보다 국민적 인식에서의 우위를 점하여 왔습니다. 이와같은 결과로 한의학의 우수성을 모르는 사람들이 너무나도 많습니다. 몰라서 치료를 못받는 경우가 많다는 이야기입니다.

또한 양의사들이 한방치료에 대해 너무 모른다는 것입니다. 한의대 학생은 기본적으로 양방의학에 대한 소양을 갖추지만 양방의학생들은 한의학에 대한 지식이 전혀 없습니다. 분명히 양방이 더 뛰어난 분야가 있을 것이고 한방이 더 뛰어난 분야가 있을 것인데 우리나라 의료계는 공존을 하지못하고 서로 자기네 학문이 더 뛰어나다고 상대학문은 인정자체를 하려하지 않습니다.

보통의 양방의사들은 한방치료에 대해 많이 부정적입니다. 거꾸로 한의학하는 사람들도 양방의를 부정적으로 생각하지만 제가 말씀드리고 싶은 것은 더 나은 부분은 서로가 인정하자는 것입니다.

원하시는 분들 못 믿으시는 분들에게는 제가 치료받은 증빙서류도 보여드릴 수도 있습니다. 제 신상도 공개도 다 해드릴 수 있구요.

그리고 분명히 이건 병입니다.. 병을 직접 겪어 보지못한 주변

분들은 보통 "니 정신상태가 약해서 마음이 약해서 이런 병에 걸린 거라"고 말씀하시는데 병이 걸린 원인중에 어느 정도의 영향은 미칠지 모르겠으나 전부는 아닙니다.

이런 증상들은 병이고 치료를 하면 나을 수 있습니다.

양방에서는 주로 우울증을 뇌에서 오는 일종의 뇌질환으로 보는데 한의학에선 눈에 보이진 않지만 장기의 허실 즉 간과 비장의 허약, 심장의 울화, 담음 등과 같은 여러 가지 원인으로 생기는 병으로 봅니다. 마음이 병을 일으킨 원인의 하나는 될지도 모르나 그것이 다가 아닙니다.

분명히 일반인이 느끼는 우울과 환자가 느끼는 그것의 차이는 많이 납니다.

한두 재 두세 재 복용하시고 안 낫는다 하시는 분들도 많으신 걸로 알고 있습니다.

한약을 오래 먹으면 안좋지 않느냐 라는 생각을 저도 했습니다.

환자 몸에 맞는 정확한 진단과 처방으로 내려진 한약은 장기간 1년 이상 3년 이상을 복용해도 괜찮다는 말씀을 감히 드립니다. 한약은 거의 식물성 약초입니다.

오랫동안 장기간 써도 되는 약제와 단기간 써야하는 독성이 있는 약재들이 명확히 구분되어 있어 한의학을 정식으로 공부한 한의사들은 이러한 규율에 맞춰 처방을 구성하기 때문에 안전합니다. 이른바 상약 중약 하약이라고 하는 것이라 알고 있습니다.

한약을 오래 못 먹는다는 것은 음식을 오래 먹지 못하는 것과 같은 맥락입니다. 보통 한약을 장기 복용하면 간이 안좋아진다, 장기 복용하면 안된다는 말들이 있는데 양방의료계에서 한의학을 공격하기 위해 생겨난 말 같습니다. 양방과 한방은 사이가 좋지 못합니다.

나아가는 과정중 좋아졌다 나빠졌다를 수없이 반복합니다. 그것이 한약의 부작용이라고 잘못 아시는 분도 계실 것이고 당연히 한약재 중에서도 잘못쓰면 부작용이 생기는 한약재들이 있습니다. 치료사례 중 처방을 적절하게 하지 못한 경우의 사건들이나 부작용이 있는 사건만 일부 부각시키는 그러한 점들 때문에 국민적 인식이 안좋아졌거나 이러한 말들이 나온 것같습니다.

제 경험상 한의학은 양의학보다 부작용이 훨씬 덜합니다. 있어도 정신과 신약만큼의 심각한 부작용에 비하면 부작용이 없다고 해도 될만큼 안전합니다. 경험이 풍부한 한의사의 정확한 처방이라면 더 믿을 수 있겠지요.

그리고 한의학은 양방의학에 비해 홍보가 많이 덜된 것 같다는 생각이 듭니다.

그리고 한약이 사실 많이 비쌉니다. 하지만 부작용이 많은 신약을 오래 먹는 것과 견줄 것은 못된다고 생각됩니다. 왜 신약은 10년이고 잘 드시면서 한약은 1년을 드시려고 안하는지 잘 모르겠습니다.

보통 한약은 값이 비싸서 조금만 먹어도 효과가 많이 나타날 것이다라는 생각을 가지고 계신데 한약도 신약처럼 장기간 투여했을 때 진짜 효능이 나타납니다. 건선이나 아토피 같은 난치성 피부과질환은 심하신 분은 한약을 4년동안 복용하기도 합니다.

마지막으로 제가 느낀 점은 신약은 먹을 때 그때그때 힘든 것을 완화시켜줄 뿐 시간이 지나도 전체적으로 낫고 있다는 느낌이 없었습니다.

한방은 양방치료와는 많이 다릅니다. 조금씩 조금씩 계속 좋아지는 것이 느껴지고 치료 속도가 더디셔도 기다리셔야 합니다.

우울 불안 공황 대인공포 등으로 신경정신과에서 치료를 받을 정도의 환자분이시라면 병이 왔다는 것이구요. 이런 경우 한의원에서의 치료기간은 최소 6개월 정도는 잡아야 합니다. 느긋하게 1~2년은 치료받아야 낫는다는 생각을 하십시요!

잠깐 치료받고 안낫는다고 하시는 분들 없었으면 합니다. 한의사 선생님께 들은 바로는 짧게는 4개월에서 길게는 3년까지 걸릴 수 있다고 합니다.

한의원은 본인이 성의를 가지고 찾아보면 괜찮은 한의사를 만날 수 있을 것입니다.

제가 다닌 한의원을 알려 드릴 수는 있지만 오해의 소지가 있기 때문에 그렇게 하지 않겠습니다. 물어 오시는 분마다 같은 한의원을 알려 드리면 그쪽 한의원 홍보하는 꼴밖에 되지 않을 것 같아 한의원을 알려 달라는 메일은 받지 않겠습니다..

다들 저처럼 빨리 아셔서 저처럼 고생하시는 분이 안 생기셨으면 좋겠습니다.. 나아가 나으신 분들이 한의학홍보도 해주셨으면 하는 게 둘째 바람이구요.

정신과병은 짧은 역사와 병을 바라보는 관점이 한의학과 많이 틀린 양의학에서는 아직 금단의 영역과 같은 것 같습니다. 인간의 질병은 자연이 준 산물로 낫게 할 수 있습니다.

저희 병은 주변 사람들도 병에 대한 지식이 없어 본인에게 도움을 잘 줄 수없는 그런 병입니다.

가족들은 도와주고 싶지만 실질적인 도움은 줄 수 없거나 또는 오랜 병앓이로 가족 모두 힘들어 하는 집들이 대부분일 것입니다.

더군다나 한국사회에선 더 더욱 힘든 병일거구요. 위에 언급해 드린대로 한의학으로 치료가 가능한데도 한약을 오래 먹어야 된다는 사실을 모르거나 믿지못해 치료를 안받거나 기타 여러 가지 이유로 장기간 고통받는 환자분들이 많습니다.

그리고 설사 생리통 변비 스트레스성인 과민성대장증후군, 신경성위염 등 여러 가지 내과적 질환들도 한방치료가 탁월하며 두통이나 만성피로 같은 것들은 오장육부를 다스리면 자연히 낫습니다. 저같은 경우 덧셈 뺄셈도 하지 못하였습니다. 대학생이지만 학교도 장기간 가지 못하였구요.

귀에서 말이나 소리가 들리는 증상을 <환청>이라 합니다. 이 증상도 나을 수 있습니다. 보통 이 증상은 몸이 허할 때 나타납니다.

심장이 두근거리거나 몸이 심하게 떨린다거나 손떨림, 저같은 경우 병이 오래되니까 건망증 이해력, 집중력저하도 상당히 심했습니다. 이러한 증상도 나아가면서 점차 없어집니다.

고통을 받고있는 여러분들은 일상생활에 지장을 적지않게 받습니다.

일상생활에 지장을 받지 않을 정도만 치료가 되어도 큰 짐을 덜어낼 수 있지요.

어느 정도 치료해 보면 호전이 되어간다는 느낌을 조금이나마 받으실 겁니다. 그게 쌓이면 완치도 바라보게 됩니다.

여러 한의원에서 침과 탕약치료 외에 병행해서 시키는 치료법이 최근 많아졌는데 호흡법, 최면요법, 명상법 등등 많습니다. 저는 이런 치료는 받아보지는 못했는데 치료하는데 도움을 줄 것은 같습니다만 아무래도 병의 특성상 자기노력으로 되지 않는 부분이 많기 때문에 탕약이 가장 중요하고 우선시 여겨집니다.

환자본인이 약을 오래 먹어야 한다는 인식도 없거니와 오래 먹으려 들지를 않기 때문에 자연히 대체요법도 많이 늘어나고 성행되어지고 있는 것같습니다.

그리고 병의 경중별로 나열하면 익히 잘 알려진 신경정신과적인 병 중에서 자폐>정신분열>간질>조울증>강박증, 공황장애>우울증>불안신경증>대인공포, 사회공포>화병및불면증 정도의 순이 되겠습니다. 앞으로 갈수록 중증이며 치료가 힘이 들겠지요.

정확히는 모르겠지만 한의학으로 태어날 때부터 가진 선천적 정신질환말고는 치료가 되리라 생각됩니다. 불면증은 신경증을 앓는 분에게는 대부분 있으며 단순 불면증도 한의학으로 비교적 쉽게 나을 수 있습니다.

우울증과 강박증 및 공황장애는 장기간 치료받아야 합니다.. 비용이나 시간이나 힘이 많이 드시겠지만 꼭 치료받기를 바랍니다. 또한 위에 언급해 드린 정신과적인 병말고도 집착이 심하다던가 계속 같은 생각이나 행동을 하는 강박증, 외모컴플렉스, 건강염려증, 폐쇄공포, 사회공포, 광장공포, 대인공포, 화병, 불면증 등등 아주 많습니다. 설마 이런 증상까지 치료가 될까 하는 세세한 증상까지도 나을 수 있습니다.

조울증이다 우울증이다 하는 것은 양방에서 병을 구분시켜 놓은 것이지 사람마다 수십수백 가지의 다른 그리고 다양한 증상이 있을 수 있습니다.

그리고 제가 실제로 겪은 신경증 증상들을 간략하게 적어보겠습니다. 이러한 내용은 직접 겪지 않있다면 알 수가 없었던 내용들입니다. 여러분도 이러한 증상들이 있으면 치료를 꼭 받으셨으면 합니다.

1. 먼저 강박증의 증상 = 강박증은 크게 강박행동과 강박관념의 증상이 있습니다.

강박행동은 문을 분명히 잠궜는데 집밖을 나서서 문이 잠겼는지 혹시 잠기지 않았는지 의심이 들어 확인을 꼭해야 한다거나 가스레인지에 불을 껐는데 켜놓았을 거같은 생각이 들어 꼭 확인을 해야하는 확인행동 또한 몸에 세균이 묻어 있을까봐 샤워나 씻기를 계속적으로 오래하는 반복행동 이외에 수집행동 결벽행동 등이 있고 저같은 경우는 강박행동 증상은 없었고 강박관념 증상만 있었습니다.

강박관념은 예전의 좋지 않은 일이나 사건이 계속적으로 떠오름, 제3자가 생각하기에는 터무니없는 생각이나 환자 본인에게는 큰 사건으로 느껴져 그 일이 계속적으로 떠오르거나 생각이 나서 다른 일에 집중이 잘 안되는 증상(보통 강박관념이 심하신분들은 집중력, 기억력도 상당히 떨어집니다)

강박관념은 외모컴플렉스(여드름이나 외모 신체의 일부가 본인의 마음에 들지않아 계속 신경이 쓰이는 증상)나 누구나 잘 알고 있는 의처증, 의부증의 형태로도 나타납니다. 이외에 언급한 내용말고도 성적인 강박관념(도착증,관음증 등)도 강박증의 증상이고 폭력성을 띄는 강박증도 있습니다. 인격장애(경계성인격장애 등)도 강박증에 속한다고 알고 있습니다. 인격장애 환자들은 주로 자신의 병에 대해 인정을 하지않는 것이 특징적입니다. 병원을 가려하지 않기 때문에 치료가 힘이 들겠지요.

신경증중 가장 다양한 증상으로 나타날 수 있는게 강박증입니다. 그리고 강박증은 기본적으로 불안증을 동반합니다.

2. 두번째는 사회공포증인데요. = 저는 사회공포증 증상도 상당히 심했습니다.

사회공포증은 대인공포, 광장공포, 폐쇄공포, 무대공포 등을 전부 포함하는 포괄적인 내용의 병입니다. 이 병도 한의학적으로 심장의 허약, 울화 등으로 나타납니다. 제가 직접 겪은 구체적인 증상을 언급해 드리겠습니다.

자신감이 병적으로 없는 증상, 사람들을 만나기가 두렵고, 상대방과 눈을 마주치기 힘듭니다, 다른 사람이 나의 말투나 행동이나 외모나 표정 때문에 나를 싫어할 것이다라는생각, 학교에서 선생님이 발표를 시키거나 교실 앞에 나가서 발표할 때 긴장이 되고 손에 땀이 나고 심장이 두근거리며 손이나 몸이 떨리는 증상. 저는 지금 전부 다 나았기 때문에 전에 일을 기억해서 쓰려니까 기억이 잘 나지 않는 부분도 있습니다. 대충 이러한 증상이 사회공포증 증상입니다. 늘 자신감이 없고 사람 대하는게 어렵지요. 사회공포증도 불안감을 동반합니다.

3. 세번째가 우울증입니다. = 우울감은 누구나 쉽게 접하는 증상인데요. 병이 심한 환자는 보통사람보다 우울감의 강도가 심하면 몇십배 심하다고 말씀드릴 수 있습니다. 위 두증상도 못겪어 보시면 당연히 모르시겠지만 아주 심한 우울증 환자분은 죽음에 대한 공포가 없어질 정도로 자아자존감마저 상실되는 경우도 있습니다. 일반적으로 무기력, 기분저하, 의욕상실, 대인관계기피 등의 증상이 있구요.

저같은 경우에는 거의 만성적으로 많이 우울했다 조금 덜했다를 반복했습니다. 좀 견디기 힘든 우울감이 몇 개월 지속이 된다면 병으로 의심해보셔도 무방합니다. 우울감은 보통 심비(심장과 비장)

계통이라 들었습니다.

4. 마지막으로 불안증입니다. = 불안감도 우울감과 설명이 비슷하겠으나 보통 우울증이나 사회공포증 강박증 환자들은 불안증을 거의 동반합니다. 한의학적으로 위 셋의 증상이 나타나려면 불안감을 주관하는 장기도 동시에 허약해지기 때문입니다. 임상적으로 다른 증상이 없는 단순 불안장애, 단순 우울장애, 단순 강박장애가 동시에 여러 가지 증상이 복합적으로 나타나는 환자 케이스보다 치료가 어렵다고 들었습니다.

저는 강박, 우울, 불안, 공포증을 모두 동반한 신경증케이스였고 단순 신경증 케이스도 있습니다.

5. 이건 제가 경험하지는 못하였고 지금까지 병을 가진 환자분을 봐오면서 알게된 증상들로서 공황장애에 대해서만 간략하게 적어보겠습니다.

공황장애는 우울증과 마찬가지로 비교적 잘 알려져 있지요. 일부 연예인들도 여러 명이 겪은 것으로도 알고 있습니다. 공황장애의 증상은 주로 다른 증상들보다 급격합니다. 다른 병들의 기분상태의 기복을 <-------> 정도로 본다면 공황장애 환자분들은 <------------------------------>정도로 급격한 양상을 띱니다.

갑자기 죽을 것 같다거나 자신이 어떻게 되어버릴 것 같은 공포와 불안감이 급격하게 다가옵니다. 하루 종일 울다가 잠도 자지 못하는 경우도 있고 약 몇 주 몇 달동안 이런 증상이 계속 되는 경우도 있으며 하루에 이러한 상황이 일어났다 잠잠해졌다 할 수도 있습니다.

자연현상으로 설명하자면 소나기와 비슷하겠네요. 갑자기 퍼붓다가 좀 잠잠해지다가 하지요. 호흡곤란같은 증상도 생길 수 있구요. 공황증은 제가 직접 겪어보질 못하여서 구체적으로는 설명을 못드리겠네요. 그리고 조울증, 정신분열정도의 병이면 굳이 제 설명을 들을 필요가 없을 정도로 양방에서의 진단이 확실히 내려집니다.

그리고 조울증 정신분열증 등은 신경증과 달리 병식(병에 대한 본인의 자각)이 없는 것이 특징입니다. 예를 들어 조울증 환자는 자신이 아프지 않다고 정상이라고 말합니다. 덧붙여 화병 증상 중에는 가슴이 답답한 증상이나 목에 뭔가 걸려있는 것같은 증상 또는 명치끝에 뭔가 걸려있는 것같은 증상이 나타날 수도 있습니다.

제가 겪은 병은 물론이거니와 겪지않은 조울증 정신분열증도 양방 쪽보다 한의원 치료를 권합니다. 양방보다 훨씬 오래전부터 이러한 병들을 다스려왔습니다.

그리고 보통 오랜 투병생활로 학교나 취직같은 대외활동을 제때하지못한 초조하고 불안한 마음이 드시는 분들이 많으실 겁니다.

나으면 초조한 마음도 없어집니다. 나이가 40이 되어도 다시 학교가면 되겠다는 생각이 들 정도로 편해집니다.

계속 옛날 안좋았던 기억이 안사라지고 하시나요? 사람은 망각의 동물이라 안 좋았던 일은 잊어버려야 살 수가 있습니다. 옛날 기억도 잘 나지않고 가물가물 해지고 나도 걱정이 잘 안됩니다.

좀 장기간치료가 필요한 힘든 병을 치료를 많이 해본 경험이 많은 선생님. 돈보다는 환자를 먼저 생각해주는 선생님. 신경정신과를 주로 보는 정신과 전문한의원이 제 경험상 좋습니다.!! 강박증 전문한의원, 공황장애 전문한의원, 우울증 전문한의원, 전문한의원이 아니면 낫기가 힘이 듭니다.

그리고 한의학이란 훌륭한 학문이 있음에도 불구하고 양방으로 환자들이 일방적으로 몰리고 있는 현실이 안타깝습니다. 운좋게 저처럼 한의학으로 발길을 돌려 완치하는 환자는 다행인거고 발길을 돌렸다가도 이와같은 사실을 몰라 조금 치료해보다 포기하고 다시 양약을 먹는 환자분 다양합니다. 여러분이 만일 양의학 정신과의사라면 과연 한의학으로 환자를 넘기고 싶겠습니까? 한의학의 우수성을 어떻게든 덮고 싶을 것이고 한의학이 성장하는 것을 시기할 것입니다.

환자 스스로 느끼는 고통은 이루 말할 수도 없습니다.

병의 원인은 환자마다 다르겠지만 보통 병이 발생하기 전 심한 정신적인 충격이나 오랜 스트레스의 가중 등이 원인이 되어 과도한 칠정의 변화를 일으켜 이것이 오장에 좋지 않은 영향을 끼치게 되는 것입니다.

기본적으로 오장중 놀람은 신장을, 화남은 간장을, 기쁨은 심장을 손상시킬 수 있다고 합니다. 갑자기 심하게 놀라거나 장기간 화가 나고 하면 특정장기를 손상시키겠지요. 보통 병이 생길 당시의 원기부족과 환경적요인 유전적요인 같은 것이 합쳐져 정신과질환이 생기는 걸로 알고 있습니다. 그리고 양방에는 없는 개념인 화(울화)가 장기에 쌓였을 때 이러한 증상이 온다고 합니다. 이런 울화는 한약으로 밖에 제거가 안됩니다.

또한 한의사도 인간이고 한의학의 특성상 인체의 장기와 몸의 전체적인 밸런스를 정상으로 잡아주는 그러한 개념의 치료이기 때문에 그때그때 한약이 정확하게 환자의 증상을 완화시켜주지 못할 수도 있습니다. 그렇기 때문에 여러 처방의 탕약을 다양하게 오래 써가면서 서서히 몸을 정상으로 회복시켜줍니다. 덧붙이자면 처방도 사람에 따라 같은 처방을 계속 쭉 쓰는 경우가 있고 몇 번 바꾸는 경우가 있습니다.

그리고 한의사가 얼마정도면 치료가 될 것이다라고 말해도 그게 정확하지 않을 수가 있습니다. 정말 효과가 느리게 나타난다하고 느끼실 때도 있고 효과가 아예 안나타난다고 느끼실 때도 있으실겁니다. 그렇게 느껴져도 오랜기간 치료하면 반드시 효과가 나타나니 참고 기다리시기를 당부드립니다.

화장실 들어갈 때와 나올 때의 마음이 다르다고 하지요. 정신병을 한의학으로 완치한 분이 분명히 많이 계실 것입니다. 많이 변했다고 하지만 아직 편견이 심한 우리나라에서 계신다 해도 굳이 알리고 싶지 않다고 느끼시거나 자랑할 일도 아니라고 생각을 하시는 분이 대부분일 겁니다. 치료 전에는 한방치료로 낫기만 하면 다른 사람들에게도 알려야지 하는 마음을 갖고 있다가도 정작 다 나은 뒤에는 그런 마음이 사라집니다. 저도 마찬가지구요.

그리고 한약으로 오장육부를 치료하면 왜 정신적인 것도 낫는지 의구심이 드시는 분도 계실 것인데요. 이유는 각각의 장기는 제각기 정신과적인 기능을 가지고 있습니다. 이를테면 심장의 기능은 양방에서는 피를 순환시키는 펌프역할의 기능이 전부이나 한의학적으로 봤을때는 그것이 전부가 아닙니다. 심장은 신(神) 즉 정신적인 기능을 담당하는 임금과 같은 중요한 장기입니다.

한약으로 정신병이 나았다는 소리를 처음 듣는다고 하시는 분이 많은 큰 이유가 이같은 이유이겠구요. 쉬쉬하며 그냥 넘기고 넘기는 식의 결과가 되풀이 되어서 그럴 것이고 제가 모르는 다른 이유도 분명히 작용할 것입니다. 하지만 분명히 한의학으로 나을 수 있는 병입니다. 제가 보장하겠습니다.!! 누군가는 꼭 해야 할 일이기에 글을 올리려 생각하였습니다.

중국은 이미 자국의학인 중의학과 서양의학을 통합한 큰 병원들이 국가적인 뒷받침하에 추진 시행되고 있다고 하는데, 우리나라는 도대체 무엇을 하고 있는지 모르겠습니다. 도대체 의사들을 원망해야 하는지. 아니면 의료계 사람들을, 이 나라 국가를 원망해야하는지 감을 잡을 수가 없습니다.

정말 마지막으로 아무것도 모르셔도 이것만은 말씀드릴 수 있겠습니다만 양방은 환자가 어떻게 아픈지 알아도 약이 없습니다... 한방에는 약이 있습니다. 진짜치료(병이 없어지는, 낫는)약 말씀입니다. 왜 한방치료를 받아야 하는지 아시겠습니까?

만약 제 글을 보시고 1년 이상(꾸준한)의 치료에도 효과를 못보신 분이나 제 의견에 반문하시고 싶은 분이 계시면 언제든지 문의 주십시요. 완치라는 기준은 환자가 느끼기에 고통과 힘듦이 없는 건강한 사람들 같이 모든 사회적 활동을 아무 불편없이 수행해 나아갈 수 있을 정도가 되어야 한다고 생각이 듭니다.

설령 저보다 병이 심하여서 완치가 힘든 상황이라도 양방보다는 한방 쪽을 권합니다.

한의원에 다니시면서 적절한 운동과 취미활동을 하시는 것이 치료하는데 도움이 됩니다. 운동은 특히 좋습니다. 그리고 강박증 환자는 집에서 쉬시는 것이 아주 안좋습니다. 힘드시더라도 바쁘게 활동하시는 것이 좋습니다. 강박증도 당연히 한의학으로 완치할 수 있습니다.

병이 생기고 여지껏 안해본 대체의학이 없을 정도입니다. 정신병을 완치할 수 있는 의학은 아마 한의학이 유일무이할 것입니다.

제 경험상 정신병 완치하는 방법은 한약 오래드시는 것외에 없습니다.

이 방법이 가장 확실한 방법이구요. 의지나 노력으로 완치가 되는 정도의 병이면 심하다고 할 수 없겠지요.

절대로 의지나 노력으로는 한계가 있음을 알려드리고 싶습니다. 그리고 어느 정도 호전되시면 힘드셔도 집에 있지 마시고 바깥활동을 많이 하십시요. 사람들을 많이 만나시구요. 바쁘게 바깥 활동을 많이 할수록 병은 저 멀리 달아납니다. 많이 중요합니다.

초기에 양방 약을 한약과 같이 병행하시는 분도 계십니다. 한약 드시면서 서서히 줄여나가다 끊으시면 됩니다. 한약의 단점이라면 단점이라 할 수 있는데, 증상 중 좀 급한 상황이 생기면 양방 약으로 일시적으로라도 호전을 시킬 수 있기 때문에 초기에는 양방 약과 한약을 같이 병행해도 괜찮습니다.

한약을 오래 먹어도 큰 진전이 없으시면 어느 환자분이나 다 막연한 생각이 들게 마련입니다. 한약으로도 안 되는가보다하는 생각입니다. 저도 끊임없이 들었는데 정말될 때까지 꾸준히 복용하니까 낫게 되더라구요.

나을 때까지 계속 드시면 됩니다. 그리고 정신질환 한약치료는 주된 치료가 탕약입니다. 침은 한약효과보다 더뎌 잘 안놓습니다. 몇 개월 드시고 그만 두실꺼면 시작 안하시는게 좋습니다. 정말 차도가 늦게 나타납니다. 하지만 낫게되면 보통사람과 100프로 같게 될 수 있습니다.

(출처: 옛날한의원 www.hwabyung.com)

2. 치료중인 환자분들께 도움이 될만한 글

"여러분 한방치료 받으세요"란 글을 올린 학생입니다.

글에 메일을 받지 않겠다고 말씀드렸는데 쪽지가 종종 오고 있습니다.

특히 옛날한의원의 치료와 제 글에 대해 의심을 하시고 반문을 하시는 분들께 이것저것 설명을 해드리고 싶고 환자입장에서 치료받으시는 분들에게 도움될 만한 말씀을 드리고 싶어 글을 몇 자

더 적어봅니다.

일단 정신과 한방치료 후에 완치수기가 없는 것은 앞에서도 말씀드렸듯이 병을 고치고 나면 아팠던 예전의 자기자신에 대해 인정하기 싫을 정도로 예전 병과 모든 치료에 관한 기억을 떠올리기 꺼려지고 자연히 잊게되어 본래 자기생활로 완전히 돌아가게 됩니다.

치료 전에는 한방치료로 낫기만 하면 다른 사람들에게도 알려야지 하는 마음을 갖고 있다가도 정작 완전히 다 나은 뒤에는 그런 마음이 사라집니다. 또 나는 치료가 잘 됐는데 내가 소개한 사람도 나처럼 치료가 잘 될까하는 일말의 의구심 때문에 소개하는 것이나 치료 후기를 쓰는 것도 다 망설여지는 것이라고 생각이 듭니다.

한방치료에 수기가 없는 것은 그만큼 한방치료로 정신과질환을 완벽히 치료하고 있다는 것을 반증하는 얘기도 됩니다. 이와같이 완벽히 치료가 될수록 인간이면 누구나 가지는 마음속의 이기심 때문에 말씀들을 잘 안하십니다.

책이나 매스컴 인터넷이나 신문 등 모든 정보매체를 다 뒤져보아도 정신과 한방치료에 대한 정보는 극히 드뭅니다. 전부 양방이론들이나 정보뿐인 현 상황에 말을 해봤자 본인에게 득 되는 점도 없을 것이고 좋은 소리 듣지 못할 것이기 때문에 굳이 내가 뭐하러 얘기를 하나. 이런저런 생각조차 아예 안하시고 그냥 지내시는 분들이 대부분일겁니다.

자진해서 경험담을 얘기해주지 않는 환자에게 의사가 부탁하는 것도 실례가 되는 일입니다.

네이버나 다음같은 널리 알려진 포털사이트의 우울증, 강박증, 공황장애 카페에 들어가 봐도 전부 양방 쪽 얘기나 인지치료 상담

치료에 관한 얘기들 밖에 없고 또 그런 얘기들밖에 안하십니다.

한방치료로 완벽히 완치하신 분은 이런 카페에 가입조차 안하십니다. 기억하기 싫으시기 때문입니다. 그런 카페에 가입을 하고 활동을 한다는 것 자체가 본인이 현재 아픈 상태고 치료가 되지 않았다는 것을 또한 반증하는 것이기도 합니다. 저도 한창 아플 때는 카페에 가입을 많이 했었습니다.

두번째 화두로는 치료효과에 관한 것인데요. 저는 제가 사는 지방의 한의원 두 곳에서 1년4개월 정도 약을 먹다가 안 되서 옛날한의원에 마지막으로 방문해서 1년6개월 정도만에 완치를 했습니다. 총 3년이 걸린 셈인데 이 치료기간은 모든 사람에게 적용시킬 수 없습니다.

그리고 "여러분 한방치료 받으세요"의 글은 옛날한의원에 다니기 전에 작성을 했습니다. 옛날한의원에 다니기 전의 한의원에서도 어느 정도 효과를 봤기 때문에 확신이 들어 글을 작성한 것이구요. 처음에 옛날한의원 홈페이지 자유게시판에 글을 올릴 때에도 첫 화두에 '저는 이곳에서 치료받은 환자가 아닙니다'라고 올렸었는데 옛날한의원에서 치료를 시작한 후로는 그 멘트를 삭제 했습니다.

다시 말해 다른 한의원에 다닐 때 이 글을 작성하고 옛날한의원 자유게시판에 올린 것입니다. 다른 한의원에 다니고 있을 때 옛날한의원 홈페이지를 보고 안 되면 이곳에 가겠다고 다짐하고 글을 올린 것입니다. 옛날한의원 원장님정도의 치료를 하시는 한의원이 또 있으면 그쪽에도 글을 올릴 것입니다.

그리고 치료기간은 아예 포기를 하십시오. 나을 때까지 먹는다고 생각하시는 편이 편하실 겁니다. 저보다 훨씬 적게 걸리는 사람도 있고 저보다 길게 더 드시는 분도 계십니다. 아플 때는 정말 한

시간, 하루하루가 힘들고 더디게 지나가는데요.. 이 하루하루를 생각하시고 이렇다 저렇다 하시면 안됩니다. 이 힘든 기간은 병을 가지신분들에게 공통적으로 모두 적용되는 것입니다.

선생님께 아프다 어떻다 호소하셔도 선생님도 방법이 없습니다. 시간이 흘러야 낫습니다. 다른 방법이 없습니다.

하루하루가 힘들기 때문에 좀 말씀하고 상담하시고 나면 홀가분하고 도움은 되지만 근본적인 치료는 앞서 말씀 드렸듯이 탕약을 장기복용하고 시간을 기다리셔야 합니다.

조급하게 생각하지 마시고 큰 병을 앓고 있으니 요양한다고 생각하시고 치료기간에 너무 연연하지 마시고 차라리 포기를 하셔버리셨으면 좋겠습니다. 시간이 오래 걸립니다. 시간이 지나야 하구요. 또한 치료기간은 신이 아닌 이상 선생님도 정확하게 모르십니다. 플러스 마이너스 알파정도의 기간은 당연히 생각하셔야 됩니다. 최소 선생님께서 언급하시는 기간정도는 정확하게 꾸준히 지키시고, 그런 후 이렇다 저렇다 하셨으면 좋겠습니다.

상담은 아무래도 양방 쪽이 더 체계적이고 시간도 길게 더 잘해줍니다. 이것저것 검사같은 것도 있구요. 그렇지만 상담 잘해주면 뭘합니까 병이 안 낫는데…. 상담이 양방보다 좀 떨어져도 근본치료가 되는 한방치료가 낫습니다.

그리고 저는 처음부터 한약의 효과가 꾸준히 있어서 더 믿을 수 있었는데 환자분들을 보니 치료를 좀 오래해도 아예 효과가 안나타나시거나 더 안좋아지신다는 분도 계셨습니다.

말씀을 좀 나눠보니 특징적인게 신체적인 증상보다 정신적인 증상이 주가 되는 분들이 이런 경향이 있는 것 같았습니다.

신체적인 증상이 많으신 분은 효과가 빨리 나타나는 데에 비해 정신적인 증상이 많으신 분들은 치료효과가 잘 안나타나는 것 같았습니다. 병이 오래 될수록 더 그렇구요. 병이 너무 오래 굳어져 있어서 몸도 변화하는데 시간이 걸리기 때문에 그런 것 같습니다.

저도 치료 3년차 후반기에 약효가 가속도가 붙어 많이 나았습니다. 사람마다 전부 다를 것이기 때문에 다 그렇지는 않겠지만, 한방치료에 대해 믿음을 가지시고 꾸준히 치료 받으셨으면 좋겠습니다.

다시 한번 말씀드리지만 제 글은 절대 광고가 아닙니다.

단순 홍보성 글을 한의원 홈페이지의 가장 두드러지는 공지란에 올리실만한 의사는 아마 한분도 안 계실 것입니다. 이곳 원장님이 그 정도로 인품이 낮으신 분도 아니시구요. 지금껏 한의계에서 불모지와 같았던 강박증, 공황장애 등의 병을 연구하여 주신 것만으로 너무 감사하게 생각하고 있습니다.

(출처: 옛날한의원 www.hwabyung.com)

3. 공황장애 치료중…

안녕하세요. 저는 31세 두 아이의 아빠입니다.

저는 현재 공황장애로 이곳 옛날한의원에서 약을 처방받아 복용 중에 있습니다.

일을 하던 중 심장이 두근거리며 호흡을 제대로 하지 못해 강남세브란스병원에서 온갖 검진을 다 받았으나, 5일여간 증상조차 알지 못하고 약 한번도 받지 못했었습니다.

그리고 그곳에서 언급한 것은 과호흡증후군인 듯하다며, 스트레스로 인해 생긴 정신병의 일종이다. 딱히 정해진 약이 없다라고 하더군요. 약이없다...

솔직히 그 당시 심정은 정말 겁이 났습니다.

4살인 첫째, 돌도 안 지난 둘째, 저만 바라보던 우리 아내, 어떻게 해야 하나...

제 몸은 조금만 활동해도 공황장애의 증상이 하나도 빠지지 않고 다 나타났기에 더 겁이 났었습니다. 죽을병은 아니라는데, 죽을 병인양 제 몸에 증상이 나타났으니...

이 당시 저는 제 병명을 확실히 알지도 못했답니다.

그러다 한의학으로 이러한 증상에 치료하는 약이 있다고 하여 알아보던중..

저의 친누님이 추천해주신 옛날한의원 이곳을 알게 되었습니다.

인터넷 상담실에 저의 증상을 올려놓고 제가 공황장애라는 것을 들었습니다.

이때 제가 공황장애라는 걸 알 수 있었었죠.

그리고 한의원에 들러 조홍건 선생님과 상담을 하고 약을 짓게 되었습니다.

한의원을 가던 도중에도 공황장애 증상이 나타났었는데, 상담하던중 제 맥을 짚어 보시더니 바로 아시더군요. 그리곤 절 안심시켜 주시더군요.

강남세브란스에선 제게 정해진 약이 없으니 혼자 정신력으로 이겨내세요.

더 심해지면 정신과진료 하시고 입원까지 해야 될 겁니다라고 겁을 주던데….

조홍건 선생님은 제가 다 나을 수 있게 해드리겠습니다. 약 있습니다. 약 없는 병 아닙니다 라고 하시더군요. 걱정하지 마시라고 여러 말씀을 해주셨는데 정말 제겐 힘이 되고 믿음이 가는 말씀이었답니다.

그렇게 약을 지어와 복용한지 20일이 지나고 보니… 제 몸은 정말 거짓말처럼 많이 좋아졌답니다.

며칠 전 추석에도 가족들과 9시간을 혼자 운전하며 시골을 다녀왔으며, 혼자 밀폐된 강의실에 150여명이 넘는 인원들 사이에 2시간가량을 설명도 듣고, 사람이 북적거리는 식당도 다니게 되고, 첫째가 가고 싶다던 에버랜드에 뽀로로를 만나러도 갈 수 있게 되고, 정말 공황장애가 생기기전으로 돌아온 것 같습니다.

몸에 나타나던 증상 역시 처음 10일 복용 후에는 조금 있었으나 10일이 더 지나니 거의 나타나지 않고 있답니다.

사실, 많이 나아진 탓에 약을 안 먹어도 되겠구나하는 생각이 들어 약을 다 복용 후 일주일가량이 지난 지금까지 복용을 하지 않았으나. 그전과 같은 공황장애 증상은 나타나지 않고 있답니다.

조홍건 선생님께서 제게 한약을 한번도 먹지 않았다면, 오히려 이번에 먹을 시에 효과가 더 좋아질 수도 있다라고 하셨는데, 정말 그래서 인지는 모르겠으나 빠른 시간내 많이 좋아진 것을 선생님 말씀대로 이렇게 느끼고 있답니다.

제게 완강하게 완치시켜주시겠다 자부하시던 모습.. 정말 믿음직스러웠습니다.

제 주위에 누가 저와 같은 공황장애가 생긴다면, 저는 망설이지 않고 조홍건 선생님을 추천할 것입니다. 환자에게 믿음을 주고,

확신 시킬 수 있으신 분은 당연 선생님이신 듯합니다.

감사합니다.

몸은 많이 나아졌지만, 선생님 말씀대로 아직은 맘 놓지 않고 좀 더 복용하며 치료를 하도록 하겠습니다.

그리고 약을 10일씩 지어 주시는데, 열흘간 먹고 나니 이틀 치가 더 들어 있어 제가 물어 보았었지요. 열흘 치 다 먹었는데 약이 더 들어 있다고, 헌데 전화 받으시는 분이 그러시더군요.

이틀분이 더 들어있는 게 맞다구요.

한의원과 먼 곳에 계신 분들까지 생각해 이틀간 여유분까지 넣어주셔 혹시나 약을 제때 못 드실 분들 생각까지 해주시는구나 하는 생각에 다시 한번 감사한 마음이 들더군요.

제가 경상도 사나이 인지라 얼굴 보고 이런 말 잘 못하고, 홈페이지 보니 치료 후기 글에 아직 치료중이지만, 선생님께 감사한 마음 담아 제 경험담을 적어보는 것도 좋겠다 싶어 이렇게 글을 올려보게 되었습니다. 앞으로도 저와 같은 분들에게 큰 도움주실 수 있는 선생님이 되시길 바라겠습니다.

(출처: 옛날한의원 www.hwabyung.com)

4. 꼭 필요한 한방치료!

급변하는 사회생활의 적응과 힘든 현대인의 삶이 만만치 않은 요즘 과도한 스트레스로 인하여 신경성 질환에 시달리며 고통을 안고 살아가는 많은 사람들을 위하여 함께 공유하고 싶어 글을 올립니다.

저는 40대 주부로서 밖으로는 활발한 성격으로 모든 사람들이 성격 좋고 스트레스와는 전혀 상관없는 사람으로 인식되어 살아왔습니다. 하지만 내면적으로는 욕심도 많고 남을 배려하다 보니 많이 참고 살았습니다.

신랑은 착한 사람이지만 성격이 급하고 화가 나면 앞뒤 안 가리고 상대방한테 말을 하는 스타일이라 이해를 하면서도 가슴속에는 뭔가 쌓이고 있었나 봅니다. 신랑은 화내고 금방 풀리는 성격이지만 저는 그렇지 못하였고 전 어릴 때부터 부모한테 싫은 소리 한번 안 듣고 자라서 인지 쉽게 지울 수가 없었던 것 같았습니다.

그리고 저는 완벽주의자에 좀 가까운 성격이거든요~

40대 후반을 지나면서 정신적으로 버티지 못하였는지 신체적으로 증상이 나타났습니다. 그전까지는 너무나 건강했는데, 지금부터 3년전 일입니다.

자고 일어나도 피곤하고 어깨가 무겁고 젤로 힘든 것은 머리가 멍하면서 무겁고 어질어질한 느낌이 들면서 쓰러질 것 같아 밖을 다니기가 두려웠습니다. 그러면서 한순간에 몸에서 힘이 쫙 빠지는 느낌으로 공중에 떠있는 기분이 들면서 말로는 표현하기 힘든 증세가 나타났습니다.

우선 머리 MRI 찍어도 보고 종합병원에서 정밀 건강검진도 해보고 심장초음파 등 검사로는 다해봤지만 별 다른 증상이 없다고 했습니다.

체질적으로 하는 한의원도 3개월씩 두 군데나 다녔었고 급기야는 신경정신과 상담을 받았는데 자율신경계 이상이 생겨 신체적으로 나타나는 증상이라면서 본인도 모르는 사이 만성 스트레스가 쌓여서 생기는 현상이라고 6개월가량 약을 먹었습니다.

약을 먹는 사이는 많이 좋아졌는데 안 먹으면 또 그렇고 계속 반복이 되었습니다. 양약은 한번 먹으면 계속 먹어야 한다는 생각에 인터넷으로 신경정신 전문 한의원을 찾게 되었습니다.

눈에 번쩍 띄는 화병전문 클리닉 옛날한의원을 만나게 되어 원장선생님께 상담을 하게 되었고, 선생님의 도움으로 3개월가량 한약을 복용하다 보니 증상이 많이 완화가 되면서 예전 나의 모습으로 돌아오는 것 같아 자신감도 생기고 그때 왜 그랬지 하는 맘이 들었습니다.

그 이후로 3개월 이상 계속 복용을 하는 중에는 신경을 많이 쓸 일이 있거나 화가 날 때면 증상이 한번씩 나타났습니다. 선생님께서 6개월 이상 계속 먹으면 완치가 가능하다는 말씀에 힘을 얻었고 8개월이 지난 지금 거의 끝이 보이는 것 같습니다.

제가 느낀 것은 한의원도 전문 클리닉에 따라서 많은 차이가 있다는 것을 알게 되었고요. 그 분야에 유명하신분이 한약 처방도 훨씬 뛰어나실 거라 믿었습니다. 흔히 몸에 이상이 오면 종합병원을 찾을 수밖에 없지만 그곳에서 치료할 수 없는 부분이 여러 가지로 많다는 것을 알면서 정말 한의학의 위력에 다시 한번 관심을 가졌으면 합니다.

저는 선생님의 도움으로 새로운 건강한 한해를 맞이하게 되어 기쁘고요. 정말 감사하다는 인사 꼭 올리고 싶습니다.

흔히 말하는 신경성이라 처방을 받지만 평생 약을 복용하는 사람도 있고 그냥 참을 수밖에 없어 그 고통을 힘들게 안고 사시는 분들이 많은데 꼭 한번 화병 클리닉 전문 한의원을 방문하셔서 도움을 한번 받아 보시면 희망이 분명히 있을 거라 전하고 싶습니다.

모든 분들! 건강하십시오!

(출처: 옛날한의원 www.hwabyung.com)

참 고 문 헌

단 행 본

이광준, "한방심리학", 학문사, 2002.
이호영, "공황장애", 진수출판사, 1992.
박현순, "공황장애", 학지사, 2000.
김영철, "공황장애", 하나의학사, 1998.
대한신경정신의학회, "신경정신과학", 하나의학사, 1997.
이정균, "정신의학", 일조각, 1989.
이정균 · 김용식, "정신의학" 일조각, 2000.
김현택 외, "심리학(인간의 이해)", 학지사, 1997.
이봉건 역, "이상심리학" 성원사, 1989.
권석만, "현대이상심리학", 학지사, 2003.
한국심리학회, "현대심리학의 이해", 학문사, 2003.
민성길, "최신정신의학(제3개정판)", 일조각, 1998.
민성길, "최신정신의학(제4개정판)", 일조각, 2001.
이현수, "치료심리학", 대왕사, 1998.
원호택, "이상심리학", 법문사, 1998.
조홍건 外, "실용한방정신의학". 유진문화사, 2002.
김용식 外 譯, "마음의 증상과 징후", 중앙문화사, 1998.
김청송, "정신장애 사례연구", 학지사, 2002.
이광준, "카운슬링과 심리치료", 학문사, 1998.
이근후 譯, "정신치료 어떻게 하는 것인가", 삼일당, 1979.
이근후 外 共譯, "정신장애의 진단 및 통계편람" 제4판, 하나의학사, 1997.
이근후 外 譯, "최신 임상정신의학", 하나의학사, 1988.
서울대학교병원, "전공의진료편람 보급판", 의학출판사, 1994.
姜萬植, "노이로제의 豫防과 療法", 明文堂, 1984
강윤호, "동의임상내과", 서원당, 1990.
강태정 譯, "스트레스 해소 100가지 방법", 翰林文化院, 1985.
姜孝信, "東洋醫學概論", 高文社, 1973.
권영국 外 譯, "스트레스와 삶의 설계", 영림사, 1990.
권준수, "나는 왜 나를 피곤하게 하는가", 올림, 2000.
金相孝, "東醫神經精神科學", 杏林出版社, 1980.
김완희 · 최달영, "장부변증논치", 성보사, 1985.

金容洛, "노이로제 고치는 책", 創造社, 1980.
金定濟, "診療要鑑", 東洋醫學硏究院, 1974.
柳東俊, "현대인과 스트레스", 安進製藥.
李時珍, "本草綱目", 高文社, 1975.
朴炳昆, "漢方臨床四十年", 杏林書院, 1975.
朴贊國 編譯, "病因病機學", 傳統醫學硏究所, 1992.
박호식 外, "동의내과학", 서원당, 1992.
박희선, "과학자의 생활참선기", 정신세계사, 1986.
박희준 譯, "마음의 의학과 암의 심리치료", 정신세계사, 1988.
배병철, "기초 한의학", 성보사, 1997.
裵秉哲 · 郭東烈 編, "實用中風治療學", 成輔社, 1997.
裵元植, "最新漢方臨床學", 南山堂, 1981.
배원식, "한방임상보감", 대성의학사, 2001.
보건사회부 편, "漢方基準處方集", 보건사회부, 1980.
보건사회부 편, "한방치료제의 표준화 규격 통일 연구", 보건사회부, 1981.
보건신문사 출판국 역, "중의내과학", 보건신문사, 1995.
謝觀, "東洋醫學大辭典", 高文社, 1975.
上海中醫學院 編, "中醫內科學", 商務印書館, 1975.
서림능력개발자료실, "마인드 콘트롤", 서림문화사, 1989.
書林編輯部, "스트레스의 정복", 서림문화사, 1986.
석지현, "禪으로 가는 길", 일지사, 1980.
성보사 편집부 역, "천진처방해설", 성보사, 1987.
손숙영 編譯, "問答式 한방내과학", 성보사, 1991.
宋榮敏 譯, "圖解最新針灸處方集" , 杏林出版社, 1978.
신재용, "방약합편해설", 성보사, 1988.
申載鏞, "알기쉬운 漢醫學", 同和文化社, 1980.
신천호, "病症診治", 성보사, 1990.
신천호, "천가묘방", 성보사, 1992.
신천호 編譯, "문답식 한의학개론", 성보사, 1990.
신천호 編譯, "問答式 한의학기초", 성보사, 1988.
안규석 · 엄현섭 · 김성훈, "상한론병증감별치료", 성보사, 1995.
王冰 註, "黃帝內經", 高文社, 1971.
原安徽中醫學院 編, "中醫臨床手冊", 香港商務印書館分館, 1975.
원호택, "이상심리학", 법문사, 1998.
유한평, "속효의 자율건강법", 갑진출판사, 1986.
유희영, "동의정신과학", 남산당, 1994.
尹定鎔, "神經精神病의 漢方療法", 東園出版社, 1985.
醫學硏究會 譯, "漢方診療醫典", 高文社, 1981.

이동건, “동의임상신경정신과”, 서원당, 1994.
李東植, “노이로제의 理解와 治療”, 一志社, 1986.
李東植, “韓國人의 主體性과 道”, 一志社, 1983.
李東植, “現代人과 노이로제”, 東西文化院, 1976.
李珉圭 外 譯, “스트레스 그 원인과 대책”, 中央適性出版社, 1985.
이병윤, “정신의학사전”, 일조각, 1997.
이병윤 · 서광윤, “현대정신의학” (각론Ⅰ), 일조각, 1994.
이병윤 · 서광윤 外, “현대정신의학” (각론Ⅱ), 일조각, 1995.
이봉교 譯, “증상감별치료”, 성보사, 1991.
이봉교 · 김태희 · 박영배, “한방진단학”, 성보사, 1988.
이부영, “이부영 박사의 정신건강 이야기”, 정우사, 1998.
이부영 譯, “ICD-10 정신 및 행태장애”, 일조각, 1998.
李誠彦, “病은 마음으로 고쳐라”, 경영문화원, 1978.
이유정 譯, “마음의 병 그 정신병리”, 태동출판사, 2000.
李種圭, “精神衛生과 노이로제”, 育法社, 1979.
李鉉洙 譯, “神經症”, 大旺社, 1979.
이형영, “정신의학”(각론), 전남대학교, 1991.
이형영, “정신의학”(총론), 전남대학교, 1992.
전통의학연구소, “동양의학대사전”, 성보사, 2000.
정태혁, “명상의 세계”, 정신세계사, 1987.
趙憲泳, “通俗漢醫學原論”, 學林社, 1983.
조홍건, “스트레스병과 火病의 한방치료”, 열린책들, 1991.
조홍건, “스트레스와 노이로제의 한방요법”, 문학예술사, 1987.
崔三燮 · 孫淑英 編, “한방양생학”, 成輔社, 1997.
崔臣海, “文化人의 노이로제”, 高文社, 1982.
崔容泰 外, “精解針灸學”, 杏林書院, 1974.
최호석 譯, “한방임상입문”, 성보사, 1985.
韓東世, “精神科學”, 一潮閣, 1969.
한의학대사전 편찬위원회, “한의학대사전”, 정담, 1998.
한청광 譯, “養生大全”, 까치, 1994.
許 浚, “東醫寶鑑”, 南山堂, 1971.
洪淳用 外, “四象醫學原論”, 杏林出版社, 1977.
黃義完, “心身症”, 행림출판사, 1985.
황의완 外, “東醫精神科學”, 현대의학서적사, 1987.
황의완 김종우 공저, “증례로 본 정신한의학”, 집문당, 2006.

논문 및 사이트

이시형 외, (서울지역 거주자의) 정동 및 불안장애 역학 연구, 삼성생명 사회정신건강연구소, 1998

조홍건, 노이로제에 대한 임상적 고찰, 의림(vol. 182), 1987

조홍건, 火病患者의 主訴에 關한 臨床的 考察, 동의약신문(79~83호), 1996

프레시안 2005년 1월 7일자 기사

레이버투데이 2005년 2월 22일자 기사

KBS '생로병사의 비밀' 공황장애 조명

옛날한의원 공황장애클리닉 http://www.hwabyung.com

권학수 공황장애 클리닉 http://panic24.com/index1.htm

공황장애에 관한 모든 것 http://my.netian.com/~for3/everything.htm

공황닷컴 http://www.gongwhang.com/

연세필정신과 http://www.joypanic.co.kr/index.html

정신건강 클리닉 http://www.dr-mind.com/index.htm

현정신과의원 http://www.hyenclinic.com/index.htm